Buch

Der sechste Dezember. Ein düsterer Fremder schleppt sich
zu einem versteckten Bauernhof im Wald. Trotz ihrer Angst
pflegt Sophie den alten Wanderer. Er nennt sich Ruprecht,
und er erzählt ihr vom Beginn einer Legende:
Im 16. Jahrhundert sucht die Wilde Jagd in den Rauhnächten Dörfer und Klöster heim: ein letztes Aufbäumen
alter heidnischer Bräuche. Gegen den Willen seines Meis-
ters Nikolo und trotz der Gefahr, als Verbrecher verfolgt
zu werden, schließt sich der junge Knecht Rupp der Bande
um Krampus an. Die wahre Anführerin der Wilden Jagd
ist jedoch Perchta – geheimnisvoll, widersprüchlich, un-
nahbar. Rupp setzt alles daran, die Anerkennung seiner
Gefährten sowie Perchtas Liebe zu gewinnen. Doch sie
stammen aus Welten, die weiter voneinander entfernt nicht
sein könnten, und ihre Gegner sind mächtig.
Im Heute neigt sich Ruprechts Zeit ihrem Ende zu. Auch
für Sophie mit ihrem dunklen Geheimnis entscheidet sich
an Weihnachten Leben und Tod. Denn in den Rauhnächten
öffnen sich die Grenzen zwischen den Welten …

Autorin

Birgit Jaeckel hat Archäologie studiert und arbeitet neben
ihrer Tätigkeit als Roman- und Drehbuchautorin als Kom-
munikationsberaterin. Sie ist unter anderem die Autorin
von »Die Druidin« und »Der Fluch der Druidin«. Ihre Romane haben sich mehr als eine viertel Million Mal verkauft.
Mehr über Birgit Jaeckel auf: https://birgitjaeckel.com

BIRGIT JAECKEL

Das Erbe der Rauhnacht

Roman

Bibliografische Information der Deutschen Nationalbibliothek:
Die Deutsche Nationalbibliothek verzeichnet diese Publikation
in der Deutschen Nationalbibliografie; detaillierte bibliografische Daten sind im Internet über http://dnb.dnb.de abrufbar.

© 2018 Birgit Jaeckel
Covergestaltung: Kai Sarnes
Buchinnengestaltung: buchseitendesign by ira wundram
Herstellung und Verlag: BoD – Books on Demand, Norderstedt
ISBN: 978-3-7528-3994-4

In Alter Zeit begleiteten düstere Gesellen Sankt Nikolaus. Sie trugen viele Namen an verschiedenen Orten zu unterschiedlichen Zeiten: Krampus, Pelznickel, Hans Muff, Schmutzli, Zvarte Piet und ... Knecht Ruprecht.

Haben Deine Eltern Dir von Knecht Ruprecht erzählt? Hast Du nach ihm Ausschau gehalten zwischen den Bäumen in winterlicher Nacht? Fürchte ihn nicht, solange Dein Werk gerecht war. Bange hingegen, sofern Du Unrecht tatst. Wenn Du Dich verbargst, da andere schafften. Dich geizig zeigtest, wo andere Sorge trugen.

Denn wisse: Knecht Ruprecht dient den Gerechten. Und er kommt nicht allein.

- Marians Chronik.

Er kommt aus dem Wald. Düster und hünenhaft wie ein gebeugter grauer Bär, den das Tann auf die Lichtung spuckt. Sophie hatte sein Nahen nicht bemerkt, bis das Rascheln des Reisigs am Übergang von Wald zu Wiese sie erstarren ließ.

Zum Glück hat sie den Hund im Haus gelassen, sonst hätte der sie bereits verraten. Auch sonst deutet nichts auf Leben hin: Die Lichter sind ausgeschaltet bis auf eine Lampe im Wohnzimmer, aber deren Schein ist zu schwach, um durch die Ritzen des Fensterladens in die junge Dämmerung zu entwischen. Im Kamin glimmt nur noch Glut. Das Haus ruht still – ein einsames Gehöft umgeben von Wiese, wo das Gras vom Sommer stehengeblieben ist und sich unter der Last der Jahreszeit beugt.

Das Gras …

Mit hämmerndem Herzen verfolgt Sophie ihre Spuren von der Veranda über den zugewucherten Fahrweg bis zu ihrem Versteck hinter dem Apfelbaum. Immerhin ist sie nicht in die grasige Mitte getreten, bloß auf die festgetrampelte Fahrrille. Nur ein geübtes Auge würde die millimetergroßen Ränder erkennen, wo Sophies Gewicht Steine verschoben hat. Das lässt sie hoffen – bis ihr Blick auf die Tür fällt, vor der zwei alte Stiefel stehen.

Beinahe geben ihre Knie nach. Sie hätte die Stiefel nicht rausstellen sollen.

In der Mitte der Wiese hält der Fremde inne. Er richtet sich auf. Die Kapuze seines Mantels fällt zurück und enthüllt eine Mähne, in der sich die Schlacht von Schwarz und Grau bereits entschieden hat. Die Haare sind am Ansatz feucht, nicht vom Nebel, sondern von Schweiß. Düstere Augen fixieren das aufgeschichtete Holz zwischen den Apfelbäumen, hinter denen Sophie kauert. Sein Husten ist so modrig wie das Gras.

Sophies Herzschlag dröhnt in ihren Ohren. Ein Wunder, dass der Fremde das Hämmern nicht hört.

Der Fremde rückt das Bündel auf seinen Schultern zurecht, greift seinen Wanderstab fester und schleppt sich weiter in Richtung Haus. Sein schwerfälliger Gang pflügt eine Schneise durch die Wiese. An den Apfelbaum gepresst betet Sophie: Lass bloß den Hund still bleiben. Lass kein Geräusch aus dem Inneren des Hauses sie verraten. Lass diesen düsteren Alten verschwinden, bevor er die Stiefel bemerkt, die trocken und sauber auf Bescherung harren.

Als Sophie das nächste Mal zwischen Stamm und Brennholzstapel hindurchlinst, hat der Alte die Eingangstür erreicht und beugt sich über die Stiefel. Das Bündel auf seiner Schulter verrutscht. Er versucht, es aufzufangen, taumelt und fällt auf den Wanderstab, der unter ihm zerbricht.

Der Sack schabt über die morschen Verandabohlen. Der Mann zieht ihn zu sich, versucht, sich hochzudrücken. Er winkelt die Beine unter den Körper, tastet nach der Wand. Die Nacht strömt herbei und löscht seine Konturen aus. Haare, Mantel und Sack verschwimmen.

Er ist verletzt. Oder krank. Sophie wappnet sich gegen das Mitleid, mahnt sich selbst: *Lass das nicht deine Sorge sein!* Er darf sie nicht entdecken. Sie ballt die Faust und bohrt die Fingernägel in das Daumenfleisch.

Der Alte hat es auf die Knie geschafft. Seine Finger strecken sich nach den Stiefeln. Ein Hustenkrampf schüttelt den Rumpf. Sophie macht einen halben Schritt vorwärts. Schon tastet sie in Gedanken seinen Körper ab, fühlt kaltschweißige Haut, misst den Puls. Aber Furcht lässt sie innehalten. Es ist zu gefährlich. Sie darf ihr Versteck nicht verraten.

Bitte steh auf, alter Mann! Schlepp dich weg von hier.

Er kann sterben im Wald. Die Temperaturen purzeln rascher als das letzte Laub; der Weg bis zur Straße ist weit. Herbstnebel quillt zwischen kahlem Laubgeäst und immergrünen Nadeln, greift über die Wiese, fröstelt in Sophies Knochen. Sie ist ohne Handschuhe und Jacke nach draußen gegangen. Wieso auch nicht, sie wollte nur eben ein paar Holzscheite holen.

Der Haufen aus verfilzter Wolle, Lederflicken, abgelaufenen Stiefeln, grauem Bart und Mähne müht sich auf die Füße. Die Anstrengung lässt den Alten japsen. Die Rechte presst gegen seine Brust, ein Husten schüttelt ihn. Sophie legt den Kopf in den Nacken, blickt in den Himmel. Es wird nicht schneien, noch nimmt der Winter erst Anlauf. Die Feuchtigkeit, jedoch, sie zermürbt. Verdammte Friedhofskälte. Sie weiß: Der Fremde braucht eine trockene Stube. Wärme. Dieses Wetter zerstört selbst Gesunde. Sie kann es nicht tun. Zu riskant. Wo könnte sie hin, nachdem sie ihm geholfen hat? Als ob sie noch irgendwohin könnte. Es ist bereits zu spät, da macht sich Sophie keine Illusionen. Ihre Welt hat sich längst auf einen einzigen Wunsch verdichtet: weiße Weihnachten, ein Baum mit Kerzen, ein letztes Lächeln kindlicher Freude.

Das Fenster zur Küche auf der anderen Gebäudeseite schließt nicht richtig. Wenn sie vorsichtig ist, die Lichtung im Wald umrundet und sich dem Haus von hinten nähert, wird der Fremde gar nicht merken, wie sie sich hineinschleicht. Dann kann sie einfach warten, bis er verschwindet.

Oder bis er auf ihrer Schwelle stirbt.

Sie möchte ihre Verzweiflung in die Dezemberluft heulen, aber da gibt es nichts, was Sophie erhören würde, keine Macht, die ihr jemals Gnade erwiesen hätte. Stattdessen kratzen ihre Fingerspitzen ein Stück Rinde ab. Es fällt in die Kuhle, die ihre Füße ins rottende Laub gedrückt haben. Wann genau ist sie zu einem schlechten Menschen geworden?

Sie kann es nicht zulassen.

Bevor ihr Verstand die Entscheidung des Herzens zurückpfeifen kann, rennt Sophie hinüber zur Veranda. Den Alten scheint der Klang ihrer Schritte nicht zu überraschen. Er lehnt den Kopf gegen die Tür, seufzt und schließt kurz die Augen.

Er riecht nach nasser Wolle und Erde. *Und Schnee.* Der Gedanke huscht verlegen davon. Schnee liegt höchstens in den Bergen und die sind weit weg. Außerdem duftet Schnee nicht. Oder? Sophie sinkt neben dem Fremden auf die Knie, greift nach einem Handgelenk. Seine Hände sind Pranken mit dunklen Härchen auf den Fingerrücken. Schwielig wie die eines Bauern, kräftig mit wenigen Altersflecken. Seine Haut ist etliche Nuancen dunkler als ihre, allerdings viel zu kühl. Alte Brandnarben übersäen Nagelbetten und Handrücken. Die Fingernägel sind sauber, der Puls ruhiger als erwartet. Schweiß dünstet unter dem Mantel hervor. Er hält etwas in den Fingern. Unter Sophies Berührung öffnet der Alte die Faust wie eine Blüte. In der Handfläche ruht eine Walnuss.

Verblüfft blickt sie auf in Augen wie frische Kohle. Er hat eine lange, leicht gekrümmte Nase über einem breiten, von einem Vollbart umrahmten Mund. Sein Alter schätzt sie auf irgendwo Anfang sechzig. Als er spricht, rasselt sein Atem.

»Warst du denn artig?«

Sie kann keine Antwort geben. Plötzlich ist sie es, die keine Luft mehr bekommt. Die Frage, sie ist kein Scherz. *Er kann es nicht wissen.* Sie muss sich den Satz vorsagen in Gedanken, dreimal, fünfmal. Ein Mantra, das sich gegen die Panik stemmt, gegen die tonnenschwer auf ihre Brust drückende Platte aus Schuld und Selbsthass. Die Krankenschwester in ihr schaltet hingegen auf Automatik: Ihr Körper weiß, was er tun muss, um dem Fremden zu helfen.

Sie schiebt sich unter die Achsel des Alten, hilft ihm, sich hochzudrücken. Er ist schwer; sie schwankt unter seinem Gewicht. Ächzend hält er sich am Türrahmen aufrecht. Sein Bauch pumpt und zuckt, weil er den Hustenreiz unterdrückt. Er will sich nach seinem Bündel bücken – ein Säcklein aus braunen Hanffasern wie aus einem Kindermärchen –, doch der nächste Hustenanfall schleudert ihn gegen die Hauswand.

Aus dem Inneren des Hauses ertönt gedämpftes Wuffen. Krallen tippeln über eichene Dielen. Hastig, bevor der Alte denken könnte, dass es da drinnen irgendetwas für ihn geben könnte, fragt Sophie:»Wo wollen Sie heute noch hin?« Sie stehen da wie zwei Liebende in ungeschickter Umarmung. Sein Gesicht mit den kräftigen Zügen wendet sich dem Nebel zu, als läge dort die Antwort. Dann erschüttert der nächste Hustenanfall seinen Körper. Es fühlt sich an wie ein Erdbeben. Abermals knicken seine Knie ein. Es geht einfach nicht. Sie kann sich nicht um ihn kümmern. Aber sie kann es auch nicht verantworten, ihn in die Nacht davonzuschicken. Sophies Gedanken flattern zu Medikamenten, Antibiotika, Kortisonstößen, Beatmungsgeräten.

Ich werde ihm keine Hilfe holen. Er muss selbst zur Straße gehen.

»Eine Nacht«, hört sie sich sagen.»Sie können bis morgen bleiben. Es gibt eine kleine Kate.« Sie deutet in Richtung Wald.

Er scheint ihr Angebot zu überdenken. Schließlich nickt er.

Sophie greift nach seinem Beutel. Etwas bewegt sich darin, wie kleine Kiesel, nur leichter. Gedämpftes Klacken. Der Hüne nimmt ihr den Sack ab. Seine Zehen stoßen gegen den zerbrochenen Stecken.

»Warten Sie!« Sie spurtet um die Hausecke. Unter einer verrosteten Badewanne ragt das Ende eines Hirtenstabs heraus. Sie eilt damit zu dem Fremden zurück. Seine Finger schließen sich um den Schaft; er brummt zufrieden. Sophie schlingt ihm von der anderen Seite einen Arm um die Hüfte.»Es ist nicht weit. Gleich zwischen den Bäumen.«

Es wird ein langer Weg.

Sophie schrumpft unter dem Gewicht des düsteren Hünen. Nieselregen setzt ein, kühlt ihre Schläfe. Am Rande der Lichtung wirft Sophie einen Blick zurück zum Haus, dann auf die Leuchtziffern ihrer Uhr. Es wird spät, sie sollte sich beeilen. Sie drängt den Fremden schneller voran. Weder beschwert er sich, noch fragt er sie, weshalb sie es plötzlich eilig hat. Unerbittlich setzt er einen Fuß vor den anderen, und Sophie ahnt, selbst wenn der Weg zehnmal so lang wäre, dieser Mann würde niemals aufgeben. Sie kennt diese Sturheit, diese *Festigkeit,* von Patienten im Krankenhaus. Manchmal liegt ein Herz in einem Bett, das einfach nicht aufhören will, gleichmäßig zu schlagen – ewig, stark, verlässlich. So ganz anders als Sophies eigenes flatterhaftes Herz.

Im Wald ist es finster, der Pfad schmal. Niedrige Äste reißen an ihren Hosen, doch der Alte bewegt sich trotz seiner Schwäche leise. Selbst seinen Husten scheint der Wald aufzusaugen. Das Geräusch versickert zwischen Tann und Moos, als wäre es dort zuhause.

Die Kate hat keinen Stromanschluss. Sophie tastet nach Streichhölzern auf dem Tisch neben dem Eingang. Wenig später wirft ein Kandelaber sein Licht durch den einzigen Raum mit einer Lagerstatt, die kaum die Bezeichnung Bett verdient, zwei Stühlen sowie einem Tisch, einem Holzherd in einer Nische und einer Kommode, auf der wie zu Großmutters Zeiten eine Waschschüssel thront.

»Es gibt ein Plumpsklo, fünfzig Meter den Pfad entlang.« Doch Sophie ahnt, womöglich ist das zu weit. Sie zieht eine zweite Porzellanschüssel mit Deckel aus dem untersten Fach eines Regals. »Für den Notfall.«

Sophie kniet vor dem gusseisernen Kamin nieder, dessen Rohr durchs Dach verschwindet. Sie zieht einen Korb mit Holzscheiten und Zeitungspapier heran. Die Zeitung ist vergilbt, auf der Titelseite prangt ein Artikel über die russische Raumstation Mir. Der Alte beugt sich interessiert vor. Sophie stopft eine Doppelseite zwischen die Scheite und greift nach den Streichhölzern. In ihrer Hektik bricht sie das erste ab. Seine Finger schieben sich über ihre. Er kann das selbst machen. Sie ist sich dessen nicht so gewiss, dennoch reicht sie ihm die Streichhölzer.

»Ich hole Ihnen Decken und etwas zu essen.«

Sie stürmt aus der Kate, die Tür kracht hinter ihr ins Schloss. Sophie hetzt den Pfad zurück zum Haus, obwohl

Nebelsuppe über den Boden kriecht, die Nacht asphaltgrau ist und sie kaum noch erkennen kann, wohin sie tritt.

In der Tür stolpert Sophie über den Hund, der sich in der Diele ausgestreckt hat und jetzt aufgeregt bellt, weil er ihre Furcht spürt.

Für einen Moment gönnt sich Sophie den Luxus, ihre Finger im braunen Hundefell zu vergraben.

»Wieso muss mir das passieren?«, flüstert sie. Tränen brennen in ihren Augenwinkeln. Der Hund leckt ihr Kinn. Er hört die Frage nicht zum ersten Mal.

Sie zögert das Licht in der Küche anzuknipsen. Draußen hat der Nebel seinen Vorhang gewoben, aber was heißt das schon? Vor einer Stunde noch hätte Sopie niemals gedacht, jemand würde sich in einer solchen Nacht in den Wäldern herumtreiben, an einem Datum wie diesem. Dabei hat der Alte nicht den Eindruck erweckt, als hätte er sich verirrt. Er sieht wie ein Vagabund aus. Oder ein Wilderer. Gibt es überhaupt noch Wilderer?

Du hast einen Fehler gemacht.

Es wird acht Uhr, bis Sophie mit Decken, Kissen und einem Teller dampfender Brühe zurück zur Kate stapft. Sie hat mit sich gerungen, ob sie einen der kleinen Nikoläuse aus Milchschokolade opfern soll. Doch es ist der sechste Dezember, und tief in ihr flüstert eine Stimme von Geiz und Gastrecht und uralten Bräuchen.

Von draußen ist kein Rauch zu sehen, der Nebel verschluckt ihn, aber in der Kate brodelt der Ofen. Schimmel fleckt die Dichtungen der winzigen Fenster, doch die Wärme beginnt, die Feuchtigkeit an den Fensterkanten zurückzudrängen. Im Kerzenschein gewinnt die Stube etwas Heimeliges.

Der Fremde liegt auf dem Lager. Er macht Anstalten sich aufzusetzen. Mit routinierten Griffen schiebt Sophie ein Kissen unter seinen Rücken. Sein Mantel hängt zum Trocknen über einem Stuhl vor dem Ofen. Jetzt trägt er nur noch ein dunkles Hemd von guter Qualität, trotz verschlissenem Saum und abgerissenen Knöpfen. Sein Oberkörper ist kräftig; in seiner Jugend muss er die Statur eines Football-Spielers gehabt haben, überlegt sie. Selbst jetzt könnte er sie, wäre er gesund, wohl noch mit einer Hand hochheben. Sie hätte seiner Stärke nichts entgegenzusetzen. Ein Echo von Panik muss über ihr Gesicht gehuscht sein, denn er bleibt ganz still sitzen. Räuspert sich. »Morgen gehe ich.« Seine Stimme grollt erstaunlich klar, einzig um die Kehllaute knirschen die Töne. Wie rollender Fels im Schnee, denkt Sophie. »Für heute bin ich dankbar für diesen Ort.«

Sie bezweifelt angesichts seiner Verfassung, dass er morgen irgendwohin gehen wird, aber sie presst die Lippen zusammen und nickt.

Die Suppenterrine dampft auf dem Tisch. Sophie löst einen Zwischenboden aus dem Regal, legt das Brett dem Kranken auf den Schoß und serviert die Suppe darauf. Zuletzt legt sie den Schoko-Nikolaus neben den Löffel. Der Alte berührt die rot-weiß-goldene Alufolie an der Spitze, wo ein goldenes Kreuz die bischöfliche Mitra schmückt. Er gibt einen kehligen Laut von sich, halb Husten, halb Glucksen.

»Die Konkurrenz?«, fragt Sophie, während sie ein Asthmaspray aus der Tasche zieht und auf den Fenstersims legt. Sie erinnert sich, wie sie den düsteren Wanderer gefunden hat: Wollte er wirklich eine Walnuss in ihre Stiefel legen?

»Ich kannte einen Nikolaus, der hätte das wohl so gesehen.« Sein Schmunzeln zieht die Augen in die Länge, verändert sein Gesicht. Nicht klassisch gutaussehend, aber es fesselt den Blick wie Kathedralen.

»Wo kommen Sie her?«

»Aus dem Wald.«

»Nein, ich meine, wieso treiben Sie sich hier herum?«

»Ah.« Bedächtig taucht er den Löffel ein, schafft es irgendwie, das Zittern seiner Hand zu beruhigen. Er brummt genüsslich, als die Brühe seinen Rachen hinabrinnt.

Er hält dich hin.

In diesem Moment trifft es sie erneut, das überwältigende Gefühl, in eine Falle getappt zu sein. Die Ohnmacht. Sie hält es nicht aus, ihr Leben, das nicht mehr ihr gehört. Die Gewissheit, stets das Falsche zu tun. Beinahe schlägt Sophie dem Alten den Löffel aus der Hand, will ihn anschreien, er solle verschwinden. Sie kann sich nicht um ihn kümmern! Soll er abhauen, zur Straße laufen, irgendein Autofahrer wird ihn schon aufgabeln und ins Krankenhaus schaffen. Soll er die Bürde anderer sein. Sie kann ihm nichts geben, sie kann ihm nicht helfen.

Aufgebracht schnellt sie hoch, aber anstatt den Fremden rauszuwerfen, schnappt sie sich eine der Decken und wirft sie über die in geflickten Wollsocken steckenden Füße. Der Alte legt den Löffel beiseite. Er hebt die Suppe an die Lippen und trinkt in langsamen Schlucken. Tut so, als merke er nicht, wie sie mit sich ringt.

Sowie er die Terrine absetzt, knallt Sophie ihm eine Scheibe Vollkornbrot hin, die den Schoko-Nikolaus vom Brett fegt.

»Ich will eine Antwort!«, faucht sie.

»Was mich herbringt, ist eine lange Geschichte.«

»Blödsinn! Ich habe Ihnen eine einfache Frage gestellt.«

»Wenn es einfach sein soll, dann lautet die Antwort wohl: eine Frau.« Seine Augen ruhen jetzt auf ihr. Sie sind durchdringend, aber nicht stechend. Der Richter hat sie ähnlich angesehen. Sie konnte seinen Blick nicht erwidern.

»Ich möchte wissen, wieso Sie sich auf meinem Grundstück herumtreiben.«

»Dein Grundstück«, wiederholt er, als ob er den Worten nachschmecken würde. Sophie wird siedend heiß.

Er weiß es. Er ist geschickt worden, um nachzusehen, ob das Haus leer steht. Steffen, sie hat ihm das Haus mal beschrieben, ihm das Fotoalbum gezeigt, das sie aus dem Haus ihrer Eltern genommen hat, bevor sie alles in Kisten verpackten und die Vergangenheit in einem Lagerraum stapelten.

»Wie heißt du, Mädchen?«

»Sophie.« Gewispert. Es ist aus. Vorbei. Sie haben sie gefunden. Sie haben diesen Alten geschickt, um sie in Sicherheit zu wiegen. Vielleicht weil er die Gegend kennt, das bejahrte Bauernhaus im Wald.

»Es ist eine bedeutende Entscheidung, einen anderen Menschen aufzunehmen, und sei es bloß für eine Nacht.« Sie kann keinen Ton durch ihre Kehle quetschen.

Er nimmt ihre Hand. Sophies Finger verlieren sich darin, doch die Haut ist überraschend trocken und warm. Von der Hitze der Suppe, vermutet Sophie, denn sie kennt kranke Hände.

»Hast du Zeit für eine Geschichte, Sophie?«

Sie versucht zu sprechen, bereit, um Gnade zu betteln. Doch nur ein Krächzen entringt sich ihrer Kehle. Wenn sie Panik bekommt, versagt ihre Zunge. Sophies Verzweiflung ist stumm, war sie schon immer.

Er sinkt zurück ins Kissen, schließt die Augen. Gegen das helle Bettzeug erscheint der Fremde knorrig wie Gehölz bei Einbruch der Dämmerung. Der Druck der Pranke verstärkt sich. Sophies Finger in seinen beginnen zu glühen. Als er endlich spricht, ist seine Stimme leiser, gewinnt jedoch gleichzeitig an Klang. Sie füllt den Raum mit ihrer Mischung aus Torf und Winter und Fels.

»Ich wurde in einer Kate wie dieser geboren. In der siebten Stunde der letzten Rauhnacht, so hat meine Mutter es mir erzählt. Nun, nicht ganz eine Kate wie diese, aber dem Wald genauso nah.« Er legt den Kopf zur Seite, lauscht nach draußen, wo ein leichter Wind eingesetzt hat, den Nebel zerreißt. »In stürmischen Nächten verschwamm die Grenze von Dach zu Astwerk. Wände und Stämme knarrten im selben Lied. Meine Mutter, sie legte an solchen Abenden ein Knäuel Garn unter unseren Holunderstrauch. Eine Gabe an eine Macht so unvergänglich, dass sie selbst heute in den Erinnerungen der Menschen weiterlebt.«

Sophies Herzschlag hat sich wieder beruhigt unter dieser Stimme, die nach einer Decke, einem alten Buch und einer Tasse heißer Schokolade ruft. Sie hat sich umsonst aufgeregt. Diese Geschichte, sie hat nichts mit ihr zu tun. »Garn?«, fragt sie. »Wie im Märchen von Goldmarie und Pechmarie?«

»Ein Gebet an eine Göttin. Eine Bitte um Schutz.«

»Klingt nach neumodischer Naturgottheit.«

»Nein, nicht neu. Uralt – und wunderschön.« Er seufzt. Sekunden verticken ungezählt. Als ob sie Zeit hätte, um ihm beim Sich-Erinnern zuzuschauen! Gerade will Sophie ihn anschnauzen, nicht ihre Zeit zu vergeuden, da setzt er fort: »Mein Vater, er gab vor, nicht zu bemerken, was meine Mutter tat. Vielleicht wusste er es tatsächlich nicht. Zwar ging er nicht oft zur Kirche, doch genauso mied er den Wald und alles, was der Klerus als heidnisch auslegen könnte.«

»Was war mit Ihrem Vater?«

»Mein Vater war ein Knecht, und wie er war ich zur Knechtschaft geboren.« Die dunklen Augen öffnen sich zum Fenster hinaus in die Nacht. Zwischen den Bäumen schimmert diffuses Licht. Sophie hat die Lampe auf der Veranda angelassen, bevor sie zur Kate gegangen ist. Ihr Signalfeuer für eine sichere Rückkehr, falls der Nebel dichter würde.

»Mein Name ist Ruprecht, aber diesen Namen musste ich mir erst verdienen.«

Der Name Knecht Ruprecht gab vielen Forschern
Rätsel auf. Ein rauher Gesell, ein Knecht, der belohnt
oder straft, und darin ewig verbunden
mit einer heidnischen Göttin namens Percht.
Ein finstrer Name, der durch die Zeiten hindurch glänzt.
Geh nicht nach dem Klang eines Namens, der du versuchst,
Geschichte in Worte zu fassen. Grabe tiefer.
- Marians Chronik.

Umspült von Gräsern und Blüten stand der Knabe inmitten
der Wiese. Halme kitzelten seine Waden. Blütenblätter kleb-
ten an lehmigen Zehen. In den Händen zitterte eine Sense.
Blut rötete die Margeriten und versickerte im Gras, das sich
unter dem toten Vater teilte.

Sein Vater war nicht gefallen wie ein Engel, sondern wie
der Knecht, der er gewesen war. Nach vorne gekippt, als das
böse Bein unter ihm nachgab, das frisch gewetzte Sensenblatt
unter sich begrabend. Sein linkes Knie lag froschgleich angewinkelt, das Gesicht drückte in die frisch geschnittene Mahd.

Der im Schock erstarrte Sohn blieb nicht lange allein.
Zwei weitere Burschen mit honigfarbenen Oberkörpern näherten sich ihm wie verwilderte Hunde. Ein Blick auf den
leblosen Knecht, das Bein mit dem schmutzigen Verband,
wo die Streifen einer Blutvergiftung das Wadenfleisch
durchzogen, und sie leckten sich immerhungrige Lippen.
Sie waren gleichalt wie der schwarzhaarige Junge, doch einen Kopf kleiner.

Auf dem Fuhrweg blieb ein Mann unter einer Vogelbeere stehen. Er wischte sich den Schweiß von der Stirn
und stützte sich auf seinen Stab. Die Straße führte oberhalb
der Wiese zwischen Hecken hindurch. Die jungen Knechte
hatten ihn nicht bemerkt.

»Was ist, du Waldochse? Solltest du nicht für ihn beten?«,
kläffte der kleinste der drei Knaben.

»Den hat doch eh der Teufel geholt«, höhnte der mittlere.

Der größte, der jetzt ein Waise war, stierte weiterhin auf die Leiche seines Vaters. Reglos, einzig die starken Hände bebten, während er auf die Trauer wartete, die verzehrende Woge von damals, als die Mutter ihr Lebensblut in Laub und Erde vergoss. Doch Sommer, Sonne und schattenloses Feld bargen keinerlei Trost. Stattdessen wuchs in seiner Brust ein Loch, raubte ihm Stimme und Tränen.

Der mittlere Junge, angestachelt durch die Betäubung seines Opfers, schubste den nun Vaterlosen. »Mach schon! Oder bist du zu dumm, um für deinen Alten zu beten? Müssen wir den Pfaffen aus seinem Mittagsschlaf reißen, damit er deine Aufgabe tut?«

Keine Antwort. Da trat der Bursche zu. Von oben nach unten in die Kniekehle. Der Waisenjunge stürzte. Die Sense flog in die Wiese, seine Stirn prallte gegen die Ferse des Vaters. Sofort schnellte er zurück, auf die Hände gestützt, keuchend vor Angst, ob das, was seinen Vater getötet hatte, auch ihn anspringen würde.

»Los, bete schon, du Heidensohn!«, grölte sein Angreifer. »Hat dir denn niemand was beigebracht?«

Oberhalb trat der Mann aus dem Schatten der Vogelbeere, den Wanderstab in der Faust.

Der Sohn konnte den Blick nicht von der Ferse seines toten Vaters wenden. Eine hufförmige Kruste aus Grind und Erde bröckelte dort. Der Junge griff sich an die Stirn, rieb heftig über Haut und Haar, um sich des Teufelsmals zu entledigen.

»*Vnser vater – dem hymel*«

Der Junge stockte. Zerrte an seinen Haaren, schwarz wie die gekräuselten Härchen auf dem zerstörten Bein des Toten. Versuchte es erneut, doch anstelle der auf Kirchenbänken gemurmelten Worte rauschten Bilder an seinem Auge vorbei: von einer Schüssel Brei, vor die Tür gestellt; von Rauchwerk in der Stube, während draußen Schnee fiel. Seine Mutter im Sprung über ein Feuer, wispernde

Baumwipfel, ein Kreis aus Apfelblüten, Spindel und Woll-
knäuel auf einem Brunnen – die Gebete einer unchristli-
chen Welt.

»Vnser vater – yn dem hymel.

Deyn name – reych ...

Geschehe teglich brott –«

»Der Hundsfott taugt ja zu gar nichts!«, kreischte der
kleinste der drei Burschen. Sein Kumpan bog sich vor La-
chen, doch das Gelächter verstummte jäh. In den pechschwarzen Augen des Verwaisten loderte
die Hölle auf. Er bleckte starke weiße Zähne, ein Knurren
brach aus seiner Kehle. Im nächsten Moment stürzte sich
der Knabe auf die beiden anderen. Er begrub sie unter sich,
presste seine Unterarme in ihre Gesichter. Schläge prasselten auf ihn ein, Knie boxten, aber er drückte seine Gegner
erbarmungslos nieder, ungeachtet der Hiebe, die er selbst
einstecken musste. Sein Vater hatte ihm nicht beigebracht,
sich zu wehren – er hatte ihm nie etwas beigebracht –, aber
einst auf einem Jahrmarkt hatte der Junge einen Bären
kämpfen sehen, und genauso brüllte und kämpfte er auch
jetzt. Ein Nasenknochen knackte unter seiner Elle.

Von der Straße aus waren die Jungen inmitten des hohen
Grases kaum noch zu erkennen. Ihre Schreie trieben Vögel
aus ihren Verstecken. Dann trennten wuchtige Stöße die
Kämpfenden.

»Schaut's das ihr hier wegkommt!«, schnauzte der Mann
mit dem Stab die beiden erschrockenen Kleineren an, die
sofort mit bluttropfenden Nasen davonstolperten. Dem
Waisen lief ebenfalls Blut über die Lippen, ein Auge
schwoll zu.

Der Rock des Mannes strahlte im Gras wie eine Mohn-
blüte. Der Junge witterte Seife und Salben unter den bunten Kleidern, im hellbraunen Haar und gestutzten Bart des
Gelehrten. Der Stab deutete auf den Toten. »Der Knecht
da, das ist dein Vater?«

Der Junge nickte. Späte Tränen brachen Rinnsale in sein
sommerbraunes, dreckverkrustetes Gesicht. Er sehnte sich

in den moosigen Trost des Waldes, wo die Verstecke reichlich waren. Die beiden anderen Burschen rannten über die Wiese davon, doch ihm verstellte der Mann den Weg.

»Gehört's ihr dem Großhuber?«

Ein weiteres Nicken. Der Junge kannte den Feingekleideten vom Sehen. Nikolo hieß er. Der frühere Küster half dem Großhuber mit seinen Büchern, und die Handwerksmeister und Kaufleute schätzten ihn als Lehrer. Dabei kursierten Geschichten über ihn, weil sich sein Eheweib ertränkt haben sollte und er keine Kinder hatte.

Der Mann musterte seinerseits den Waisen unverhohlen. Die nackten Füße, die in keinerlei Schuhe von Gleichaltrigen passten, die sehnigen Unterschenkel unter knielangen Hosen und den schäbigen Gürtel mit dem Kumpf und dem Wetzstein für das Sensenblatt. Den blanken, von harter Arbeit gezeichneten Leib, der bereits jetzt kräftiger war als der so manch erwachsenen Mannes.

»Wie heißt du, Bursche?«

»Rupp.«

»Und, Rupp, kennst du deine Gebete?«

Umgehend kehrte die Starre zurück. Der Schmerz ob des Versagens seinem Vater gegenüber.

»Ich erwarte eine Antwort, Junge.«

»Nein, Lehrer.«

»Was ist mit deiner Mutter?«

»Tot.«

»Geschwister?«

»Nein.«

Nikolo blinzelte gegen die Sonne an zu der Stelle, wo die Leiche des Vaters lag. Schließlich sagte er: »Wenn du mit mir kommen magst, dann werde ich sie dir beibringen, Rupp. Deine Gebete. Überleg's dir.«

Damit griff Nikolo seinen Stecken erneut wie einen Wanderstab, wandte sich ab und stapfte am Rande der Wiese entlang zurück zum Fuhrweg. Rupp stierte ihm nach, dann auf seine Hände. Er hob sie hoch vor die Brust, presste sie zusammen, bis das Zittern aufhörte. Seine Lippen bewegten sich stumm, doch die richtigen Worte entflohen ihm. Der letzte Dienst an seinem Vater, er konnte ihn nicht erfüllen.

Oben am Fuhrweg verschwand Nikolo hinter der Hecke.

Rupp strich sich über den Mund und wischte das Blut an seiner Hose ab. Die Sonne stach auf ihn nieder. Fliegen schwirrten an ihm vorbei zu der Delle im Gras, wo der Vater lag und darauf wartete, dass sein nutzloser Sohn sich seiner Gebete erinnerte.

Nikolo nahm Rupp zu sich. Der Großhuber ließ sich das bezahlen, teuer, weil er einen starken Burschen verlor. Nikolo zahlte allerdings nicht mit Geld. Er hatte eine andere Währung: Wissen. Das Informationszeitalter, auf das ihr so stolz seid, es begann bereits mit Adam.«
»Ich dachte mit Eva.« Sophie runzelt die Stirn. »Von welchem Jahrhundert sprechen wir eigentlich?«
»Dies alles geschah vor fast fünfhundert Jahren.«
Das sechzehnte Jahrhundert. Will dieser ergraute Hüne ihr seine Ahnengeschichte erzählen? Es würde zumindest den seltsamen Dialekt des Vaterunsers erklären. Immerhin ist Ruprecht ein authentischer Erzähler, das gefällt ihr.

Aber wieso lungert sie überhaupt noch hier herum? Sie sollte schon längst zurück im Haus sein. Außerdem ist Ruprecht erschöpft, sein Kopf auf das Kissen gesunken, die Lider gesenkt, seine Stimme matt.

Hungere ich nach Gesprächen?, fragt Sophie sich. Ohne Telefon, ohne Fernsehen, nur mit ein paar verstaubten Büchern und einem Stapel Romanhefte, die sie schon nach einer Woche ausgelutscht hat. Vorgestern hat sie sich dabei ertappt, wie sie beim Sammeln von Reisig laut mit sich selbst diskutierte.

»Ich muss los.« Sophie steht so abrupt auf, dass ihr Stuhl nach hinten kippt und auf den Boden knallt. Im gleichen Moment krümmt sich der Alte in einem Hustenanfall. Sofort liegt das Asthmaspray in Sophies Hand, ihre Finger berühren Ruprechts kantiges Kinn. Sein Bart kitzelt.

»Mund auf, einatmen!«, befiehlt sie. Sie hat nichts Besseres, bloß dieses Spray, das zischt, während Ruprechts Kehle rasselt. Seine Brust hebt und senkt sich in schweren Atemzügen. Die dichten Augenbrauen ziehen sich misstrauisch zusammen, er macht Anstalten, den Kopf fortzudrehen. Sophies Griff wird fester. »Das wird Ihnen helfen. Gegen die Atemnot.«

Er solle sich nicht anstrengen, will sie hinzufügen, aber sie hält die Worte zurück. Morgen muss er gehen, Krankheit hin oder her. Sie schnuppert an seinem Hemd. Kein

Zigarettengestank. Seine weißen Zähne sprechen ebenfalls nicht von einem langjährigen Raucher. Morgen früh wird sie ihr Stethoskop mitbringen.

»Sie holen ja ganz schön aus mit Ihrer Geschichte.« Sie zieht die Decke höher über Ruprechts Brust, dessen Kopf ermattet zur Seite gefallen ist. Ist er eingeschlafen? Sie blickt auf die Uhr. Sie sitzt seit fast einer Stunde hier, was denkt sie sich dabei? Solange ist sie dem Haus noch nie ferngeblieben. Sie wirft sich ihren Schal über.

Da spricht Ruprecht erneut: »Was bedeutet schon ein halbes Jahrtausend? Das Leben damals, das Leben heute? Vor den Jahren sind alle Menschen gleich, in Recht wie Unrecht, in Sühne wie Erlösung.«

Was soll das denn? Jetzt klingt der Kerl wie ein Priester. Die offene Tür in der Hand, ist Sophie stehen geblieben, aber nicht ohne einen Blick hinauszuwerfen in Richtung Haus, wo die Verandalampe durch Nacht und Geäst den mattest möglichen Schein wirft. Sie muss sich eilen. Sie kann sich nicht über das Gerede eines alten Mannes Gedanken machen.

Leiser fügt Ruprecht hinzu: »In Knechtschaft und Liebe.«

»Ich habe dafür keine Zeit«, faucht Sophie und rennt los, bevor dieser letzte Satz sie einholen und verschlingen kann. Die Tür schlägt hinter ihr gegen den Rahmen, ohne einzurasten, aber sie hält nicht an. Soll sich der Alte aus dem Bett schälen und sie schließen!

Im Wald hält sie den linken Unterarm schützend vor das Gesicht, damit keine Zweige in ihre Augen peitschen. Das Leuchtzifferblatt ihrer Uhr hüpft vor ihrer Stirn auf und ab. Sie war nie eine gute Läuferin, hat nicht die Figur dazu. Zu kurze Beine, ein Hintern voll und rund wie ein Pfirsich, eher Anker als Motor, dabei ist sie doch ein Fluchttier.

Ein Satz auf die Lichtung, und es wird heller um Sophie. Im Sprint über die Wiese versucht sie die Bilder des toten Knechts aus Ruprechts Geschichte zu verdrängen, doch ihre Fantasie gebärt sensenschwingende, von Kapuzen verhüllte Vogelscheuchen. Der Tod streicht über ihren Nacken. Die Veranda ist vom Nebel glitschig. In ihrer Eile rutscht Sophie aus und kracht gegen die Tür. Innen springt bellend der Hund herbei. Sie löscht die Lampe, indem sie auf den Schalter einhämmert, dann knallt sie die Tür hinter sich zu und dreht den Schlüssel. Schließt den Sensenmann aus. Der Hund reibt sich winselnd an ihren zitternden Beinen. Sie hat vergessen, ihn zu füttern.

Am nächsten Morgen beugt sich das Gras unter Reif. Wie in einer Schwarz-Weiß-Aufnahme ruhen Wald und Lichtung unter einer grauen Wolkendecke. Sophie hat das Transistorradio vom Speicher nach draußen geschleppt, dreht an den Knöpfen, doch die Antenne ist abgebrochen und empfängt nur Rauschen. Wie gerne würde sie den Wetterbericht kennen. Wann kommt der Schnee?

Eine Tasse Kaffee dampft ihr Aroma in die Morgenkälte. Irgendwo im Gebüsch jagt der Hund selig einem Hasen nach. Er entfernt sich niemals weit vom Gebäude. Er dreht seine Runde, taucht zwischen den Bäumen auf, vergewissert sich, dass Sophie noch auf der Veranda steht, und gibt erneut Gas. Er ist nicht groß, dafür länger als ein Dackel, kastanienbraun mit Schlappohren und einem Stummel, wo seine Rute kupiert wurde.

Jenseits der Lichtung, dort wo unter den Baumwipfeln die Kate liegt, steigt kein Rauch auf. Also hat der Fremde nicht weiter geheizt. Vielleicht ist er ja bereits gegangen?

Sophie stellt sich vor, wie sich Ruprecht den Fahrweg entlangschleppt. Den Wanderstab kann er von ihr aus gerne behalten. Sie glaubt nicht, dass ihn irgendwer noch verwendet.

Sie geht ins Haus und holt den Topf mit zimtgewürztem Dinkelbrei und in Butter angebratenen Apfelstücken. Das Fieberthermometer steckt sie in die Jackentasche. Dann pfeift sie dem Hund. Es dauert keine sechs Sekunden, bis er hechelnd auf der Matte im Windfang steht, das braune Fell an den Spitzen feucht.

»Ich bin gleich wieder zurück«, sagt sie laut und schließt ein wenig zu hastig die Tür. Sofort ist es wieder da, das schlechte Gewissen.

Der Reif knistert unter ihren Schritten. Eine Krähe flattert zwischen den Bäumen. Sophie hört Ruprechts krampfartigen Husten, noch bevor sie den Wald betritt. In der Kate schabt ein Stuhl über den Boden. Im nächsten Augenblick rumpelt es; ein schwerer Körper fällt. Sophie rennt los. Als sie durch die Tür prescht, hat Ruprecht sich bereits wieder auf die Lagerstatt hochgezogen.

»Ich habe Ihnen doch gesagt, Sie sollen das Spray verwenden, wenn es zu schlimm wird.« Sophie stellt ihre Sachen ab und hilft Ruprecht zurück unter die Decke.

»Ich wollte mein Bündel packen.«

Sie wirft einen Blick durch die Stube. Das Säckchen steht unangetastet in der Ecke. Der Mantel hängt über dem Stuhl wie am Abend zuvor. Sie hält Ruprecht das Thermometer vor die Nase. »Unter die Zunge damit!«

Er greift nicht danach.

»Du willst mich hier nicht haben, Sophie. Ich kann gehen. Ich möchte nicht deine Sorge sein.«

Sie blickt ihn rundheraus an. »Wussten Sie, wer hier wohnt, als Sie herkamen?«

»Nein. Doch ich sah die Stiefel vor der Tür. Fürchtest du mich, Sophie?«

Sie schüttelt das Thermometer, welches die Temperatur ihrer Faust angenommen hat. Nein, sie hat keine Angst vor ihm. Nicht vor ihm als Mann, als Fremder, selbst wenn er aussieht wie ein finstrer Gesell, vor dem Mütter und Märchen warnen.

Sophie trifft ihre Entscheidung. »Sie können hier in der Kate bleiben, bis Sie kräftig genug sind, um allein bis zur Straße zu laufen.«

Er mustert sie. Sie wissen beide um die Wahrheit.

»Ich sterbe, Sophie.«

»Nicht so bald, wenn Sie in ein Krankenhaus gehen.«

»Bis die Rauhnächte beginnen, werde ich leben.«

Sie starrt ihn an. Er deutet ihr Stirnrunzeln falsch. »Bis Weihnachten«, erklärt er, und die ruhige Kraft, mit der er spricht, trifft sie wie eine Woge. Dieser Wille, so erwachsen. Ist sie die einzige auf der Welt, die ihr Schicksal nicht erträgt? Für die der Heilige Abend nicht spät genug kommen kann?

»Wieso Weihnachten?«, krächzt sie. Ruprecht sieht ihr nicht aus wie einer, der auf das Christkind wartet.

Er ist abgelenkt von etwas, was er durch das Fenster sieht, oder er weicht ihr aus. Jedenfalls spielt ein trauriges Lächeln um seine Lippen. »Es wird Schnee geben.«

Sophie lehnt sich über das Lager und verrenkt sich fast den Hals, um zum Himmel zu gucken. »Was, heute?«

»Nein, aber zur rechten Zeit. Sophie, ich muss dir nicht zur Last fallen. Ich bin dankbar für das, was du bereits für mich getan hast.«

Lächerlich. Was sie getan hat, ist lächerlich. Plötzlich könnte sie losheulen.

»Wir werden sehen.« Sie blickt sich in der Stube um, macht eine Liste. Schaffelle, mehr Kerzen, eine Thermoskanne, Klopapier. Irgendwo im Haus hat sie ein Rätselheft herumfliegen sehen. Ob es eine zweite Taschenlampe gibt?

»Essen Sie den Brei auf, ich komme später wieder. Ich hab noch ein paar Fragen zu der Geschichte, die Sie gestern erzählt haben.«

»Die Menschen sahen damals anders auf die Welt, Sophie. Der Teufel war allgegenwärtig. Fluch und Sünde trugen Kleider und Dämonennamen. Sie waren greifbar. Sie lauerten hinter Wegbiegungen, in Höhlen und finstren Ecken, in nicht gesprochenen Gebeten. Der Glaube war stark.«

»Wohl vor allem der Aberglaube.«

»Ah, aber was ist Aberglaube?«

Unvermittelt steht Steffens Gesicht vor ihr. An ihn hat sie auch einmal geglaubt. An ihn und ihre Ehe und dass er ein guter Mann wäre. Vielleicht auch irgendwann ein guter Vater. Aber kann sie ihm das wirklich vorwerfen? Sie hat ja auch einst an sich geglaubt. Sie spürt nach. Der Gedanke an ihren Mann weckt keine Gefühle. Höchstens Müdigkeit.

»Aberglaube ist, sich in den Falschen zu verlieben.« Erst glaubt sie, er hat einen weiteren Anfall, dann merkt sie, dass er lacht. Das ganze Bett wackelt unter dem Gelächter, und er hört gar nicht mehr auf. Sie muss ebenfalls grinsen, dabei dachte sie schon, sie hätte es verlernt. Es tut gut, und beinahe fühlt sie sich deswegen schuldig.

Ruprecht beruhigt sich wieder. »Was weißt du über das sechzehnte Jahrhundert, Sophie?«

Nachdenklich sammelt sie das schmutzige Geschirr vom vorigen Abend ein. Ihr Geschichtsunterricht liegt sechs Jahre zurück. Dann fällt ihr etwas ein: »Martin Luther. Die Reformation. Hexenverfolgung!« Noch etwas, was ihr Gehirn aus staubigen Schulecken hervorkratzt. Plötzlich macht ihr das Ganze Spaß; die grauen Zellen kommen auf Touren. Vor ein paar Jahren schlug ein ehemaliger Sozialkundelehrer auf ihrer Station auf. Auf seinem Nachttisch lag ein Buch, daran erinnert sie sich jetzt. Der Titel, wie hieß er noch gleich?

»Die Bauernaufstände!«, ruft Sophie und genießt einen kurzen Moment des Triumphs über das Vergessen. »Die Bauern kämpften damals gegen die Knechtschaft.«

»Knechtschaft«, wiederholt Ruprecht leise. »Ketten, sie finden sich überall und in verschiedenen Formen. Rupp war kein Krieger, er war kein Politiker, doch auch er sehnte sich danach, mehr zu sein als ein gewöhnlicher Knecht. Und eines Jahres im Dezember, er war sechzehn, da schmeckte er zum ersten Mal, was sonst nur Richtern und Göttern vorbehalten war.«

Sankt Nikolaus, Gabenbringer, Himmelsbote,
Lichtgestalt des Advents – bis Luther und die Seinen ihm
nicht länger huldigen wollten.
Mancherorts verbannt, seines Namens beraubt,
seiner Rolle enthoben, witterten düsterere Gestalten ihre
Chance und krochen aus dem Dunkel ins Dämmerlicht einer
neuen Zeit. Waren sie neu? Waren sie älter?
Aber vor allem: weshalb so finster?
- Marians Chronik.

Nikolo verwandelte sich im Schutze einer Scheune in seinen Namenspatron. Vom Mann zum Heiligen – wenn in Kleidern ein Zauber steckte, dachte Rupp, dann könnte vielleicht auch ein Knecht ein König werden.

Rupp wischte mit einem Lappen Wasserränder und Schmutz von Nikolos Schnallenschuhen, dann half er ihm beim Binden des mit dunkelrotem Samt eingefassten Umhangs. Zuletzt lösten sie die Lederhülle von der Spitze des bischöflichen Stabs. Die kunstvolle Krümmung am Ende war Rupps Werk. Unzählige Nächte hatte er an ihr gefeilt. Der Schmied des Nachbarorts hatte einen kupfernen Ringbeschlag für das Verbindungsstück gefertigt und sein Weib das Kreuz auf die Mitra gestickt, unter der sich Nikolos Haar bis zu den Schultern wellte. Sie hatte nichts dafür genommen. Damit der Heilige Nikolaus ihr Haus segne, sagte sie. Wer gibt, dem wird gegeben werden.

Nikolo breitete die Arme aus und äugte an sich herab. »Wie sehe ich aus?«

»Würdevoll.« Nikolos Frage und Rupps Antwort waren mittlerweile Teil ihres jährlichen Rituals zum Namenstag des Heiligen, an dem Nikolo in das Gewand seines Vorbilds schlüpfte und sorgsam ausgewählte Familien mit der Einkehr von Sankt Nikolaus beehrte. Rupp bückte sich nach dem Sack mit den Geschenken.

»Warte, Junge. Ich habe etwas für dich.« Nikolo kramte in seinem Bündel. »Der Diener des Heiligen Nikolaus kann nicht in Lumpen einkehren.«

Es war ein neues Hemd, nicht vom Altkleiderhändler und daher weder abgetragen noch ausgeblichen, sondern schwarz wie Rabenflügel. Nikolo schaute zu, wie Rupp sein altes Wollhemd über den Kopf zog und sich sein nackter Oberkörper vor dem stetig rieselnden Schnee draußen abzeichnete. Das neue Hemd ließ noch Platz an den Schultern, aber Rupps Muskeln würde es schon bald ausfüllen. Das Hemd lag weich auf der Haut. Nikolo hielt nichts von kratzigen Stoffen.

Rupp grinste Nikolo an, während er seinen Gürtel über dem Hemd zuzog und die Schnüre an den Ärmeln band. Mit seiner dunklen Gewandung hätte Rupp als Nikolos Schatten gehen können, hätten sie die gleiche Statur gehabt und hätte der Jüngere den Älteren nicht bereits an Schulterbreite und Größe übertroffen.

Sie ließen ihre Sachen in der Scheune zurück. Rupp schulterte den Sack. Draußen neigte sich der Nachmittag dem Abend entgegen. Das Häuschen des Torwärters lag dunkel. Innerhalb der Dorfumwehrung schloss sich als erstes Gebäude das Haus des Schmieds an. Nikolo musste sich bücken, damit seine Mitra nicht an der Dachtraufe hängenblieb, Rupp, damit er sich nicht den Kopf stieß. Der Stab klopfte gegen die Tür.

»Ho-ho!«, rief Nikolo. »Lasst ein den Heiligen Nikolaus, Ihr braven Leut!«

Aufgeregtes Quietschen antwortete ihm. Schaben, dann das Trappeln von Kinderfüßen. Eine Männerstimme schalt die Kleinen albern, forderte Anstand und Ruhe ein. Die Schmiedin öffnete die Tür, ein Glühen auf den runden Backen. Ihr Blick glitt wohlgefällig über die Mitra, dann über den Kupferbeschlag des Stabs unter Nikolos Fingern.

»Tretet ein, Sankt Nikolaus! Wärmt euch und teilt unser Mahl.«

Ihr Mann trat neben sie, um dem Besucher über die Schwelle zu helfen. Rupp bückte sich hinter Nikolo durch die Tür und verschmolz sofort mit der im Schatten liegenden Wand.

Die fünf Kinder des Schmieds standen aufgereiht wie Orgelpfeifen hinter dem Tisch, auf dem die Schmiedin das Abendmahl auftrug. Das kleinste zählte gerade drei Jahre, der älteste Sohn elf. Zehn kugelige Augen hefteten sich in solchem Staunen auf Nikolo, dass Rupp zweifelte, ob sie den Mann unter der Erscheinung des Heiligen überhaupt wiedererkannten. Nikolo jedenfalls wirkte nicht nur durch die bischöfliche Mitra größer. Seine Haltung, gar seine Stimme änderten sich. Das Gesicht feierlich, die Pupillen geweitet, nahm er mehr Raum ein, als seine schmale Figur ihm sonst zugestand. Er sprach salbungsvoll und strich sich immer wieder mit ringbeschwerter Hand über den gestutzten Bart.

»Und wer ist diese Maid?« Nikolo hatte einen Becher aus glasiertem Ton mit Birnenmost entgegengenommen und deutete auf ein Mädchen, das etwas abseits auf einem Hocker saß. Sie wiegte zwei Säuglinge, deshalb war sie nicht aufgestanden, um den Besucher zu begrüßen. Sie war mager, höchstens fünfzehn, mit einem herzförmig-weichen Gesicht und einer gefälligen Stupsnase inmitten von eingefallenen Zügen. Sie erinnerte Rupp an ein verletztes Kitz. Er hoffte, dass ihr Aug auf ihn fallen würde, und schob sich ein wenig mehr ins Licht. Aber das Mädchen hob nicht einmal den Kopf, als Nikolo sie unmittelbar ansprach.

»Die Dirn ist die Nichte meiner Frau.«

»Die Gesellin der Hebamme, wenn ich nicht irre.« Es gab nichts, was Nikolo nicht über das Leben in den umliegenden Weilern und Dörfern wusste. »Sind das deine Bälger, Kind?«

Das Mädchen antwortete mit einem Schluckauf und krampfte die Hände in die Säuglingsdecke. Hastig mischte sich die Schmiedin ein:»Nein, nein, sie – das sind nicht die ihrigen. Das sind Waisen, sie hat sie mir nur gebracht, weil ich doch noch Milch hab.«

»Das Weibergewäsch interessiert unseren Gast nicht.« Der Schmied versuchte, Nikolos Aufmerksamkeit auf die Lebkuchen zu lenken. Nikolo hingegen hatte gerade Blut geleckt.

»Deine Meisterin, Kind«, fragte er, »die Hebamme: Hat der Schultheiß sie in letzter Zeit nicht häufig besucht?«

Der Schmied schob sich neben seine Kinder und damit wie beiläufig zwischen Nikolo und das Mädchen. »Wollt Ihr nicht die Meinigen prüfen, ob sie denn brav ihre Gebete sagen, Sankt Nikolaus?«

Nikolo ließ sich auf seinem Stuhl zurücksinken und griff nach einem Lebkuchen. Mit einem Mal schien er alle Zeit der Welt zu haben. Der plumpe Versuch des Schmieds, ihn abzulenken, versandete. Nikolo legte einen Finger an die Lippen, als würde er auf eine Stimme lauschen, die nur er zu hören vermochte, sein Schweigen ein erprobter Türöffner. Es brachte die Menschen so sicher wie eine Beichte zum Reden.

Die Schmiedin schluckte, setzte an und verstummte sofort wieder. Sie lechzte nach der Seligkeit, die der Heilige Nikolaus ihrer Stube versprach, aber ihr Mann trug eine warnende Miene. Ihre Aufregung färbte auf die Kinder ab, deren Blicke immer wieder zu Nikolo huschten und dann die Flucht in Ecken und Schatten suchten. Nikolos wartendes Schweigen streckte sich.

»Wer ist das?«, brach es unvermittelt aus dem ältesten Jungen heraus. Er deutete auf Rupp, der immer noch ein wenig gebeugt neben der Tür stand, wo ihn das Licht nicht voll erreichen konnte.

»Das ist der Knecht des Heiligen Nikolaus«, wies die Mutter ihren Sprössling zurecht und schlug den auf Rupp weisenden, ausgestreckten Zeigefinger beiseite. »Benimm dich!«

Nikolo schien auf einmal eine Idee zu kommen. Steif, weil die Mitra keine hastigen Bewegungen erlaubte, drehte er sich zu Rupp. »Mein Knecht trägt mir den Sack mit den Geschenken. Aber wenn nötig –«

»Unsre Kinder sind alle anständig gewesen das Jahr über. Sie beten jeden Abend!«, rief die Schmiedin stolz dazwischen.

»… straft er mir solche Kinder, die ihre Gebete nicht kennen«, fuhr Nikolo unbeirrt fort.

Vor Verblüffung knallte Rupp seinen Schädel gegen den Dachbalken. Meist ließ Nikolo ihn vor der Tür warten, während er selbst die Einkehr hielt. Nie hatte er ihm eine Rolle zugeteilt, welche über die eines Sackträgers hinausging.

Nikolo wedelte mit der Hand. »Nun, Knecht, worauf wartest du noch? Verrichte dein Werk.«

Rupp zögerte.

»Die haben alle was Leckeres verdient.« Die Schmiedin streichelte die Wangen ihrer drei Mädchen. Dem Dreijährigen schossen angesichts des finstren Riesens, dem er anstelle des heiligen Schutzpatrons überlassen werden sollte, Tränen in die Augen. Aber es war der Älteste, der Rupps Aufmerksamkeit erregte. Dessen Unterlippe hatte zu zittern begonnen, er wollte vortreten, doch seine Mutter verstellte ihm den Weg.

»Sind gute Kinder, die unsrigen. Äpfel, die mögen sie besonders gern.«

Nikolo fing Rupps Blick ein und zog eine fein geschwungene Augenbraue hoch. *Worauf wartest du?*, befahl sie.

»Habt ihr vielleicht …?« Nein, das klang nicht richtig. Rupp räusperte sich, bemühte sich um eine gestrenge Miene, wie er sie aus Nikolos Unterricht kannte. »Eine Kammer bräucht ich, um selbst zu hören, was die Kinder verdienen.«

Das Rumpeln seiner Stimme in der sich zur Nacht hin verdüsternden Stube brachte nun auch die zwei jüngeren Mädchen aus der Fassung. Der älteste Sohn klappte in sich zusammen. Die Mutter wandte sich flehentlich ihrem Gatten zu. Dieser jedoch deutete nach hinten, ans andere Ende des Hauses.

»Die Kammer, die kannst du nutzen. Passen aber nicht alle rein.«

Nikolo nickte aufmunternd. Rupp ergriff den Gabensack.

»Ein Kind nach dem anderen«, bestimmte Nikolo. »Die anderen sollen vor der Kammer warten. Nein, Mädchen, du brauchst nicht mitgehen.« Die Hebammengesellin machte Anstalten, die Säuglinge der Schmiedin in die Arme zu drücken. »Du hast nichts Arges getan, das sehe ich sofort.«

Das Mädchen brach in Schluchzen aus.

»Komm her, mein Kind. Teil meinen Kuchen und unterhalt dich mit mir. Erzähl mir deine Sorgen.« Nikolo klopfte auf den Hocker neben sich. Als Rupp einen Blick über die Schulter warf, glänzten Nikolos Augen im Schein des Herdfeuers wie mit Wein gefüllte Kelche.

Den Dreijährigen ließ Rupp noch vor der Kammer in das Säckchen greifen und scheuchte ihn, strahlend über seinen Apfel und weil er so einfach davongekommen war, zu den Eltern zurück. Die anderen hieß er warten, während er die beiden jüngsten Mädchen in die Kammer bat.

Er schloss die Tür, obwohl der Spalt unten so hoch war, dass die Tür den Schall kaum dämpfte, und ließ sich zeigen, wie die Kleinen die Hände zum Gebet zusammenlegten. Zur Belohnung erhielten sie die Fäuste voll mit Nüssen sowie die Ermahnung, sich in der Stube still in eine Ecke zu setzen und Vater, Mutter und den Heiligen Nikolaus nicht zu stören.

Die nächste an der Reihe – engelsblondes Haar, Veilchenaugen – zählte acht Jahre und ließ sich von Rupps grimmigen Gesichtsausdruck nicht einschüchtern. Ihr Geschnatter hätte einen Stein zum Schmunzeln gebracht. Sie erzählte ihm, dass die Katharina – das war das Mädchen in der Stube – vor vier Tagen angekommen sei, mitten in der Nacht. Dass sie blaue Flecken auf dem Rücken habe, jede Nacht weine und die Mutter ihr was über die Brust band, »damit wir das abdrücken«, und der Vater, der sei böse gewesen mit der Mutter, und dann habe die Mutter gefragt, ob der Vater Angst vor dem Schultheiß habe, und da habe er mit der Hacke gegen die Wand geschlagen, und seitdem war da ein Loch und sie konnten jetzt, wenn sie ein Auge dagegen pressten, von der Schmiede in den Stall blicken.

»Darf ich zweimal in den Sack greifen?«, fragte sie am Ende ihres Wortschwalls ohne Übergang. Rupp war zu abgelenkt von dem Erzählten, daher huschte sie mit ihrer Beute fort, bevor er nein sagen konnte, denn einmaliges Hineingreifen war richtig und Gier eine Sünde.

Zuletzt blieb der älteste Sohn übrig. Er betrat die Kammer forscheren Schrittes als seine Schwestern, doch gesenkten Hauptes. Sorgfältig zog er die Tür hinter sich zu, dann sagte er, so deutlich er vermochte: »Ich habe meine Gebete nicht gesprochen.«

Rupp glaubte dem Jungen kein Wort. Er hatte ihn zur Kirchweih gesehen, ganz vorne, in der zweiten Reihe. Seine Lippen hatten sich sogar beim Latein des Pfaffen bewegt. Mit einem Mal kam Rupp sich sehr erwachsen vor, obwohl ihn und den anderen nur fünf Jahre trennten. Wäre seine Mutter nicht gestorben, hätte er vielleicht einen Bruder wie diesen gehabt. Einen, dem Rupp alles beigebracht hätte, was er wusste, der mit ihm zusammen durch die Wälder streifte …

»Wofür willst du bestraft werden?« Rupp stellte die Frage so leise, dass seine Stimme niemals unter der Tür hindurch in die große Stube tragen würde. Die Kammer war eng und düster, bloß erhellt von zwei Talglampen und einem allerletzten Rest Tageslicht, das durch ein winziges Fenster aus Rohhaut nach innen drang. Eine einzelne Träne tropfte auf den gestampften Lehmboden.

»Ich habe etwas kaputt gemacht.« Gehaucht. »Die Haube von der Großmutter. Die Kohlen … ich bin gestolpert. Die Haube, sie war angesengt, bevor ich irgendwas hätt tun können. Ich hab es niemanden gesagt. Ich hab die Haube einfach neben die Feuerstelle gelegt. Vater dachte, das Elfchen wäre es gewesen, aber sie ist ja noch klein, und so hat er ihr nichts getan, aber er hat die Mutter geback-pfeift, weil sie nicht auf sie aufgepasst hat.«

»Und jetzt fühlst du Schuld, weil du nicht die Verant-wortung übernommen hast?«

Ein Nicken.

Rupp reckte sich trotz der für ihn viel zu niedrigen Raumhöhe. »Zu Recht, denn was du getan hast, war falsch. Streck deine Hände aus. Handflächen nach oben.« Er schaute sich suchend um. In einer Ecke lehnte ein Reisig-besen. Die Finger des Jungen waren sorgfältig geschrubbt, doch selbst ein Wetzstein hätte nicht den Ruß unter den Fingernägeln restlos beseitigen können.

»Das wird wehtun.«

Der Junge hob das Kinn. Blickte Rupp an, ohne zu blin-zeln. Murmelte ein Wort.

Rupp schlug zu. Fest genug, damit die Hiebe die Arme nach unten klatschten, jedoch nicht die Haut aufrissen. Der Junge keuchte. Als Rupp ihm nach dem dritten Schlag die Hand in den Nacken legte und ihre Gesichter auf gleiche Höhe brachte, waren seine Augen allerdings trocken.

»Damit ist es gut«, sagte Rupp.

Kaum schloss der Schmied die Tür hinter ihnen, fuhr Nikolo zu Rupp herum. »Nun berichte! Was hast du erfahren?«

Rupp wiederholte, was die Achtjährige ihm erzählt hatte. Bei jedem Wort glitzerten Nikolos Augen ein wenig mehr.

»Der Schultheiß«, flüsterte er, dann, mehr zu sich selbst: »Damit kann ich was anfangen.«

»Was ist mit der Hebammengesellin?«

»Die hat nichts verraten, bloß geflennt und von einem gebrochenen Fuß gefaselt, weshalb sie angeblich vier Mo-nate das Hebammenhaus nicht verlassen konnte. Wer das glauben soll, bleibt mir ein Rätsel.«

»Können wir ihr nicht helfen?«

»Der wird schon geholfen, der törichten Gans.«

»Vielleich kann ich –«

»Meine Güte Rupp, wenn ein Vöglein dich einwickeln will, muss es nur mit einem lahmen Flügel winken. Aber ich warne dich, am Ende wirst du feststellen, dass du dir eine Krähe eingefangen hast.«

Rupp fand Krähen schön mit ihrem glänzenden Gefieder und klugen Augen. In seiner Kindheit hatten viele dieser Vögel die Bäume um ihre Kate bevölkert. Seine Mutter hatte ihm Sagen von weisen Raben erzählt, die ihrem Meister Kunde von dem Geschehen in der Welt brachten, aber Rupp wusste, dass Nikolo solche Geschichten nicht gerne hörte, daher schwieg er.

Seite an Seite wanderten sie durch den Ort. Es hatte zu schneien aufgehört; von den Dächern tropfte Schmelzwasser. Nikolo vergrub die Hände im Umhang, um sie vor der nasskalten Luft zu schützen.

»Das ist gut, was du erfahren hast, Rupp. Sehr gut. Die Bälger haben sehr offen zu dir gesprochen. Kinder, wir unterschätzen oft, was sie alles hören. Die Leute reden vor ihnen, sie nehmen sie gar nicht richtig wahr. Wir werden es im nächsten Haus genauso machen: Du nimmst dich der Kinder an. Prüfe, ob sie ihre Gebete kennen, dann sieh zu, was du aus ihnen herauskitzeln kannst. Derweil kümmre ich mich um ihre Eltern. Alles kann wichtig sein.«

Nikolo klatschte die Hände vor der Brust zusammen, aufgekratzter als Rupp ihn sonst erlebte. »Sprich, Rupp, wie war es? Hast du das Kribbeln gespürt, als sie dir vom Schultheiß erzählt hat? So wie beim Angeln, wenn es an der Leine zupft und du weißt, da ist etwas Großes?«

Nikolos Begeisterung hätte ansteckend sein können, aber Rupp dachte nicht an den Tratsch des kleinen Mädchens. Er konnte nur an das Seufzen des Jungen unter den Peitschenschlägen der Rute denken, die plötzliche Entspannung unter den Hieben. Das eine Wort, was er gemurmelt hatte. Zuerst hatte Rupp es nicht verstanden, aber jetzt wusste er, was es hieß.

Der Junge hatte danke gesagt.

Ein Junge soll dankbar sein, weil er geschlagen wird? Was für ein steinzeitlicher Mist ist das denn?« Sophie ist aufgesprungen und entreißt Ruprecht die halbleere Teetasse. Tropfen spritzen auf seine Hand. »Das Märchen von Knecht Ruprecht«, höhnt sie. »Herrschaft durch Angst und Schläge.« Rupp wischt den Handrücken am Bettzeug ab. »Darum denkst du, geht es? Um Macht? Nein, ich glaube nicht, dass du das denkst. Du verstehst sehr wohl.«

Und da ist es. Etwas in diesem gelebten Gesicht, das die Kantigkeit aufweicht. Plötzlich spürt Sophie den Druck ihrer Fußsohlen auf den Dielen und eine Kraft, die aus Holz und Erde steigt. Für zwei, drei Sekunden schwankt sie nicht, begegnet Ruprechts Blick. Hält es aus, gesehen zu werden.

Dann reißt sie die Arme hoch, die Tasse fliegt im hohen Bogen durch die Stube und zerschellt an der Wand. »Wenn Sie genug Luft zum Märchenerzählen haben, dann können Sie auch verschwinden. Morgen sind Sie hier weg!«

Sie stürmt aus der Kate, ohne sich ihren Mantel zu schnappen. Draußen ist es Mittag, das Licht trübe, die Wolken bedrohlich. Regen fällt in dichten Schleiern, durchnässt Sophie binnen Sekunden. Das Bauernhaus wirkt hinter dem Regen massiger. Verrammelt, abweisend, der Qualm aus dem Kamin vom Wetter verschluckt.

Kaum reißt sie die Tür auf, saust der Hund zwischen Sophies Füßen hindurch. Er schafft es nicht einmal bis zu den Bäumen, pinkelt noch auf die Wiese. Nicht einmal um den Hund kann sie sich richtig kümmern.

Mit eingezogenem Hinterteil und hängenden Ohren kommt er zu ihr zurückgewedelt. Doch Sophie schickt ihn fort, lässt ihn rennen, für ein paar Minuten seine Freude haben. Sie muss dankbar sein, wie geduldig er das Eingesperrtsein erträgt.

Seit gestern bekommt sie den Boiler im Bad nicht mehr zum Laufen. Also macht Sophie Wasser im Kocher heiß und gießt sich in der Dusche einen lauwarmen Eimer über den Kopf. Rostflecken sprießen an den Ecken der Wanne und um den Abfluss. Die Kacheln an den Wänden sind aus den Siebzigern, einige von ihnen gesprungen. Das Haus verkommt. Es beginnt, sich Sophies Kindheitserinnerungen zu widersetzen, als es Refugium und Abenteuerburg zugleich war. Die Sommer, die sie und Louisa hier verbracht haben, abgeschoben von den segelnden Eltern, sie sind verbannt in ein Fotoalbum. Das Haus ändert sich. Es ist ...

... still geworden.

Sophie streckt den Oberkörper aus der Dusche. Gänsehaut überzieht sie mit kalten Stacheln, die Angst schleicht sich heran. Sie lauscht mit angehaltenem Atem.

Nichts außer schwachem Rauschen und dem Summen der Elektrik aus dem Sicherungskasten im Flur.

Stille ist gut, sagt sie sich. Alles, solange der Hund nicht anschlägt.

Sophie klettert auf die Toilette, öffnet das Dachfenster und linst hinaus. Der Wald schläft im Regen. Genauso gut könnte sie völlig allein auf der Welt sein wie in diesem Roman über eine unsichtbare Wand, den sie in der Schule lesen musste.

Es wird Zeit, dass der Schnee kommt. Das Schlimmste ist das Warten.

Sophie zwirbelt aus Handtuch und nassem Haar einen Turban. Ihre braunen Augen im Spiegel sind von Schatten umkränzt. Die letzte Nacht war schlimm; sie hat kaum ein Auge zugetan, ständig in Alarmbereitschaft. Dreimal hat der Hund sie geweckt. Einmal ist sie aus einem Traum hochgefahren, in dem schrecklicher Husten sie verfolgte, Ruprechts Husten, nur dass er im Traum aus der Brust eines Kindes drang, das Sophie nicht sehen konnte, weil frisch gemähtes Gras es bedeckte.

Sie wird sich Ruprechts Geschichten nicht weiter anhören. Wieso meinen alte Männer stets, Krankenschwestern wären wild auf ihre Erzählungen?

Sophie schaltet den Heizstrahler an und setzt sich davor auf ein zweites Handtuch, das sie als Badvorleger verwendet, um nicht auf den kalten Fliesen stehen zu müssen. Sie zieht die Knie an, umfasst die Schienbeine. Es ist ihr Platz, ihre Zeit zum Weinen.

Gestern, da hat sie nicht geweint. Immerhin das hat Ruprecht ihr gegeben. Ein bisschen Ablenkung, ein bisschen Nahrung für den Geist. Seitdem liegen Bände eines Weltlexikons auf ihrem Nachttisch. Unten im Wohnzimmer füllen sie ein ganzes Regal. Sie sind alt – noch in altdeutscher Schrift, was ihr Mühe bereitet. Dennoch hat sie den Eintrag über die Reformation bereits gelesen.

Sie wird dem Alten heute Abend Kartoffelsuppe kochen. Sie muss haushalten mit den Lebensmitteln. Zwar hat er behauptet, er könne sich selbst verpflegen, doch was soll er in seinem Sack schon mit sich führen. Äpfel, Nüsse, Honigkuchen? – Was für ein Ammenmärchen. Unter den Tränen, die auf das Handtuch tropfen, kichert Sophie beinahe.

Aber sie wird ihm sagen, dass er ihr nicht noch einmal mit seinen Erlösungsgeschichten kommen soll.

Die Rauhnächte: dämonenreicher Zauber des Mittwinters.
Zwölf Nächte außerhalb der Zeit, in denen die Grenzen
zu anderen Welten fallen, Geister an Türen klopfen.
Die Zeit der Wilden Jagd.
Hütet euch. Denn die Dämonen lauern in uns.
- Marians Chronik.

»Dein Bursche da, Rupp, er ist stark wie eine Eiche. Wie alt ist er jetzt? Neunzehn? Zeit für ne Frau, oder?«

Ihr Gastgeber stellte einen Becher dünnes Bier vor Nikolo, dessen Lippen einen verkniffenen Strich bildeten. Der Becher wirkte verwaist auf dem sonst blanken Tischtuch. Keinerlei Speisen, nicht einmal Gebäck, warteten zu Ehren des Gastes. Kein Gesinde harrte entlang der Wände wie in anderen Gehöften, um der Einkehr von Sankt Nikolaus beizuwohnen. Bis auf die Bauersfamilie schien das große, neue Haus leer. Die Geste, mit welcher der Hofherr Rupp einen eigenen Trinkbecher reichte, schien jedoch nicht unfreundlich.

»Wenn der Großhuber deinen Rupp hier sieht, muss er doch bedauern, ihn dir damals gegeben zu haben. Wobei du ihm in der Sache wohl nicht viel Wahl gelassen hast.«

Nikolos Stirnrunzeln vertiefte sich. »Wie hätte ich ihn wohl überreden können?«

»Der Mann, der die Kinder des Großhubers unterrichtet und ihm bei den Rechnungsbüchern hilft? Wüsste nicht, wie ein solcher Kerl etwas über einen anderen in Erfahrung bringen könnte.«

»Du spottest, aber glaub mir, Thomas, die Menschen tun Dinge, auch ohne dass man ihnen den Dolch auf die Brust setzt.«

In der Ecke des Raums versenkte die Bäuerin ihre Nadel in einem Berg Stoff. Anna war eine Nichte von Nikolos verstorbener Frau. Rupp hatte Männer ihre Schönheit rühmen hören, doch jetzt steckte Annas Haar unter einer strengen

41

Haube, die Haut spannte sich über verhärteten Zügen. Auf ihrer Brust hob und senkte sich ein einfaches Silberkreuz über einem schwarzen Gewand.

Letzten Monat war Annas jüngere Schwester am Fieber verstorben – nach Jahren in Leibeigenschaft, weil die Familie beim Tod des Vaters den Erbteil nicht hatte leisten können. Anna selbst war damals der Leibeigenschaft nur durch die Heirat mit Thomas entgangen.

Auf dem Schranktisch neben dem Stuhl der Bäuerin lag ein gedrucktes Buch, das Rupp sofort erkannte. Eine Flugschrift steckte darin. Als Anna Rupps Neugier bemerkte, schob sie das Papier tiefer zwischen die Seiten und starrte ihn feindselig an.

Thomas musterte noch immer Rupp. »Ist heutzutage nicht leicht für einen Knecht, für ein Weib zu sorgen. Die Oberen, sie machen es einem immer schwerer, selbst einem so starken Burschen wie dir, der gut arbeiten kann.«

Rupp wusste nicht, was der Bauer von ihm hören wollte, aber er brauchte auch nicht zu antworten, denn Nikolo kam ihm zuvor.

»Rupp stellt keinen Mägden nach.«

»Wenn es Mägde sind, die er begehrt«, zischte die Bäuerin aus ihrer Ecke. Blut quoll aus einem Nadelstich in ihrem Daumen, so aufgebracht hatte sie den Stoff traktiert.

Nikolo knallte seinen Becher auf den Tisch. »Hast du mir die Tür geöffnet, weil du dich um meinen Knecht sorgst, Thomas?«

»Wir haben uns schon gefragt, wann du mal wieder bei uns anklopfst. Hast dich lange nicht blicken lassen.«

»Ich bin gekommen, weil ich annahm, euer Haus könnte ein wenig Freude und Segen vertragen.«

Thomas barg den blutenden Daumen seiner Frau in seiner Faust. Die Eheleute wechselten einen Blick. Anna seufzte.

Thomas murmelte: »Jedes Haus kann Freude und Segen vertragen.«

Nikolo sank besänftigt zurück. »Wo sind eure Kinder?«

»In der Küche.« Anna erhob sich. »Ich hole sie.«

Thomas hielt sie zurück. »Wir hörten, du überlässt die Befragung der Kinder oft deinem Knecht, Nikolo. Er soll gut mit ihnen können. Es wäre uns recht, wenn Rupp sich von unseren Kindern ein Gebet aufsagen ließe.«

Rupp war froh, in die Küche zu entkommen. Drei Jungen lümmelten dort auf Boden und Holzbank. Der Älteste schürte gerade das Feuer, die beiden Kleineren lutschten an honigverklebten Fingern.

»Thomas, Michael, Martin, der Mann hier möchte hören, ob ihr eure Gebete kennt.« Die Hausherrin war Rupp gefolgt.

Der älteste Junge kratzte sich mit dem Ende des Schürhakens am Fußrücken. Sein Blick flackerte listig Rupps Körper hinauf, wandelte sich jedoch zu widerwillig eingeschüchtert, weil er seinen Kopf dabei immer weiter in den Nacken legen musste.

»Wir kennen viel mehr Gebete als die anderen Kinder«, platzte es aus ihm heraus. »Vater liest uns die Bibel vor.«

Die Bibel in deutscher Sprache, von Martin Luther übersetzt, das Buch auf dem Schranktisch. Buchhändler verkauften sie auf den Marktplätzen, Lesekundige trugen sie jenen vor, die der Schrift nicht mächtig waren. Nikolo besaß ebenfalls eine. Den Mann und seine ketzerischen Lehren mochte er ablehnen, seine Bibelübersetzung faszinierte ihn jedoch.

»Welche Stellen liest euer Vater denn so vor?«

»Wie Jesus Gutes tut«, piepste der Kleinste. »Und wieso man keinen Stein schmeißen darf.«

»Jesus ist nicht der einzige, der den Menschen Gutes getan hat. Hat euch euer Vater denn auch von den Wundern von Sankt Nikolaus erzählt?«

»Vater sagt, wir sollen keine Heiligen anbeten«, schnappte der Älteste und reckte das Kinn, bevor seine Mutter einschreiten konnte. »Nur Jesus Christus steht zwischen uns und Gott – und niemand sonst.«

»Er ist Anhänger Luthers!«

»Deshalb hättest du ihn noch lange nicht beim Schultheiß anschwärzen müssen!« Rupp scherte sich nicht darum, ob sich andere Kirchgänger in Hörweite befanden. Die Glocken läuteten laut genug, um seinen Ausbruch zu übertönen.

Rupp und Nikolo hatten dem Hochamt nicht in ihrer Dorfkirche beigewohnt, sondern waren bereits im Morgengrauen aufgebrochen, um die Heilige Messe in der Klosterkirche zu feiern. Hier versammelten sich der Grundherr, die Reichen und Amtsträger am Morgen eines jeden fünfundzwanzigsten Dezembers, und Nikolo zog es zu den Mächtigen.

Nach ihren Besuchen am Nikolaustag setzte er sich Abend für Abend an sein Schreibpult und tauchte die Feder in Tinte. Nikolos Notizen drängten sich auf eng beschriebenen Seiten, Namen, Verbindungen, Ereignisse. Nicht alles nur Neuigkeiten, die er am sechsten Dezember erfuhr, sondern genauso Gerüchte, welche er das Jahr über anhäufte. Nikolo sammelte jederzeit, überall. Wie ein Bienchen, nur dass im Winter seine große Zeit kam. Dann öffneten sich ihm die Seelen der Menschen, weil sie dem Heiligen Nikolaus vertrauten.

»Ich habe mit dem Schultheiß ein paar Worte gewechselt, und wir kamen auf Thomas zu sprechen, das ist alles.« Nikolo reckte den Hals, um über die Köpfe der Anwesenden hin Ausschau zu halten.

Am liebsten hätte Rupp ihn geschüttelt. Jegliche Weihnachtsstimmung war ihm gründlich vergangen. »Erpresst du den Schultheiß eigentlich immer noch mit seinen Bankerten?«

»Ich erpresse nicht!«, fauchte Nikolo. »Außerdem teilt der Schultheiß unser Interesse, wer sich mit Luthers Anhängern verbrüdert.«

»Thomas ist ein guter Mann, kein Verbrecher! Was ist, wenn sie glauben, er hätte Aufständische unterstützt?«

»Woher willst du wissen, dass er das nicht getan hat?«

Die Kirchbesucher strömten in Richtung der Ortschaft unterhalb des Klosters, farbenfroh in faltenreichen Mänteln unter üppig geschmückten Krägen und Kopfbedeckungen. Für den Grundherrn sowie die Kaufleute, Handwerker, freien Bauern und Würdenträger von auswärts standen an der Straße Wägen bereit. Ein paar Bettler drängten den Herrschaften entgegen.

Rupp war größer als alle anderen, deshalb konnte er gut die Menge überblicken und beobachten, wie der Schultheiß an den Grundherrn herantrat und ihm etwas ins Ohr flüsterte. Einen Moment später richteten sich beider Augen auf Nikolo. Der Grundherr tippte sich an den Hut.

Nikolo strahlte. »Siehst du? Das wird mir noch viel nutzen.«

Rupp war schlecht. Er zerrte Nikolo um die Ecke der Klostermauer, wo ein Zaun aus Weidengeflecht winterkahle Obstbäume umfriedete.

Nikolo fegte Rupps Hand von seinem Arm. »Fass mich nie wieder so vor den Augen unseres Freiherrn an, Junge. Verstanden?«

»Was werden sie mit ihm tun? Thomas?«

»Ich weiß es nicht.«

»Verdammt, sie haben Leuten wie ihm die Augen ausgebrannt!«

»Es macht einen Unterschied, ob ein Mann seinen Kindern Luthers Lehren erzählt oder sich gegen die Obrigkeit erhebt. Ich habe ja nicht behauptet, dass Thomas zu ihren Mörderbanden gehört. Du brauchst dich nicht schuldig fühlen, Rupp.«

»Herrgott, was denn sonst? Wenn ich dir nicht erzählt hätte, was Thomas seinen Kindern beibringt ... Wir müssen ihn warnen!«

»Du wirst nichts dergleichen tun, Rupp! Du wirst dich da schön raushalten. Die Bauernkriege sind vorbei, Thomas wird schon nicht viel passieren. Vielleicht ein Strafgeld, sollte er tatsächlich die Bauernrotten unterstützt haben. Das kann er zahlen.«

»Ihr wart miteinander verschwägert!«

»Ich war und bin mit keinem Ketzer verwandt.«

Rupp flehte:»Thomas, Bauern wie er, sie wollen doch nur ein besseres Leben.«

Nikolo umfasste Rupps Finger wie ein Gebetsbuch.»Darum geht es nicht. Du weißt, was Luther und die Seinen über unsere Heiligen predigen. Das setzt sie ins Unrecht. Nicht weil sie den Ablasshandel kritisieren oder die Gier unserer geistlichen Fürsten, nein, sondern weil sie glauben, der Mensch könne selbst mit Gott sprechen. Sie schaffen unsere Heiligen ab, Rupp. Sie vernichten Nikolaus.«

»Wir haben Thomas ans Kreuz genagelt.«

»Was für ein Unsinn!«

»Was soll ich seiner Frau sagen? Seinen Söhnen?« Rupp starrte auf seine Hände hinab, die Nikolo wieder freigegeben hatte, um seine eigenen in den Tiefen der festlichen Schaube zu wärmen. Die Glocken hatten zu schlagen aufgehört.»Ich dachte, das, was wir tun … es wäre etwas Gutes.«

»Das ist es auch, Junge. Kannst du denn nicht spüren, wie Gottes Hand uns bei unseren Besuchen lenkt? Gott will, dass wir die Menschen und ihre Herzen kennen. So wie wir ihnen dienen, dienen wir IHM.«

Rupp jedoch konnte keinerlei göttlichen Willen in Nikolos Verrat erkennen. Er fühlte nur Scham angesichts dessen, was er über Thomas und dessen Familie gebracht hatte.

Es ist nicht recht.

»Ich gehe und warne Thomas. Jetzt gleich.«

»Den Teufel wirst du tun, Rupp!«

Rupp drängte an Nikolo vorbei.

»Wenn du jetzt gehst, kannst du gleich bei Thomas und seinesgleichen bleiben!«, rief Nikolo ihm nach.

Rupp begann zu laufen.

Rupp spürte Blicke auf sich. Sie drangen durch Ritzen im Heuboden, lugten zwischen den Brettern des Taubenschlags hindurch. Die Tore der Getreidescheune waren verschlossen. Schaf- und Schweineställe lagen still, als schwiegen selbst die Tiere angesichts Rupps Verfehlungen. Aus dem Abzug des Hauptgebäudes stieg keinerlei Rauch in den Himmel. Anstatt ein weihnachtliches Festmahl vorzubereiten, verschanzten sich die Bewohner. Beobachteten ihn. Wussten, was er getan hatte.

Im nächsten Moment schalt er sich albern. Vielleicht feierte Thomas mit seiner Familie Weihnachten bei Verwandten oder besuchte den Friedhof. Das fehlende Leben auf dem Hof musste nichts bedeuten.

Auf dem Weg zu Thomas' Hofstatt hatte Rupp einen Umweg nach Hause eingelegt, um sich nach der Fastenzeit etwas kalten Brei und Würste in den Mund zu stopfen. Sein feines Wams hatte er gegen ein gefüttertes aus dunklem Leder getauscht. Handschuhe baumelten am Gürtel neben einem Messer; sein Umhang hing über einer Schulter. Im schnellen Lauf war ihm warm geworden, erst jetzt fühlte er die Kälte der beginnenden Rauhnächte. Aber vielleicht war es auch der eisige Hauch, der ihm entgegenwehte, als Thomas' Frau die Tür aufriss und ihm über die Schwelle entgegensprang.

»Er ist nicht hier!«, schrie sie. »Was willst du?«

Von der strengen Frisur der Bäuerin war nichts geblieben. Annas lockiges Haar flutete an ihrem Gesicht vorbei über Brust und Schultern, zerzaust, das Antlitz von Weinen geprägt, doch soviel bewegter und begehrenswerter als an dem unseligen Nikolausabend drei Wochen zuvor.

»Ich, ich wollte deinen Mann warnen«, stammelte Rupp, überrumpelt von ihrer Attacke ebenso wie von ihrer leidenschaftlichen Schönheit. »Der Schultheiß weiß –«

»Er weiß gar nichts! Aber das kümmert euch ja nie!« Anna hielt etwas in der Hand. Zu spät erkannte Rupp, was es war. Schon flogen gebackene Lehmklumpen mit Kieseln gemischt an seinem Gesicht vorbei. Rupp riss den Arm hoch, um sich vor dem Hagel zu schützen.

»Bitte, ich möchte mit ihm sprechen.«

»Er ist fort, hast du nicht gehört?« Sie wischte sich über die Augen. Ein Jungenkopf schob sich hinter ihr durch den Türspalt, der älteste Sohn. Anna trieb ihn mit wilden Schlägen in die Stube zurück und knallte die Tür vor dem Knaben zu.

»Aber heute ist Weihnachten«, wandte Rupp lahm ein.

»Ach ja? Hat das etwa deinen Meister geschert, als er mit dem Schultheiß gesprochen hat? Wir feiern die Geburt unseres Erlösers, aber wen von euch kümmert das noch? Ihr sprecht von Ketzerei und ...« Sie brach ab.

»Bitte, lasst mich euch helfen.«

»Wir brauchen deine Hilfe nicht. Du hast schon genug getan.«

Ihre Augen irrlichterten über die zaunbegrenzte Flur, als ob sie erwartete, jeden Moment einen Trupp Landsknechte aus dem Wald hervorpreschen zu sehen, Weihnachten hin oder her.

»Wenn Thomas so hastig aufgebrochen ist, hat er bestimmt nichts mitnehmen können. Wenn er sich in den Wäldern versteckt, dann wird er Decken brauchen, warme Kleidung, Nahrung. Ich kenne mich aus im Wald, wirklich, ich kann ihn finden.« Rupp klammerte sich an den letzten Strohhalm, um irgendetwas richtig zu machen. »Ich bringe ihm alles, was ihr ihm schickt.«

Ein rundes Gesichtchen presste sich gegen das Glasfenster neben der Tür. Der jüngste Sohn, Martin, erinnerte sich Rupp. Wenn er Geld gehabt hätte, Rupp hätte seine ganze Schatztruhe vor Thomas' Schwelle ausgeleert.

Anna starrte ihren Kleinsten durchs Fenster hindurch an. Der Junge legte seine Hände zum Gebet zusammen. In diesem Moment knickten die Beine der Hausherrin ein. Rupp sprang vor, um sie aufzufangen. Sie wehrte ihn ab, bevor er sie anfassen konnte. Keuchend stützte sie sich gegen die Hauswand.

»Bitte«, flehte Rupp, »lasst mich etwas tun.«

Erst dachte er, sie würde niemals antworten. Dann sagte sie: »Warte hier.«

Sie verschwand im Inneren. Eine Stimme begehrte auf, sicherlich die von Thomas, dem ältesten, nach seinem Vater benannten Sohn. Eine Hand klatschte gegen Haut, ein Aufschrei gefolgt von Stille. Kurz darauf schleppte Anna ein Bündel aus dem Haus. Sie schleuderte es Rupp entgegen, der den Beutel auffing, bevor er auf den festgetrampelten, von Rußflocken, Stroh und Holzstückchen gesprenkelten Schnee fallen konnte. Der Inhalt fühlte sich weich an – Decken, Kleidung –, doch Rupp spürte auch einen kleineren Beutel im Größeren, dieser mit festerem Inhalt: Schinken, womöglich ein Paar Schuhe. Das Bündel war unhandlich, jedoch nicht schwer. Rupp warf es sich über den Rücken.

»Sie sind zu viert«, murmelte die Bäuerin. »Thomas ist nicht allein. Gott sei Dank, er ist nicht allein.«

Rupp nickte. Jahre waren vergangen, seit wütende Bauernhaufen die Länder mit Krieg überzogen hatten, doch noch immer versteckten sich Geächtete in den Wäldern. Von Zeit zu Zeit entdeckte Rupp Spuren, die weder von Wilderern noch Jägern stammten. Manchmal glühten Feuer in aufgegebenen Burgen tief im Wald. Dann erzählten die Leute ihren Kindern Schauermärchen von Geistern und Schraten, derweil der Vogt Bewaffnete ausschickte, um die Gesetzlosen zu jagen.

»Es gibt eine Höhle.« Anna deutete nach Süden. »In der Nähe des Teufelstischs, wo der Bach zusammenfließt. Dort liegt eine Schlucht.«

»Sorgt euch nicht, ich werde ihn finden.«

Sie knabberte auf ihrem Daumen, zitterte. »Ich habe ihm gesagt, er solle euch nicht einlassen, dich und Nikolo. Vor allem Nikolo. Thomas, er meinte, wir huldigen zwar keinen Heiligen, aber unhöflich seien wir nicht.«

Speichel glänzte an ihrem Daumen. Sie spuckte Rupp vor die Füße. »Du wirst nie ein Mann werden wie mein Thomas. Es heißt, der größte Feind von einem Knecht ist ein anderer Knecht. Du, Rupp, du hast eine Knechtseele, verflucht sollst du sein!«

Rupp floh von dem Hof, als ob er vor einem Hagel Pfeile fliehen würde. Mit dem Bündel hoch über dem Rücken, wie um seinen Nacken zu schützen vor all dem Hass und der Verachtung von Thomas' Familie. Erst als er in den Wald eintauchte, fand er wieder halbwegs zu Sinnen. Rupp schwor sich, er würde alles wiedergutmachen. Er wandte sich nach Süden. Schatten legten sich über ihn, aber es waren bloß Wolken, die das wechselhafte Spiel des Tages für sich entschieden und schwer beladen mit frischem Schnee von Westen heraufdräuten. Ihre Flocken würden Thomas' Spuren auslöschen. Aber Rupp kannte den Teufelstisch, eine markante Felsansammlung am Rande eines dichten Waldgebiets mit steilen Hängen und finsteren Tälern, in denen der Winter harscher tobte denn irgendwo sonst.

Vor ein paar Jahren hatte Rupp dort Dienst für eine Jagdgesellschaft des Landesherrn leisten müssen. Tagelang war er dem Hochwild nachgestreift, hatte Spuren von Luchsen und Wölfen entdeckt, während die adeligen Herrschaften sich am Morgen für ein paar Stunden an den Waldrand begaben, um dort auf das Wild zu harren, welches die bäuerlichen Helfer ihnen zutrieben. Es war Erntezeit gewesen; die Bauern hatten die Adeligen verflucht. Sie verschwendeten ihre Zeit, sie riskierten ihre Ernte. Nur Rupp hatte sich nicht beklagt. Er hatte die Erlaubnis bekommen, für den Koch Niederwild zu jagen, ein Recht, das sonst nur Würdenträgern zustand. Niemand fragte bei solchen Gelegenheiten, woher sein Geschick im Wald rührte, seine Fähigkeit, Pfad und Richtung selbst bei Nacht oder Nebel zu bestimmen. Rupp seinerseits erzählte niemanden von seiner Kindheit am Rande des Waldes und dem geheimen Wissen seiner Mutter.

Der Schnee fiel in Flocken groß wie Pusteblumen. Die wenigen Menschen, denen Rupp auf der Straße begegnete, grüßten ihn frohgemut und empfahlen ihn Gott. Einmal bot ein Ehepaar an, ihn mit zu sich zu nehmen, Weihnachten in ihrer Stube zu verbringen, aber Rupp lehnte ab, behauptete, am Ende seines Wegs warte ein Feuer auf ihn mit Menschen, die ihm am Herzen lagen.

Er dachte an Thomas' Buben. Wie der kleinste die geflickten Kleider der älteren Geschwister auftrug und an den Stolz des Ältesten. Sie hätten ihm vertrauen sollen, wie all die anderen. Sie waren gute Jungen, ehrlich, tapfer, sie trugen Sorge für einander. Sie hätten mit sauberen Fingern in den Sack mit den Geschenken greifen sollen. Stattdessen hassten sie ihn jetzt, und das Unrecht lag einzig bei ihm. *Knechtseele.* Rupp war entschlossen, ihnen das Gegenteil zu beweisen.

Seine Fußspitzen pflügten durch mehliges Weiß. Je weiter er nach Süden kam, desto heftiger schneite es. Unterhalb der Anhöhe mit dem Teufelstisch wich Rupp von der Straße ab, um einem Pfad an einer Jagdhütte vorbei bachaufwärts zu folgen. Die hellen Bruchstellen frisch geknickter Zweige zeugten davon, dass er an diesem Tag nicht als erster diesen versteckten Weg nahm.

Die Dämmerung warf ihr Zwielicht, doch Rupp fiel es nicht ein, anzuhalten oder gar umzudrehen. Die Nacht schreckte ihn nicht, hatte sie noch nie. Nachtblind wurde nur der, dem die Angst einen Schleier bastelte, und der Wald war Rupps Zuhause.

Er erreichte den Zusammenfluss zweier Bäche und folgte dem Verlauf des schmaleren Zubringers stetig bergauf. Der Pfad endete, Wildwechsel begleiteten das zugeschneite Bachbett tiefer hinein in das Reich von Hirsch und Luchs. Die Landschaft wuchs zu steilen Bergen mit engen, der Wintersonne entzogenen Talböden. In schattigen Senken häufte sich vom Wind verblasener Schnee.

Der Bach schlängelte sich an Waldhängen mit vereinzelten Felstürmen vorbei. Rupp folgte einer Perlenschnur an hufgroßen Kuhlen das Bachbett entlang: Eis, das unter Pferdehufen gebrochen war. Ein Stück weiter bachaufwärts zweigte ein weiteres Rinnsal ab. Es führte hinein in eine Kluft, in der immerwährende Düsternis herrschte und ein Wasserfall zu eisigen Treppenstufen gefroren war.

Es hörte zu schneien auf. Kurz darauf entdeckte Rupp den Unterschlupf der Geächteten.

Ein Hund bellte eine Warnung, noch bevor Flammenschein die Lage der Höhle verriet, aber da hatte Rupp das Feuer bereits gerochen. Er blieb in einiger Entfernung stehen, rief laut seinen Namen, dass Thomas' Frau ihn schicke. Er habe Decken, Kleider, Essen bei sich. Erst spät fiel ihm ein, dass die Männer ihn genauso gut erschießen mochten. Bestimmt hatten sie Armbrüste, vielleicht sogar Büchsen. Wer sagte eigentlich, dass die anderen Gesetzlosen auf Thomas hören würden? Falls Thomas überhaupt für Rupp sprechen würde.

Der Hund wurde schnell zum Schweigen gebracht. Zunächst antwortete niemand auf Rupps Rufen. Dann huschte ein Schemen schräg über ihm an der Felswand entlang. Der Mann trat Steine unter dem Schnee los, die in die Schlucht kullerten. Hinter einem Baumstamm kauerte er nieder.

Glut glomm auf. Der Lauf einer Hakenbüchse richtete sich auf Rupp.

»Auf mein Wort hin zündet er die Lunte und knallt dich ab.«

Thomas stand unterhalb eines überhängenden Felsens, der ihre Höhle verbarg. Es war zu dunkel, um mehr als seine Umrisse auszumachen, dennoch ahnte Rupp, dass es besser wäre, an Ort und Stelle stehenzubleiben. Er hob das Bündel von seinem Rücken hoch über den Kopf, bevor er es betont langsam zu seinen Füßen ablegte.

»Deine Frau schickt dir das.«

»Wieso sollte Anna ausgerechnet dich schicken?«

»Weil ich etwas gutzumachen habe.«

»Das hast du allerdings. Jetzt hau ab.«

»Nikolo hat dir Unrecht getan, und ich werde es ihm beweisen!«

»Nikolo kümmert mich nicht. Du verschwendest meine Zeit, Knecht.«

»Ich habe mir überlegt …« Rupp kaute auf den Lippen. Er hatte sich gar nichts überlegt. Er war auf dem ganzen

Weg mit seinem schlechten Gewissen beschäftigt gewesen, seinem Groll gegen Nikolo und dem, was die Bäuerin ihm an den Kopf geworfen hatte.

»Ich könnte für euch jagen«, bot er an. »Ich kann Wild jagen, ohne dass jemand meine Spuren findet. Ich kenne die Wälder.«

Er malte sich aus, wie er ein Wildschwein zu Thomas und seinen Freunden schleppte. Wie ihre ausgezehrten Gesichter aufleuchteten, und Thomas' Frau nicht um ihren Mann fürchten musste, weil er selbst im erbittertsten Winter genug zu essen bekam und auf einem Berg Felle schlief.

Der Schatten mit der Büchse höhnte: »Vielleicht kann der Grünschnabel ja auch Garn um Schneckenhäuser wickeln.«

Ein dritter Mann reichte Thomas einen brennenden Kienspan. Thomas kam auf Rupp zu. Er trug noch sein Sonntagshemd, darüber ein Wams mit verzierten Knöpfen und eine Schaube, die sich in der Kirche gut machte, aber nicht in einer Höhle im Dezemberwald.

Thomas bückte sich nach dem Bündel seiner Frau. Strich über die Oberfläche des Sacks, befühlte das Innere, atmete den am Stoff haftenden Geruch nach Schinken, Heim und warmer Stube ein.

»Ich kann mehr für euch besorgen, wenn ihr wollt. Essen, Kleider, Decken«, sagte Rupp.

Thomas schlang sich den Riemen über die Schultern und wandte sich ab.

»Geh nach Hause, Junge. Hier braucht dich keiner.«

Rupp stolperte durch die Nacht. Ziellos, richtungslos.

Sie brauchten ihn also nicht. Sie hielten ihn für nutzlos.

Seit sein Vater gestorben war, hatte Rupp keine solche Ohnmacht mehr gefühlt. Bitterkeit und Selbstverachtung warfen ihren Mantel über ihn, bis er kaum mehr seine Umgebung wahrnahm.

Dich braucht keiner. Geh nach Hause, Knecht.

Rupp stöhnte auf. Er hieb gegen einen Ast und entlud dabei eine Ladung Schnee in seinen Nacken. Selbst der Wald versagte ihm seinen Trost. War der Schnee auf dem Hinweg sein Freund gewesen, legte er sich nun wie ein Gewicht um Rupps Füße. Schneebällchen klumpten an Wollfäden, krochen in wadenhohe Stiefelschäfte. Immer wieder brach er bis zu den Oberschenkeln ein, und sein Drang, sich in der Winternacht zu verlieren, wurde mit jedem Stolpern, jedem Herauswühlen aus einem weiteren Schneeloch größer.

Die Nacht schritt fort, aber es kümmerte Rupp wenig. Nikolo würde ihn kaum vermissen. Rupps Meinung bedeutete ihm nichts. Nichts an ihm bedeutete irgendwem irgendetwas.

Unbeachtet von Rupp riss die Wolkendecke auf. Handschuhe überfroren, Hosenbeine schabten über Stiefelriemen, deren Leder versteifte. Gefangen in Selbstmitleid bemerkte Rupp nicht, wie der Schnee sich in zunehmender Kälte umzuwandeln begann. Kristalle wuchsen, bildeten kantigere Formen. Sie raschelten unter Rupps Schritten, wisperten eisigen Spott.

Er wühlte sich hangaufwärts. Flüchtete sich in die Anstrengung, das unwegsamste Gelände zu bezwingen, dort zu wandeln, wo sich niemand anderes hinwagte. Auf der Kuppe erstreckte sich einsamer Winterwald in alle Richtungen. Er könnte schreien, toben, all seinen Zorn hinausbrüllen, nur die Tiere würden ihn hören und sich wundern.

Am jenseitigen Hang jagte Rupp in weiten Sätzen hinab, immer schneller und halsbrecherischer, bis sich sein Fuß an einem Ast unter der Schneedecke verfing. Er überschlug sich und prallte mit dem Schädel gegen einen Stamm.

Der Schlag brachte ihn zur Besinnung. Seine Zehen in den Stiefeln fühlten sich steif an, die Wolken waren verflogen. Mondlicht enthüllte einen Pelz aus Reif auf seinen Handschuhen. Der Wald lag eingefroren, als hätte sich die Zeit dem Winter ergeben.

Diese Gegend hatte er nie erkundet. Ein enger Streifen Talgrund, umgeben von abweisenden Hängen. Rupps Spur pflügte eine Narbe in die Schneeflanke hinter ihm. Am gegenüberliegenden Hang brach sich der Mond auf eisüberkrusteten Felsen. Dazwischen schimmerte es heller, wo sich der Wald zu einer Lichtung öffnete.

Dann schnaubte ein Pferd.

Rupp richtete sich so langsam auf, als schaffe er sich neu aus Erde und Nacht. Nicht ängstlich, doch wachsam, denn wer sollte sich in einer Rauhnacht wie dieser so tief in den Wald verirren? Wildfrevler jagten vor dem Schneefall, damit der Schnee ihre Spuren verwischte. Oder versteckten sich in diesem Tal weitere Aufständische?

Rupps Sinne suchten die Einheit mit dem Wald, erspähten eine Linie zwischen den Bäumen hindurch. Auf einmal fanden seine Füße wieder zuverlässigen Tritt, setzten eine Fährte, wie sie auch ein Wildtier in den Schnee zeichnen würde: schmal und von gleichmäßiger Tiefe.

Am Rande der Waldlichtung schufen tiefhängende Fichtenäste ein Zelt aus Tann, Schnee und weiß beklecktem Nadelgrund. Rupp bog zwei Äste auseinander, so sachte, dass selbst ein geübtes Auge die Bewegung in der Nacht kaum hätte wahrnehmen können. Auf der freien Fläche vor ihm durchbrachen sturmgeknickte Baumstümpfe den glitzernden Winterteppich.

In der Mitte der Lichtung riss der Teufel an den Zügeln seines Rosses.

Der Mond stand schräg gegenüber, weshalb der Schatten des Leibhaftigen seine Hörner in Rupps Richtung zu stoßen schien. Das lederne Gesicht richtete sich gen Nachthimmel, stieß ein gutturales Brüllen aus, das Rupp in Grausen auf die Knie riss. Beinahe hätte er vor Furcht selbst aufgeschrien.

Auf das teuflische Gebrüll folgte ein Fluch. *Satansvieh!,* glaubte Rupp durch das Rauschen in seinen Ohren zu verstehen.

Der Teufel zerrte erneut am Zaumzeug. Das Schlachtross stieg und warf seinen Schädel den Zügeln entgegen, doch der Höllenfürst zwang es zurück auf alle Viere. Bei dem Ruck hatten sich jedoch seine Hörner gelöst. Sie purzelten über den Rücken des Leibhaftigen und die Flanke des Pferdes hinab, bis sie sich schließlich mit den Spitzen voran in den Schnee bohrten.

Aus Rupps Mund entwich der Atem mit einem Zischen. Der Reiter vernahm das Geräusch bloß deshalb nicht, weil er noch immer mit seinem Hengst kämpfte. Mit einer Hand versuchte er, den Destrier zu zügeln, während die andere an der verrutschten Maske zerrte. Unterdessen glitt vor ihm auf dem Sattel eine Last zur Seite: lange Beine, Hufe, ein schlanker Hals und stierende Augen. Ein totes Reh.

Und noch immer wurde es kälter.

Frostwind seufzte über die Lichtung, wirbelte Schneekristalle auf, die rund um Pferd und Reiter tanzten. Bäume knarzten in seinem Echo, und auf Rupps Lippen gefror der Speichel. Hätte er den Blick gewandt, hätte er beobachten können, wie rund um die Lichtung Raureif auf Zweigen und Nadeln wuchs. Aber Rupp konnte an nichts denken, außer dass er vielleicht doch nicht verdammt war, auf nichts anderes achten denn auf den jetzt eindeutig menschlichen Reiter und dessen störrisches Ross aus Fleisch und Blut.

Bis die Frau auf die Lichtung glitt.

Es war ihr Lachen, das sie ankündigte. Klar wie Eiszapfen, die gegen das Glas eines Kirchenfensters klirrten. Einen Herzschlag später trat sie zwischen den Bäumen hervor. Hochgewachsen, mit schattenbeflecktem Haar im Mondlicht so silbrig hell, dass Rupp nicht sagen konnte, ob es weiß war oder blond, ob die Frau alt war oder jung. Eine Vogelmaske bedeckte ihr Gesicht bis zur Hälfte: braun-weiße Federn, ein gebogener Schnabel. Uhu.

Bei ihrem Anblick scheute das Pferd erneut. Sein Reiter schleuderte der Frau einen Fluch entgegen, den sie mit Heiterkeit erwiderte. Sie sagte etwas, was Rupp über die Entfernung nicht verstand, wohl jedoch die Antwort des

Mannes – eine Verwünschung so schamlos, dass sie Rupp die Röte in die Wangen trieb. Ein noch helleres Lachen, bei dem Schneekristalle von den Bäumen rieselten, dann drehte sich die Frau um. Eine schmale, langgliedrige Hand hob sich zum Gruß über die Schulter. Leichtfüßig schritt sie zurück in den Winterwald, als wöge sie nicht mehr als ein Fuchs, und der sonst so arglistige Schnee versagte sich, ihre Tritte zu narren. Einen Atemzug später war sie fort, und die Welt wurde erneut eine Schattierung dunkler.

Der Reiter brachte sein Ross unter Kontrolle. Ungestüm trieb er es zu einem Satz über die nächste Schneewehe. Sporen blitzten, die Vorderhufe wirbelten Flocken auf. Dann brach der rechte Lauf bis zur Brust ein. Knochen knackte. Schrill wiehernd kippte das Pferd zur Seite und begrub seinen Reiter unter sich.

Bevor Rupp sich versah, trat er hinaus in die Offenheit der Lichtung. Das Mondlicht badete seine Gestalt und klebte ihm einen Schatten an die Fersen, während er zu dem gefallenen Schlachtross eilte.

Schaum sprühte vor dem verdrehten Maul; wild rollende Augen entblößten das Weiß. Der Hengst bäumte sich ihm entgegen. Rupp drückte seinen Hals zurück, murmelte beruhigende Worte. Schweiß bedeckte das Fell. Der rechte Vorderlauf des Rappen stak in einem unnatürlichen Winkel im Schnee. Wahrscheinlich war er unter einen umgestürzten Baum oder in ein Loch geraten und gebrochen. Stolz und Stärke gefällt von einem einzigen falschen Tritt.

Der Reiter, halb verschwunden unter Schnee und Pferd, war nur wenige Jahre älter als Rupp. Im Mondhell graue Augen traten vor Anstrengung aus den Höhlen, da er versuchte, sich von der Last des Pferdes zu befreien. Das Tier klemmte sein Bein ein. Es schrie noch immer und versuchte, sich aufzurichten. Rupp hielt es unten, denn der Fremde brüllte vor Schmerz oder aus Furcht, das Tier würde weiter über ihn rollen und ihn im Schnee ersticken.

Schon jetzt schnappte er nach Luft und ruderte wie ein Ertrinkender.

Rupp versuchte, den anderen am Arm herauszuziehen, doch vergebens. Der Schnee, den sie bei ihren Bemühungen aufwühlten, begann nach Metall zu schmecken. Blut. Ein offener Bruch. Dem Destrier konnte niemand mehr helfen. Rupp zog seine Fäustlinge aus und trat an den Hals des Hengstes heran. Er hob das Messer, damit der andere seine Absicht erkennen konnte. Die Schneide schimmerte im Mondschein wie Wasser. Der Reiter grunzte seine Erlaubnis.

Rupp durchtrennte die Halsschlagader des Pferdes. Schnee färbte sich dunkel, schmolz rasend schnell unter dem Blutschwall. Die Hufe zuckten, dann lag das Tier still. Der Nachthimmel in seinen Pupillen erlosch. Vor Erleichterung erschlaffte auch der Reiter.

»Ich geh einen Hebel holen«, sagte Rupp. »Hast du Schmerzen?«

Der Bursche mit dem lehmfarbenen Haar schüttelte den Kopf. »Beeil dich trotzdem!«

Rupp lief zurück in den Wald. Am Hang, wo der Boden im Sommer weniger Wasser band, reihten sich junge Buchen. Rupp fällte eine, entfernte grob die Äste und eilte mit dem Stamm zurück zur Lichtung, wo Blutgeruch der Nacht jeglichen Zauber raubte.

Der Reiter hatte den Schnee um seinen Oberkörper herum aufgeworfen wie ein Maulwurf die Erde um seinen Bau. Doch es nutzte nichts, noch immer klemmte sein Bein unter dem Schlachtross fest. Er mühte sich, zur Seite zu rutschen, damit Rupp die Stange weit unter die Pferdebrust schieben konnte.

»Jetzt!«, japste der Fremde. Rupps Beine bohrten sich tief in den Schnee. Muskeln spannten gegen Kleider, als Rupp keuchend den Pfosten wuchtete. Der Pferdeleib hob sich ein Stück. Der Reiter strampelte und griff nach Rupps Beinen, um sich an ihm herauszuziehen. Noch im Aufrappeln betastete er seinen Unterschenkel.

»Hol mich die Pest, das hätte bös enden können.« Er taumelte zu einem Baumstumpf und sackte dagegen.

Die beiden jungen Männer beäugten sich. Dem Fremden musste es scheinen, als trachtete die Nacht danach, all ihre Schwärze an Rupp anzuhaften, denn er bemerkte: »Da hat mir der Herr heut aber seinen düstersten Engel geschickt.«

Rupp grinste. Übermut folgte auf Furcht. »Ich hab dich erst für den Teufel gehalten. Hab mir fast in die Hosen gemacht.«

»Den Teufel, was – achso, die vermaledeiten Hörner. Wo sind die eigentlich gelandet?«

Rupp zog den Kopfschmuck aus dem Schnee. Die gekrümmten Widderhörner saßen auf einer Holzschale mit Löchern für die Riemen. Er klopfte sie ab und hielt sie dem anderen hin.

»Ich heiße Rupp.«

»Krampus.« Der jetzt rosslose Reiter stülpte sich die Kopfbedeckung probehalber über. Die Hörner warfen dolchförmige Schatten auf Rupps Gesicht, der sich fragte, wie er den Kerl jemals für den Leibhaftigen selbst hatte halten können.

»Schau dir diese Lumpenarbeit an. Ich muss jemanden finden, der mir was bastelt, damit das Ding besser hält. Sonst endet Schrecken im schrecklichen Gelächter.«

Rupp hatte bei dem dämonischen Namen, mit dem sich der andere vorgestellt hatte, zu grinsen begonnen, aber jetzt klappte er den Mund wieder zu. »Wozu trägst du sie?«

»Sag ich doch: um Schrecken zu verbreiten. Siehst ja, wie's geklappt hat. Mit dem Ding kann ich mich gleich Hans Worst nennen. Verdammte Pfuscher!«

Krampus öffnete den Bauchgurt seines Rappen und zerrte den Sattel unter dem toten Tier hervor. Ein Bündel hing daran: ein Überrock mit einem unregelmäßigen Kragen, wo eine Pelzverbrämung abgeschnitten worden war. Darin eingewickelt lag eine Armbrust. Krampus warf sich die Schaube über, die Armbrust hängte er sich an einem

Riemen über den Rücken. In seinem Gürtel steckte ein Dolch mit silbertauschiertem Griff.

Krampus schien kein Interesse daran zu haben, das Zaumzeug abzunehmen, obwohl es aus gutem Leder war. Daher zog Rupp dem Pferd die Riemen über den Kopf. Er hätte Krampus gerne gefragt, woher dieser Destrier mit der stolzen Stirn und einem Temperament für Schlachten und Turniere stammte. Doch die Frage hätte Krampus in die Ecke eines Verbrechers gestellt. – Was er auch war, wenn er in diesen Wäldern wilderte.

Krampus folgte Rupps Blick zu dem erlegten Reh. »Ich hätte gleich das Pferd schlachten sollen. Kann niemand behaupten, diese Satansbrut hätte nicht gekriegt, was sie verdient.«

Ihm schien eine Idee zu kommen. Ein zweites Mal musterte er seinen Retter, wie er wohl auch einst das Pferd gemustert hatte. »Du bist stark, Rupp, eh? Du hast mir einen guten Dienst erwiesen. Hilf mir noch ein zweites Mal und trag mir das Reh zu unsrem Lager.«

»Ihr habt ein Lager? Du und diese Frau?«

»Also hast du sie gesehen. Naja, ich kann's dir nicht übelnehmen, weil du dich versteckt hast. Teufelsweib. Die Schlimmste von uns allen. Völlig irre.«

»Ihr seid mehrere?«

»Vier. Die vier Schrecken der Wälder.«

»Wilderer?«

Krampus' Grinsen entblößte einen schiefen Eckzahn. »Besser. Die Wilde Jagd.«

Rupp hatte sich niedergekniet, um sein Messer im Schnee zu reinigen, doch bei Krampus' Antwort vergaß er die Klinge.

Die Wilde Jagd. Erst letzte Woche hatte der Pfaffe von falschen Götzen gezetert, die in manch verstecktem Weiler überdauerten. Von Heidentum, das sich in sündigen Erinnerungen der Großeltern verbarg. Die Jungen sollten sich hüten, denn der Teufel lauere hinter vielgesichtigen Masken, in einem scheinbar harmlosen Kreis aus Holunderblüten, den ein Mütterchen um seine Stube zog, oder in der Schüssel Hirsebrei, die sie in den Rauhnächten vor die Tür stellte.

Rupp selbst erinnerte sich an all diese Dinge – Zauber, kleine Gaben an Kobolde und alte Gottheiten – von früher. Seine Mutter hatte zu Beginn der Rauhnächte ihr Spinn- und Webzeug beiseite geräumt und ihr Heim vorbereitet: nicht nur auf das Fest der Geburt von Jesus Christus, sondern ebenso auf die Ankunft der Geister aus Alter Zeit. Wenn der Sturm Eiskörner durch die Türritzen blies, hatte sie ihren Sohn vor dem Wüten der Wilden Jagd gewarnt, dem Geisterzug, der jene Seelen mit sich riss, die sich zur falschen Zeit draußen aufhielten.

Schau niemals hin, Sohn, wenn das Dämonenheer vorbeizieht. Sonst kommen sie dich holen.

»Was denn, so erschrocken, Ruppilein? Ich dachte, du wärst aus härterem Holz geschnitzt. Tja, im Antlitz des Abenteuers trennt sich die Spreu vom Weizen«, spottete Krampus, da Rupps Reglosigkeit andauerte.

»Nun denn, hab dank und leb wohl! Das Reh kannst du behalten.«

Krampus schwang sich seinen Sattel über die Schulter, verbeugte sich schwungvoll vor Rupp, dann machte er sich pfeifend mit seinen Teufelshörnern unter dem Arm auf in die Richtung, in welche die silberne Frau verschwunden war.

Kurz darauf kniete Rupp allein auf der Lichtung. Sorgfältig reinigte er sein Messer im Schnee. Die Klinge fing das Mondlicht ein, ohne es zu spiegeln. Nichts gab es darin zu lesen, keine Geschichten, keine besonderen Taten. Einfaches Eisen und nicht einmal besonders gutes. Ein Bauernmesser, ganz anders als der Dolch an Krampus' Gürtel.

Rupp prüfte die Schneide. Sie begann abzustumpfen. Dieses Messer, es war wie er.

Rupp erhob sich und warf sich das tote Reh über die Schultern. Der Armbrustbolzen stak noch in der Brust; Krampus musste unterhalb des Tiers gestanden haben, als er es erlegt hatte. Rupp packte Vorder- und Hinterläufe, damit die Hufe ihm nicht gegen den Bauch baumelten, und lief los.

Er holte Krampus am Bachufer ein.

»Scheint, als hätte ich mein Pferd gegen einen Knecht getauscht«, lachte Krampus und klopfte Rupp auf die Schenkel. »Von der Kraft scheint's keinen Unterschied zu machen, aber vielleicht von der Sturheit.«

»Deine Hörner. Ein Kinnriemen allein reicht nicht. Du brauchst einen Stirnriemen dazu.«

Rupp ging in die Hocke. Er zeichnete Linien in den Schnee, die einen sich zu einem Dreieck öffnenden Satz Riemen darstellen sollten. »Du kannst ihn aus dem Zaumzeug schneiden, wenn du es eh nicht mehr brauchst.«

Krampus warf einen Blick auf den Entwurf. Sein Gesicht war feingliedrig wie Nikolos, deshalb redete seine gehobene Augenbraue ebenso deutlich wie ein Buch. Es war alle Anerkennung, die Rupp brauchte. Befriedigt verwischte er seine Zeichnung mit dem Fuß. Seite an Seite liefen sie weiter.

Unter einer Eisschicht gurgelte Wasser. Krampus nahm Anlauf und setzte über den Bach. Am anderen Ufer wanderte er auf und ab wie ein Dachshund auf einer Fährte.

»Keine Spur von dem vermaledeiten Weib.«

»Wer ist sie?«

»Die hätt mich hier krepieren lassen. Hast du gehört, wie sie mich ausgelacht hat? Ha, schau! Da drüben bin ich hergeritten. In einer viertel Stunde sind wir beim Lager, dann gibt's was zu beißen.«

Sie folgten Krampus' Spur in entgegengesetzter Richtung. Der eine mit Teufelshörnern unter dem Arm, der andere mit einem Reh um den Nacken. Sie sprachen nicht viel, für Rupp war es jedoch ein kameradschaftliches Schweigen. Der Tag mit seinen Demütigungen, der Beginn der Nacht mit Thomas' Ablehnung rückten in weite Ferne, da Rupp in Gedanken vorauseilte zu dem Lagerfeuer, das Krampus versprochen hatte, zu Wärme, einer guten

Geschichte geteilt mit Krampus' Gefährten und saftigem Fleisch. Er hungerte nach allem.

Sie näherten sich einer vom Frühjahrswasser ausgewaschenen Mulde, wo Feuerschein auf Nadeln tanzte. Dort erhob sich unter ihnen die geschmeidige Gestalt der Frau, die Rupp zuvor auf der Lichtung erblickt hatte. Mit Haaren jetzt im Flammenlicht golden statt silbern, die Züge jung und scharf. Bei ihrem Anblick verkroch sich Rupps Hunger hinter sein plötzlich heftig hämmerndes Herz.

Sie glänzte. Wie Bergkristall oder die Mittagssonne auf einem Vogelschnabel. Schnee auf den Gipfeln im Frühjahr. Die Tropfen eines Wasserfalls, die der Wind zum Himmel tanzen ließ. Dann flackerte das Feuer, und ihr Gesicht mit seinem Mantel aus Feenhaar fiel zurück in Schatten.

In Bann geschlagen stolperte Rupp einen Schritt vorwärts. Er wäre wahrscheinlich mit einem Klumpen bröckelnder Erde über den Rand der Senke gestürzt, wäre nicht im selben Moment aus dem Boden vor ihm der zweite Teufel dieser Nacht hervorgefahren.

Schwarzes Fell, lodernde Augen. Reißzähne, entblößt im bestialischen Knurren. Die gekräuselte Schnauze witterte Blut. Eine Pfote schob sich vor, tastend im Schnee kurz vor dem Absprung. Rupp riss die Arme hoch, um sich zu schützen. Dieses Tier schien aus den Kohlen der Hölle selbst geboren zu sein, bereit, sich auf ihn zu stürzen, seine Fänge in Rupps Kehle zu bohren.

»Lass dich nicht ins Bockshorn jagen, das Vieh ist gefärbt.« Krampus schob sich an Rupp vorbei. »Teufel nochmal, Perchta, du hast mich schon meinen Gaul gekostet. Jetzt pfeif deinen Köter zurück, bevor er unserem Knecht hier ans Bein pisst!«

Eine Dolchklinge schnitt durch rosiges Fleisch und zog Saft, der tropfte und in den Flammen zischte. Bratenduft zog das Wasser in Rupps Mund zusammen. Er saß weit genug vom Feuer entfernt, wo die Wärme in die Winternacht entfloh und er nicht völlig lagerfeuerblind noch die Umrisse seiner Umgebung in der Dunkelheit wahrnehmen konnte.

Perchta saß gegenüber auf der anderen Feuerseite, allerdings nicht in der Senke sondern oberhalb am Rand, wo die Kälte grimmig sein musste und ihre rußschwarze Hündin im froststarrenden Unterholz schnupperte. Sie hatte ihren Mantel unter sich geschlagen, ein kunstvoll genähtes Flickwerk aus hellem und dunklem Leder, Pelz aus Hermelin und Wildkatze. Sie trug enge Beinkleider unter einem geschlitzten Rock, jedoch weder Kopfbedeckung noch Handschuhe. Bundschuhe schmiegten sich um ihre Füße, die schmal schienen wie die einer Königin – zumindest stellte sich Rupp so die Füße einer Königin vor. Und ganz im Stile einer Hochgeborenen zeigte Perchtas Gesichtsausdruck unverhohlene Missbilligung über seine Anwesenheit.

Rupp bemühte sich, sie nicht anzustarren. Über hohen Wangenknochen blitzten leicht schräg stehende Augen, deren Farbe im Spiel des Lagerfeuers schwer zu bestimmen war. Überhaupt schien an Perchtas Gesicht alles ein bisschen schärfer, länglicher als gewöhnlich. Sichelförmige Streifen durchzogen ihr weißblondes Haar. Wie Birkenrinde, dachte Rupp.

Das Feuer beleuchtete Perchtas Antlitz von unten. Mal pinselte es Klüfte um ihre Nasenflügel, dann Funken in die Pupillen oder schimmerte wie geschmolzene Butter auf ihrem schmalen Nasenrücken. Obwohl faltenlos und unverhärmt, trugen Perchtas Züge das Markige lang erwachsener Reife. Rupp schätzte die Männer rund um das Feuer jünger als sie. Wenn ihn jemand gefragt hätte, ob er diese Frau schön fände, er hätte die Frage nicht beantworten können. War im Bachlauf überfrorenes Gras schön? Die Ritzen von Wildkatzenkrallen in glatter Rinde oder die gefächerten Spuren der Flügelspitzen eines Bussards im Schnee?

Rupp am nächsten saß ein stämmiger Rothaariger, der sich ein Stück Rehbret zwischen die Zähne schob. Fleischsaft rann über sein Kinn in den fleckigen Bart; er grunzte zufrieden. Krampus, der seinen Dolch polierte, deutete mit der Spitze auf ihn. »Wir rufen ihn Kinderfresser, weil er sein Fleisch so mag: zart und etwas erschreckt.«

»Und weil er so fantasielos ist«, fügte Perchta hinzu. Kinderfresser spuckte einen Fettbatzen in Perchtas Richtung, woraufhin ihn die Hündin vom Rand der Senke aus anknurrte. Kinderfresser schleuderte ein Stück Holz nach dem Tier, allerdings ohne viel Nachdruck.

»Perchta nennt das Biest *Wolf*«, erklärte Krampus und tippte sich dabei gegen die Stirn, um klarzumachen, was er davon hielt. »Unsere bezaubernde Wilde Jägerin hier steht auf biestige Namen. Sonst würden wir uns alle Schwalbenschwänzchen und Hasenschnäuzchen nennen.«

»Oder Meister Rehputzerlein«, johlte der Vierte im Bunde, ein Blonder mit federbesetztem Barett, der Kinderfresser übermütig auf die Schulter schlug. Kinderfresser aß ungerührt weiter.

»Unser Prügel hier hält sich dagegen für einen wortgewaltigen Philosophen«, erläuterte Krampus.

»Herr Prügel, wenn ich bitten darf.«

Der Blonde stand auf, um sich schwungvoll vor Rupp zu verbeugen, als wäre Rupp ein Edler und Prügels Spitzname nicht ein weiterer Witz. Kein einziger der Bande hatte sich Rupp mit richtigem Namen vorgestellt.

»Wir legen hier Wert auf gute Manieren«, behauptete Krampus. »Immerhin sind wir keine Barbaren, sondern Frau Perchts edle Ritter wider heidnisches Vergessen und falsches Betragen.« Er warf Perchta einen Kuss zu. Sie starrte zurück wie ein Habicht.

»Habt ihr keine Angst, dass eure Spitznamen einen Fluch auf euch ziehen? Immerhin ist Perchta der Name einer großen Göttin«, fragte Rupp.

„Eher der Name einer verdammten Hexe«, knurrte Kinderfresser.

Rupp spürte Perchtas Blick wie einen kühlen Wasserfall. Das Zittern seiner Hände schob er auf seinen leeren Magen.

Prügel lud Rupp ein, sich wie zu Hause zu fühlen.

Rupp schwieg und aß, während die anderen redeten – über die Wilddichte in diesen Wäldern, Masken, ob sie für Krampus ein neues Pferd besorgen sollten oder ob Prügels und Kinderfressers Rösser genügten. Krampus befand, sie reichten aus.

Was Rupp hörte, rief Träume wach vom Herumstreifen in den Wäldern, geselligen Liedern am Lagerfeuer, mit frischem Fleisch jeden Abend. *Wildbret.* Rupp drehte die Rehkeule über dem Feuer wie ein Liebhaber. Das zarte, würzige Fleisch zerfiel auf seiner Zunge.

Jagd, freie Wälder, das waren Begriffe, die manche Bauern wie Schwerter schwangen, dabei kannte keiner von ihnen den Wald so, wie Rupp ihn kannte. Sie waren keine Söhne von Laub und Tann gewesen, die ihrer Mutter beim Pilze- und Kräutersammeln nachkrabbelten, bevor sie richtig laufen konnten, derweil der Vater erschöpft nach erledigter Fron ruhte. Dafür wussten diese Bauern über einander Bescheid, sie waren wie Brüder. Sie streiften nicht allein im Wald herum, sie wanderten gemeinsam. Selten drangen sie in seine Tiefen vor, wo fleckiges Licht und lebendigere Schatten herrschten. Aber während Rupp dem Wald auf Alleingängen seine Geheimnisse entlockte, teilten diese Männer dessen Alltäglichkeiten. Rupp hatte noch nie mit anderen an einem Lagerfeuer wie diesem gesessen und Wild gebraten, das zu jagen ihm verboten war.

»Schlag dir lieber nicht zu sehr den Bauch voll«, riet Krampus, als Rupp sich ein viertes Stück Fleisch absäbelte. »Unsere Perchta hier führt sich bei uns zwar längst nicht so streng auf wie beim Bauerngesindel, aber wenn du's übertreibst, schneidet sie dir den Bauch auf und stopft Stroh hinein.«

Rupp hielt inne, unsicher, inwieweit Krampus die Mahnung ernst meinte. Seine Mutter hatte die Festspeise- und Fastenregeln immer befolgt – die der Kirche wie auch die der alten Bräuche. Während Rupp noch zögerte, griff Kinderfresser an ihm vorbei und riss sich das halb abgesäbelte

Stück Fleisch ab. Er rülpste laut. Perchta würdigte sie keines Blickes.

»Du bist also ein Knecht, Rupp.« Prügel behauptete, zwanzig Jahre zu zählen, doch er war so schmal gebaut wie ein Schössling und sein Bart kaum mehr als ein Flaum. Er hatte eine klare Sängerstimme, doch die Worte purzelten zu schnell, so als wollte Prügel verhindern, dass sich jemand an einem Satz einhakte, bevor er geendet hatte. »Sag, was denkst du über dich und deinen Herrn?«

Krampus stöhnte auf.

»Nee, das ist jetzt nicht dein Ernst, oder?« In gespielter Verzweiflung raufte er sich die Haare. »Unser Prügel ist ein Bauernfreund und Retter der Geknechteten. Predigt uns immer von ihrem jammernswerten Joch.«

»Er schwingt höchstens seine Zunge«, warf Kinderfresser ein. »Hat noch nie nen Dreschflegel in den Händen gehalten.«

»Mein Großvater war noch Bauer«, hob Prügel an und brach ab, da Krampus krakeelte und Schneebälle zu schmeißen begann.

»Freie Jagd für alle!«, äffte Krampus die Forderungen der Bauernschaft nach. »Jeder Knecht ein Junker. Kratzt ihnen allen den Zehnt aus dem Arsch!«

Prügel fing einen der Schneebälle und schleuderte ihn zurück, doch anstatt Krampus zu treffen, streifte das Geschoss Rupps Scheitel.

Krampus fiel vor Lachen rückwärts in den Schnee. »Mann, jetzt schießt du schon deine eigenen Lämmchen ab. Entschuldige dich wenigstens bei unserem Knecht.«

Prügel grinste Rupp schief an und streckte seine schwielenlosen Hände dem Feuer entgegen.

»Wir sollten planen.« Perchtas Stimme rauschte wie Laub im aufkommenden Sturm. Ungeduldig.

»Mütterchen verdirbt wieder den Spaß«, feixte Krampus, doch er setzte sich auf.

»Die Wilde Jagd ist keine Posse«, sagte Perchta.

»Erzähl das dem Banausen, der sich in dem Fass versteckt hat.« Prügel boxte Krampus in die Seite. »Erinnerst du dich? Letztes Jahr?«

Kinderfresser schnaubte abfällig.

»Das war der Müller in einem der Dörfer, durch die wir zogen«, erklärte Prügel Rupp, da keiner seiner Freunde auf ihn einging. »Als wir einfielen, stand er draußen. Hat seinen Kopf in ein Fass gesteckt, damit er ja nichts sieht. Was ja soweit richtig ist. Perchta ist da streng, was die Regeln der Wilden Jagd angeht.«

»Vor allem mit den Weibern hat sie's.« Kinderfresser pulte zwischen den Zähnen. »Als ob's denen schaden würde, wenn sie Wäsche machen oder spinnen oder sonst was, anstatt sich mit der faulen Zeit rauszureden.«

Hastig, bevor Perchta einen Streit mit Kinderfresser vom Zaun brechen konnte, erzählte Prügel weiter. »Krampus ist dem Müller jedenfalls auf dem Fass rumgetrampelt wie ein Irrer. Der Kerl hat sich in die Hosen gemacht. Hab den Gestank wochenlang in der Nase gehabt. Dann kam ein Mönch aus der Schankstube gerannt, sternhagelvoll. Perchta hat ihm fast die Nasenspitze abgesäbelt, aber das hat er gar nicht bemerkt. Lallte irgendeine Litanei und hat Krampus fast die Maske runtergerissen. Andere folgten ihm nach, darunter dummerweise auch zwei Landsknechte. Also sind wir abgehauen.«

»Red nicht wie ein Kindskopf!« Krampus' Fauchen hieß Prügel jäh verstummen. »Wir haben einen Fehler gemacht, uns nicht an unsere eigenen Regeln gehalten. Die hätten uns fast erwischt. Das darf sich nicht wiederholen.«

Am Rande der Senke erhob sich Perchta. Sie und Krampus tauschten einen Blick, einvernehmlich diesmal. »Deshalb haben wir dieses Jahr die Gegend gewechselt.«

Rupp nickte, obwohl er nicht sicher war, ob er verstand.

Krampus' Wut war bereits wieder verraucht. Seine Zungenspitze spielte mit dem schiefen Eckzahn, während er sich zu Rupp vorbeugte. Wenn Krampus einem seine Aufmerksamkeit schenkte – dieses gut geschnittene Gesicht mit dem mal hitzigen, mal kühlen, doch stets rückhaltlos auf einen gerichteten Blick – fiel es schwer sich zu erinnern, ob man Kaiser war oder Knecht.

»Die Wilde Jagd beehrt deine lieben Leut, Rupp Knecht. Also, erzähl mir was über eure Dörfer.«

»Ich weiß selbst, wo die Ortschaften liegen und wie wir sie erreichen.« Perchta sprang vom Rand der Mulde und landete lautlos neben dem Feuer. »Wir brauchen den Knecht nicht. Er sollte gar nicht hier sein.«

»Und unsere Gesichter sehen«, fügte Prügel hinzu, ernüchtert.

»Er hat mich schon auf der Lichtung gesehen«, wies Krampus die beiden zurück. »Lieber bestimme ich die Geschichten, die Rupp erzählt, als es ihm zu überlassen. Außerdem war er bislang recht nützlich.«

»Du willst ihn doch nicht dabeihaben?«

»Er könnte uns das Lager klar machen. Damit wir's schön mollig haben, wenn wir zurückkommen.«

»Ein Knecht für Krampus«, spottete Perchta.

Er strahlte sie an. »Das habe ich auch schon gedacht.«

Perchtas Blick spießte Rupp auf. Ein Scheit brach, rollte zur Seite, und im Funkensprühen erhaschte Rupp für einen Moment das Schwirren von Blattwerk, wenn die Abendsonne den Wald badete. Grün. Perchtas Augen mussten grün sein.

»Schick den Knecht fort, Krampus.«

Wäre Rupps Grimm eine Flamme, sie hätte den Schnee auf dem Kirchdach verdampft, die Schindeln entzündet und die vor den Klostermauern verstreuten Gebäude zu siedenden Pfützen verbrannt.

Dreimal. Die heilige Zahl. Erst Anna, dann Thomas, dann diese Bande. Seit dem letzten Sonnenaufgang war er dreimal fortgeschickt worden.

Sie wollten ihn nicht dabeihaben. Er war in dieser Nacht und dem vergangenen Tag weiter gewandert als je zuvor, nur um wieder dort zu sein, wo alles begonnen hatte.

Geh nach Hause, Knecht. Das hier ist nichts für dich.
Die Wilde Jagd, Prügel, Kinderfresser, Perchta, Krampus –
Namen, die Großeltern über Kinderwiegen flüsterten. Gefärbte Tiere, schlechtsitzende Masken, lächerlich! Als ob ein
bisschen Ruß, Fell und falsche Hörner einen echten Zauber
wirkten. Sie hatten ihm aufgetragen, sich wie alle anderen
zu verkriechen. Hielten sie ihn für dumm? Glaubten sie tatsächlich, er würde sich vor ihnen fürchten?

Die Demütigungen der vergangenen Stunden trieben
Rupp an, als er vorbei an nächtlich verschlossenen Türen
stiefelte. Die Dorfbewohner schliefen nach den Feierlich-
keiten des vergangenen Tages, unbewacht im Vertrauen
auf den Schutz der Heiligen Zeit.

Rupp lief die Klostermauer ein Stück ab, bis er ein an
der Wand lehnendes Fass fand. Es kippte unter seinem
Tritt, aber er konnte sich mit einem Satz zur Mauer hin-
aufschwingen. Mit der Kirchwand im Rücken kehrte er
Schnee zur Seite, bis er ein Stück Mauersims, breit genug
zum Sitzen, freigelegt hatte.

Seit Rupp Nikolo an dieser Mauer zurückgelassen hatte,
waren keine zwanzig Stunden vergangen, doch es fühlte
sich an wie eine ganze Woche. Dabei hatte Rupp nichts erreicht: Er war noch derselbe Knecht wie zuvor.

Sie hielten ihn also für wertlos. Dabei läge Krampus
ohne ihn noch immer unter seinem toten Gaul. Ohne ihn
wären sie nicht einmal auf die Idee gekommen, zu diesem
Kloster zu ziehen. Rupp hatte der Bande erzählt, wo der
Freiherr und dessen edle Herrschaften der Weihnachtsmesse beigewohnt hatten. Genau der richtige Ort für die
erste Wilde Jagd der neuen Toten Zeit, hatte Krampus behauptet, und Perchta hatte ihm zugestimmt. »Erschüttern
wir die Selbstgewissheit dieser Mönchlein ein wenig«,
hatte sie geschnurrt.

Rupp kreuzte die Knie und drapierte seinen Umhang,
bis sich der Stoff über seinen Schultern wölbte. Nikolo
hatte ihm von Kathedralen mit Wasserspeiern in Form von
Fabelwesen berichtet und ihm einen Cherub auf einem

Gemälde gezeigt. Die Wilde Jagd wollte mit Gestöhne und Gerassel durch den Weiler rauschen und die Mönche erschrecken? Er würde dafür sorgen, dass die Jäger selbst aus ihren Latschen kippten, wenn sie an dieser Mauer vorbeikamen und über ihnen ein Cherub zum Sprung ansetzte.

Sich in ein Geschöpf der Nacht verwandeln, da konnten sie noch was von ihm lernen! Er war dreimal so stark und ausdauernd wie sie alle zusammen, und wenn Perchta tatsächlich glaubte, sie kenne diese Gegend besser als er, obwohl er sie noch nie gesehen hatte …

Nein, sie war gewiss nicht von hier. Eine wie sie vergaß er nicht.

Solcherlei Gedanken hielten Rupps Blut in Wallung und die Kälte fern, während eine halbe Stunde verging, der Morgen näher rückte. Daher bemerkte er auch zunächst nicht, wie die Nachtruhe in Grabesstille versank. Das gelegentliche träumerische Blöken einer Ziege verstummte. In der Klosterstallung stellte Stroh das Rascheln ein. Auf der Flur erstarrte ein Fuchs.

Die Wilde Jagd überschritt die Linie von Wald zu Acker hinter der Mühle. Ein Blinzeln, und wo vorher Mondschatten schlief, schälten sich Dämonen aus dem Schleier von Geäst und Nacht.

Rupp vergaß, weshalb er hier saß, vergaß seinen sorgsam vorbereiteten Hohn ob der Verkleidungen von ein paar Burschen. Für einen Moment schien es tatsächlich, als öffnete sich ein Tor zu den Geistern und spuckte die Wilde Jagd in die Welt, in der Rupp noch tags zuvor die Geburt des Erlösers besungen hatte. Dann schob sich der vorderste Reiter ins Mondlicht.

Krampus ritt auf Prügels wendigem Schecken, eine lodernde Fackel in der Faust. Golden leckten die Flammen an seinen geriffelten Widderhörnern, und Funken stoben in seiner Spur, als Krampus das Pferd in Galopp trieb. Dahinter folgte Kinderfresser auf einem Schimmel, dessen in Streifen geschwärztes Fell dem Zelter den Anschein eines lebendigen Gerippes verlieh. Schellen rasselten in seiner Mähne. Eine Maske aus getrocknetem Rehblut entstellte Kinderfressers Gesicht zu einer Fratze und befleckte eine Fellweste, die seinen halben Oberkörper nackt ließ. Er schwang ein schartiges Schwert, auf dessen Spitze er einen Menschenschädel aufgespießt hatte.

Prügel lief zu Fuß, gehüllt in eine abgerissene Ziegenhaut mit spitzen Hörnern anstelle einer Holzmaske. Auf seiner Brust rasselte ein Gespinst aus Tierknochen. Blecherne Glocken klapperten bei jedem Schritt an einem Gurt auf seinem Rücken. Er schüttelte einen Morgenstern. Dämonenhaftes Heulen durchschnitt frostklirrende Luft.

Krampus und Kinderfresser erreichten den Weiler. Stiefelspitzen knallten gegen Türen. Steine prasselten gegen Hauswände. Prügels Morgenstern krachte gegen einen Brunneneimer. Das Scheppern weckte auch das letzte Kind.

Perchta folgte zuletzt auf einem Holzschlitten, den Wolf zog. Sie stand auf den Kufen des seltsamen Gefährts, als bewegte sie sich nie anders fort. In der Linken schwang sie ein Beil, die Haare flatterten offen, ihr Gesicht verborgen hinter einer Rabenmaske. Ein Umhang aus pechschwarzem Gefieder bauschte sich Schwingen gleich über ihren Schultern, gab Rupps Versuch, sich wie ein Cherub zu drapieren, der Lächerlichkeit preis.

Der Ruf eines Habichts hallte von den Mauern wider, doch Rupp hätte nicht sagen können, ob es ein Schrei aus Perchtas Kehle war oder ein verirrter Vogel. Unter Wolfs Sätzen schoss der Schlitten über die Flur in Richtung Klostermauer. In seiner Spur rasselten Eisenketten.

In den Häusern dämmerte Panik. Füße trampelten, Türen wurden aufgerissen und sofort wieder zugeschlagen. Kinder weinten, Hunde kläfften.

»Die Wilde Jagd! Hütet euch!«, gellte eine Stimme durch die Nacht, doch sie war alt und zerbrach unter der Last der Jahre.

»Wagt's nur, euch zu zeigen, und ich hol mir eure Köpfe!«, grölte Kinderfresser. Er trieb sein Pferd zu einem

Türspalt, der sich handbreit geöffnet hatte, und fauchte mit gebleckten Zähnen hinein. Die Tür knallte zu. Drinnen erhob sich Geschrei und das Jammern eines Säuglings. Kinderfresser ließ den Kopf in den Nacken fallen, trommelte sich gegen die Brust und stieß einen markerschütternden Triumphschrei aus.

In Rupps Rücken erwachte das Kloster. Eine Glocke läutete, eine befehlsgewohnte Stimme forderte Aufklärung. Rupp hastete die Mauer entlang, bis er den Hof zwischen Kirche und den übrigen Gebäuden einsehen konnte. Vom Dormitorium her eilten Gestalten herbei. Weil der Mond hinter dem Kirchturm stand und dessen Schatten auf den Hof warf, konnte Rupp zunächst nicht viel erkennen. Erst als sie den Kreuzgang schon fast erreicht hatten, bemerkte er die Bewaffneten, die den Mönchen auf den Fersen folgten.

Rupp hielt sich nicht mit der Frage auf, welchen Gast die Klostermauern wohl beherbergen mochten, dass dessen spießbewehrte Gefolgsleute nun zur Klostertür eilten. Er sprang von der Mauer, rollte sich im Schnee ab und hetzte bereits in Richtung Dorfstraße, bevor ein weiterer Glockenschlag das Kloster aufrüttelte.

Krampus hatte sein Pferd gewendet und galoppierte bereits zurück in Richtung Wald. Im Vorbeipreschen schleuderte er seine Fackel gegen ein Dach, wo sie in einem Funkenschauer zerbarst. Kinderfresser und Prügel hatten ebenfalls kehrtgemacht. Johlend, Prügel jetzt hinter Kinderfresser auf dessen Pferd, jagten sie aus dem Dorf. Keiner von ihnen drehte sich um, daher beobachtete nur Rupp, wie plötzlich ein Herdenhund auf die Straße schoss und Wolf von der Seite angriff.

Wolf überschlug sich. Perchta sprang sofort ab, presste die Hacken in den Schnee und kippte gleichzeitig den Schlitten, doch der Schwung trug das Gefährt in die Hündin hinein. Aufjaulend verschwand Wolfs Hinterteil unter einer Kufe. Perchta ging in einem Gewirr aus Federn und Haar zu Boden, um im nächsten Moment bereits wieder hochzuschnellen. Ihr Beil blitzte auf und fällte den fremden Hund mit einem einzigen Hieb.

Von der anderen Seite der Klostermauer erscholl der Ruf nach Fackeln. Finger rüttelten an Torriegeln. Rupp rannte noch schneller.

Perchtas Schlitten lag auf der Seite. Winselnd kämpfte sich Wolf aus einer Schneewehe hervor; sie zog einen Hinterlauf nach. Perchta eilte an Wolfs Seite. Rupp sprang über einen Schneehaufen und kappte noch im Laufen Wolfs Zugriemen. Perchta fuhr herum, das Beil bereit für einen weiteren Hieb.

Rupp fragte sich, ob das Weib nicht wahnsinnig war. Er zerrte den Schlitten zurück auf die Kufen. Es schien alles noch heil. Rupp wollte nach Perchtas Ellenbogen greifen, aber sie wich ihm aus, beugte sich stattdessen über die Hündin, deren schwarze Farbe im Schnee abzureiben begann.

»Rasch!«, knurrte Rupp. »Es sind Bewaffnete im Kloster.«

Ihr Schreck bereitete ihm ein Stück Genugtuung, aber beides währte nur kurz. Zusammen fassten sie Wolf, bemüht, deren verletztes Bein nicht zu belasten. Perchtas Murmeln hieß sie stillhalten, während sie die Hündin auf das über das Schlittengerüst gespannte Rinderfell legten. Rupp ergriff den Riemen von Wolfs Zuggeschirr und begann, den Schlitten zu ziehen.

Im selben Augenblick quietschten die Angeln der Klostertür. Perchta fuhr herum. Ihr Beil wirbelte durch die Luft, bohrte sich in die Klostertür. Holz splitterte. Auf der anderen Seite ein Aufschrei, gefolgt von Befehlen, die einen Mann auf die Klostermauer beorderten.

Der Schlitten glitt die Straße entlang. Sie bogen um die Ecke des letzten Hofs, gerade als die Klostertür Landsknechte und Mönche ausspuckte. Für den Moment verbargen die Dorfgebäude Rupp und Perchta vor etwaigen Verfolgern, doch der Weg in den schützenden Wald führte durch den Tiefschnee auf offener Flur. Wenn sie nicht eilten, würden sie entdeckt werden.

Rupp pflügte durch den Schnee wie ein Ochse. Am liebsten hätte er sich Wolf gepackt und über die Schulter geworfen, aber er würde einen Teufel tun, diesen dolchzahnstarrenden Fang in die Nähe seiner Kehle zu lassen.

Perchta lief an der Seite des Schlittens und drückte Wolf auf das Fell zurück, sobald das Tier Anstalten machte, sich aufzurappeln. Hinter ihnen zuckte Fackelschein, während immer mehr Bewohner auf die Rufe der Mönche hin aus den Häusern strömten. Stimmen schrien vom Teufel und seinen Dämonen, andere erhoben sich im Gebet.

Vor ihnen, unter den Bäumen, bewegten sich Äste. »Beeilt euch!« zischte Krampus von oben herab. Er saß im Geäst eines Ahorns, von wo er bis zu den Häusern spähen konnte. »Die werden gleich nach uns Ausschau halten.«

Rupp zerrte den Schlitten mit solcher Kraft vorwärts, dass die Kufen beinahe abhoben. Schweiß lief ihm den Bauch hinab, doch in seinem Blut sang süße Erregung. Dann ein letzter Ruck und der Schlitten glitt vom Acker ins Gehölz. Krampus sprang zu Boden.

»Habt ihr gesehen, wie die Leute von den Türen und Fenstern weggespritzt sind?« Prügel stieß die Fäuste in die Luft. Kinderfresser grinste hinter dem Schneeball, mit dem er sich das Blut vom Gesicht schrubbte.

»Wir müssen hier weg«, unterbrach Perchta, die keine Anstalten machte, ihre Vogelmaske abzulegen. In der Düsternis des Waldes wirkte sie wie ein Mischwesen aus finsterster Mär.

»Die Dorfkutten haben doch zu viel Angst, um uns zu verfolgen«, winkte Prügel ab. »Die sind froh, dass ihnen der Kopf nicht geplatzt ist.«

»Da waren Landsknechte im Kloster, du Narr! Rupp hat sie gesehen.« Perchtas Worte setzten dem Rausch der Männer ein jähes Ende. »Die Mönche werden sie hinter uns herschicken. Wir müssen verschwinden!«

Der Vogelschnabel richtete sich auf Rupp. »Kannst du den Schlitten länger ziehen?«

»Der Wald ist zu dicht.«

»Es gibt Pfade, wo es gehen wird.«

»Dann folgen sie eben unserer Spur.«

»Sie werden sie nicht finden.«

Rupp fragte sich, ob dieses verrückte Vogelweib womöglich besessen war, dass sie mit solcher Selbstgewissheit sprach.

Jetzt plötzlich brauchten sie ihn also. Eine Stimme in seinem Kopf flüsterte jedoch: *Du bist für sie nicht mehr als ein Maultier.*

»Was gerade passiert ist«, sagte Perchta unvermittelt, »im Dorf. Deine Hilfe war wertvoll, Knecht.«

Seltsam, gerade noch hatte er den Eindruck gehabt, er blicke in knopfäugige Rabenaugen. Jetzt schien die Vogelmaske kaum mehr die Züge der Frau dahinter zu verhüllen.

Prügel schlug ihm auf die Schulter. »Komm schon, Rupp! Langweilig wird's bei uns jedenfalls nicht.«

Rupp schaute nach Westen. Sein Dorf, Nikolo – bis Sonnenaufgang könnte er zuhause sein. Er könnte versuchen zu kitten, was zwischen ihm und Nikolo zerbrochen war. Nur verspürte er dazu keinerlei Lust.

Rupp traf seine Entscheidung. Er bedeutete Perchta, voranzugehen. Sollte sie sie ausprobieren, ihre geheimen Pfade. Er war gespannt, wo sie ihn langführen würde.

Bevor Perchta jedoch einen Schritt an ihm vorbei tun konnte, schnitt Krampus ihnen den Weg ab. »Wir werden uns aufteilen. Prügel, du gehst mit Kinderfresser, ich mit Perchta. Wir treffen uns beim neuen Lager. Seht zu, dass ihr ihnen keine Fährte legt.«

Krampus schleuderte den Schlittenriemen Rupp entgegen. Das Leder peitschte Rupps Hand. »Du hast Glück, Knecht. Perchta behandelt ihre Hunde gut.«

Ein Buch liegt auf dem wackeligen Tisch in der Kate. Ein Lexikonband, aufgeschlagen. Ruprecht hat sich von Sophie den Eintrag zur Wilden Jagd zeigen lassen. *Wütendes Heer,* steht dort, das ist alles. Seine Lippen haben sich zu den Silben bewegt, als er die wenigen Worte entzifferte. Ob das alles sei? Leider ja. Nicht zum ersten Mal vermisst Sophie ihren Computer und das Internet. Eine Verbindung zur Welt, zu Wissen über in Bits und Bytes nacherzählten Sagen, als ob dies dasselbe sei wie Ruprechts rauchige Erzählungen.

»Du musst verstehen, Sophie«, erklärt Ruprecht, »in jener Zeit war die Welt nicht getrennt in Geistliches und Weltliches. Menschen konnten besessen sein. Wälder waren noch beseelt, der Teufel Realität. Die Wilde Jagd, wenn sie die Dörfer heimsuchte, sie nährte sich vom Glauben an Dämonen, Hexerei und Geistern.«

»Trotzdem begann damals die Neuzeit.«

Ruprecht beobachtet, wie Sophie Tropfen aus einem Medizinfläschchen auf einen Löffel zählt. »Du nimmst an, die Entdeckung Amerikas, der Buchdruck, die Reformation läuteten eine neue Zeit ein. Aber die Welt des bösen Blicks, der Feen und Kobolde überdauerte alle Entdeckungen. Die Magie ward noch nicht für tot erklärt.«

Sophie vermutet, in einer Epoche, in der Menschen im Schnitt nicht viel älter wurden als dreißig, mussten die Leute geradezu an der Zauberei hängen. Was hätte sie selbst damals wohl getan? Es mit Gebeten oder Zauberei gegen den Tod versucht? Ihre Hand zittert plötzlich; der letzte Tropfen geht daneben.

»Deine Medizin, Sophie, sie schmeckt bitter.«

Ruprecht leckt den Löffel ab. Sie weiß genau, er bezieht sich nicht auf die Tropfen.

»Ein bisschen Anerkennung würde nicht schaden!«, schnappt sie und bereut ihren Ausbruch sofort.

»Du hast recht, verzeih mir. Anerkennung, wir brauchen sie wie Wasser und Korn. Besonders in dem Alter, in dem Rupp sich damals befand.«

Ruprechts Güte überblendet Sophies Aufbrausen mit seiner Geschichte. Sie lässt sich erneut an seiner Seite nieder. Ein paar Minuten kann sie noch erübrigen. Immerhin gewinnt Ruprecht im Erzählen seine Energie zurück.

»Alles, was er suchte, fand Rupp bei der Wilden Jagd – so dachte er zumindest. Nie hat er das Leben lustvoller empfunden, als wenn sie zusammen durch Dörfer und Weiler jagten. Die Magie der Rauhnächte nahm ihn gefangen und sollte ihn niemals wieder loslassen.«

»Was ist mit den anderen? Krampus, Prügel, Kinderfresser – das waren doch bestimmt keine Bauern wie Rupp, oder?«

»Rupps Gefährten sprachen nie über ihre Herkunft. Die Wilde Jagd tat so, als wären sie alle gleich, als gäbe es für sie kein gewöhnliches Leben, als würden sie immer durch die Lande ziehen. Ihr Geheimnis verband sie. Für Rupp zählte damals bloß, dass er mit ihnen durch die Wälder streifen konnte. Frei. In Gemeinschaft. Er lernte, sie nicht nach ihren wahren Namen zu fragen.«

»Und Perchta?« Dem Lexikon hat Sophie keinen Eintrag zu dieser Figur entnehmen können. »Woher stammt ihr Name? Von einer Harpyie?«

»Du hältst Perchta für eine Harpyie?«

»Sie ist arrogant und die Selbstsucht in Person, oder?«

Ruprecht mustert Sophie. Seine Augen sind gerötet, aber das lässt sie nur noch mehr wie Kohle wirken.

»Perchtas Name, vielen ist er heute nicht mehr geläufig. Früher war das anders. Einst war es ein Name, der alle anderen in den Schatten stellte. Frau Percht – es gab kein Kind, das nicht Geschichten von ihren Taten berichten konnte. Das nicht wusste, was die Göttin vergalt. Was du heute als Märchen kennst, Sophie, überdauert in den Scherben der Wahrheit aus uralter Zeit.«

Frau Percht, Frau Holle – nennen wir sie Schwestern.
Nennen wir sie alt.
Wie alt tatsächlich weiß kein Mensch. Fakt ist:
Die Märchen über sie sind sehr viel jünger.
Aber zweifle nicht: Sie sind gerne alt.
- Marians Chronik.

Die Erschütterung von Rupps Schritten genügte, um die Falle auszulösen.

Er ging in die Hocke. Eine hauchdünne Sehne, zarte Knoten. Ein Zweiglein, das auf einem anderen balanciert hatte, beide dünner als ein Nagel. Rupps grobe Hände hätten eine solch empfindliche, fast unsichtbare Falle niemals bauen können. Doch Perchtas Finger waren schmal, und obwohl er sie nie mit etwas hantieren sah, wusste er, diese Falle war ihr Werk.

Prompt erklang ihre Stimme in seinem Rücken. »Als Kaninchen überzeugst du nicht.«

Wo war sie so plötzlich hergekommen? Er hatte sie beim Lager gewähnt.

»Hinter diesem Wald liegt der Sitz des Freiherrn.« Er erhob sich, deutete nach Osten. »Wir sind hier im Bannforst.«

»Und?«

»Wir dürften den Bannforst nicht einmal betreten.«

»Hat diese kleine Falle deinen Mut erschüttert, o großer Hasenknecht?«

Es war so kalt, wie der Winter nur werden konnte, doch das Blut, das in Rupps Gesicht schoss, büßte an Hitze nichts ein. »Wenn sie unsere Spuren finden, werden sie ihnen folgen. Wenn sie unsere Fallen finden, werden sie uns jagen.«

»Was ist los?« Krampus trat neben Perchta. Er knetete seine Finger und hauchte in die Handflächen. »Bei eurer Laune fällt's schwer, mir warme Gedanken zu machen.«

79

»Der Knecht hat Angst vor dem Wildbann.«

»Echt? Naja, das ist brav. Nur gut dass Prügel nicht hier ist, sonst müssten wir uns schon wieder ein Lied anhören über das schreckliche Joch der Bauern, blabla.«

»Wir ziehen Aufmerksamkeit auf uns«, sagte Rupp. »Unnötig.«

»Aufmerksamkeit? Wir, die Wilde Jagd? Aber wozu denn, wir sind doch bloß Geister.« Krampus' Grinsen hatte selbst etwas Geisterhaftes. Es flackerte aus dem Nichts und verschwand genauso schnell.

»Wie gut kennst du die Gegend hier, Knecht? Kommst wohl sonst nicht oft aus deinem Dorf raus, nehme ich an.«

»Ich leiste Fron«, erwiderte Rupp steif, »Handdienste für den Freiherrn. Ich bin häufig hier.«

»Du gibst dir ja heute richtig Mühe, interessant zu sein.«

Rupp sagte nichts darauf. Krampus seufzte. »Folgt mir! Es gibt was zu tun.«

Während Krampus vorausging, sammelte Rupp die Sehnen und Stöckchen von Perchtas Falle ein. Perchta beobachtete ihn dabei.

»Wo glaubst du, beginnt Knechtschaft, Rupp?«

Er war nicht sicher, ob sie die Frage ernst meinte und was er darauf antworten sollte, also schwieg er.

Perchta war den ganzen Vormittag über verschwunden gewesen. Als Rupp die anderen gefragt hatte, wo sie steckte, hatten sie abgewunken. Weiberzeug. »Vielleicht hab ich sie gestern Nacht wundgeritten«, hatte Krampus geflachst und Rupps Blick mit aufgeblasenen Backen erwidert, was ihm das Aussehen eines wieselhaften Kaufmanns verlieh. »Hast du uns vermisst?«

Am vorigen Abend war Krampus Perchta gefolgt, als sie sich mit Wolf in die Dunkelheit davongemacht hatte, denn Perchta schlief nie bei den Männern am Feuer. Eine Stunde später hatte sich Krampus zurück zum Lager geschleppt, die Lippen blau vor Kälte, Finger wie Zehen fast bewegungsunfähig. Er hatte behauptet, es wären nicht die einzigen Gliedmaßen, die dort draußen steif geworden wären.

»Kinderfresser hat heute Morgen eine Wildsau erlegt«, berichtete Rupp, sobald sich Krampus außer Hörweite befand.

Er steckte die Teile der Falle in seine Tasche, weil Perchta keine Anstalten machte, sie an sich zu nehmen. Später würde er die Knoten erforschen, versuchen, die Art der Falle nachzubauen, allerdings größer, damit seine Finger besser zurechtkamen.

»Hat dieser Schwachkopf tatsächlich mal etwas getroffen? Ich habe kein frisches Fleisch im Lager gesehen.«

»Sie haben die Sau im Wald liegenlassen. Einfach so. Prügel, er nannte es eine, eine *de-cla-*«

»*Declaratio.* Prügel tut so, als wäre ihre Jagdbeute eines seiner lächerlichen Flugblätter. Kinderfresser, hingegen, er schert sich um nichts.« Sie starrte in den Wald hinein.

»Dein Missfallen, Knecht. Ich teile es.«

Wolf schob sich neben ihnen aus dem Gehölz, wie um zu prüfen, ob alles in Ordnung war. Perchta fiel neben Rupp in einen gleichmäßigen Schritt, doch er vernahm einzig das Knarren seiner eigenen Tritte. Sie folgten Krampus, der auf den Waldrand zusteuerte. Für Rupps Geschmack brachte sie das zu nahe an den Herrensitz, aber er schluckte seine Bedenken hinunter.

Sie wechselten ihre Lagerplätze alle zwei Nächte, und selbst zur Mittagszeit blieb es so bitterkalt, dass sich wohl jeder zweimal überlegen würde, ob er sich dem Winterwald aussetzen wollte. Trotzdem, was würde geschehen, wenn jemand sie entdeckte? Wie weit war der Ruf der Wilden Jagd ihnen vorausgeeilt? Was würde Nikolo tun, wenn ihm jemand berichtete, er hätte Rupp mit einem Haufen maskierter Gestalten in den Wäldern beobachtet? Bestimmt würde er annehmen, Rupp hätte sich Aufständischen angeschlossen. Würde er die Mannen des Vogts hinter ihm herschicken und darüber vergessen, dass er ihn selbst fortgejagt hatte?

Rupp versuchte zu schätzen, welcher Tag heute war. Seit er sich Krampus und dessen Freunden angeschlossen hatte, flossen die Rauhnächte ineinander wie Schnee und Nebel. Ein Lagerfeuer versteckt im tiefsten Hain folgte dem anderen. Immer neue Spuren pflügten durch unberührtes Weiß. Abende, an denen sie an Masken und Verkleidungen werkelten, sich gegenseitig zu erschrecken trachteten und sich halb tot lachten, wenn es gelang, wechselten mit Nächten, in denen sie durch Weiler und Dörfer zogen und die Erinnerung an den Brauch der Wilden Jagd wieder zum Leben erweckten: die Ehrfurcht vor den Gestalten aus vorchristlicher Zeit und den Gesetzen einer Ära, in der sich die Menschen nicht mit Ablasspapieren von allen Regelbrüchen freikaufen konnten.

An einem Nachmittag, als Perchta wieder einmal verschwunden war, fochten sie Scheinturniere aus wie kleine Jungen. Krampus zitierte dabei lateinische Verse, und obwohl er sie nicht verstand, johlte Rupp mit den anderen und fiel in ihre Spottlieder ein. Nie, so schien es ihm, hatte er mehr gelacht, und er versuchte sich zu entsinnen, wie er und Nikolo sonst die Zeit zwischen den Jahren verbrachten. Es fiel ihm schwer sich zu erinnern.

»Vielen Menschen geht es in den Rauhnächten so«, sagte Perchta, als er den Gedanken aussprach. »Vergangenheit und Gegenwart zerfließen. Die Tote Zeit lässt sie zu Hause bleiben, und sie tun recht, sich zu fürchten. Die Magie ist eine andere, wenn sich das Jahr dem Kommenden neigt. Grenzen verschieben sich. Die alten Mächte gewinnen an Kraft.«

Sie strich mit den Fingern über einen Ast und brach die darauf wachsenden Eiskristalle ab. Winzigen Bäumchen gleich rollten sie über Perchtas lederbedeckte Handfläche. *Eiskinderspielzeug,* dachte Rupp.

Laut sagte er: »Die Wilde Jagd ist dir wichtig.«

»So ist es, Knecht.«

Eine Weile liefen sie schweigend, gehüllt in winterlichen Frieden. Krampus eilte zielsicher voraus, von Zeit zu Zeit erhaschten sie seine Gestalt zwischen den Bäumen. Perchta machte keine Anstalten, zu ihm aufzuschließen. Sie blieb an Rupps Seite, bewegte sich wie sein Schatten. Ein Gleiten von Licht und Einheit mit ihm und dem Wald.

Er hätte gerne gewusst, ob sie tatsächlich Krampus' Decke teilte.

»Du warst heute Morgen lange fort.«

»Ich habe ein Geschenk gemacht.«

Der Gedanke, dass Perchta jemanden bescherte, schien so abwegig, dass Rupp erst lachen wollte. Aber dann dachte er an Nikolo, welcher dasselbe von sich sagen würde. Womöglich hatten sie doch etwas gemein.

»Geschenke gegen Gebete«, sagte er.

Sie blickte überrascht auf, woraufhin Rupp ihr von Nikolo und ihren Besuchen am Nikolaustag berichtete. Er erzählte nichts von den Geheimnissen, die sie den Leuten dabei entlockten, sondern beschrieb, wie er die Kinder jedes Mal fragte, ob sie denn ihre Gebete kannten.

Sie erreichten einen Teil des Waldes, wo Birken wuchsen. Perchtas Haar hätte aus den Stämmen selbst geschnitten sein können, ihre Augen so grün wie Frühjahrsblätter. Es war das erste Mal, dass sie Rupp zuhörte, ohne ihn zu unterbrechen. Doch sobald er geendet hatte, schnitt ihr Spott so scharf wie die Sehne ihrer Falle.

»Also belohnst du Kinder, die ihre Gebete kennen, Knecht von Nikolaus. Wie heldenhaft. Erklär mir doch, was verkündet euer Vaterunser über das Herz eines Menschen?«

Dieses Weib glich Schießpulver, ärgerte sich Rupp. Binnen Augenblicken entzündete ein Zungenschlag von Perchta eine Lunte, die selbst den gleichmütigsten Stein zum Platzen bringen konnte. Sie schien keinerlei Furcht zu kennen, nicht vor dem Winter und bestimmt nicht vor ihren Männern.

Rupp bog einen Ast beiseite, ließ ihn zurückpeitschen und bedauerte, dass Perchta nicht hinter ihm lief.

Sie hält dich für dumm.

Erst verspätet drang die Bedeutung ihrer Worte in sein Bewusstsein.

»Unser Vaterunser?« Er zwang sie dazu, stehenzubleiben, indem er ihr den Weg versperrte. »Du betest nicht?«

Sie schien noch ein Stück zu wachsen. Trat einen Schritt auf ihn zu, anstatt um ihn herum, jederzeit bereit, ihn herauszufordern.

»Hast du mich jemals auf Knien gesehen?«

»Dann bist du keine Christin?«

Perchta forschte in seinen Augen, aber nicht wie eine Frau, die auf das Vertraute in einem Mann hoffte, sondern wie ein Ritter, der in der Rüstung des Gegners die Lücke suchte. Dann überraschte sie ihn abermals.

»Deine Mutter, Knecht. Sie ist mit dir zur Messe gegangen, aber ebenso zu den geheimen Plätzen des Waldes, nicht wahr? Dort, wo die Quellen ihren Ursprung nehmen, wo das Laub sein Gold länger trägt. Wo der Schnee im Sturm nicht von den Bäumen fällt und Kräuter wachsen, in denen die Kraft am stärksten fließt.«

Rupp unterdrückte den Drang, ein Kreuz vor seiner Brust zu schlagen, obwohl er das sonst nur in der Kirche tat oder am Grab eines Verstorbenen. Stattdessen versuchte er sich zu erinnern, was er Perchta von seiner Mutter erzählt hatte. Woher wusste sie all das?

Bis Rupps Vater sich und die Seinen dem Großhuber übereignet hatte, weil er die Abgaben nicht mehr leisten konnte, hatten seine Eltern eine abgelegene Scholle beackert. Dort, an der Grenze von Wald zu Flur, hatte er sich als Kind an die Fersen seiner Mutter geheftet, wann immer sie den Pfaden von Tieren zu den versteckten Geschenken des Waldes folgte. Er musste nur die Augen schließen, dann vernahm Rupp wieder ihre Stimme, wie sie die alten Weisen reimte, von den Zaubern von Liebstöckel und Quendel. Sie hatte Gaben an Quellen oder in ausgehöhlten Stämmen hinterlassen und Rupp eingeschärft, ja nichts zu verraten, wenn der Pfaffe ihn nach ihrem Tun befragte. Ihr Tod hatte ihn in den Wäldern allein gelassen, bis sein Vater ihn aufs Feld holte.

Aber seine Mutter war Christin gewesen, dessen war er gewiss. Sie hatte das Kreuz getragen und die Mutter Gottes verehrt.

Woran erkennst du das Heilige, Sohn?

»Meine Mutter hatte einen Apfelbaum in ihrem Garten«, stieß Rupp schließlich hervor. »Ihm wuchsen die besten Früchte. Mutter sagte, die alte Frau Percht hätte ihn ihr gepflanzt, weil sie einmal einer Kröte half, die am Markttag am Fuhrweg harrte. Mutter trug das Tier von der einen Straßenseite zur anderen. Ein paar Wochen später wuchs plötzlich dieser Baum hinter dem Taubenschlag.« Er machte eine Pause. »Mir erschien es auch nie sonderlich heldenhaft, einer Kröte zu helfen. Aber Frau Percht scheint keine großen Ansprüche zu haben.«

In der folgenden Stille hörte Rupp das Klopfen seines eigenen Herzens. In Perchtas Antlitz war nichts zu lesen. Schließlich griff sie an Rupps Gürtel, zog sein Messer heraus, setzte ihm die Spitze an die Schulter und zwang ihn solcherart aus dem Weg. Im Weitergehen schleuderte sie das Messer beiseite. Es bohrte sich in einen Birkenstamm, wo es zitternd stecken blieb.

Rupp ließ den angehaltenen Atem entweichen. Er beobachtete die Wolke, die an seinem Gesicht vorbei nach oben trieb, und redete sich ein, dass er Krampus bedauerte.

»Ich soll Holz stehlen?«

»Du meintest doch selbst, wir sollten möglichst wenig Spuren in diesem Wald hinterlassen. Ich hab jedenfalls nicht vor zu frieren.« Gelangweilt stocherte Krampus mit einem Ästchen zwischen seinen Zähnen.

»Prügel gibt dir gerne die Absolution dafür, wenn dich dein bäuerliches Gewissen plagt.«

Vor ihnen öffnete sich der Wald zu einer unter einem glänzenden Schneeteppich verschwundenen Sommerweide. Dahinter erhob sich ein Hain wie eine Insel. Vereinzelte Axthiebe hallten von dort herüber. Sie klangen unregelmäßig und dumpf. Wer immer dort arbeitete, konnte nicht gut mit einer Axt umgehen. »Wir dachten, du würdest dich bestimmt gerne nützlich machen.«

Doch es gab kein Wir mehr: Perchta war verschwunden. Krampus fluchte. »Komm schon, Rupp, eine Armvoll Holz. Das bringt uns über die Nacht. Bei deinen Armen vielleicht auch über zwei Nächte.«

»Hast du nicht Perchta zum Wärmen?«

»Selbst eine Schlange ist kuscheliger als dieses Weib.«

»Und beißt nicht so viel.«

Sie lachten.

Eine Armvoll Holz schadete niemanden. In einem hatte Prügel auf jeden Fall recht: Der Wald sollte allen gehören. Den Hackgeräuschen folgend, kletterte Rupp über niedergehauene Buchenstämme. Wenige Stümpfe waren dicker als Rupps Faust; er hätte die Stämme mit Leichtigkeit von Hand bewegen können. Huftritten zufolge hatte jedoch ein Maultier diese Arbeit verrichtet.

Rund um die Schlagflächen fransten Borke und Bast, wo Axthiebe fehlgegangen waren. An den Stämmen war gerissen und gehebelt worden, anstatt sie sauber abzuschlagen. Sie lagen kreuz und quer, ohne Rücksicht darauf, ob sie anderes Gehölz unter sich begruben. Schleifspuren zogen Schneisen der Verwüstung bis zum Waldrand. Rupp tat angesichts dieser Stümperei das Herz weh. Wenn Bäume hätten klagen können, der Wald wäre erfüllt von ihrem Leid.

Kurz darauf entdeckte Rupp das Maultier zwischen den Bäumen. Wie angewurzelt blieb er stehen. Offenbar fing es seine Witterung ein, denn es riss an seinen Riemen und schrie freudig, weil es seinen Lieblingsherrn erkannte und das Ende seiner Plackerei nahewähnte.

Ein Stück entfernt lagen ein Dutzend Stämme aufgereiht am Boden. Der Holzer stand über ihnen, breitbeinig mit abgeknicktem Oberkörper. Er hackte auf die Buchen ein, bemüht, sie auf dieselbe Länge zu kappen, die Hände zu nah am Schaft, das Gewicht der Axt zu schwer für ihn. Er brauchte ein Dutzend Hiebe, wo wenige hätten genügen sollen.

Es war Nikolo.

Rupp tauchte hinter einen schneebedeckten Ameisenhaufen in Deckung. Ein saurer Geschmack schoss in seine Kehle. Am liebsten wäre er sofort umgedreht, um sich Nikolos gequälten Anblick zu ersparen. Die Fronarbeit, die Nikolo hier für den Grundherrn verrichtete, wäre Rupps Aufgabe gewesen.

Was sollte er tun? Wenn er sich Nikolo zeigte, würde er nicht zu seinen Gefährten zurückkehren können. Die Wilde Jagd wäre für ihn vorbei.

Er spähte zu Nikolo hinüber. Zwang sich, hinzuschauen, alles aufzunehmen. Nikolos ungewaschene, zerrupfte Kleidung, sein zerzaustes Haar. Das Gesicht ein Fleckwerk aus angestrengtem Rot und erschöpfter Blässe, sein mühsames Keuchen. Den Mantel hatte Nikolo abgelegt, obwohl er keine Kälte vertrug und in den Pausen zwischen den Axtschlägen zitterte. Das Kleidungsstück lag ein Stück entfernt über einen Ast geworfen. Ein ellenlanger Riss im Stoff zog sich vom Saum empor.

Rupp hatte seinen Meister nie so ungepflegt erlebt, und er schämte sich, weil er keinen Moment lang über die Folgen seiner Abwesenheit für Nikolo nachgedacht hatte.

Nikolo ließ die Axt sinken. Er zupfte sich die Handschuhe ab, stöhnte, da er die Haut begutachtete. Selbst auf die Entfernung hin erkannte Rupp Blasen und aufgeschürfte Schwielen.

Rupp rieb sich die eigenen Pranken, denen selbst die härteste Plackerei nichts ausmachte.

Seine Hände sehen aus, als hätte ihn jemand gezüchtigt.

»Wieso dauert das denn so lange?« Krampus schlängelte sich an Rupps Seite und knickte dabei einen Zweig unter den Stiefeln. Das Bersten verhallte ungehört, weil Nikolo sein Gehacke wieder aufgenommen hatte. Jeder Hieb musste ihn schmerzen, aber einzig in Bewegung hatte er der Kälte etwas entgegenzusetzen.

»Das ist mein – das ist Nikolo. Ich habe euch von ihm erzählt.«

Krampus spitzte die Lippen, pfiff leise. Er hatte sich eine Ledermaske übergezogen und die Kapuze über den Kopf geworfen.

»Knechtesknecht.« Er kicherte. »Soll ich ihn für dich ein bisschen erschrecken?«

»Nein!«, fuhr Rupp auf, doch bevor er Krampus befehlen konnte, den Blödsinn zu lassen, erstarb dessen Feixen. »Teufel, dieses Weib! Was soll das denn jetzt wieder?«

Gegenüber verschwand Perchta im Unterholz, lautlos und geschmeidig wie eine Wildkatze. Sie hatte sich Nikolos Mantel genommen.

»Will sie jetzt stricken oder was?«

Rupp hatte keine Ahnung, was Perchta vorhatte. Nichts Gutes, wahrscheinlich, und Ärger schwappte in ihm hoch. Es war nicht recht, Nikolo zu piesacken. Er tat seine Arbeit, Rupps Arbeit, während Rupp durch die Wälder zog und Spaß hatte.

»Ich besorg uns anderswo Holz«, sagte er.

Krampus verdrehte die Augen. »Jesus, bist du ein empfindsames Kerlchen.«

»Wir treffen uns im Lager.«

»Also gut. Aber vergiss nicht, mir mein Weib wieder einzufangen.«

Krampus trat den Rückzug an. Rupp wartete, bis er verschwunden war.

Vielleicht, wenn es ihm gelänge, Nikolo irgendwie fortzulocken, dann könnte er die Stämme für ihn zuschlagen. Womöglich würde er ahnen, dass es Rupp gewesen war, der ihm geholfen hatte, denn Nikolo glaubte nicht an Wichtel und dergleichen.

Ein einzelner Ast, der sich in stillster Luft bewegte, durchkreuzte Rupps Pläne. Perchta schlich zwischen den kahlen Buchen zurück zu dem Ast, von dem sie den Mantel geklaubt hatte. Sie streckte sich, um ihn wie zuvor zu drapieren. In diesem Moment drehte sich Nikolo um. Vielleicht war es Zufall, vielleicht hatte er etwas gehört, jedenfalls begegneten sich sein und Perchtas Blick geradewegs über die gefällten Stämme hinweg.

»Du, Weib! Was machst du da?« Nikolo sprang vor. Das Axtblatt, das bei einem anderen Mann bedrohlich gewirkt hätte, schlenkerte gefährlich nahe an seinem Knie vorbei. »Was hast du mit meinem Mantel verloren?«

Perchta schien zu schrumpfen. Wie Krampus hatte sie ihre Kapuze hochgeschlagen, die ihr auffälliges Haar verbarg. Im Schatten des Stoffs gruben sich Falten um ihre Mundwinkel; sie hielt die Augen gesenkt und schien weniger zu … glänzen.

Oder womöglich wurde Rupp auch gerade verrückt, denn in seinem Kopf surrte es wie nach einem Abend in der Schänke.

»Ich habe deinen Mantel geflickt«, hörte er Perchta sagen.

»Wieso solltest du meinen Mantel flicken, Frau? Du kennst mich nicht.«

»Weil du es verdient hast. Du bist fleißig.«

Nikolo umklammerte den Axtstiel fester. »Du willst mich verhöhnen. Aber ich habe von euch gehört.« Sein Zeigefinger reckte sich gen Perchta, wie wenn er sie aufspießen wollte. »Jawohl, ich weiß, wer du zu sein vorgibst. Ich weiß alles über euch!«

»Was hast du gehört, Nikolo?«

Woher kannte Perchta Nikolos Namen? Hatte sie ihn und Krampus belauscht?

Noch immer streckte sie Nikolo den Mantel entgegen. Der Saum war geflickt, von einem Riss keine Spur mehr. Wie hatte sie das so schnell nähen können? Überhaupt, was zur Hölle tat sie da?

»Du nennst dich Perchta«, schnappte Nikolo. »Ein Götzenname, welch ein Witz! Du und deine Brut, ihr glaubt, ihr könntet die Wilde Jagd zur eigenen Lust wiedererwecken. Schwindler seid ihr! Gauner!«

Perchta bückte sich, legte Nikolos Umhang sorgsam auf den Boden.

»Du hältst mich für einen Witz? Bist du nicht selbst ein Scharlatan? Der Scharlatan eines Heiligen, dessen Mantel du dir zum eigenen Vorteil überwirfst.«

»Wag es nicht, mich neben deinesgleichen zu stellen. Ich stehe im Licht des Herrn! Du, hingegen, du stiehlst dir den Namen einer heidnischen Dämonin. Perchta, pah!« Nikolo spuckte aus. »Ketzerin! Brennen solltest du! Und ich werde sie dir hinterherschicken, dir und deinen verhexten Mannen. Sie werden euch in Ketten legen und dann werdet ihr gerichtet.« Er hob die Axt.

»Nikolo, warte!« Rupp sprang aus seinem Versteck hervor und zwischen die beiden. »Bitte, Nikolo, beruhige dich. Ich verspreche dir, das ist alles ganz harmlos.«

Das Maultier sah Rupp und schrie erneut seine Begrüßung heraus. Bestimmt war es froh, ihn zu sehen, denn Nikolo keifte das Tier immer nur an, wohingegen Rupp wusste, mit seinen Launen umzugehen.

Nikolo taumelte zurück. Er sah Rupp an, als wäre er das Gespenst, das Rupp bei der Wilden Jagd darzustellen versuchte.

»Rupp? Was, was tust du hier?«

»Ich –«

»Du gehörst zu denen?« Nikolo fuchtelte in Perchtas Richtung. »Ich dachte, du seist tot!«

Eine weitere Schameswelle schwappte über Rupp hinweg. Was hatte er denn erwartet, was Nikolo denken würde?

»Du, diese Aufrührer … Der Winter ist so kalt, viel kälter als sonst«, stammelte Nikolo. Er machte einen Schritt auf Rupp zu. Im nächsten Moment ging ein Ruck durch ihn. »Wie kannst du behaupten, das sei harmlos? Hab ich dir denn gar nichts beigebracht? Hast du keinen Verstand?«

Rupp stieg das Blut ins Gesicht. Er konnte sich förmlich ausmalen, wie Perchta hinter ihm über ihn lachte.

»Ich weiß, was ich tue.«

»Nichts weißt du, dummer Kerl! Sankt Nikolaus kämpfte gegen die Diana und du, du reibst dich an ihrem Abklatsch wie ein, ein Hund!«

Nikolos Blick irrte umher, fiel auf einen Strauch mit graubrauner Rinde am Lichtungsrand. Nikolo macht einen Satz auf den Holunderstrauch zu und schwang die Axt.

»Da, Unholde, das passiert mit deinesgleichen!«

Er hieb auf den Stamm ein, doch das Axtblatt rutschte ab. Nikolo stürzte kopfüber in den Holunder. Rupp sprang vor, um die Waffe an sich zu reißen, bevor Nikolo sich noch selbst verletzte – oder schlimmer: bevor Perchta nach der Axt greifen konnte. Er riskierte einen Blick zu ihr.

Perchta hatte sich nicht genähert, doch von irgendwoher hatte sie einen kleinen Behälter hervorgezaubert, aus Birkenrinde gefertigt. Sie stopfte ein Büschel getrocknetes Gras hinein. Dann, die grünen Augen unverwandt auf Nikolo gerichtet, hauchte sie.

Ein Rauchfaden kringelte sich in die Luft. Kurz darauf flammte das Grasbüschel auf. Eine winzige Flamme bloß, doch Rupp schien es, als könne sie jederzeit die kahlen Bäume um sie herum in eine Feuersbrunst verwandeln.

»Sankt Nikolaus, der Diana bekämpft und ihr Heiligtum zerstört. Das brennende Öl einer wütenden Göttin.« Perchta zitierte die christliche Legende so sanft als spräche sie zu Kindern. »Wer wohl zuerst Unrecht begangen hat?«

Im nächsten Moment erstarb das Feuer. Perchta drückte den Deckel zurück auf den Glutbehälter und verstaute ihn unter ihrem Mantel.

Nikolos Lippen zitterten vor Wut, weil sie seinen Heiligen mit seiner eigenen Legende verspottete. Aber er richtete seine Abscheu nicht gegen Perchta, sondern gegen Rupp.

»Was hat sie mit dir gemacht, du Narr? Habe ich dich etwa zu mir genommen, dir Lesen, deine Gebete beigebracht, für das hier? Für dein billiges Vergnügen im Dienst dieser Teufelsbrut? Selbst dieses Maultier hier ist klüger als du!«

Rupp bebte jetzt ebenfalls. Er bellte zurück:»Was kümmert's dich, du hast mich doch selbst fortgeschickt!«

»Ich habe dich nicht fortgeschickt, mein Sohn.« Nikolos Körper sackte in sich zusammen. Erschöpft, zerschlagen. »Schau dir das an.« Er streckte Rupp seine Handflächen entgegen. Die Wolle war zerrissen, Blutflecken tränkten den Stoff.

»Du bist für ihn nur sein Diener«, sagte Perchta.

Rupp fuhr zu ihr herum und fauchte:»Halt den Mund!« Ein grüner Blick unter langen Wimpern wie Sonnentau. Sie zuckte mit den Achseln.

»Rupp«, flehte Nikolo,»komm mit mir nach Hause. Oder hat dich dieses sündige Weib verhext?«

»Ist es denn so undenkbar, dass ich einmal im Leben eine Entscheidung selbst treffen könnte?«

»Hat sie sich dir hingegeben? Dir Versprechungen gemacht?«

»Nein! Nichts dergleichen. Das, das verstehst du nicht!«

»Rupp, du bist nicht bei Sinnen. Ich warne dich, kehr auf deinem Pfad um. Was bist du denn jetzt? Ein Wilderer, ein Heide, dem die Reichsacht droht. Nichts!«

Rupp brüllte und schwang die Axt. Ein gewaltiger Hieb spaltete den Buchenstamm zwischen ihnen in zwei Hälften. Nikolo schreckte vor dem Hieb zurück, stolperte und fiel der Länge nach zu Boden. Starr vor Entsetzen blieb er liegen.

»Vielleicht bin ich ja genauso wertlos wie zuvor«, brüllte Rupp,»aber immerhin habe ich Spaß dabei!«

»Solche wie dein Meister – feige! Gewürm im Arsch päpstlicher Speichellecker! Sie lügen und lassen sich belügen, dabei können sie alles nachlesen. Alles! Vor Gott sind Herr und Knecht gleich, egal ob Kaiser oder Kammerdiener, ob Bauer oder Ackerknecht. Also lass dir nie was anderes erzählen!«

Was eine flammende Rede hätte sein sollen, schnaufte durch den Schnee wie eine nasse Lunte. Prügel versuchte an Rupps Seite mitzuhalten, der einmal mehr für die Wilde Jagd spurte. Krampus und Kinderfresser waren mit den Pferden zurückgefallen. Prügels Körper ruckte wie eine Puppe im Schnee. Anstatt ihn niederzutrampeln, schien er gegen ihn anrennen zu wollen.

»Sie können euch nicht ewig kleinhalten, damit ihr den Bischöfen ihre Paläste baut. Tyrannen! Aber wehe, wenn ihr unter ihren Füßen hervortretet. Euer Blut, deins und meins, Rupp, unser Blut hält das Reich zusammen.«

Prügels Schankstuben-Geschwafel gelang es nicht, Rupp zu beeindrucken. Rupp bezweifelte, dass Prügel viel von der Plage der Bauern, in deren Namen er sich in Rage redete, verstand. Der blonde Bursche war ein Stadtbürger, das roch Rupp gegen den Wind. Daran konnte auch dessen ledergeflicktes Wams und die muffige Schafwolle an seinem Kragen nichts ändern. Was also wollte Prügel von ihm? Er hatte wahrhaftig andere Probleme.

Rupp schwitzte trotz der Kälte. Sein Schweigen schien Prügel anzustacheln, denn er machte einen weiteren Versuch, seine Ansprache zu neuen Gipfeln zu treiben. Doch er fiel bald zurück, immer noch keuchend und spuckend.

Rupp übernahm die einsame Führung, dankbar für den Abstand zu den anderen und für den Winter, der ihm seine ganze Schwere entgegenwarf. Der Schnee war Nikolo, der Schnee war er selbst, und Rupp trampelte ihn nieder, pflügte ihn, plättete ihn, schuf einen Weg für seine Freunde, als wäre er Moses und nicht bloß ein entlaufener Knecht.

»Sie nutzen dich genauso aus wie dein Meister. Wieso duldest du das?« Unvermittelt stand Perchta vor ihm. Scheinbar achtlos drückte sie ein paar Äste beiseite. Dahinter erkannte Rupp einen Pfad durch den Wald, wo der Schnee niedriger lag. Ein Wildwechsel unter ausladendem Gezweig hindurch, gerade hoch genug für die Pferde.

Rupp stapfte an Perchta vorbei. Sofort kühlte waldiger Schatten seine Augen. Er sagte: »Krampus wäre allein nicht in der Lage, einen einzigen Stein in diesem Wald zu finden. Krampus gibt immer nur an: Hier lang, links, rechts, dort vorne der Pfad unter den Bäumen.«Perchta schritt lautlos neben ihm aus, abwartend, worauf er hinauswollte. Ein abgebrochener Ast versperrte den Wildwechsel. Rupp hievte ihn zur Seite. »Aber jedes Mal, wenn Krampus so tut, als führe er uns, steht Frau Percht bereits dort.«

Er hatte sie überrascht. Das gefiel ihm. Er hätte gerne gewusst, woher sie diese Wälder so gut kannte, aber sie würde ihm nicht antworten. Kein Wilder Jäger beantwortete Fragen zu seinem Leben, keiner außer ihm. Perchta, Krampus, Kinderfresser, Prügel, sie lebten hier, im Jetzt. Ohne Sorgen, ohne Verpflichtungen. Er beneidete sie dafür.

»Was denn, sprachlos weil der Knecht nicht blind und taub ist?«, hakte er nach, als Perchtas Schweigen andauerte. »Du könntest dich rühmen, nur zu! Ehre, wem Ehre gebührt.«

Sie ließ sich Zeit. Ein Eichhörnchen, aufgewacht zur falschen Zeit oder zu hungrig, um auf wärmere Tage zu warten, fiepte aus einer Astgabel auf sie hinab.

»In dir fließt die Magie eines in den Rauhnächten geborenen Kindes, Rupp«, sagte Perchta schließlich, und es blieb ihm überlassen, sich zu fragen, wie sie den Tag seiner Geburt erraten konnte. »Du siehst mehr als die meisten Männer. Du ziehst deine Grenzen an anderen Orten. Aber dein Herz blendet dich.«

Perchtas Stimme hatte ihre Schärfe verloren. Wäre Rupp nicht noch immer so aufgebracht gewesen, hätte er das Geschenk darin fühlen können.

»Selbst jetzt kann ich es lodern spüren, dein Herz. Die Erde um dich herum, sie pocht im selben Takt. Deine Kraft wird aus ihr geboren. Erde und Fels, sie machen dich stark – nicht deine Größe, nicht deine Muskeln.«

Herrgott, wieso konnte sie nicht einmal seine Stärke ihm lassen? Stets fand sie einen Weg, seine Leistung kleinzureden. Nikolo mochte streng an ihm handeln, aber wenigstens verspottete er ihn nicht.

Eine Schnauze drückte in die Naht über Rupps Hosenboden. Wolf, lautlos wie immer. Sie roch das Fleisch in

Rupps Bündel. Zähne griffen in den Stoff, rissen daran. Im nächsten Moment lag Wolf auch schon auf der Seite. Rupps Knie presste sie in den Schnee, seine Faust schloss sich um ihre Schnauze. Wolf knurrte, begann sich zu wehren. Rupps Finger zogen sich enger zusammen. Er musste sein ganzes Gewicht auf ihre Flanke bringen, um sie unten zu halten. Verdammtes Vieh, das sich wie seine Herrin um keinerlei Regeln scherte und glaubte, die Welt gehöre ihm!

»Du – wirst – artig – sein!«, keuchte Rupp und zwang Wolfs Schädel herum, bis sie ihn anschauen musste. Bernsteinaugen gegen Kohleaugen. Beide brannten.

Rupp verlagerte noch mehr Gewicht auf sein Knie, unter dem Wolfs Herz davonhämmerte. Krallen kratzten über Rupps Unterschenkel. Er fing den Hinterlauf ein, und da erst fiel ihm auf: Das Bein, wo Wolf zehn Nächte zuvor der Schlitten erwischt hatte, zeigte keine Verletzungsspuren mehr. Selbst Rupps harter Griff schien ihr keine Schmerzen zu bereiten.

Wolfs Knurren schlug um in ein Winseln. Rupp ließ sie los. Wolf rappelte sich auf, die Rute zwischen den Beinen, die Ohren angelegt. Sie drückte sich an Perchtas Beine, die sie mit einem Wink in den Wald davonschickte.

Rupp wischte sich die Faust im Schnee ab. Sein Schweiß hatte die Färbung von Wolfs Fell gelöst; jetzt zogen sich schwarze Striemen über seine Haut, ganz ähnlich der Birkenmusterung in Perchtas Haar. Er stieß die rußgestreifte Handfläche unter Perchtas Nase.

»Wer fällt eigentlich darauf rein?«

»Jeder.« Sie machte Anstalten, ihren Weg fortzusetzen. Rupp aber war nicht willens, sich länger zum Narren halten zu lassen.

»Du versteckt sie vor unseren Augen. Du lügst deine Freunde an. Das ist nicht ehrenhaft.«

Das ließ sie innehalten. Nicht einmal in einer ihrer Masken sah Perchta vogelartiger aus denn in jenem Moment, da sie den Kopf über die Schulter drehte und Rupp fixierte. »Tatsächlich? Erleuchte mich.«

Rupp trat an sie heran, spielte seine volle Größe aus. So dicht vor ihrem Scheitel erkannte er das Funkeln einzelner Schneekristalle im weißblonden Haar. Sie schmolzen nicht. Er hatte sie auch noch nie frieren sehen.

»Du färbst einen Wolf schwarz, damit deine Freunde sie für einen Hund halten, der wie ein Wolf aussehen soll. Du nutzt aus, was sie erwarten, und narrst sie damit.« Hinter ihnen brachen Zweige. Die anderen näherten sich mit den Pferden und Perchtas Schlitten.

Perchta war still geworden. Rupp kannte eine solch lebendige Reglosigkeit nur von Bäumen. Äste hätten aus ihr sprießen können, es hätte ihn nicht verwundert.

»Dich halte ich offenbar nicht zum Narren.«

»Ich kenne die Spuren von Wölfen im Schnee. Ich kenne die Spuren von Hunden. Du kannst einen Stadtburschen wie Prügel foppen, aber keinen Bauern.«

»Ah, Stolz. Also doch. Aber dann sag mir, Knecht, wie kann es klug sein, ein Raubtier zu beuteln, wie du es gerade getan hast? Du kannst einen Wolf nicht knechten. Du kannst ihn dir nur zum Feind machen.«

Rupp schulterte sein Bündel, das beim Kampf mit der Wölfin in den Schnee gefallen war. »Ich kann alles und jedem klarmachen, was richtig ist und was falsch.«

Sie trat beiseite, als er sich an ihr vorbeischob. Ihr Ruf holte ihn erst nach einigen Schritten ein.

»Damit erkaufst du dir keine Herzen, Knecht von Nikolaus. Du wirst nie zu ihnen gehören.«

Rupp war entschlossen, Perchta und den anderen das Gegenteil zu beweisen. In der Nacht hütete er die Feuerstelle und brütete über Ideen.

Die Wilde Jagd brauchte etwas Großes. Einen Schlitten, groß genug für sie alle. Mit Ketten, die klapperten und den Menschen glauben machten, sie würden daran gefesselt werden wie frühere Frevler. Mit Halterungen für Fackeln und Schellen. Vielleicht könnte er die Kufen vorne hochziehen und Ziegenschädel auf ihre Spitzen setzen. Die Pferde würden das Gefährt ziehen, damit wären sie zwar auf die Straßen angewiesen, aber sie würden rasch in die Dörfer rein und wieder rauskommen.

Rupp malte sich Jagdhörner aus, mit denen sie ihr Nahen ankündigen würden. Ihr Klang kein müßiger Ruf zur Waid, sondern das Trompeten einer wilden Meute. Er selbst würde sich über die Dächer bewegen. Die Leute würden sein Trampeln über ihren Köpfen vernehmen und sich im wohligen Schauder zu Boden werfen. Er würde ein Hirschgeweih auf dem Kopf tragen, und sein Schatten – nicht ganz Mensch, nicht ganz Tier – würde über die Straße hetzen, gejagt von Wolf, zwei nachtschwarze Geister neben Perchtas Schlitten. Sie würden ihm einen Wilde-Jagd-Namen geben, an den die Menschen sich noch in Jahrzehnten erinnern würden. Einen neuen alten Namen aus heidnischer Zeit.

Über solch glorreichen Plänen unter einem sich zuziehenden Himmel schlief Rupp ein.

Als er am nächsten Morgen erwachte, lag er inmitten pappig zusammenfallenden Schnees. Aus grauen Wolken drohten Regentropfen statt Flocken; das Feuer war erloschen. Ein Fink zwitscherte.

Der Platz unter dem Felsüberhang, wo sie das Lager aufgeschlagen hatten, war leer. Krampus, Prügel, Kinderfresser und Perchta waren verschwunden und mit ihnen die Pferde, Wolf und all ihre Sachen.

Sie hatten Rupp zurückgelassen.

Es ist Nachmittag. Das Fenster der Kate steht weit offen. Ruprecht sitzt innen auf der Lagerstatt, außen hantiert Sophie mit Eimer und Putzlappen. Wenn der Alte zu schwach ist, um auf Spaziergänge zu gehen, kann sie wenigstens dafür sorgen, dass ihm nicht schmutziges Glas die Aussicht auf seinen geliebten Wald verdirbt.

Es ist nicht das erste Fenster, das sie heute putzt. Auch im Haus soll nichts die Sicht auf kommende weiße Flocken und den Zauber des Winterwaldes behindern. Es wird bald schneien, dessen ist sie sicher.

Ruprechts Nasenflügel blähen sich beim Versprühen des Glasreinigers. »Das stinkt.«

»Ich bezweifle, dass das sechzehnte Jahrhundert besser gerochen hat.«

Er lacht, dann geht ihm die Luft aus. Sophie beeilt sich, die Chemie vom Glas zu wischen, und klatscht in ihrer Hektik zu viel Wasser ans Fenster. In Bächen rinnt es über den Sims und von dort den abblätternden Putz hinab. Als Ruprechts Anfall vorbei ist, glänzt das Glas klar und durchsichtig.

»Danke, Sophie.«

»Hat Nikolo Ruprecht wieder aufgenommen?«

An dieser Stelle hat die Geschichte am vorigen Abend geendet. Wie Rupp einsam und gedemütigt zu seinem Meister zurückkroch. Sophie stellt sich Nikolo nachtragend vor.

»Das stimmt«, bestätigt Ruprecht ihr Urteil. »Vergebung war keine Tugend, die Nikolo leicht zuflog. Aber worin auch immer Nikolos Schwächen liegen mochten, er kannte die Seelen junger Männer und fand Verständnis für Rupps Suche, den Ruf, der ihn fortlockte, hin zu den Burschen der Wilden Jagd und ihrem freien, abenteuerlichen Leben. Nur die Frau, Perchta, sie stand auf einem anderen Blatt. Rupp lernte, sie Nikolo gegenüber besser nicht zu erwähnen.«

»Ich wette –«

Doch was immer Sophie sagen wollte, Hundegebell unterbricht sie. Jäh, heftig, hysterisch.

Der Eimer kippt um. Wasser spritzt und schießt über den Boden. Ruprecht reckt sich auf seinem Lager hoch, aber da hetzt Sophie bereits davon, mit hämmernden Herzen und Tränen, verdammte Tränen umwölken ihre Sicht. Sie stolpert – nein, nicht fallen, sie muss weiter, das Haus erreichen. Schneller, renn doch schneller!

Wieso hat sie Ruprecht heute überhaupt besuchen müssen? Sie wusste doch, wie heikel es ist. Die Zeichen nach dem Mittagessen, die Unruhe des Hundes, er hat die feinsten Sinne. Er wittert den aufziehenden Sturm.

Sie ist trotzdem gegangen.

Sophie schluchzt und läuft noch schneller. Eine Wolke schiebt sich vor die Sonne. Ihr Schatten senkt sich auf sie, greift wie eine gigantische Hand nach dem alten Bauernhaus. Die Vögel, die den lauen Tag genutzt haben, um von Frühling zu träumen, verstummen. Auch sie spüren das Nahen des finstren Gevatters.

Hinter dem Wohnzimmerfenster schlägt der Hund noch immer Alarm.

Gib nicht auf!

Sophie überwindet die letzten Meter Wiese. Sie springt auf die Veranda, stürmt durch die Tür und knallt sie hinter sich zu.

Es wird still. Die Lichtung ruht. Ein Spatz wagt sich ins Gras. Der Abend bricht herein. Im Haus, verborgen von Vorhängen und Fensterläden, entzündet sich ein Licht. Oben im Bad weint Sophie in ihrer Verlorenheit. Ruprecht in seiner Kate wartet vergebens.

Am nächsten Morgen bringt Sophie dem Alten Frühstück. Sie verliert kein Wort über das, was geschehen ist.

Glaube nicht, das Heidnische sei verloren. Sieh dich um.
Lausche. Studiere. Und dann pflanze einen Holunderbusch
in deinem Garten.
Das wird ihr gefallen.
- Marians Chronik.

Der Knecht des Heiligen Nikolaus hatte sich verändert. Rupp war ein anderer geworden. Verschlossener, weniger bereit, dem Schein zu vertrauen, dafür entschiedener seinen eigenen Weg zu finden. Obwohl er Nikolo das folgende Jahr über keinerlei Grund mehr gab, an seiner Verlässlichkeit zu zweifeln, ahnte dieser, dass der sprachlose Knabe von einst der Vergangenheit angehörte. Rupps Körper mochte endlich aufgehört haben zu wachsen, jetzt setzte sein Wille die Entwicklung fort.

Ein paar Mal hatte Rupp versucht herauszufinden, was aus Thomas geworden war. Doch Anna war mit den Kindern verschwunden gewesen, als er nach den Zwölften zurückgekehrt war. Niemand schien von ihrem Verbleib zu wissen, oder wenn doch, schwiegen sie. Die Höhle im Wald, wo Thomas Zuflucht gesucht hatte, lag verlassen. Dennoch hatte Rupp Decken und Altkleider dort platziert, nur für den Fall. Ansonsten blieb ihm nichts anderes, als mit seiner Schuld zu leben.

Je näher der Nikolaustag rückte, desto angespannter folgte Nikolo Rupps Bewegungen, saugte sich an Gesten fest, einem Murmeln hier, einer harmlosen Frage dort. Botschaften standen in Nikolos Augen, Missbilligung gar, doch Rupp weigerte sich, in ihnen zu lesen.

Mach es wie sonst. Nikolo mochte keine Veränderungen, die er nicht selbst vorantrieb. Er war jedoch fähig, ihr Nahen zu wittern wie Gänseblümchen den Einbruch der Nacht. Meistens gefielen sie ihm nicht.

Dann kam der Tag der Einkehr.

Die Kinderschar umringte Rupp, einander schubsend und kichernd, dabei sorgsam darauf bedacht, die letzte Armeslänge, die sie von diesem finster gewandeten Riesen trennte, nicht zu unterschreiten. Faszination und Vorsicht, Erwartung und Sorge, derweil Lippen stumm Gebete übten, um sie im entscheidenden Moment parat zu haben. Wahrscheinlich hatten die Eltern bis kurz vor Nikolos Klopfen noch mit ihrem Nachwuchs geprobt. Keine Familie, egal ob reich oder arm, wollte im Schatten der Mitra des Heiligen Nikolaus die Schande ungelernter Gebete auf sich ziehen.

»Nächstes Jahr kannst du uns dann in der Stadt aufsuchen, Nikolo«, verkündete ihr Gastgeber, ein früh ergrauter Kaufmann. Seine weit ausholende Geste schloss das ganze Haus ein.

»Es betrübt mich, dir heute nur diese Kargheit bieten zu können, aber wie du siehst, sind wir so gut wie umgezogen.«

Die Stube zeigte in der Tat von Balken durchkreuzte kahle Wände, leere Schranknischen und helle Flecken am Boden, wo vorher Möbel standen. Einzig eine Madonnenstatue und ein Kruzifix wachten noch über das Geschehen. Sauber geschrubbte Stiefel in allen Größen reihten sich vor dem Kachelofen; daneben warteten in Tücher verhüllte Geschenke auf das Gesinde. Auf dem Tisch glänzten zwei Becher in verziertem Metall; frische Krapfen lockten auf zinnener Platte.

Durch die Glasfenster des zweiten Stocks konnte Rupp auf den Marktplatz blicken. Ein Karren rumpelte vorbei, erleuchtet von einer Fackel vor dem Wirtshaus. Obwohl Fenster und Türen gegen die Dezemberkälte geschlossen waren und teures Bienenwachs milden Duft verströmte, roch Rupp die von draußen hereinkriechenden Ausdünstungen der Sickergruben. Er fühlte sich nicht wohl in größeren Ortschaften wie dieser, mit engen Gassen, mehrstöckigen Häusern, gepflasterten Plätzen und hohen Mauern. Ganz im Gegensatz zu Nikolo, dessen Augen zu glänzen begonnen hatten, sobald sie das Viertel der reichen Häuser um den Marktplatz betraten.

»Die Stadt bringt uns viele Vorteile, nicht nur geschäftlicher Art«, bemerkte die Dame des Hauses beinahe entschuldigend und zupfte an einem Goldanhänger, der an einer Kette von einem hohen Kragen baumelte. Darüber trug sie ein Gewand aus Brokat mit bestickten Ärmeln. Ihr Gatte war bescheidener gekleidet, doch die Knöpfe seines Wamses waren aus Silber, und an einem Haken neben der Tür hing ein Barett aus Samt.

»Ihr wünscht sicherlich die besten Schulmeister für eure Kinder«, sagte Nikolo wohlwollend.

Seine Gastgeber nickten wie Tauben. »Du wirst uns in unserem neuen Heim immer willkommen sein, Nikolo. Der Umzug ändert nichts, du wirst sehen. Dein ehemaliger Herr hat sich übrigens sehr gewundert, als er hörte, dass du hier draußen wohnst.«

»Manchmal ist es besser, der einzige Fuchs im Dorf zu sein als ein Fisch unter vielen im Schlossteich.« Nikolo trommelte mit den Fingern gegen seinen Zinnbecher. Die rote Flüssigkeit darin begann zu beben, Schlehensaft statt Wein, denn die Kaufmannsfamilie nahm die Fastenzeit streng. »Erst heute verkündete mir der Meier, er würde mich dem Grundherrn empfehlen.«

»Das sind großartige Neuigkeiten, Nikolo. Der Freiherr verdient jeden Segen, er und die seinen. Seine Gemahlin hat ihm viele Kinder geboren, und du wirst über sie keinen Tadel zu sprechen haben. Das ist ein gottesfürchtiges Haus. Auch wenn ein Freiherr natürlich kein Fürstbischof ist«, fügte der Kaufmann hinzu.

Nikolos Lächeln wirkte ein wenig traurig. »Erzählt, was gibt es Neues von Philipp?«

»Nichts Gutes, fürchte ich. Er scheint mit Luther zu liebäugeln.«

»Er war schon immer weich. Ein Jammer, dabei könnte er so viel erreichen. Aber ihm ist Bildung wichtig, das achte ich.«

Rupp lauschte der Unterhaltung voller Neugierde. Nikolo erzählte nie von seiner Vergangenheit, dabei hatte er früher in einer Landesburg gelebt und in der Kanzlei des Fürstbischofs gearbeitet.

»Ich fürchte, Philipp biedert sich den lutherischen Narren nicht nur an, weil er Schulen bauen will«, sagte der Kaufmann. »Es war die richtige Entscheidung, sein Land hinter dir zu lassen, Nikolo. Wenn Fürstbischof Philipp tatsächlich seine Leute der Ketzerei anbefiehlt, wird sein Lohn die ewige Verdammnis sein.«

»Schlimme Zeiten«, hauchte die Dame des Hauses. »All dieser Aufruhr, all diese Toten, gestorben ohne Seelenheil. Wir hatten noch Glück hier.«

»Jawohl, wir können dankbar sein, dass unser Landesherr größere Weitsicht und kirchliche Treue kennt als Philipp. Doch nun Schluss mit der Politik. Heute freuen wir uns und huldigen Sankt Nikolaus.«

Der Kaufmann prostete der Mitra auf Nikolos Haupt zu.

Die Kinder wurden unruhig. Es war spät, die Kleinen hätten schon längst im Bett sein müssen und sehnten die Erlösung von ihrer Aufregung herbei. Bevor Nikolo sich zu ärgern begann, weil die Kinder sie ablenkten, erhob sich Rupp von seinem Platz auf einem Schemel neben dem Kamin.

Die Kinder spratzelten vor ihm auseinander, kieksend vor Anspannung. Aus Rupps Beutel ragte eine Rute aus Weidenästen, darunter klapperten Nüsse. Rupp suchte sich das älteste Kind heraus, ein Mädchen von zwölf Jahren. Er beugte sich vor, bis er sein Gesicht in ihren Pupillen gespiegelt sah. Düster fielen ihm die schwarzen Locken in die Stirn, und es wunderte ihn nicht, warum das Mädchen ein Stück zurückwich.

Ihre Haut ist so winterhell wie Perchtas.

Die Erinnerung kam ungelegen, ungebeten, wie in den letzten zwölf Monaten. Sein Schwur, niemals wieder der Wilden Jagd eine Tür zu öffnen, überdauerte nie länger als bis zu den Nachtstunden, wenn Rupp in seinem Bett die Lider schloss. Einzig in Sommernächten, wenn nichts an den letzten Winter erinnerte, fand er manchmal Schlaf, ohne an seine ehemaligen Gefährten zu denken.

Jetzt trennten ihn noch neunzehn Tage von Weihnachten. Die Rauhnächte rückten näher. Die Wilde Jagd zwängte sich immer häufiger in Rupps Gedanken, als wäre ihre Magie echt und hätte Macht über seine Seele.

Ob die Tote Zeit tatsächlich geheime Pforten öffnete? Verschoben sich die Grenzen zwischen den Welten? Vielleicht sollte er den Priester befragen.

Perchta glaubt daran.

Aber Perchta war eine Heidin, das hatte sie selbst zugegeben. Wieso hatte ihm das nichts ausgemacht? Hätte er es in seiner Beichte erwähnen sollen? *Vater, ich habe einer Sünderin gelauscht.*

Die Kinder warteten darauf, dass Rupp seine Frage stellte, ob sie denn ihre Gebete kannten. Schon kräuselte sich die Stirn des Mädchens, bebende Lippen wisperten Worte. Bloß nicht vor lauter Aufregung vergessen, wie die erste Zeile des Vaterunsers begann. Er fühlte mit ihr.

Was auswendig gelernte Gebete über das Herz eines Menschen aussagten, hatte Perchta ihn gefragt.

Fleiß, Gehorsam, Glaube.

Nicht genug.

Der Junge damals, der Sohn des Schmieds, bei jenem ersten Mal, als Nikolo ihm die Befragung der Kinder überließ: Diesem Knaben war es nicht um Gebete gegangen. Sondern um das, was er getan hatte.

Rupp ging in die Knie. Jetzt überragte er das Mädchen nicht länger wie ein dräuendes Gewitter. Sogleich entspannte sich die Miene der Kleinen ein wenig. Neugierige Fingerspitzen strichen über Rupps Wangen, um zu fühlen, wie sich seine Haut anfühlte, die selbst im Winter sommerbraun war wie die der Menschen von weither. Danach folgten sie der geraden Linie seiner Augenbrauen. Im nächsten Moment zog das Mädchen die

Hand erschrocken zurück. Ihre Geschwister hielten den Atem an.

»Nun, mein Kind«, fragte Rupp, »warst du denn artig?«

Das Mädchen blinzelte. Die Frage verwirrte es, immerhin hatte es eine andere erwartet. Es schielte zu seiner Mutter hinüber, die ermutigend nickte.

»Ja, Knecht Rupp«, stotterte es, »ganz bestimmt war ich artig. Ich helf Mutter ganz viel und ich kümmre mich um die Kleinen.«

Die Faust des Jüngsten, zwei Jahre alt, schob sich zur Bestätigung in ihre Finger. Rupp brummte zufrieden und griff in seinen Beutel nach den Nüssen.

Während die stolzen Eltern strahlten, Nikolo für seinen Diener lobten, lächelte dieser verkniffen und kippte seinen Saft hinunter. Sein Missfallen brannte sich wie Pfeile in Rupps Hinterkopf.

In der Stunde nach Mitternacht begann es zu regnen. Ein eisiger Niesel, der Schnee und Schlamm zu knöchelhohem Matsch auftürmte. Es dauerte nicht lange, bis Nässe durch ihre Stiefel drang, Wolle durchweichte und der Saum von Nikolos edlem Heiligenmantel schwer gegen seine Beine klatschte. Immerhin hatten sie keinen Karren genommen, der wäre wahrscheinlich bereits im Schlamm verreckt.

Nikolo hatte, seit sie vom Kaufmann aufgebrochen waren, kaum ein Wort mit Rupp gewechselt. Rupp hatte die Regeln geändert, schlimmer noch, seine eigenen geschaffen. Er bedauerte es nicht. Die Frage, die er den Kindern gestellt hatte – ob sie recht gehandelt hatten –, sie hatte richtig geklungen. Bedeutsamer als die Frage nach ihren Gebeten.

Endlich spuckte Nikolo seine Missbilligung aus. »So, du glaubst also, ein Kind wird dir beichten, wenn es das Jahr über nicht brav gewesen ist?«

»Ich merke es, wenn sie nicht die Wahrheit sprechen«, behauptete Rupp.

»Bist du jetzt auch noch ein Hellseher?«

»Es hat ihnen doch gefallen, oder?«

»Es geht nicht um gefallen, Rupp. Es geht um … *auctoritas*. Christus, die Heiligen, sie haben nie versucht, den Menschen zu gefallen.«

»Nein, sie wussten bloß mehr.«

»Du vergisst dich, Junge«, warnte Nikolo. Im letzten Moment wich er einem matschgefüllten Schlagloch aus, um sich danach sofort wieder an Rupps Seite zu schieben.

Nikolo fürchtete die Nacht und die Straßen über Land, wo immer wieder Banden und verarmte Ritter Reisende überfielen. Ohne Rupp wäre er niemals zu solch später Stunde aufgebrochen. Er hätte die Nacht im Haus des Kaufmanns verbracht, selbst wenn dieser lediglich ein Lager mit Decken, unter denen sonst Kinder schliefen, bieten konnte und Nikolo nicht gerne in fremden Betten nächtigte. Doch er wusste, niemand bewegte sich draußen in Flur und Tann so sicher wie sein hünenhafter Knecht.

Niemand außer einer, dachte Rupp, und die würde sich nicht von ihm führen lassen. Wozu auch? Perchta sah in der Finsternis wie eine Katze, hörte wie eine Eule, fand ihren Weg wie eine Fledermaus und trug ihren Stolz höher als ein Hirsch sein Geweih. Lieber führte er zehn störrische Maultiere als dieses Weib.

Bestimmt war es Perchtas Vorschlag gewesen, ihn zurückzulassen. Schlafend, träumend von gemeinsamen Abenteuern, während seine Gefährten sich davonstahlen, um ohne ihn weiterzuziehen. Hatten sie über ihn gelacht, sobald sie außer Hörweite waren?

»Dein Ruf als Sankt Nikolaus beginnt dir vorauszueilen«, sagte Rupp und spielte damit auf die Empfehlung des Meiers und die bevorstehende Einladung durch ihren Grundherrn an.

»Wäre mal schön, dem Freiherr zu dienen, ohne dass es auf Plackerei hinausläuft.«

Nikolo seufzte und nahm Rupps Angebot zur Versöhnung damit an. »Ich habe es dir noch nicht erzählt, aber

am Herrenhof ruft dich die Fron. Eine Mauer ist einge-
stürzt. Nach den Weihnachtstagen geht die Arbeit los.«
»Aber das ist während der Rauhnächte!«, brach es aus
Rupp heraus, ehe er sich zurückhalten konnte.

Nikolo blieb stehen, trotz des Regens, der immer stärker
auf seine Kapuze trommelte und in die Haut stach.

»Was willst du mir damit sagen?« Nikolos Stimme ging
im Rieseln beinahe unter, aber je leiser sie wurde, desto ge-
fährlicher. »Du hoffst doch wohl nicht, dass dieser Ketzer-
haufen, dich holen käme?«

»Die sind weitergezogen.« Doch seine Ohren glühten.

»Und wenn dem nicht so wäre?«

Er wusste, was Nikolo hören wollte, aber er konnte es
ihm nicht geben. Also sagte er nur: »Sie haben mich sitzen
lassen.«

»Die Wilde Jagd? Was hast du gerade über die Wilde Jagd
erzählt?«

»He, du tust mir weh! Was soll das? Bist du tollwütig
oder was?«

Rupp stellte den Milchbart wieder auf die Füße. Der
Bursche war ein paar Jahre jünger und gefühlt halb so groß
wie er. »Entschuldige. Was hast du gehört?«

Der Steinmetzgesell schauderte und streckte von Ab-
schürfungen fleckige Hände zum Wärmen über einen Glut-
eimer. »Ich hab gehört, sie hätten 'ne Fackel über die Kirchmauer geworfen. In der Predigt am nächsten Tag hat sich
der Pfaffe fast verschluckt, so hat er sie verflucht. Er behauptet, es wären Ketzer gewesen, keine Geister, aber woher kann er das wissen? Er sagt selbst, sie hätten die Nacht-
wache verzaubert. Die hat nämlich geschlafen.« Langsam
geriet der Junge in Fahrt. »Eine Hexe war es mit hundert
Dämonen im Gefolge! Sie ritten auf riesigen Höllenhunden
mit glühenden Augen und Rössern mit Bocksfüßen und
Hörnern, die brannten wie das Fegefeuer selbst. Mein On-
kel hat sie gesehen.«

Rupp ließ den Knaben frei. Er hätte nicht sagen können, was er fühlte: Erregung, Sehnsucht, Enttäuschung? Die Rauhnächte hatten begonnen, die Wilde Jagd zog erneut umher. Und sie hatten ihn nicht geholt. Was hatte er denn erwartet? Er hätte auf Nikolo hören sollen. Perchta, Krampus, Kinderfresser, Prügel – ihre Masken dienten im Namen von Ketzerei, Aufruhr und Schrecken. Sie scherten sich um nichts, am allerwenigsten um ihn. Er war nie wirklich Teil ihrer Gemeinschaft gewesen. Ein weiterer Arbeiter nahm den Erzählfaden auf. Die Männer rückten näher zusammen.

»Vor ein paar Tagen, da hat so ein Weib bei meiner Schwester angeklopft. Weil sie Wäsche draußen hängen ließ, obwohl es doch die Rauhnächte sind. Die Vettel hat sich von ihr das Spinnrad zeigen lassen, ob sie auch ja nicht daran arbeitet, aber das hat sie natürlich. Da ist das Weib ganz wild geworden. Kraft solle die Schwester sammeln zu dieser stillen Zeit, wie die Tiere und die Pflanzen, das hat sie verlangt. Von dem Gezeter ist mein Schwager aus dem Mittagsschlaf gerissen worden, und draußen, da sind die Krähen in die Wäsche geflogen und haben sie von der Leine gerissen.«

»Das ist die Percht«, klagte ein dritter, ein Tagelöhner. »Meine Mutter räuchert die ganze Bude voll, dabei legt sie bloß die Füße hoch, während wir hier schuften dürfen. Die Percht, die soll lieber mal unsre Weiber lassen und stattdessen den Grundherrn heimsuchen und dem was erzählen, von wegen Rauhnächten und Ruhegeboten. Als hätte diese Mauer nicht noch ein paar Wochen warten können. Was glaubt der denn, wer ihn angreift?«

»Vor einem Jahr, da haben sie nach ein paar Ketzern gesucht. Manche sagen, die Höhlen sind voll mit ihnen und dass sie nachts riesige Feuer anzünden.«

»Es ist die Wilde Jagd. Der Jäger hat Spuren gefunden, die stammten weder von Menschen noch von Tieren.«

»Geister hinterlassen keine Spuren«, widersprach der Steinmetzgeselle, woraufhin alle durcheinanderredeten,

bis der Steinmetzmeister dazwischenging und sie an-
brüllte, Weihnachten sei vorbei, sie wären hier, um zu arbeiten, nicht um zu quatschen und schon gar nicht, um
den Grundherrn zu hinterfragen. Überhaupt wolle er
nichts mehr von Hexen und Dämonen hören.

Rupp war froh, den Geschichten über die Wilde Jagd
zu entkommen, die ihn doch nur verhöhnten und in seiner
Brust einen Kerker schufen.

Er war ein Narr. Er hätte wissen sollen, dass er nicht da-
zugehörte.

Rupp drängte durch einen weiteren Trupp Handwerks-
gesellen, die sich an Milchsuppe wärmten. Die Sonne
schien, aber am Morgen war das Wasser gefroren, das
Holzgerüst der Baustelle mit Eiskristallen überzogen gewesen. Dampf stieg aus Fellen von Pferden und Hunden,
und die Männer nahmen ständig Pausen, um ihre Gliedmaßen zu wärmen.

Das mildere Wetter der Vorweihnachtszeit war dem
Kristallwinter erlegen, der Herrenhaus, Wirtschaftsge-
bäude und Ställe mit seinem glitzernden Schleier überzog.
Es war das zweite Jahresende in Folge mit einem Frost so
ungewöhnlich klirrend, dass die Menschen mit Sorge ihre
Kohlen- und Holzvorräte zählten.

»Wieso guckst du so grimmig, Rupp?« Ein Schopf aus
rötlichblondem Haar mit einer verrutschten Kappe darüber
wuselte zwischen Rupps Beinen hindurch. Er grapschte
sich das Mädchen, welches Anstalten machte, über einen
Haufen wacklig gestapelter Balken zu klettern, und setzte
es auf der anderen Seite wieder ab. Der Flug hatte es jauch-
zen lassen.

»So hat Gott nun mal mein Gesicht geschaffen.«

»Nein, hat er nicht. Ich hab mir überlegt, du könntest auch
ein Wilder Mann sein. Aber dazu fehlen dir Blätter. Wilde
Männer tragen Blätter statt Kleidung, wusstest du das?«

»Und unter ihren Achseln wächst Moos.«

Prustend schlug sich Mariechen die Hände vor den Mund.
Ihre Fingerspitzen ragten aus zerfledderten Wollfäustlingen;

Locken kringelten sich aus ihrem Zopf. Sie folgte Rupp seit dem ersten Tag beim Frondienst, eines von einem halben Dutzend Kindern, die sich Pfennige mit kleinen Gefälligkeiten verdienten: Wasser holen, Brennholz und Kohle schleppen, Botschaften überbringen.

Gestern Abend hatte Rupp Mariechen vor der Schänke beobachtet. Es war dunkel gewesen, trotzdem war sie allein unterwegs. Sie hatte am Ärmel eines Besoffenen gezerrt, der sich in eine Schneewechte übergab. Ihr Vater, hatte jemand Rupp erklärt. »Jeden Tag das gleiche Spiel. Er versäuft alles, was sie haben. Lange geht das nicht mehr gut.«

Mariechen hüpfte auf die unterste Sprosse einer an der Mauer lehnenden Leiter. Sie war wie einer der Hunde, die überall herumwieselten.

»Mutter sagt, ich krieg vielleicht bald ein Brüderchen. Wird der dann auch so groß und stark wie du?« Schon sprang sie ihn von der Leiter aus an, darauf vertrauend, dass Rupp sie auffangen würde.

»Kleine, ich muss arbeiten.«

»Nein, musst du nicht. Jetzt nicht. Die Herrin hat gesagt, wenn ihr Kerle schon unter ihrem Dach schlaft, dann will sie euch sauber haben. Ich habe heute schon Leinen gewaschen.«

Sie hielt ihre Hände hoch, und durch die löchrigen Fäustlinge hindurch erahnte Rupp, wie sehr das Waschen im Laugenwasser und der Eiseskälte des Flusses ihre Haut angegriffen hatte.

»In den Rauhnächten soll nicht gewaschen werden«, hörte Rupp sich sagen. Er erinnerte sich an weitere Gebote: Räder sollten stillstehen, es sollte geräuchert werden. Seine Mutter hatte Schüsselchen mit Speisen unter den Holunderstrauch hinter dem Haus gestellt. Die Regeln von Frau Percht.

Sie rückten näher. Perchta und die Wilde Jagd.

Mariechen schwankte zwischen Sorge wegen Rupps Ermahnung und Stolz. »Und wenn ich heute ein Gebet mehr spreche? Ich hab bestimmt zehn Eimer Wasser geschleppt und nichts verschüttet.« Sie zupfte an seinem Ärmel, damit sie ihm ins Ohr flüstern konnte. »Du musst baden, Rupp, sonst wird die Herrin ärgerlich.«

Tatsächlich strömten gerade die Handwerker und Arbeiter, die mit Rupp ihren Frondienst an der Mauer verrichteten, an ihnen vorbei in Richtung Stallungen, um der Anordnung der Grundherrin Folge zu leisten.

Rupp hatte die Wohlgeborene nie gesprochen, aber wie alle Hörigen kannte er sie vom Sehen, wenn sie und ihr Gatte im Frühjahr die Schollen ihrer Bauern besuchten und dabei im Meierhof einkehrten. In den vergangenen Tagen hatte die Dame wiederholt den Fortgang der Bauarbeiten besichtigt. Nach dem Abendessen in der Halle war sie mit Stundenbuch und Rosenkranz neben ihrem Mann sitzengeblieben, während der Freiherr dem versammelten Gesinde und den Arbeitern aus der Bibel vorlas. Dabei verstanden die wenigsten Latein. Manche beschwerten sich leise, wo es mittlerweile die Bibel in deutscher Sprache gebe, könnten sie doch daraus vorlesen. Laut wagte es hingegen keiner, den Herrschaften einen solchen Vorschlag zu unterbreiten.

Die Wäscherinnen hatten die Zuber im Freien vorbereitet. Das Wasser dampfte nicht, demnach hatten es die Wäscherinnen und Kammerdiener mit dem Anwärmen des Wassers nicht wirklich ernst gemeint.

Bis Rupp dazu stieß, hatte sich die Brühe bereits schlammig-grau verfärbt. Stalljungen kippten den ersten Bottich aus. Ein Sturzbach ergoss sich über den Waschplatz und versickerte im Schnee hinter dem Pferdestall. Nackte Leiber tänzelten umher und rutschten, wo sich überfrierende Pfützen bildeten. Bürsten kratzten über Haut, Männer maulten über Pest und sonstige Seuchen.

Beim Anblick der grunzenden und hüpfenden Arbeiter sehnte Rupp sich fast nach Hause. Nikolo mochte kleinlich sein, was saubere Hände und Fingernägel anbelangte, aber wenigstens badete er nicht, bis sein Wasser erkaltet war, sondern stieg rechtzeitig aus, damit sein Knecht auch noch ein warmes Bad genießen konnte.

Rupp malte sich aus, wie Nikolo an seiner Statt in diesen Tagen Mauersteine schleppte, und war für die Länge des Gedankens beinahe froh, dass die Wilde Jagd ihn aufgegeben hatte. Mochte die Gemeinschaft der Frondienstler keinem Vergleich mit den Rauhnächten am Lagerfeuer, brutzelndem Wildbret und Krampus' scharfzüngigem Witz standhalten, so ließ er Nikolo wenigstens nicht erneut im Stich.

Rupp spritzte sich Wasser, das knapp vor dem Gefrieren stand, über und rubbelte sich mit einem Tuch, welches ein Dutzend Kerle vor ihm benutzt hatten, trocken. Dampf stieg von seiner Brust in die Winterluft, während er in lange Unterhosen schlüpfte. Die Sonne verschwand jenseits der Mauer, eine Glocke begann zu läuten. Für heute war der Frondienst zu Ende.

Die Stalljungen kippten den zweiten Zuber aus. Rupp schnappte sich Hemd und Wams und sprang gerade noch in Sicherheit, bevor die bräunliche Brühe seine Füße nässte.

»Bist du der letzte?«

Rupp drehte sich um, mit blankem Oberkörper, den Rest seiner Klamotten in der Hand. Vor ihm stand die Grundherrin.

Sechs Kinder hatte Agnes ihrem Gatten geboren und dabei die Gestalt eines Mädchens bewahrt. Ihr Gesicht – ansehnlich trotz einiger Pockennarben – wurde von einem Haarnetz umrahmt. Die Lippen schimmerten feucht. Ihr Obergewand war vorne und an den Ärmeln geschlitzt und enthüllte ein prächtiges, pfefferminzgrünes Untergewand, als stünde sie in einer fürstlichen Halle und nicht draußen am Stall in der Kälte.

»Lass dich anschauen.« Die Freifrau trat einen Schritt auf Rupp zu. Ihr Brustkorb hob und senkte sich in zunehmend rascheren Atemzügen. Blassblaue Augen glitten über Rupps Oberarme, die Flanken bis zum Bauchnabel. Saugten sich dort fest. Ihre Finger pressten sich in den Rock über ihrer Scham. Bildete er es sich ein oder hörte er sie ganz sachte stöhnen?

Rupp hatte einmal ein im Hühnerstall verirrtes Kaninchen überrascht. Es war bei seinem Anblick genauso erstarrt wie er jetzt vor seiner Grundherrin. Die Tiere von Feld, Wald und Flur – sie erkannten einen Jäger.

»Agnes, unsere Gäste möchten sich verabschieden. Begleitet Ihr mich?« Der Freiherr, ein rundlicher Mann mit feister Stirn und nur lose gebundenen Kniehosen, näherte sich vom Herrenhaus. Er streckte die Hand nach seiner Gattin aus.

»Natürlich, mein Lieber.« Mit glühendem Gesicht ergriff sie den Arm ihres Mannes. Falls der Grundherr ihre Erregung bemerkte, so zeigte er es nicht.

Über Nacht hatte sich Oberflächenreif auf dem Schnee gebildet. Daumengroße, plattige Kristalle, die unter den Schritten knisterten. Es war die bis dahin kälteste Nacht des jungen Winters gewesen, und Rupp hatte in der zugigen Kammer, die er sich mit zwei anderen Knechten teilte, unter seinen Decken gefröstelt. Draußen im Wald vor einem Jahr hatte Rupp besser geschlafen als in dieser herrschaftlichen Hofstatt, wo selbst im Herrenhaus nur die wenigsten Räume beheizt wurden.

Es war Sonntag, die Fron ruhte. Nikolo würde erwarten, dass Rupp ihn bei der Kirche in ihrem Dorf traf. Der Himmel strahlte in hellstem Blau und einem Fußmarsch nach Hause stand, abgesehen von der Kälte, nichts im Wege. Allerdings verspürte Rupp wenig Neigung zu Kirchenlatein und einem Nachmittag in Nikolos Schreibstube. So machte er sich stattdessen auf zur Backstube. Kurz darauf fand er sich am Mörser wieder, wo er duftende Gewürze und Mandeln zerrieb, und lauschte den Geschichten der Dienerschaft über einen Bauern, der ein Fohlen geküsst und wegen Unschicklichkeit eine Geldstrafe erhalten hatte.

»Die Herrin, die würd sich nicht mit einem Fohlen aufhalten«, flüsterte ein Küchenjunge Rupp zu und fing sich prompt vom Backmeister eine Ohrfeige für seine Frechheit ein. Letzterer warf Rupp einen in Tuch geschlagenen Laib zu und scheuchte ihn aus seinem Reich.

Rupp spazierte durch das Tor hinunter zum Bach und über die Brücke, welche den Herrenhof vom Dorf trennte. Am Rande des Marktplatzes, wo die Sonne über die spitzen Dächer der Handwerkshäuser lugte, setzte er sich auf die Brunneneinfassung und wartete darauf, dass Mariechen ihn ausfindig machte.

Es war wenig los in den Gassen. Der Priester watschelte von seinem Haus hinüber zur Kirche, der Schankwirt kippte einen Eimer Abwasser in die Sickergrube, der Silberschmied schloss die Tür seines Hauses ab und verschwand mit seiner Familie in Richtung Kirchhof. Ein paar Kinder trieben eine Sau vor sich her, die von der Kälte wenig angetan schien und in ihrer Eile die Treiber abhängte.

Ein mit Heu beladener Ochsenkarren holperte auf Kufen vorbei. Der Karrenlenker klammerte sich an den Zügeln fest. Mariechen ritt auf dem höchsten Heuballen und summte ein Lied. Die Riemen ihrer Filzkappe baumelten wie ein zweites Paar Zöpfe. Um ihren Hals hing ein Lederband mit einem hölzernen Kreuz neben einem Kieselstein, der in der Mitte ein Loch aufwies – ein heidnischer Schutzzauber, den sie sorgsam vor den Augen des Pfaffen zu verbergen wusste.

Mariechen fuchtelte mit den Händen, um Rupp zu bedeuten, er solle hinten auf den Karren springen. Sie presste beide Handballen gegen die Schläfen, verdrehte die Augen und äffte ihren trunkenen, in sich zusammengesackten Vater nach.

Rupp schlenderte hinter dem Karren her und wuchtete im Gehen einige der Heuballen zur Seite, damit er Platz fand. Die Schlampigkeit, mit der das Heu aufgeladen war, ärgerte ihn.

Mariechen beugte sich von ihrem Heuthron zu ihm hinab und tuschelte gar nicht leise:»Das Heu sollte eigentlich gestern schon zum Freiherrn, aber Vater sagt, er muss erst was trinken. Ich glaub, er weiß gar nicht, welcher Tag heute ist.«

Hinter den heruntergekommenen Gehöften am Ortsende erstreckten sich von löchrigen Hecken, Scheunen und ein paar Bienenkörben durchsetzte Felder. Der Karren stoppte vor einem der Höfe. Qualm stieg auf; es stank nach feuchtem Stroh, Laub und Tierkot. Ein Hund kratzte an einer Tür. Er wollte ins Warme, obwohl Rupp vermutete, dass es in diesen Häusern durch zahllose Ritzen zog, sich Feuchtigkeit unter den Dachschrägen sammelte und mit dem schlecht abziehenden Rauch vermischte, bis es rußig von der Decke tropfte.

Mariechens Vater kletterte umständlich vom Karren. »Pass auf das Vieh auf!«, befahl er seiner Tochter, ohne Rupp zwischen dem Heu überhaupt zu bemerken.

»Ich muss zur Tante!«, rief Mariechen ihm nach. »Ich soll mit ihr in die Kirche.«

Ihr Vater fluchte, aber hielt nicht inne, um den Karren zu sichern oder den Ochsen zumindest lose anzubinden. Er verschwand in einem baufälligen Schuppen, um den sich Unrat verteilte: das Rückgrat eines nicht ausgekochten Schweins, dessen letzte Fetzen Sehnen und Fleisch wohl von Füchsen abgenagt worden waren, eine abgewetzte Kuhhaut, verrostete Werkzeuge, ein Haufen krummer Nägel. Der Bereich vor dem Wohnteil des Hauptgebäudes hingegen zeigte sich einigermaßen sauber. Ein Besen lehnte neben der Tür.

Rupp reichte Mariechen das Walnussbrot. Ihre Augen weiteten sich, aber sie grapschte nicht danach, sondern wartete, bis er den Laib in zwei Hälften gerissen hatte.

»Schau zu, dass dein Vater nichts davon abkriegt.«

Ihr Lachen enthüllte im Mund zusammenlaufenden Speichel. »Ich muss gehen.«

»Nimm es ruhig mit.«

Sie steckte das Brot unter ihren Überrock und hielt beide Hände davor, als ob sie einen Säugling davor bewahren wolle, aus ihrem Bauch zu fallen.

Rupp beobachtete, wie sie die Straße entlang davonwieselte, ihre Röcke viel zu kurz, die Stiefel schmutzig, und er dachte, wenn ihr Vater weiterhin soff, dann würden Mariechen und ihre Mutter als Leibeigene enden.

Wie es ihm wohl ergangen wäre, hätte Nikolo ihm damals nicht zu Füßen seines toten Vaters ein Angebot gemacht? Nikolo hatte ihm ein sauberes Heim und anständige Arbeit gegeben; er hatte ihn Lesen gelehrt und ihn besser behandelt als so mancher Vater seine Söhne.

Rupp lehnte mit dem Rücken gegen das Heu und stopfte sich ein Stück Brot in den Mund. Die Kruste knarzte unter seinen Zähnen. Er schloss die Augen und kaute, bis der Teig seine ganze Süße entfaltete. Sowie er die Augen wieder öffnete, sah er sie.

Er wusste sofort, dass sie es war, trotz des Kopftuchs und der aufgetragenen Schürze, wie sie ein Großmütterchen zu tragen pflegte. Er erkannte sie an ihrer Größe, an ihrem Gang, der kaum den Schnee zerfurchte. Ihre Spur erinnerte an einen Luchs: geradlinig wie ein Mensch, dabei gleichmäßig, schmal und flach. Wie viele Stunden war er diesen Fußstapfen vor einem Jahr gefolgt?

Hinter Brombeersträuchern drehte sich ein Schemen auf vier Pfoten im Kreis, bevor er sich niederlegte, die wachsamen Ohren gespitzt. Seine schwarzgefärbte Schnauze reckte sich schnuppernd.

Perchta schritt zügig über das Feld, bis sie sich dem leeren Schweinepferch auf der Rückseite des Hofs näherte. Dort wandelte sich ihre Haltung. Ihr Oberkörper krümmte sich, ein Buckel wuchs über die Schulterblätter. Der Gang unvermittelt zittrig, stützte sie sich schwer auf ihren Stock. Das Kopftuch und das gesenkte Haupt verbargen ihre Gesichtszüge, einzig die Nasenspitze stak hervor. Hätte Rupp es nicht besser gewusst, er hätte sie wahrhaftig für ein greises Mütterchen gehalten.

Der gräuliche Rauch aus den Häusern spross weiter in den Himmel, die Luft schmeckte jedoch jäh nach den Rauhnächten des letzten Jahres: nach Harz und Tann und frischem Eis. Das Heu knisterte unter Rupp, als ob es gefror, derweil sich sein verräterisches Herz gegen die Rippen warf wie ein Bär gegen die Stäbe seines Gefängnisses. Er vergaß das Walnussbrot und schob sich an zwei Heuballen vorbei, bis er zwischen ihnen hindurch zum Eingang des Wohnhauses linsen konnte.

Perchta war für den Moment aus seinem Blickfeld verschwunden. Sie umrundete das Gebäude im dunklen Schacht zwischen Schuppen und Haus. Kurz durchschoss Rupp die Hoffnung, der Karren, auf dem er versteckt saß, wäre ihr Ziel. Dann bog Perchta um die Hausecke, und die Tannenzweige vor dem Eingang zu Mariechens Heim schmiegten sich um ihre Füße wie ein Hund, der seinen Herrn begrüßte.

Was suchte sie hier? Diese Familie hatte nichts zu geben.

Mariechen war mit ihrer Hälfte des Brots verschwunden. Wahrscheinlich hockte sie gerade in einem Versteck, pulte die Walnüsse aus dem Teig und lutschte an ihnen, als bestünden sie aus süßem Gold.

Das Klopfen von Perchtas Stab hallte bis zur Straße. Ihr Rumpf beugte sich noch ein wenig mehr, ein Arm reckte sich mit schüsselförmig gebogenen Fingern nach oben. Es dauerte nicht lange, dann öffnete eine Frau mit Mariechens lockigem Haar und Stupsnase die Tür. Sie war nicht erfreut, ein bettelndes Mütterchen an ihrer Tür zu finden. Dennoch beugte sie sich zu Perchta hinab, um deren Bitte zu lauschen. Sie verschwand im Inneren des Hauses und kehrte kurz darauf mit einem Becher zurück.

Perchta schaffte es, einen Schluck zu nehmen, ohne ihr Gesicht zu zeigen. Ihre nächste Frage ließ Mariechens Mutter erneut die Miene verziehen, schärfer jetzt. Sie wedelte in Richtung Schuppen, ihre Antwort knapp: Der schläft seinen Rausch aus.

Perchta drehte den Kopf zum Schuppen mit seiner schief in den Angeln hängenden Tür. In Rupps Adern dampfte das Blut, so vertraut war ihm diese vogelhafte Bewegung. Im selben Moment stürmten all die sorgsam über den Sommer begrabenen Erinnerungen zurück: Perchta, die einen schlafenden Weiler musterte. Einen Flecken samtige Nacht im Gespinst tiefhängender Zweige. Ein auf den Frühling harrendes Nest vom letzten Jahr in einer Hecke. Perchta, mit geneigtem Kopf hinter einer Uhumaske lauschend, während Krampus, Prügel und Kinderfresser Pläne schmiedeten. Perchta, die ihr Beil polierte. Ihre Hand über einer Spur im Schnee, achtsam mit allen Sinnen fühlend. Perchtas Augen im Spiel von Sonne und Zweigen wie Farn, wenn der Südföhn wehte.

Sie schuldete ihm eine Erklärung.

Inzwischen hatte Mariechens Mutter die Hände voll mit Garn aus der Stube geholt. Sie zeigte der Alten, was sie das Jahr über fleißig geschaffen hatte, und zum ersten Mal glühte ihr erschöpftes Gesicht vor Stolz. Perchtas Fingerspitzen fuhren über die Knäuel, prüften, bewunderten. Sie drückte die Hände ihrer Gastgeberin, und was immer sie sagte, plötzlich verglasten Tränen die Augen der anderen.

Perchta scheuchte Mariechens Mutter in die Stube zurück und drückte sie dort auf einen Hocker hinter der Tür nieder. Sie selbst hob das Kinn, schnüffelnd, ob Räucherwerk das Haus mit seinem Duft erfüllte. Zufrieden, dass dem offenbar so war und Mariechens Mutter die alten Bräuche aufrechterhielt, trat Perchta zurück ins Freie. Ihr Stecken stieß die Haustür zu, wie um Mariechens Mutter auszusperren von dem, was kommen würde.

Rupp hatte sich so tief zwischen die Heuballen gezwängt, dass seine Schultern zwischen ihnen verkeilten. Fassungslos beobachtete er, wie Perchta zwei sonnenblinkende Münzen aus dem Beutel an ihrem Gürtel zog.

Gold.

Perchta trank die Milch aus, legte die Münzen auf die Bank neben der Tür und stülpte den leeren Becher darüber.

Sie schenkt!
Rupp konnte den Blick nicht von dem Becher mit den Gulden wenden. Das war mehr als Mariechens Mutter mit monatelangem Spinnen verdienen konnte.

Als Perchta vom Haus zum Schuppen ging, begann ihre Verkleidung von ihr abzufallen. Sie richtete sich auf und schritt aus mit all der Zielstrebigkeit und Selbstgewissheit, die Rupp seit letztem Winter in anderen Frauen gesucht und nie mehr gefunden hatte.

Ihre Faust donnerte einmal gegen das Scheunentor. Ihr Befehl, rauszukommen, laut und herrisch, ließ Schnee und brüchiges Stroh gleichermaßen vom Dach rieseln. Ein Fluch antwortete ihr. Schaben, dann schepperte im Inneren Werkzeug zu Boden. Kurz darauf streckte Mariechens Vater seinen Kopf heraus. Er lehnte sich schwer auf eine Heugabel und verlangte mit tauber Zunge zu wissen, wer ihn störe.

Perchtas Hand ergriff die von geplatzten Äderchen durchzogene Nase des Mannes und verdrehte sie, bis Rupp den Knochen bis zur Straße hin knacken hörte. Der Säufer schrie auf und stolperte aus dem Schuppen.

Rupp wollte losspringen, doch er hatte sich dermaßen zwischen den Heuballen eingequetscht, dass er steckenblieb.

Perchta zerrte den Mann an einem Ohr auf die Knie. Plötzlich ragte anstelle ihres Gesichts ein Rabenkopf unter dem Kopftuch hervor. Ihr Opfer schrie auf. Perchta zischte ihm zu, und er winselte und nickte unter ihrem erbarmungslosen Griff, schwor das Heilige vom Himmel und vor allem, dass er keinen Pfennig mehr in die Schenke tragen würde. Bis Rupp sich endlich rückwärts zwischen den Heuballen herausgearbeitet hatte, hatte Perchta den Mann losgelassen und schritt bereits in Richtung Feld.

Rupp eilte hinüber. Beim Haus bewegte sich Stoff hinter einem halb geschlossenen Fensterladen. Doch wenn Mariechens Mutter das Geschehen beobachtet hatte, zog sie es vor, sich versteckt zu halten.

»Ich werd' nimmer mehr …«, heulte der Mann, sowie Rupps Schuhspitzen in sein Blickfeld traten. »Nicht, bitte, blendet mich nicht!«

Rupp versagte sich, dem verantwortungslosen Lump im Vorbeigehen einen Tritt zu versetzen. Stattdessen spurtete er an den Gebäuden vorbei Perchta hinterher. Jenseits des Feldes sah er sie gerade noch durch die Brombeerhecke im Wald verschwinden. Wolfs Schnauze schob sich zwischen zwei Sträuchern hindurch in Rupps Richtung, die Zunge ein rosa Lachen zwischen blitzenden Zähnen.

Rupp hastete über das Feld. Brombeerdornen rissen an seinen Waden, dann umhüllte ihn das Zwielicht des Waldes. Das Tuch, das Perchta über dem Haar getragen hatte, hing hoch in einer Vogelbeere, der Stecken lehnte gegen den Stamm. Dahinter hörten sämtliche Spuren auf.

Keuchend drehte sich Rupp einmal im Kreis. Von Perchta war nichts zu sehen. Er ging in die Knie, zwang sich, innezuhalten, auf den Wald zu blicken wie ein Tier, dicht über dem Boden. Er gebar sich selbst hinein in die Wirklichkeit des Waldes. Kurz darauf erspähte er einen schummrigen Tunnel, kaum zwei Fuß breit, unter den tiefsten Zweigen hindurch. Der Weg von Wildkatze und Fuchs.

Er holte Perchta ein, halb krabbelnd, halb laufend, gerade als sie den Rock in eine Wurzelhöhle schob. Sie trug jetzt den Rupp vertrauten Mantel aus Pelz und weichem Leder über einem an der Taille gegürteten Männerwams. Ihr Elfenbeinhaar fiel ihr tief über den Rücken.

Sie drehte sich nicht sofort um, obwohl sie bemerken musste, wie Rupp sich hinter ihr aufrichtete und seinen Schatten vor ihre Füße warf. Nur ihr Kopf hob sich schräg zum Himmel, als wittere sie. Rupp wiederum wurde abgelenkt von Wolfs Zunge, die eine Lücke zwischen Handschuh und Ärmel fand und seine Haut begeistert abschleckte. Die zärtliche Begrüßung der Wölfin schien Perchta zu verblüffen.

»Der junge Knecht, das Salz der Erde, wie überaus biblisch. Wer hätte das gedacht?«

Rupp stand vor ihr, seine Brust hob und senkte sich nach der Hatz durch das Unterholz. Hundert Dinge hatte er ihr sagen, zwei oder drei ihr an den Kopf werfen wollen. Weil sie ihn zurückgelassen hatten wie einen Scheit, der vom Feuer übrigblieb. Stattdessen brach es aus ihm heraus: »Du bist wie ich!«

Eine Augenbraue – dunkel wie die birkenstammgleichen Streifen in ihrem Haar – hob sich. »Das, Knecht, ist Anmaßung.«

»Ich habe dich gesehen. Du hast eine Fleißige belohnt. Und den Säufer bestraft. Wir, wir tun dasselbe!«

Er hatte vergessen, wie rasch und heiß ihr Ärger aufloderte. Wäre sie Wolf gewesen, sie hätte nach ihm geschnappt.

»Frau Percht hat bereits Gerechtigkeit geübt, da leckten die Anhänger deines Heiligen noch den Dreck von Roms Straßen. Da ist nichts, was ich mit Nikolauses Knecht gemein hätte!«

»Das waren Gulden, verdammt!«

»Was denn, zweifelst du etwa am Wert deiner Nüsse?«

Rupp stieg das Blut ins Gesicht. Einmal mehr flohen ihm in ihrer Gegenwart die Worte. Hatte das Weib keinerlei Demut gelernt?

Wolf wurde ungeduldig. Sie stupste Rupp mit der Schnauze an und tänzelte vor, den Wildwechsel entlang tiefer hinein in den Wald. Perchta folgte. Sie drehte sich nicht nach Rupp um, und er hätte sie würgen mögen, weil sie wusste, er würde ihr folgen.

Der Wald klirrte, als ob Eiszapfen aneinanderschlugen. Stahl flirrte im Sonnenlicht, zwei blitzende Klingen in einer Welt voller Schneejuwelen. Atem keuchte Wolken in die Luft. Kurz darauf flog ein Degen. Krampus jubelte, während sich Prügel mit dem Rücken gegen einen Ahorn

121

gepresst ergab. Perchta drehte sich zu Rupp um und lächelte – *sie lächelte ihn an!* –, und er spürte die Sehnsucht nach ihrer Welt wie Glut in seinem Bauch.

»Da hat sich ein Hündchen an deine Fersen geheftet, Perchta!«, rief Prügel und drückte Krampus' Degenspitze von seiner Kehle fort.

Kinderfresser saß auf einem umgestürzten Baumstamm, von wo aus er Krampus' und Prügels Fechtkampf verfolgt hatte. Er grunzte zur Begrüßung, den Mund voll mit kaltem Braten. Seine Zähne rissen einen letzten Bissen für sich selbst heraus, dann warf er Rupp den Rest des Entenschlegels zu. Rupp fing das Fleisch auf und grinste.

»Genau, nimm dem Fettwanst sein Essen ab. Der ist den Sommer über viel zu träge geworden.« Krampus sprang herbei, die Degenspitze züngelte gen Kinderfressers Bauch, der die Klinge beiseite schlug. Krampus wirbelte einmal im Kreis, um sich am Ende schwungvoll vor Rupp zu verbeugen.

»Willkommen zurück, edler Knecht. Schon mal einen Degen in der Hand gehabt?«

Das hatte Rupp nicht. Genauso wenig wie er schon einmal jemanden mit einer dieser neuen Waffen hatte fechten sehen.

»Nein? Wie schade, Prügel ist ein allzu lausiger Gegner.«

»Wo sind denn deine Sachen, Rupp? Sag nicht, wir müssen schon wieder unsere Decken mit dir teilen.« Prügel trocknete seinen Degen an einem Stück Stoff. Rupp konnte sich nicht erinnern, wann Prügel, Krampus oder Kinderfresser ihm eine Decke geliehen hätten. Er hatte unter Fellen geschlafen, die Perchta ihm gegeben hatte.

»Ich habe nicht wirklich eine Einladung bekommen«, erwiderte Rupp und ballte die Fäuste, als er hörte, wie kleinlich das klang.

»Hoho, unser Knecht wartet darauf, dass man ihm sagt, was er tun soll.« Krampus begutachtete Rupp, indem er ihn einmal komplett umkreiste. Mit seinen feinen Zügen und der Herrenwaffe in der Hand sah er aus wie ein Gemälde.

»Bist du gewachsen? Da soll Prügel nochmal behaupten, der niedere Stand darbe. Womit füttern sie dich? In der Aufmachung kannst du jedenfalls nicht mitkommen.«

»Ihr jagt heute Abend?«

»Natürlich.« Perchta prüfte die Schneide ihres Beils. »Es gibt keine Zeit zu verlieren.«

»Warst du deshalb im Dorf? Um auszukundschaften?«

»Nein, vom Herrenhof halten wir uns fern.«

»Wir haben die Obrigkeit ein wenig verärgert«, gab Prügel fröhlich zu. »Hast du zufällig davon gehört?«

»Es ist mir zu Ohren gekommen.«

»Wir sind berüchtigt!« Begeistert schlug Prügel Kinderfresser auf die Schulter, welcher den Klaps mit einem gar nicht schwachen Hieb in Prügels Rippen vergalt. Krampus legte den Kopf in den Nacken und sandte ein Wolfsgeheul in den blauen Himmel. Es war, als hätte es die letzten zwölf Monate nicht gegeben.

Wolf nutzte die Ablenkung, schnappte nach dem Entenschlegel, der vergessen zwischen Rupps Fingern baumelte, um mitsamt der Beute hinter Perchtas Schlitten zu verschwinden. Dort legte sich die Wölfin nieder, die Augen wachsam auf Rupp gerichtet, während das Fleisch zwischen ihren Zähnen verschwand. Perchtas perlendes Lachen brachte ihr letztes Gespräch, bevor die Wilde Jagd im Jahr zuvor sang- und klanglos verschwunden war, zurück in Rupps Erinnerung. Damals hatte er Wolf für weniger gebeutelt.

»Ich habe noch eine zweite Maske, die kannst du nehmen, wenn du dich uns heute Nacht anschließen magst, Rupp«, bot Prügel an.

»Jetzt komm schon, tu nicht so gekränkt!« Krampus tänzelte auf der Stelle, noch immer ganz der Fechter. »Du hast doch bestimmt von diesem Freibauern Gernot gehört« – er gestikulierte vage gen Osten – »ein reicher Sack, der sich gern armrechnet und ein Feigling sondergleichen. Wenn's gilt, Bewaffnete auszurüsten, um das Land zu schützen, ist ihm immer grad die Ernte verreckt oder sowas. Den würd ich zu gern mit dem Kopf im Krauttopf sehen, wenn er sich vor der Wilden Jagd verkriecht.« Rupp schwankte. Vor morgen Früh würde ihn niemand vermissen. Nikolo bräuchte es nie zu erfahren. *Eine Nacht.* Rupp traf seine Entscheidung.

»Ich werde mit euch jagen.«

Sie schlugen ihr Lager in einem Teil des Waldes auf, der bei den Bauern als verflucht galt. Sträucher hatten begonnen, die Überreste einer aufgegebenen Burg für den Wald zurückzuerobern, einzig der Burgfried war noch gut erhalten. Eiszapfen wuchsen an seinen Mauern hinab.

Im früheren Burggarten scharrten die Pferde auf der Suche nach etwas Fressbaren zwischen Steinen und verstreutem Gebein. Krampus besaß einen neuen Rappen, dem letzten ähnlich genug, um Brüder zu sein, doch nicht ganz vom selben diabolischen Wesen. Rupp hätte gerne erfahren, wie Krampus an solch edle Rösser gelangte. Entweder war er der Spross reicher Kaufleute oder Edelmänner oder ein meisterhafter Dieb. Aber er wusste, es war besser, nicht zu fragen.

Die Wilde Jagd versammelte sich vor einer schrägen weißen Fläche, die einmal die Wand eines Bretterverschlags gebildet hatte. Wahrscheinlich hatten Geächtete ihn während der Aufstände errichtet. In der Mitte von einer einstürzenden Mauer zermalmt, war eine Wand schräg nach innen gedrückt. Schnee hatte sich darauf abgelagert, dann war eine Schicht abgerutscht und hatte die darunter liegende harschige Bruchfläche freigelegt. Jetzt hockten sie davor wie in einem Klassenzimmer, während Krampus Fichtenzapfen in die Harschschicht drückte. Ein Stück Rinde markierte den größten Hof, den des Freibauern.

»Wir werden uns aus vier Richtungen nähern.« Krampus bohrte Zweiglein oben und unten, links und rechts in das tafelähnliche Gebilde. Er und Perchta hatten den Weiler

124

ausgespäht, während die anderen ein paar Stunden in der Turmruine geruht hatten.

»Wir treffen uns genau hier, vor dem Hofbrunnen.« Er tippte auf eine Stelle an der schmalen Seite des Rindenstücks. »Dann umkreisen wir den Hof, gegenläufig, dann wird's schwerer für sie einzuschätzen, wie viele wir sind. Eine Runde, dann hauen wir ab. Fragen?«

»Soll ich linksrum reiten oder rechtsrum?«, fragte Prügel.

»Soll ich an der linken Zitze nuckeln oder an der rechten?«, höhnte Kinderfresser.

Krampus verdrehte die Augen. »Ihr beide reitet linksrum, aber haltet Abstand. Perchta und ich ziehen rechtsrum.«

»Was ist mit Knecht?«

»Ich könnte ihnen aufs Dach klettern«, bot Rupp an.

»Du fährst mit mir auf dem Schlitten«, bestimmte Perchta.

Alle Männer starrten sie an. Niemals war irgendjemand mit Perchta auf dem Schlitten gefahren, nicht einmal Krampus. Es bedeutete, hinter ihr zu stehen. Nahe. Verdammt nahe.

»Teufel, Weib, der einzige, der dich auf diesem Schlitten rumkutschiert, bin ich!«

»Wolf würde dir eher die Kehle rausreißen als dir erlauben, ihren Schlitten zu lenken«, gab Perchta Krampus zurück. Zu Rupp sagte sie: »Ich will, dass du zwei Fackeln hältst. Die Leute sollen mein Gesicht sehen. Kannst du das?«

Rupp überlegte, rief sich die Form des Schlittens ins Gedächtnis. Wenn er sich Schlingen zur Unterstützung bastelte, sollte er das Gleichgewicht halten können, selbst wenn er mit den Fackeln frei stehen musste. Er nickte.

»Dann lasst uns aufbrechen.« Perchta zerstörte Krampus' Tafeleindrücke mit einem Wisch ihres Arms. »Hier wird zu viel geredet.«

Die Maske, die Prügel Rupp überließ, hatte nichts von der verstörenden Echtheit von Perchtas Vogelmasken, sondern verströmte billigen Schrecken: spitze Ohren, eine Rattenschnauze mit blutrotem Maul und schiefen, gesplitterten Zähnen. Immerhin verhinderte weiches Leder auf der Innenseite, dass das Lindenholz auf der Haut schabte.

»Wieso verärgerst du Krampus?«, fragte Rupp Perchta, während sie gemeinsam Wolfs Zuggeschirr auf die Wilde Jagd vorbereiteten. Krampus hatte, seit Perchta Rupp zu sich auf den Schlitten eingeladen hatte, kein Wort mehr von sich gegeben.

»Ich ärgere Krampus nicht, er ist nur geschwind eingeschnappt.«

»Die meisten Frauen würden einen sanfteren Weg einschlagen, um zu bekommen, was sie wollen.«

»Aus Furcht?«

Darüber hatte er noch nicht nachgedacht. »Weil sie den Mann schätzen?«, schlug er vor.

Sie zuckte mit den Achseln. »Krampus' Zorn wird sich gegen dich richten. Nicht gegen mich.«

»Weil du ein Weib bist?«

»Weil du ein Knecht bist.«

»Habt ihr mich deshalb zurückgelassen?« Er nestelte an den Schlingen, die seine Unterarme zum Stabilisieren mit der Haltestange verbinden sollten und zerrte einen Knoten fester zu als nötig. Im Aufblicken begegnete er Perchtas Musterung. Was las sie in seiner Miene?

»Es war die letzte Rauhnacht, Rupp«, sagte Perchta, und diesmal floss ihre Stimme sanft wie sich beugende Ähren. »Zwölf Nächte, dann ist die Wilde Jagd vorbei. Weißt du das denn nicht?«

»Doch, aber ich dachte …« Er hatte an die Wilde Jagd nicht wie an den Geisterzug alter Sagen gedacht, sondern wie an eine Bande fahrender Spielmänner, Gaukler und Schausteller. Aber das konnte er ihr kaum gestehen. »Ich dachte, ihr würdet weiterziehen. Zusammen.«

»Nein. Am Ende der Rauhnächte geht ein jeder von uns seines Weges. Ein neues Jahr beginnt, die Tote Zeit endet. Ebenso endet die Wilde Jagd.«

»Ihr seid auseinandergegangen?« Er kam sich vor wie ein Narr. »Sogar du und Krampus?«

»Krampus und ich teilen kein Leben und auch sonst nichts außer der Huldigung der Wilden Jagd.«

Glücklicherweise bewegte sich Krampus außer Hörweite. Rupp nestelte an den Knoten herum, obwohl es an diesen nichts zu verbessern galt.

»Es war ein langes Jahr«, murmelte er und schenkte Perchta damit ein Stück seiner Seele.

»Tatsächlich?« Sie klang nachdenklich. »Es fühlt sich immer so kurz an.«

Wolf schob sich an Perchtas Seite und lehnte sich gegen ihre Beine. Ihre Finger spielten mit Wolfs Ohren.

»Die Wilde Jagd am Leben zu erhalten, die alten Rituale, das ist etwas Wertvolles, Rupp«, sagte sie. »Das darfst du nie vergessen. Versprich mir das.«

Wolf stupste Rupps Hand mit der Schnauze an. Er wagte es nicht, sie zu streicheln, denn dann hätten seine Finger Perchtas Hand in Wolfs Fell berührt.

»Ich verspreche es«, sagte er rau.

Alles lief reibungslos bis zu dem Moment, da Krampus Rupp eine der Fackeln entriss.

Sie näherten sich dem Dorf wie geplant von vier Seiten, kesselten es lautlos ein. Vor den geblähten Nüstern der Pferde wölkte Dampf. Krampus' Ross trug einen Harnisch mit kurzen Stacheln und einem spitzen Horn auf der Stirn – ein Biest wie hineingeboren zwischen die Schenkel des gehörnten Fürsten der Verdammnis. An Prügels Schecken rasselten Knochen. Er selbst trug einen Schellengurt und einen feuerroten Umhang. Kinderfresser schwenkte sein schädelgespicktes Schwert. Mund und Bartstoppeln hatte er bis zu den Ohren mit Blut beschmiert, auf seinem Kopf prangten Stierhörner. Grobe Lederstreifen umhüllten seine Arme und Brust. Man hätte sie für die Reiter der Apokalypse halten können, wäre das vierte Gespann im

Bunde nicht ein von einem Wolf gezogener Schlitten gewesen, gelenkt von zwei Mischwesen aus Rabe, Ratte und Mensch.

Prügel stieß in sein Horn. Der Ton jaulte durch die Nacht, als sei das Jagdhorn zerrissen. Ein Hund hob zu bellen an. Die Wilden Jäger warteten einige Herzschläge, gaben den Bewohnern des Weilers Zeit, aus ihren Betten zu springen, die Furcht erwachen zu lassen.

Die Reiter trieben ihre Pferde in Galopp. Prügel zwang seinen Renner zum Satz über einen Zaun; sein Umhang bauschte sich im Sprung. Wolfs Lospreschen hätte Rupp trotz seiner Vorkehrungen beinahe vom Schlitten geworfen. Die Flur sauste an ihm vorbei. Hinter ihm klapperte eine an den Schlitten gebundene Eisenkette.

Rupp verkeilte die Füße und fand sicheren Halt. Die Riemen vom Haltegriff zu seinen Armen schützten ihn vor dem Hintenüberkippen, ließen jedoch genug Raum, um sich zu bewegen. Perchta, in Rabenmaske und -umhang gehüllt, stand zwischen ihnen und kaum eine Handlänge von seiner Brust entfernt. Rupps Körper hüllte sie ein wie ein menschliches Schild, in dem sie sicher geborgen war. Die Vorstellung gefiel ihm.

Sie erreichten die ersten Gebäude. Wolf schlüpfte in der Gasse zwischen zwei Häusern hindurch, und kurzzeitig versperrten die Bauten die Sicht auf Prügel, Krampus und Kinderfresser, deren Geheul über die Dächer hinwegtrug. Am Ende des Durchgangs stolperte ein Mann aus einem der Gebäude ins Freie, nackt bis auf ein fadenscheiniges Hemd.

»Die Fackeln!«, zischte Perchta.

Rupp riss seine Arme hoch. Die jäh auflodernden Fackeln glänzten auf dem scharfkantigen Schnabel von Perchtas Maske und spiegelten sich in den entsetzten Augen des Mannes. Er taumelte zurück. Von Gefieder umhüllte Arme reckten sich ihm entgegen, und wo vorher weiche Handschuhe Perchtas Finger bedeckt hatten, bogen sich Vogelklauen dem Mann entgegen. Sie fauchte, und irgendwie griffen die Häuserwände das Geräusch auf und warfen es dutzendfach auf Perchta zurück. Der Mann schlug sich die Hände vor das Gesicht und stürzte blindlings zurück in seine Stube.

»Nicht hinsehen!«, hörte Rupp ihn schreien. »Die Wilde Jagd sucht uns heim!«

Auf der anderen Straßenseite durchbrach Krampus' gepanzerter Destrier den Zaun des zweigeschossigen Gehöfts in der Mitte des Weilers. Holz barst. Wolf bog ab, um durch die Lücke zu folgen. Ein Garten für Blumen, Obst und Kräuter schloss sich an den Zaun an, ruhend unter bis dahin unberührter Schneedecke. Ein Backofen verströmte schwachen Ascheduft. Wirtschaftsgebäude und Ställe verteilten sich längs des Haupthauses, dessen Front mit Glasfenstern, verzierten Balken und Wappen an die Bürgerhäuser der Städte erinnerte.

Prügel hatte den Zaun zur Hofstatt an einer anderen Stelle überwunden und schleuderte einen Kettenkranz aus verbogenen Metallplatten gegen die Tür des Freibauern. Es schepperte, als brächen mehrere Ritter durch ein Kirchenfenster. Geschrei aus dem Inneren belohnte Prügel. Er kreischte vor Freude und sah sich nach den anderen um, ob sie seinen Triumph auch bemerkten.

Im nächsten Moment drängte Kinderfresser an Prügels schmalerem Renner vorbei. Prügel riss es fast vom Pferd, während Kinderfresser aus dem Sattel sprang. Seine panzergeschützte Faust hieb in ein Fenster, Glas splitterte. Kinderfresser wischte mit dem Unterarm die Scherben beiseite, bevor er sich mit dem Oberkörper halb durch das Fenster stemmte. Seine Zunge flatterte zwischen seinen Zähnen als wäre er ein züngelnder Drachen. Er stieß sein Schwert in die Stube, und ein Schrei aus dem Inneren, in dem reine Todesangst gellte, stellte Rupps Haare auf.

Kinderfresser zog sich zurück, gerade als der Schlitten an ihm vorbeijagte. Beim Anblick von Kinderfressers glühendem Antlitz verstand Rupp endlich, was Kinderfresser bei der Wilden Jagd suchte.

Er nährt sich von Angst. Die alten Bräuche scheren ihn einen Dreck. Unvermittelt begann der Schlitten zu kippen, da Wolf eine enge Kurve beschrieb. Rupp und Perchta verlagerten gleichzeitig ihr Gewicht, bis beide Kufen wieder festen Halt hatten. Hinter ihnen donnerten Hufe herbei. Auf gleicher Höhe mit dem Schlitten zügelte Krampus seinen Destrier. »Du tauchst mir mein Weib in falsches Licht, Knecht«, brüllte er und beugte sich auf dem Pferderücken zur Seite. Bevor Rupp sich versehen konnte, hatte Krampus ihm eine Fackel entrissen. Perchta fluchte unter ihrem Rabenschnabel. Höhnisch schwenkte Krampus seine Beute. Funken flogen und schneiten auf sein Haupt. Irgendwie musste ein Funken den Weg unter Krampus' Maske gefunden haben, denn im nächsten Augenblick kreischte er auf. Vor Schmerz zerrte er an der Ledermaske, die Zügel dabei noch fest in den Händen. Die Maske fiel zu Boden, wo sie unter den Hufen seines scharf abbremsenden Hengsts zerbrach.

Sie hatten das längliche Hauptgebäude beinahe zur Gänze umrundet. In einem der Fenster des zweiten Stocks tauchte ein menschlicher Umriss auf. Krampus, seiner Verkleidung beraubt, heulte auf und schleuderte die Fackel fort. Im nächsten Moment machte sein Pferd einen Satz vorwärts. Wolf musste ausweichen; der Schlitten schrammte an der Gebäudewand entlang. Rupp riss gerade noch seinen linken Arm mit der verbliebenen Fackel empor, trotzdem schleifte seine Schulter über das Mauerwerk. Er stieß sich samt dem Schlitten von der Wand ab und konnte sich gerade noch am Haltegriff abfangen. Kaum hatte er sich wieder aufgerichtet, zerrte Krampus ihm seine Rattenmaske vom Gesicht.

Die Gestalt im Fenster war abgetaucht; aus dem Inneren des Gebäudes ertönten Schreie. Derweil stülpte sich Krampus hastig Rupps Maske über. Ohne sich nach den anderen umzuschauen, preschte er davon.

»Sie dürfen nicht erkennen, dass du bloß ein Mensch bist!«, rief Perchta über die Schulter und lockerte die Schnüre, die ihr Rabengewand vor ihrer Brust zusammenhielten. »Versteck dich unter meinem Umhang!« Rupp ließ die verbliebene Fackel fallen und tat wie ihm geheißen. Die Wölfin schlug den Rückweg über die Felder ein. Der Schlitten rumpelte über aufgeworfene Furchen, wo Wind die Schneedecke bis auf eine dünne Schicht über dem Acker abgeblasen hatte. Kurz darauf umfing sie der Schutz des Waldes. Wolf schwenkte auf einen Fuhrweg ein und fiel in einen gleichmäßigen Trab. Die aufgeregten Lichter und Rufe des aus dem Schlaf gerissenen Weilers entrückten hinter der Kurve. Rupp lauschte, hörte jedoch lediglich in der Ferne das Knacken von Ästen unter den Pferden ihrer Gefährten, die sich einen Weg durch das Unterholz bahnten.

Perchtas Rabenmantel hatte sich so sehr gelockert, dass er auf Rupps Schultern gerutscht war und sie nun beide einhüllte. Er nestelte an den Schlaufen um seine Unterarme. Perchtas Finger schoben seine beiseite, tanzten über die Knoten. Einen Atemzug später fielen die Riemen.

Federn kitzelten Rupps Nacken. Er hatte angenommen, der Umhang wäre nur auf der Außenseite mit Federn bestückt, dass die Kiele in eine Lederhaut gesteckt und dort vernäht wären, doch jetzt fühlte er um sich herum das Streicheln von Federfahnen. Das Sternenlicht vertiefte ihr Schwarz im Rhythmus mit den Schatten, die Äste über die Straße warfen, sandte Wellen wie glänzendes Obsidian über ihre Spitzen. Sie raunten von rauschenden Winden und der Unendlichkeit der Lüfte. Kaum eine Handbreit trennte Rupps Brust von Perchtas Rücken. Manchmal, wenn der Schlitten über eine Bodenwelle holperte, streifte er ihren Körper, oder sein Kinn strich über ihren Zopf. In ihrem Haar war ihr Duft am stärksten. Er weckte Bilder von einer Höhle aus Zweigen auf frischem Nadelbett, wo sich das Wild zur Ruhe bettete, während draußen die Welt überfror.

Perchta stand still wie eine Statue, schmales Ried zwischen seinen Armen. Rupps Hände neben ihren hielten den Haltegriff, ohne sie zu berühren. Sein Blut sang bis in die Zehen. Er hätte ewig so weiterfahren können, hinter Perchta, mit ihrem Rabenschwingenmantel über seinen Schultern, eingehüllt in den Gesang der Schlittenkufen und das Aroma von Schnee und Wald.

»Du verbreitest mehr Hitze als ein Schmiedefeuer«, brummte Perchta und drückte ihre Brust durch. Der kühle Luftzug, der dabei über Rupps Hals strich, machte ihm bewusst, wie sehr ihr naher Körper seine Wärme auf ihn zurückgeworfen hatte. Eine Bodenwelle ließ den Schlitten rucken, und für einen Moment pressten sich seine Lenden gegen ihren Hintern, rund und fest wie das Fleisch von Wild, das zu jagen ihm verboten war.

Rupp rutschte so eilig von den Kufen, dass er beinahe den Umhang von Perchtas Rücken riss. Seine Hitze verwandelte sich in einen Flächenbrand.

Perchta zog sich die Rabenmaske vom Kopf und schnupperte. »Ein Bad würde auch nicht schaden. Jede Amsel badet häufiger als ihr Kerle.«

Wolf wurde langsamer, was Rupps Glück war, denn er konnte kaum einen Schritt vor den anderen setzen, so sehr brachte ihn die jähe Vorstellung, wie Perchta sich an ihn schmiegte, ihren biegsamen Körper in seinem vergrub, zum Glühen. Er brauchte eine ganze Weile, bis er wieder hinter ihr aufspringen konnte, ohne sich zum Narren zu machen. Sie glitten weiter durch die Nacht.

Schließlich näherten sie sich einer Wegkreuzung. Links zeugten frische Spuren von Krampus, Kinderfresser und Prügel, die den wenig benutzten Pfad tiefer in den Wald und zurück zu ihrem Lagerplatz genommen hatten. Rechterhand führte die Straße zum Herrensitz weiter. Perchta gab keinen hörbaren Befehl, aber Wolf wandte sich nach rechts. Rupps Ohren loderten nun in einer anderen Art von Hitze. Sie brachte ihn zurück, wie er ein Kind zurückbringen würde.

Schick den Knecht zurück in seinen Fronstall.
Die Dämmerung war nah. Die Sterne verblassten. Im Osten schimmerte ein schwacher Streifen Morgenhimmel. Noch eine Kurve, dann würden hinter dem Wald die Lichter des erwachenden Dorfes aufleuchten.

Rupp duckte sich unter dem Mantel weg, sprang von den Kufen und brachte den Schlitten dadurch zum Schlingern. Perchta verschob ihr Gewicht blitzschnell nach links, um das Gleichgewicht wiederherzustellen. Ihr verärgerter Ausruf hieß Wolf stehenbleiben.

»Du könntest auch einfach mit mir reden, wenn du lieber laufen möchtest.«

Rupp langte an ihr vorbei, wo die Scheide mit Perchtas Beil am Schlittengestell hing. Er riss die Waffe heraus. Perchta zog gerade noch den Kopf zurück, bevor die Schneide an ihrem Kinn vorbeisauste. Rupp verspürte einen Moment des Triumphs, weil er ihr ein Gefühl entrissen hatte, und sei es nur flüchtige Überraschung.

Die Straße führte in einem Bogen um einen Weiher, dessen Eisdecke Kinder mit Schaufeln und Besen vom Schnee befreit hatten. Schilf ragte aus dem Frostpanzer heraus, reglos wie Strohhalme an einem windlosen Tag. Rupp stapfte auf das Ufer zu.

»Was tust du, Knecht?«

Ein Grollen löste sich aus seiner Brust, hallte über den erfrorenen Weiher und die winterstille Flur. *Was mir aufgetragen wurde.* Baden sollte er also. Das konnte sie kriegen.

Rupp schleuderte das Beil neben sich. Das Blatt biss tief in den Boden, das Heft verschwand fast zur Gänze im Schnee. Rupp riss sich die vom Funkenflug angeschmorten Fingerlinge herunter, dann schnürte er sich das Wams in ungestümen Bewegungen auf, zerrte sich beide Hemden gleichzeitig über den Kopf. Im Stehen rupfte er sich die Stiefel von den Füßen. Kniestrümpfe flogen hinterher. Der Gürtel fiel achtlos zu Boden. Zuletzt schleuderte er seine Hosen von sich.

Eine Brise bewegte die Spitzen des Schilfs. Verblühte, von Eis und Schnee beschwerte Rispen kitzelten Rupps Schenkel. Hinter ihm heulte Wolf einmal kurz auf, leise bloß, und ihr Heulen endete in einem Fiepen. Rupp dachte an die Blicke der Grundherrin, wie sie über seine Muskeln glitten. Ein Prickeln wie Salz auf von Sommersonne erhitzter Haut. Perchtas Augen hingegen brannten wie fallende Sterne. Rupp drehte sich nicht um, ob sie ihn tatsächlich beobachtete. In diesem Moment bestand er aus nichts anderem als aus finsterem, verzweifelten Stolz und Hitze und Kraft.

Nackt wie Gott ihn geschaffen hatte, schwang Rupp das Beil. Der erste Schlag splitterte das Eis vor seinen Zehen. Der zweite ließ Wasser spritzen. Der Weiher öffnete ihm seinen Schoß. Rupp machte einen Schritt hinein zwischen die aufgebrochenen Schollen. Das Eiswasser biss brutaler als der Schnee, zerrte im Nu jegliche Wärme aus seinen Füßen. Rupp griff den Beilschaft nahe dem Blatt. Dann, während die Hitze zusammen mit seinem Blut nach unten sackte, hackte er sich seinen Weg in den Weiher. Sowie das Wasser seine Hüften erreichte, tauchte er bis zu den Schultern unter.

Rupp schnellte hoch, und Wasserstropfen spritzten in alle Richtungen. Er warf sich der Kälte und dem heller werdenden Osthimmel entgegen wie ein frisch Getaufter, brüllend. Sollte Perchta ihn doch für ein Tier halten, wenn sie Tiere mehr liebte als Menschen.

Ich bin nicht ihr Knecht!

Als er sich umdrehte, um zurück zum Ufer zu waten, die brodelnde Hitze in ihm gelöscht, stand Perchta am Rande des Sees neben seinen Kleidern. Sie hatte die Rabenmaske übergezogen, ihr Gesicht verborgen. Aber ihre Katzenaugen, die im Zwielicht so viel besser zu sehen vermochten als Rupps, folgten den Spuren des Wassers, das von seinen Schultern über sein Herz rann, in die Rille zwischen Rupps Bauchmuskeln und tiefer, am Nabel vorbei, wo das Eiswasser nicht mehr viel übriggelassen hatte.

Rupp lief das letzte Stück zurück zum Herrenhaus zu Fuß.

Den Tag verbrachte Rupp in einer Zwischenwelt aus Träumen und Zorn. Sein Leib bewahrte noch das Gefühl des zeitlosen Dahingleitens durch die Nacht, das Summen der Kufen unter seinen Sohlen. Seine Fantasie schlich sich an Perchtas Gestalt heran – so dicht an seinem Körper, bis der Winter zwischen ihnen keinen Raum mehr fand –, um auf dem letzten Stück zurückzuschrecken wie eine Hand vor glühendem Metall. Er hatte sich verbrannt in der letzten Nacht, und Rupp fand kein Mittel, wie er damit umgehen sollte. Perchta hatte ihm eine Tür geöffnet und sie gleich wieder vor ihm zugeschlagen. Sie hatte ihn zurückgebracht, wie er das kleine Mariechen nach Hause schickte, wenn der Abendgong schlug. An diesem Gedanken heftete Rupp sich fest, pflanzte seinen Frust tiefer in die Erde seiner Demütigung. All die anderen Empfindungen – das Ziehen im Bauch, den Druck in seinen Lenden – ertränkte er in Anstrengung und dem Werk seines Körpers. In der Arbeit suchte er Vergessen.

Mittags scherzten die ersten seiner Brotgenossen, sie könnten nach Hause gehen, Rupp würde heute die Mauer auf eigene Faust fertigstellen. Er schaffte mehr als drei Männer, wuchtete Steine, fegte über Holzgerüste und sprang hinzu, wann immer ein Quader zu kippen drohte, Holz knirschte, Leitern wackelten, stets auf der Suche nach etwas, das dem Boden unter seinen Füßen wieder Festigkeit verlieh. Zu Sonnenuntergang schlenderte die Grundherrin an der Baustelle vorbei. Sie sprach mit dem Steinmetzmeister, der auf Rupp deutete, dann mit den Schultern zuckte.

An diesem Abend trug die Freifrau in der mit Fliesen und Wandteppichen ausstaffierten Halle aus dem Alten Testament vor, nicht auf Latein diesmal, sondern auf Deutsch. Das Lied der Lieder, das Hohelied Salomonis. Ihr

Mann saß neben ihr, und seine Hand wippte im Takt ihrer Stimme auf Agnes' Knie.

»Er küsse mich mit dem Kusse seines Mundes ...«
Rupp starrte hinauf auf die mit Gemälden griechischer Heroen verzierte Decke. Er stellte sich den Sternenhimmel vor, das Rauschen der Baumwipfel, Krampus, Perchta, Kinderfresser und Prügel am Lagerfeuer, beim Anprobieren ihrer Masken, unterwegs in der trockenen, nach Unermesslichkeit schmeckenden Luft des Winterwaldes.

»... ein Büschel Myrrhen, das zwischen meinen Brüsten hanget ...«
Versteckt in seinem Schoß zählte Rupp an den Fingern die Zahl der Rauhnächte ab, die verstrichen waren. Es blieben nicht viele Finger übrig.

»Vnser Bette grünet ...«
Womöglich waren sie bereits weitergezogen. Rupp hatte Panik in Krampus gelesen, als dessen Gesicht für einen Moment dem Bauernhaus zugewandt war, den Blicken der Bewohner entblößt, kurz bevor er Rupp die Rattenmaske vom Schädel riss. Dabei war seine Angst lächerlich, er stammte nicht aus der Gegend, und selbst wenn der Freibauer ihn früher einmal getroffen haben sollte, hätte er Krampus in Düsternis und Fackelschein, der sämtliche Züge verzerrte, bestimmt nicht wiedererkannt.

»... Seine Lincke liget vnter meinem Heubte vnd seine Rechte hertzet mich.«
Perchta hingegen, sie strahlte selbst in finsterster Nacht wie ein Gemälde. Wer könnte sie vergessen, sie nicht wiedererkennen, die Art, wie ihr Haar im Sternenlicht glänzte und die Augen ihr ewiges Grün selbst in dunkelster Stunde bewahrten?

»Meine Taube in den Felslöchern, in den Steinritzen, Zeige mir deine Gestalt ...«
Er konnte Perchta vergessen, versprach Rupp sich.
Er würde sie vergessen.

Am nächsten Vormittag teilte der Kellermeister Rupp mit, dass er zunächst nicht auf die Baustelle zurückkehren würde. Feuchtigkeit sei durch eine Wand des Vorratshauses gedrungen, daher müsse Rupp nun die Fässer zur Seite schaffen. Rupp hätte sich zwar lieber erneut auf der Mauer verausgabt, aber der Kellermeister ließ sich nicht umstimmen.

Die Verliese des Vorratshauses besaßen Mauern, dick genug, um sämtliche Geräusche von außen fernzuhalten. Es roch nach Kraut, Bier, Ruß und etwas Süßlichem, dessen Ursprung Rupp bald in Form einer verendeten Ratte entdeckte. Rupp klemmte den Nager zwischen zwei Holzkeile und trug ihn nach draußen. Sowie er das Tier über die Mauer warf, flatterte eine Krähe herbei. Doch anstatt zu aasen, ließ sich der Vogel auf der Mauerkrone nieder, um reglos Rupps Abgang zurück zum Vorratshaus zu verfolgen.

Es war wärmer geworden, von Süden wehte ein zahnloser Wind, keilförmige Wolken standen am Himmel. Von den Dächern tropften Eiszapfen. Im Keller hatte jemand weitere Talglampen entzündet. Rupp hörte Stoff rascheln.

Er betrat die Vorratskammer gebeugt, damit er sich nicht den Kopf stieß. Aus den Augenwinkeln vernahm er eine Bewegung. Rupp wirbelte herum und fand sich dicht an dicht mit seiner Grundherrin. Ehe er einen Schritt zurücktreten konnte, presste Agnes ihre Hand auf seine Brust. Selbst durch sein Lederwams spürte Rupp, wie ihre Finger zu krallen begannen.

»Dein Name ist Rupp?« Agnes' Stimme schnurrte so heiser wie am Abend zuvor, als sich ihre Zunge um die Liebesweisen des Hohelieds gewickelt hatte. Ihre Pupillen glichen Brunnenschächten. »Erzähl mir: Wovon träumst du nachts, Rupp?«

Er wusste genau, wovon er geträumt hatte, und wahrscheinlich schuldete er es diesem kurzen schuldbewussten Gedanken, dass sie sein Sehnen in seiner Miene las. Die Freifrau lächelte, drängte näher. Etwas Abwesendes schwang in diesem Lächeln mit, als nähme sie ihn gar nicht voll wahr. Ihr Scheitel reichte Rupp gerade bis zum Herzen, aber sie streckte sich an ihm empor wie eine Katze. Dabei rieb ihr Mieder über seinen Bauch, ließ ihn den Druck ihrer Brüste spüren. Rupp machte fast einen Satz an die Decke. Sie war die erste Edle, die ihn berührte.

»Herrin …«

Ihre Fingerspitzen strichen über seine Schenkel. Rupp stolperte zurück. Seine Fersen stießen gegen ein Fass. Sie folgte und drückte ihn darauf nieder. Er wusste nicht wohin mit seinen Händen. Er konnte sie nicht anfassen, sie war die Grundherrin, verdammt! Sie raffte ihre Rockschöße. Im nächsten Moment ließ sie sich rittlings auf Rupp nieder.

»Erzähl mir, wovon du träumst.«

Sie roch nach Fisch und Schweiß. Rupp griff nach den Fässern zu beiden Seiten. Agnes fingerte an seinem Gürtel.

»Der Kellermeister wollte mir Hilfe schicken«, stieß er hervor. »Um die schwersten Fässer zu wuchten.«

Die herrschaftlichen Hände zögerten. Ihr Atem ging schwer, aber Agnes war nicht dumm.

»Heute Nacht«, bestimmte sie. »In der alten Waffenkammer. Sobald das Licht in der Küche erlischt.«

Sie ließ ihn frei. Mit flatternden Händen richtete sie ihr Haar und strich sich das Gewand glatt. Sobald sie die Treppe hinauf nach oben verschwunden war, besorgte sich Rupp eine Ladung Schnee, zog sich hinter die Wand aus gestapelten Fässern zurück und schrubbte seine Haut, bis er vor Zittern kaum mehr stehen konnte.

Jetzt wusch er sich schon wieder – ob Perchta das begrüßen würde? Das Lachen erstickte ihm im Hals. Würde es sie kümmern?

Rupp schmetterte seinen letzten Schneeballen mit aller Kraft gegen die Kellerwand. Eine Stimme in seinem Kopf, die verdächtig nach Nikolo klang, meldete: Du hast dir gerade ein Riesenproblem geschaffen.

Tatsächlich hatte nicht nur Nikolo ihn gewarnt. Die Freifrau hatte einen Ruf unter dem Gesinde. Konnte er es wagen, ihrem Befehl nicht zu folgen? Sie war seine Grundherrin und nach allem, was er wusste, war sie die Macht, die sämtliche Stricke im Lehen lenkte, ihren Gatten einbegriffen.

Immerhin hatte das Gefasel der Wohlgeborenen von Träumen und ihr Geflatter auf seinem Schoß mehr Abhilfe für Rupps verzweifeltes Sehnen geschaffen als das Eiswasser der vorletzten Nacht.

Du bist ihr völlig egal. Jetzt wusste er zumindest, wie sich Gleichgültigkeit anfühlte.

Rupp schwor sich, er würde nicht mehr von Perchta träumen. Nicht mehr an sie denken. Wie eine Flagge würde er diesen Vorsatz bis zum Ende der Rauhnächte vor seiner Seele tragen, gewappnet gegen sein eigenes verräterisches Herz.

Rupps Vorsatz überdauerte bis Sonnenuntergang. Dann ließ das Heulen eines Wolfs die Menschen im Herrenhof in ihren Tätigkeiten erstarren. Werkzeuge sanken herab, Speisen und Stickereien wurden vergessen.

Mariechen, die Rupp und die anderen Gesellen gerade mit einem Haufen Schnüre für das Holzgerüst versorgt hatte, klappte den Mund auf zu einem dreieckigen Loch. »So nah am Herrenhof?«, flüsterte sie.

Sie stand unter dem Flaschenzug. Rupp saß als einziger oben auf der Mauer. Am Waldrand jenseits des Fischteichs machte er eine Bewegung aus. Pferde, schwarz und weiß.

Er hatte Wolf noch nie zuvor so heulen gehört.

»Du bleibst hier«, befahl er Mariechen. »Du gehst nicht alleine runter in den Ort. Du schließt dich einem der Gesellen an, wenn sie nach Hause gehen, verstanden?«

Das Mädchen schluckte und nickte.

»Ich geh nachschauen!«, rief Rupp nach unten, bevor irgendjemand auf die Idee kommen mochte, Bewaffnete auszuschicken, damit sie der vermeintlichen Gefahr den Garaus bereiteten. »Könnte auch ein Hund gewesen sein.«

»Das klang verdammt nach einem Wolf!«, brüllte einer der Stalljungen, bestärkt durch das unruhige Stampfen von Hufen in seinem Rücken.

»Ist vielleicht durch die Mauer verfälscht worden. Hier oben klang's recht harmlos.« Rupp schenkte Mariechen ein beruhigendes Grinsen.

Bevor ein anderer mit einem neuen Plan kommen konnte, sprang er auf der Außenseite der Mauer nach unten. Trotz der Höhe landete er weich, denn der Wind hatte den Schnee von Wiesen und Feldern an der Hofmauer abgelagert. Rupp fiel in einen Trab über die Flur und näherte sich rasch dem Hain, wo Krampus, Kinderfresser und Prügel seiner harrten.

Sie hatten sich ein Stück tiefer in den Wald zurückgezogen, erwarteten ihn an der Kreuzung zweier Wildwechsel, wo der Wald durch Holzsammeln von Reisig befreit war, die Bäume jedoch dicht genug standen, um ihnen Schutz zu bieten. Weder Wolf noch Perchta waren bei ihnen. Die Pferde trugen Satteltaschen und Bündel.

»Ihr zieht weiter?«, fragte Rupp.

»Eigentlich war das der Plan.« Prügel warf Krampus einen unsicheren Blick zu. Sie saßen alle auf ihren Pferden. Rappe wie Schecke tänzelten unruhig um Rupp herum. Bloß Kinderfressers Zelter kaute an den Resten von etwas Heu, das sie aus einem Schober geklaut haben mussten. Krampus' Gesichtsausdruck war steinern.

»Ihr verschwindet, weil du Angst hast, dass dich jemand ohne Maske gesehen hat«, warf Rupp ihm hitzig vor.

»Spar dir dein Winseln, Knecht. Kein Grund, auf beleidigt zu machen. Wenn ich deine Maske brauche, nehme ich sie mir.«

»Dann wär's vielleicht auch mal an der Zeit mir zu sagen, wer du eigentlich bist!«

Krampus riss seinen Rappen herum. Das Schlachtross sperrte das Maul auf, kämpfte gegen die Trense. Die Hufe verfehlten nur knapp Rupps Schienbein.

»Achte dich, Knecht!«, schnappte Krampus. »Du erweist dir gerade keinen Dienst.«

»Seit wann darf ich denn mir selbst dienen?«

»Rupp, Krampus kann nichts dafür«, mischte sich Prügel ein, aber Rupp ließ ihn nicht aussprechen. Er griff ins Zaumzeug von Prügels Schecken.

»Dann sag du mir eben, wo vor Gott doch alle gleich sein sollen: Aus welcher Stadt kommst du, Prügel? Wie lautet dein richtiger Name? Was will einer wie du bei der Wilden Jagd, außer zu springen, wenn Krampus pfeift?«

Prügels jungenhaftes Gesicht erbleichte, doch bevor er etwas erwidern konnte, riss Kinderfresser Rupps Kopf an den Haaren zurück. »Noch so ne Frage, Knecht, und ich schneid dir die Zunge raus.«

Kinderfresser war der kräftigste von den drei Freunden, aber selbst er ließ Rupp los, bevor dieser sich ernsthaft zu wehren begann.

»Ein aufmüpfiger Knecht.« Krampus deutete auf Prügel. »Das kommt davon, wenn man sie aus ihren Schweinepferchen holt, merk dir das!«

Zu Rupp sagte er: »Hast du dich eigentlich mal gefragt, weshalb du lieber bei uns bist als bei deinem Meister?«

Prügel spuckte aus. »Der wusste wenigstens sich der Gunst seiner Gönner zu versichern.«

Rupp erstarrte. Was meinte er damit? Was wussten sie über Nikolo?

Eine Pause kehrte ein, in der sie sich alle gegenseitig anstierten. Schmelzwasser tropfte von den Bäumen, durch die ein matter Wind strich.

Schließlich sog Prügel tief die Luft ein. Er rieb sich das Gesicht, als wolle er schlechte Gedanken vertreiben.

»Das ist jetzt irgendwie unschön gelaufen.«

Krampus lenkte seinen Destrier fort, drehte eine Runde zwischen den Bäumen, um das Vieh und sich selbst zu beruhigen. Zwischen Kinderfressers Fingern fielen ein paar Strähnen von Rupps Haar zu Boden. Er wischte die Hand am Pferdehals ab. Prügel mied Rupps Blick. Atem puffte in die Luft. Da verstand Rupp endlich, weshalb sie ihn aufgesucht hatten. Sie brauchten etwas von ihm.

»Was ist los? Wo ist Perchta?«

»Sie ist verschwunden«, berichtete Prügel, nachdem Krampus keine Anstalten machte zu antworten.

»Was heißt verschwunden?« Zum zweiten Mal griff Rupp in Prügels Zügel. Diesmal hielt ihn keiner davon ab. »Sie wollte jagen. Sie ist nicht zurückgekommen.«

»Ich habe Wolf gehört. Kurz bevor ihr erschienen seid.«

»Wir auch. Keine Ahnung, was das zu bedeuten hat. Das Biest war jedenfalls nicht bei uns.«

»Das Weib kennt die Hofmark, zu der wir unterwegs sind«, fauchte Krampus. »Gehört nem Kloster.«

Rupp öffnete den Mund und schloss ihn wieder. Das also war es. Sie fanden sich ohne Perchta nicht in den Wäldern zurecht. Krampus mochte sich für ihren Anführer halten, aber die wahre Herrin der Wilden Jagd war Perchta. Ohne sie konnten sich die drei Burschen gleich nach Hause in ihre überheizten Stuben schleichen. Perchta war es, die ihnen Richtung gab, die den Weg fand. Sie führte.

»Ihr findet ihre Spuren nicht. Ihr könnt Perchta nicht folgen.«

Dazu braucht ihr mich. Die Meisterschaft in den Wäldern, immerhin das war sein.

Die anderen drei schwiegen.

Nun, ihr Problem, wenn sie ihn nicht um Hilfe bitten konnten. Rupp zuckte die Achseln. »Ich habe Frondienst zu leisten.«

»Perchta wollte mittags zurück sein«, sagte Prügel. »Sie hält immer Wort.«

»Das Weib ist ein verdammtes Uhrwerk«, fügte Krampus hinzu.

»Von mir aus kann die Hexe verschwunden bleiben«, knurrte Kinderfresser.

Prügel schien seinen Groll gegen Rupp vergessen zu haben. »Du wirst sie bestimmt schnell finden, Rupp. Vielleicht hat sie ja einfach nur was Großes erlegt und braucht

Hilfe beim Tragen. Einen Hirsch oder so. Dann bist du am Morgen wieder zurück, und wir verschwinden.«

Das Heulen, Wolfs Stimme. Rupp hatte das Raubtier nie klagen gehört. Der Ton hatte seine Nackenhaare aufgestellt. Außerdem glaubte er nicht, dass Perchta Hochwild jagen würde, solange sie planten, weiterzuziehen. Sie verschwendete nichts.

Was, wenn ihr etwas geschehen war? Er konnte sich Perchta nicht krank oder verletzt vorstellen.

Tief in Rupp wuchs die Furcht zu einem Geschwür. Es war das gleiche Gefühl wie damals im Frühlingswald, als seine Mutter ihren schwangeren, von zu vielen Fehlgeburten geschundenen Unterleib mit beiden Händen umklammert hatte, Blut über knorrige Wurzeln strömte und sie ihren Sohn mit matter Stimme hieß, loszulaufen, den Vater zu holen.

Etwas stimmte nicht. Rötliche Schlieren zogen sich über den Abendhimmel. Die milde Luft war beinahe drückend. Selbst der Schnee hatte seinen Glanz verloren.

»Wo habt ihr Perchta zuletzt gesehen?«

Ohne Wolf hätte Rupp Perchtas Spur wohl nicht gefunden. Längst war es dunkel geworden, der Wald verschanzte sich. Er sprach nicht länger zu Rupp, verhüllte seine Geheimnisse. Zwei Stunden, nachdem Rupp Krampus und die anderen bei ihrem letzten Lagerplatz zurückgelassen hatte, folgte er noch immer mehr seinem Gespür denn einer tatsächlichen Fährte.

Perchta war gen Süden aufgebrochen, das zumindest hatte Kinderfresser bemerkt. In den Hügeln dünnten die Siedlungen aus, der Wald wuchs zusammen, ohne dass Straßen, Äcker, Höfe ihn zerstückelten. Das Wild war hier so zahlreich, dass die Bauern am Rande des Waldes fluchten, weil es die Saat auf ihren Fluren vernichtete und sie es dennoch nicht jagen durften.

Licht war spärlich in dieser wolkenbedeckten Nacht. Ein paar Mal glaubte Rupp, er hätte in dem Gewirr aus

Wildpfaden endlich Perchtas Fährte gefunden, dann verlor sie sich erneut beim Wechsel einer Lichtung zu Unterholz oder jenseits eines Baches. Rupp verfluchte ihren leichten Gang, der mehr mit wilden Tieren gemein hatte als mit einem Menschen. Bei einer dieser Gelegenheiten, da Rupp über einer Spur grübelte und mit der Finsternis haderte, sprang Wolf ihn aus dem Unterholz an. Rupp riss die Arme hoch. Wolf zielte jedoch nicht auf seine Kehle, sondern streifte lediglich Rupps Schulter. Sie landete im Sitzen, ein Flickwerk aus Schwärze und braungrauem Tarn, wo sich die Färbung im Schnee abgerieben hatte. Rupp war ebenfalls auf den Hintern geplumpst. Er ließ sich hinreißen, schenkte Wolf sein garstigstes Knurren. Sie legte sich nieder, die Ohren flach am Schädel, ihre Rute fegte den Schnee. Im nächsten Augenblick sprang sie auf und lief in den Wald davon. Nach ein paar Schritten drehte sie sich nach ihm um, eindeutig wartend.

Rupp rappelte sich auf und folgte der Wölfin.

Wenig später entdeckte er einen Fußabdruck auf einem schneebedeckten Findling oberhalb einer Lichtung. Zwei weitere Abdrücke markierten, wo Perchta von ihrem Aussichtspunkt heruntergesprungen war – ein gewaltiger Satz, eines starken Mannes würdig. Von Frau Percht hieß es, wenn Frauen um ein Feuer tanzten, erkannte man sie daran, dass sie am höchsten und weitesten von allen sprang. *Hexentum.* Der Gedanke weckte eine neue Sorge, die wuchs, da Rupp kurz darauf entdeckte, dass Perchtas Spuren nicht allein die Lichtung kreuzten. Sie folgten einer Schneise aus aufgewühltem, mit zerfallenem Laub vermischten Schnee, die ein von Hunden begleiteter Trupp Reiter gezogen hatte.

Perchta war den Jägern nachgeschlichen. Rupp bezweifelte bloß, dass dies ein gutes Zeichen war. Zum ersten Mal wünschte er sich, ihre spöttische Stimme zu hören, die ihn auslachte, weil er wie ein Ochse durch den Wald trampelte, unfähig, es mit ihr aufzunehmen. Immerhin wurde es damit leicht, der Fährte zu folgen. Rupp hätte Wolfs Führung nicht gebraucht, die ein paar Schritte vor ihm mit der Schnauze am Boden von einer Seite der Spur zur anderen wechselte. Rupp fand, sie verhielt sich verunsichert, unstet, mehr wie ein Hund denn eine wilde Tochter von Tann und Dickicht. Was witterte sie? Rupp hätte geschworen, Wolf folgte Perchtas Fährte, bis sie jäh im Gehölz verschwand. Rupp zögerte, unschlüssig, ob er der Spur der Reiter folgen sollte oder der Wölfin. Von Perchtas schmalen Fußspuren war nichts zu erkennen, weder in die eine noch in die andere Richtung. Schließlich entschied er sich für Wolf.

Er roch, was die Wölfin gefunden hatte, noch bevor er ihren flach zu Boden gepressten Leib unter Fichtenzweigen entdeckte. Ihr tiefes Grollen hätte aus der Erde selbst geboren werden können. Unmittelbar vor der Wölfin brach der Grund ab. Felswände ragten hier über die Baumkronen hinaus, schufen ein Halbrund wie in einem Steinbruch. In der größten Wand klaffte ein Riss, der sich zum Felsfuß hin verbreitete. Zwei Männer hätten dort nebeneinander hindurchschlüpfen können. Anraum verdeckte den Eingang bis auf Kniehöhe, doch er reichte nicht aus, um den beißenden Raubtiergeruch einzusperren. Die Wölfin hatte ihn zu einer Bärenhöhle geführt.

Als hätte sie soeben ihren Fehler begriffen, klappten Wolfs Ohren nach hinten. Im nächsten Moment flitzte sie mit eingeklemmtem Schwanz davon. Wenn es sich um einen Jagdtrupp handelte, dem Perchta folgte, dann hatte dieser Bär hier Glück, dass die Hunde über keine so gute Nase verfügten wie Wolf. Oder sie ließen sich einfach nicht so leicht ablenken.

Rupp robbte von der Kante des Abhangs fort und kehrte zur Spur der Jäger zurück. Kurz darauf tauchte Wolf wieder auf. Mit hängendem Kopf heftete sie sich an seine Ferse. Rupp erklärte ihr, sie schäme sich zu Recht. Seine Stimme klang seltsam in der Waldesruhe, die nur vom Rauschen des Winds in den Wipfeln durchbrochen wurde. Irgendetwas stimmte nicht mit dieser Rauhnacht oder mit ihm. Rupp hatte das Gefühl, schlechter als sonst zu sehen, weniger zu hören und zu riechen. Als wäre die Luft matter, die Dunkelheit zäher, die kristalline Klarheit des Winters auf dem Rückzug. Selbst die Orientierung fiel ihm schwerer. Die kirchliche Hofmark, zu der die Wilde Jagd hatte weiterziehen wollen, grenzte östlich an den Wald, aber Rupp konnte nicht abschätzen, wie nahe er dem Kloster bereits gekommen war. Folgte Perchta deshalb den Männern? Weil sie annahm, sie wären auf dem Weg zum Kloster? Den Spuren nach schätzte er den Trupp auf sechs Pferde mit mindestens genauso vielen Hunden. Die Jäger würden Armbrüste und Hakenbüchsen mit sich tragen. Perchta hasste Schusswaffen; sie hielt sie für die Waffen von Feiglingen. Als Kinderfresser einmal vorgeschlagen hatte, die Wilde Jagd könnte Schwarzpulver benutzen, um den Menschen Schrecken einzujagen, hatte Perchta Krampus mit eisiger Höflichkeit zu einem Gespräch gebeten. Danach hatte Krampus verkündet, dass die Wilde Jagd in allem wie in Alter Zeit handeln würde.

Das mulmige Gefühl in Rupps Bauch vertiefte sich. Perchta sollte diesen Männern nicht folgen, doch das verdammte Weib tat ja, was ihr gefiel, und ihre damenhaften Tugenden beschränkten sich auf die Haltung und den Gang einer Königin.

Eine Einsicht zupfte an Rupps Gedanken und verflüchtigte sich, als vor ihm ein Feuer schimmerte. Rauch trieb auf Rupp zu, mischte sich mit Gelächter und dem Klappern von Geschirr. Reisig knackte, da Wolf einmal mehr im Gebüsch verschwand. Was wahrscheinlich auch besser war, sonst würden die Hunde des Trupps die Wölfin bald wittern. Rupp tauchte ebenfalls zwischen die Bäume in Deckung.

Die Jäger hatten ihr Lager auf einer Freifläche aufgeschlagen. Die Pferde standen am hinteren Ende. Ein Mann warf dort gerade den Hunden Fleischbrocken zu. Drei der Tiere liefen frei, doch sie waren abgelenkt und schnüffelten nach Futterresten. Auf der anderen Seite der Lichtung saß Perchta an eine Rotbuche gefesselt. Ihre Arme waren so stark nach hinten gezogen, dass es sie schmerzen musste.

Zusätzlich zu den Riemen um den Stamm hatten sie ihre Füße mit Eisenketten gefesselt. Ihre Beine – etwas stimmte nicht, doch gerade ging einer der Jäger vor Perchta in die Hocke und nahm Rupp damit die Sicht.

Die frei laufenden Hunde begannen über die Lichtung zu stromern. Einer versuchte, sich Fleisch von den Männern am Feuer zu erbetteln, ein anderer folgte einer Spur auf das von jungen Fichten beherrschte Waldstück zu, wo Rupp sich unter tiefhängende Zweige duckte.

Ein Mann rief:»He Junker, lass lieber die Finger von der Hexe! Die ist giftig.«

Ein paar der besser gewandeten Männer lachten, aber die Jagdgehilfen blieben still. Der Älteste, der einer Saufeder am Hut trug, warnte:»Fordert das Unglück nicht heraus. Ihr habt nicht gesehen, wie sie sich verwandelt hat. In einem Moment noch ein altes Weib und dann … Ich schwöre, sie hat das Kreuz angespuckt!«

»Schwüre gibt's noch zur Genüge, wenn sie vor dem Richter kniet. Wird nen saftigen Hexenprozess bekommen.«

»Pass auf, Max, die zaubert dir noch was an, wenn du sie angrapscht!«

»Ich finde, wir sollten sie knebeln.«

»Jetzt übertreib nicht, die ist eh noch belämmert. Die Steinschleuder vom Langen Friedl hat sie wohl nicht kommen sehen. Soviel zum zweiten Gesicht!«

»Tragen eigentlich alle von uns ein Kreuz?«

»Jetzt mach dir mal nicht in die Hose! He Max, dir wächst da schon ein Horn raus!«

Gelächter. Der Kerl bei Perchta erhob sich und tat dabei so, als hielte er einen Knüppel vor sein Gemächt. Er war jung und reich gewandet, trug eine pelzverbrämte Schaube und ein keckes Barett.

Die Männer verstummten abrupt. Perchta hatte den Kopf gehoben und sich ihnen zugewandt. Offenbar schauderten selbst die Großmäuligeren vor ihr zurück, denn sie wandten dem brennenden Grün ihrer Augen hastig die Rücken zu.

»Jemand sollte ihr ne Binde verpassen, die hat den bösen Blick.«

»Ich rühr die nicht an. Meine Finger sind noch vom ersten Mal taub.«

»Wie schaffen wir das Weib morgen eigentlich raus?«

»Auf meinen Gaul kommt sie nicht. Ich schlag vor, wir schleifen sie hinter uns her.«

»Heute Nacht sollte immer jemand Wache halten.«

»Fürchtest du, dass der Teufel persönlich sie retten kommt?«

Der Hund, der am Waldrand schnüffelte, versteifte sich. Für Rupp war er bloß eine Silhouette vor dem Feuer, dessen Schädel sich jetzt in seine Richtung wandte, die vordere Pfote angewinkelt in der Luft. Rupps Muskeln spannten sich. Im nächsten Augenblick sauste am anderen Ende der Lichtung Wolf zwischen den Bäumen hindurch. Alarmiertes Kläffen, dann wirbelten sämtliche Hunde auf der Lichtung herum. Die Freilaufenden sausten davon, dem Erzfeind hinterher, unter ihnen auch der Hund, der Rupp gerochen hatte. Die Jäger sprangen nach ihren Schusswaffen. Rupp nutzte den Tumult, um sich zurückzuziehen.

Als der Junker die Sicht auf Perchta freigegeben hatte, hatte er gesehen, wie sie an diesem Baum saß, verdreht, das Gesicht von Pein gezeichnet. Er musste sie da rausholen. Und er sollte sich besser eilen.

Er hatte nicht mehr als sein Messer.

Hinter Rupp erklang das aufgebrachte Gekläff der noch angeleinten Köter. Die Jagdgesellen pfiffen nach den Verschwundenen und fluchten. Einer rief, die Hexe hätte ihre Seele in einen Tierdämon gezaubert. Daraufhin hörte Rupp Perchta lachen, aber es klang schwach und brachte die schmelzenden Eiszapfen an den Bäumen nicht wie sonst zum Klingen.

Angst, dachte Rupp. Sie hatten Angst vor Perchta.

Wenn sie auf den Teufel warteten, dann sollten sie ihn bekommen.

Das Herz ist eingedellt. Sophie stemmt ihren Daumen in das Blech und versucht, die Plätzchenschablone zurück in ihre Ursprungsform zu drücken. Doch das Metall aus Großmutters Zeiten ist so dick, sie könnten es nach dem Krieg aus Panzern geschnitten haben. Dann eben angebissene Herzen, wie angemessen.

»Ich habe die halbe Nacht wachgelegen«, vertraut sie Ruprecht an, der am Tisch sitzt und beobachtet, wie Sophie die Unterlage einmehlt. Sie hat alles zur Kate geschleppt: Teig, Plätzchenformen, Nudelholz, Marmelade, zwei Bleche mit Backpapier, Mehl. Nur Backen wird sie im Ofen des Haupthauses.

Sophie ist überzeugt, es sind nicht nur die Zutaten, die in das Gebäck fließen, sondern auch das, was sie von sich selbst hineingibt – Hoffnung, Liebe, Fürsorge oder das Gegenteil von allem. Deshalb hat sie beschlossen, die Weihnachtsplätzchen lieber in der Kate zuzubereiten als in der Küche im Haus, wo sie allein wäre mit ihren Gedanken und ihr einsames Backen zu einem Duell aus Schuld und Hingabe verkommen würde.

Sie ist sich bewusst, es wäre womöglich besser, sie hätte sich die Plätzchen gespart. Ihre Vorräte gehen zur Neige, sind nicht für einen weiteren Esser bemessen. Schon sind ihre Soßen dünn, Milch und Butter fast verbraucht, Konserven ersetzen Frisches. Das selbstgebackene Brot wird ab morgen fade schmecken. Aber die Plätzchen, sie gehören nun mal dazu. Was wäre die Adventszeit ohne sie? Lieber wird Sophie fasten als nicht zu backen.

Sie erzählt Ruprecht nichts von ihren Sorgen. Er ist dankbar für jede noch so karge Mahlzeit, jede dünne Suppe, die sie ihm kredenzt. Die Kilos haben bereits vor ihrer Zeit begonnen, von seinem Kriegerkörper zu purzeln.

»Also, wie geht es weiter?« Sophie klopft sich die mehligen Hände an der Schürze ab, im Geist schon halb im Zeitalter der Reformation und bei Rupp, Wolf und Perchta.

»Dir fehlen Nüsse.«

»Wie bitte?«

Ruprecht deutet auf die Zutaten. »Ich kenne diese Art von Plätzchen. Dir fehlen Walnusshälften zur Verzierung.«

»Ich weiß, aber ich habe nur noch Erdnüsse. Ist ja nicht so, als gäbe es hier einen Supermarkt um die Ecke.«

»Reich mir bitte meinen Sack, Sophie.«

Das Säckchen liegt unter der Lagerstatt. Sophie fasst es mit spitzen Fingern an, um es nicht mit Mehl zu bestäuben.

»Nicht so schüchtern, Mädchen. Kipp ihn ruhig aus.«

Sie zieht die Schüssel, in der sie den Teig transportiert hat, heran und schüttet den Sackinhalt hinein. Walnüsse poltern ins Plastik, gemischt mit ein paar winzigen, überhaupt nicht schrumpeligen Äpfeln. Sie muss lachen.

»Du bist eine schöne Frau, Sophie, wenn du lachst.«

Errötend stellt sie das Säckchen neben den Stuhlbeinen ab. Es klackt, dabei dachte Sophie, sie hätte sämtlichen Inhalt ausgeschüttet. Eindeutig, der Sack liegt rundlich gewölbt, immer noch mit Nüssen gefüllt.

Heute Morgen hat sie einen Esslöffel Rum in den Plätzchenteig gegeben und danach an der Flasche geschnüffelt. Hat sie auch vom Rum gekostet? Louisa, ihre Schwester, hat immer behauptet, Sophie müsse Alkohol nur riechen, um betrunken zu werden.

Peinlich berührt schiebt Sophie den Sack mit den Zehenspitzen unter den Tisch. Aus den Augen, aus dem Sinn, als ob das je bei ihr funktioniert hätte.

Ruprecht greift nach zwei Walnüssen. Es knackt, dann fällt eine goldbraune Hälfte auf den Tisch. Sophie starrt auf seine Hände. Wie hat er das gemacht?

Sie fragt: »Hatte Rupp zuvor mal eine Beziehung?«

Ruprecht scheint die Frage nicht zu verstehen. Ungeduldig wedelt Sophie mit dem Nudelholz. »Ist er schon mal verknallt gewesen? Vor Perchta?«

»Es gab einst ein Mädchen. Sie war schwierig. Ein Mensch, die sich selbst und andere verletzt, deren Welt nur aus sich selbst besteht. Rupp war siebzehn. Er hat lange gebraucht, um zu verstehen, dass er ihr nicht helfen konnte, dass sie zu retten nicht seine Aufgabe war. Es war

Nikolo, der ihn davor bewahrt hat, sie Hals über Kopf zu heiraten und sein Leben wegzuwerfen.«

»Kleines Rettersyndrom, nicht wahr?« Sophie bearbeitet den Teig mit ihrem ganzen Körper. »Was hat Rupp getan, um Perchta zu retten? Rupp rettet sie doch, oder? Hat er die anderen zu Hilfe geholt? Sich Krampus' Teufelshörner geborgt?«

»Er hat den Bären geweckt.«

»Er hat was?«

Ruprecht lehnt sich zurück, doch seine Hände knacken weiterhin Nüsse. Klack, knack. Klack, knack. Eine nach der anderen, und seine Stimme steigt und fällt im selben Rhythmus. Am Tag zuvor hat er kaum sprechen können, zu sehr hatte ihn die Erzählung angestrengt. Jetzt ist von seiner Mattigkeit nichts mehr zu spüren. In seinen Augen glänzt die Legende.

»Ich wünschte, ich könnte behaupten, Rupp ging in den Kampf aus Liebe. Um Perchta zu retten. Aber das war nicht der einzige Grund. Rupp hatte nie wahrhaftig dem Tod ins Auge geblickt. Er hatte nie gelernt, wozu er fähig ist. Wir glauben, wir müssten uns einem anderen Menschen würdig erweisen, aber zuallererst müssen wir uns uns selbst gegenüber würdig erweisen.«

Sein Blick sucht Sophie. Sie drischt die Herzchenform in den Teig. Als sie das stumpfe Blech herauszerrt, reißt das Herz ein.

»Manche Leute backen Plätzchen. Andere suchen den Kampf mit einem Bären.«

Auch heute noch tritt der Krampus in einer Horde auf.
Ruprecht hingegen, der nicht länger der Knecht des
Heiligen ist, sondern der Knecht der Göttin, er wandert an
diesem Tag allein.
Danach wartet er.
- Marians Chronik.

Das Gebrüll des Bären hüllte Rupp in eine Wolke aus beißendem Mief. Erst schob sich das klaffende Maul unter ihm aus dem Felsspalt, dann der wuchtige Nacken. Beinahe war Rupp froh über die Finsternis, die das Raubtier auf Umrisse und wogende Masse einstampfte, ihm die Einzelheiten ersparte: die tödlichen Pranken, die geifernden Lefzen hinter gelblichen Reißzähnen.

Ein bisschen weiter, ein kurzes Stück noch ...

Rupps Linke klammerte sich in den löchrigen Fels oberhalb des Spalts. Die Finger kreischten unter der Anstrengung, sein Gewicht zu halten. Die andere Handfläche schwitzte über dem Messergriff. Er stellte sich die Kehle des Bären vor, durch die das Blut pulsierte, das pochende Herz.

Krallen scharrten über Gestein, als sich das Raubtier aus seiner Winterhöhle schob. Es war ein alter, männlicher Bär. Kampferprobt. Zornig.

Rupp ließ sich fallen.

Die Vordertatzen knickten unter Rupps Aufprall ein. Gebrüll und Gestank. Kräuseliges Fell. Muskeln wie eine Flut. Rupp fiel halb auf den Bären, halb auf den Boden. Von Schnee bedecktes Laub gab unter ihnen nach. Rupps linker Arm umklammerte den Bärenhals, der andere stach mit dem Messer zu. Einmal. Zweimal. Die Klinge glitt am Knochen ab.

Der Bärenschädel knallte gegen Rupps Stirn. Geifer spritzte. Pranken wühlten den Boden auf. Rupps Gesicht

drückte in den Pelz, sein Arm spannte sich um den Bären-
nacken. Blut befeuchtete die Finger der Rechten; das Messer drohte seinem Griff zu entgleiten. Er zog die Beine an,
damit die Hintertatzen ihm nicht das Fleisch aufrissen. Der
Bär wälzte sich über ihn. Aus Rupps Lungen entwich die
Luft. Nichts als ranziges, brodelndes Dunkel und das Gewicht des rasenden Bären. Rupp geriet in Panik, lockerte
seinen Griff. Eine Kralle zerfetzte sein Hemd. In Rupps
Kopf tobte ein einziger Satz:

Du-bist-nicht-stärker-als-ich!

Das Messer steckte knapp unter dem Nacken des Bären.
Rupp riss daran. Verdrehte die Klinge. Der Bär raste,
schleuderte den Schädel von Seite zu Seite, begrub Rupp
erneut unter sich. Rupps Arm ließ aus, er konnte das Tier
nicht länger halten. Dann waren sie beide frei.

Der Bär rappelte sich auf. Die rechte Tatze baumelte
nutzlos, wo Rupps Klinge den Hals verfehlt, stattdessen
Schulterfleisch zerfetzt hatte. Rupp rollte herum, doch das
Gewicht des Bären hatte die Luft aus seinen Lungen ge-
quetscht. Seine Knie gaben nach, er kam nicht auf die Füße.
Sein Scharren schob Schnee beiseite, dabei stießen die Finger gegen einen Felsbrocken, groß wie ein Schaufelblatt.

Er hatte die Gewaltigkeit des Raubtiers unterschätzt.
Der Bär war stärker als er. *So wirst du sterben, Rupp.*

Der Bär fing sich. Erhob sich auf die Hinterläufe. Brüllte.

Rupp dachte: Hilf mir, Gott, aber das Bild, das sein Gebet beschwor, zeigte Perchta. Wie sie durch den Wald
schritt, wie die Bäume sie berührten. Wie die Erde ihre
Füße trug, Schneekristalle in ihren Haaren spielten.

Einheit.

Was hatte Perchta zu ihm gesagt? Rupps Kraft wurde
aus der Erde selbst geboren.

Sein Herz. Es klopfte so laut, Rupp konnte das Echo im
Gemisch aus Schnee, Laub und Boden unter seiner Wange
spüren. Das Trommeln umgab ihn, grub sich nach unten,
schuf sich neu aus den Felsen und floss von dort zurück
in seine Adern, als ob sein Blut den unsichtbaren Strömen

der Erde entsprang. In den Rauhnächten geboren, ein Kind der Toten Zeit – und ihrer Magie. *Erde und Fels, sie machen dich stark, Rupp. Dein Herz pocht in ihrem Takt.* Die Kraft der Rauhnacht, von Wald, Erde und Gestein, sie war seins. Und Rupp nahm sie sich.

Der Bär schwankte, hin und hergerissen zwischen Angriff und Flucht. Rupp ließ ihm keine Zeit, sich zu entscheiden. Er zog Stärke von seinen Füßen nach oben, als wäre er ein Baum, der sich aus seinen Wurzeln nährte. Seine Hände umschlossen den Felsbrocken. Er wuchtete ihn hoch, schleuderte den Stein gegen den Bärenschädel. Ein Zahn splitterte. Rupp stürzte sich auf die verletzte Seite des Raubtiers. Der Bär versuchte, sich erneut auf die Beine zu erheben. Die gesunde Vordertatze legte sich um Rupp. Im selben Moment fand Rupps Messer die Kehle und stieß zu.

Ein Beben, ein letzter Schnaufer, dampfendes Blut. Das Hinterteil knickte ein, dann folgte der massige Leib. Rupps Knie gaben ebenfalls nach; er fiel gegen den Rücken des Bären. In seinem Schädel rauschte das Blut.

Das Tier verendete zu Rupps Füßen. Er fühlte den Moment, wie das Leben ihm entfloh, wie die Erde sich öffnete und die Kraft des Bären in sich zurücksog. Er spürte Wolfs Nähe, doch die Wölfin hielt Abstand. Dies war nicht ihre Beute.

Rupp schnitt sein verfilztes Oberhemd in Streifen und nutzte die Bänder, um das Bärenfell um seinen Leib zu gürten. Die Tatzen trennte er ab; sie hätten ihn zu sehr behindert. Auch so drückte der Pelz ihn nieder mit seinem Gewicht und dem Gestank nach Tod und Raubtier. Der Schädel mit dem klaffenden Maul hing über die Schulter auf seine Brust. Von der schlaffen Zunge tropfte Geifer.

Mit Bärenblut malte sich Rupp eine klebrige Fratze auf Wangen und Stirn. Er schmeckte das Tier auf seinen Lippen, sein Lebenssaft mischte sich mit Rupps. Er glaubte, den Bären tief in sich zu spüren, ein Knäuel aus tobender

Kraft und Rohheit, ein zweites mächtiges Herz, das hinter seinem eigenen pulsierte. Die Kraft des Bären gehörte jetzt ihm. Er verkleidete sich nicht länger als Teil der Wilden Jagd, er war die Wilde Jagd.

Wolf zog sich zurück und knurrte, sobald Rupp sich ihr näherte, unsicher weil er roch wie Freund und Todfeind gleichermaßen, halb Mensch, halb Bär, hünenhaft auf zwei Beinen, pelzbedeckt und blutgetränkt.

Rupp hackte eine junge Fichte nieder und formte ihren Stamm zu einem Knüppel. Als er die Waffe probehalber schwang, vertiefte sich Wolfs Knurren. Rupp fletschte die Zähne und fauchte die Wölfin an. Sie schrak vor ihm zurück.

Es musste genügen.

Rupp näherte sich dem Lager der Jagdgesellschaft nicht ganz so leise wie zuvor. Dafür prüfte er alle paar Schritte den Wind, denn er wollte nicht riskieren, dass die Hunde seinen Raubtiergeruch witterten und Alarm schlugen. Die Jäger hatten nach dem Tumult, den Wolf veranstaltet hatte, die Hunde wieder eingefangen. Diesmal hatten sie alle angeleint und zu Rupps Erleichterung am entgegengesetzten Lagerende. Zwischen Rupp und Perchta schliefen drei Mann begraben unter Mänteln und Decken, zwei weitere lagen bei den Pferden. Der Junker hielt Wache. Er warf Holz ins Feuer, wobei er dicht an den Flammen saß.

Perchta lehnte reglos am Stamm der Buche. Ihr Haar hatte sich gelöst und fiel zerzaust über ihre Brust. Im Licht der Flammen zogen ihre Züge erschöpfte Schluchten. Rupp hatte gewusst, dass sie mehr Jahre zählte als er, doch jetzt lauerten Alter und Mühsal unter ihrer Haut, und er hasste es, sie so zu sehen.

Der Bärenschädel blieb an einem trockenen Zweig hängen. Das Knacken konnte gar nicht über das Prasseln des Feuers hinweg zu hören sein, dennoch zuckten Perchtas Lider. Sie bewegte sich nicht, aber Rupp glaubte, ihren glühenden Blick auf sich zu fühlen. Es war aller Antrieb, den er brauchte.

Er holte das Brüllen aus der Tiefe seines Bauches. Er ließ es in seinem Brustkorb anschwellen, die Luft aus seinen Lungen saugen. Es kratzte in seinem Rachen wie ein Biest, das seinen Bau versperrt vorfindet, dröhnte in seinen Ohren, noch bevor er den Mund öffnete und das Grollen in die Nacht schleuderte, wo es zum Leben erwachte, von Bäumen und Felsen widerhallte. Entsetzen verkündete.

Rupp sprang mitten hinein ins Feuer. Ein Tritt verteilte die Scheite. Glut und Flammen zischten, Funken stoben, aber Bärenfell und Bärenblut schützten Rupp vor ihrem Biss. Sein Knüppel traf den Junker über dem Ohr. Der Kerl flog nach hinten und über die Füße eines anderen, der sich kreischend davonmachte. Auf der anderen Seite der Lichtung hoben die Hunde an zum überschnappenden Gebell. Ein Pferd riss sich los und schoss in Panik davon. Überall sprangen Männer aus ihren Decken. Einer wälzte sich bloß auf den Bauch, zog sich seinen Mantel über den Kopf, die Hände im Gebet über dem Nacken gefaltet, und heulte, dass er verschont werden wolle.

Ein weiterer Mann brach vor Rupp in die Knie. Der Knüppel fuhr auf seinen Scheitel hinab, fällte ihn. Rupp drehte sich im Kreis, der Bärenschädel mit dem klappernden Fang wippte neben seinem verzerrten Gesicht, ein doppelköpfiger, fletschender Hüne aus der tiefsten Hölle des Waldes. Wer konnte, flüchtete fort aus dem Flackern des zerstörten Feuers, das Rupps dämonenhaften Schatten in sämtliche Richtungen zugleich warf.

Ohne Gegner, der sich ihm entgegenstellte, weil alles, was Beine hatte, vor dem tobenden Dämon ins Unterholz floh, eilte Rupp hinüber zu Perchta. Er durchschnitt das Seil, das ihre Hände an die Buche fesselte. Die Ketten um ihre Beine trugen kein Schloss, aber die Eisenglieder zu entwirren würde zu lange dauern. Schon konnte er hören, wie sich die Männer mit Rufen verständigten. Die Hunde warfen sich in ihrer Raserei dermaßen in die Leinen, dass es sie von den Pfoten riss.

Rupp machte Anstalten, Perchta hochzuheben.

»Das Kreuz«, flüsterte sie heiser.»Mach das Kreuz weg!«
Die Jäger hatten eine Gebetskette zwischen Perchtas
Fußfessel und Knöchel geschoben. Darunter warf ihre
Haut nässende Wülste. Das Bein glänzte vor Schweiß und
fühlte sich heiß an trotz der Stunden, die Perchta in der
Nacht ausgeharrt hatte, zu weit vom Feuer entfernt, um
von ihm gewärmt zu werden. Bei Rupps Berührung sog
sie scharf die Luft ein. Rupp nestelte das Kreuz hervor und zerriss den Rosenkranz, der es mit den Eisenfesseln verband. Perchtas Lider
flatterten. Sie sackte zusammen. Grunzend hob Rupp sie
hoch. Sie war schwerer als vermutet, und ihre Größe und
das Bärenfell behinderten ihn. Er stolperte los. Perchta unterdrückte einen Schmerzensschrei, als ihr Fuß gegen einen
Stamm prallte. Wolf tauchte neben ihnen auf, stieß winselnd die Schnauze in Perchtas herabhängendes Haar.

»Sag ihr, sie soll Verwirrung stiften.« Rupp keuchte, aber
es war noch zu früh, innezuhalten. Hinter ihm näherte sich
die geifernde Hundemeute. Offenbar hatte sich ein Tapfe-
rer gefunden, der sie freigelassen hatte.

»Wolf, Jagdzeit!«, befahl Perchta. Ihre Stimme klang bereits fester.

Wolf verschwand so lautlos, wie sie erschienen war.
Perchta schlang Rupp einen Arm um den Hals, um ihm
das Tragen zu erleichtern, obwohl sie dabei am Bärenkopf
vorbei unter das blutfeuchte Fell greifen musste. Die andere Hand tastete ohne Ekel über Rupps albtraumhaft ent-
stelltes Gesicht mit dem klebrigen Bärenblut, als ob die Berührung ihr eine Geschichte erzählte. Bilder zeigte von
einem Kampf zwischen Mann und Tier, Klauen und Zähne
gegen ein einzelnes Messer, von aufgewühltem Schnee,
Knurren und Brüllen, bis zwischen Bär und Mensch nicht
zu unterscheiden war.

Vielleicht gefiel ihr ja das Mischwesen, zu dem er geworden war, denn es war das erste Mal, dass sie ihn so berührte.

Bärenmann. Bärentöter.

Wilder Jäger.

Hinter ihnen jaulte ein Hund auf und verstummte. Kurz darauf änderte sich die Tonlage des Gekläffs. Die Meute änderte ihre Richtung, ließ sich fortlocken, tiefer hinein in Wolfs Reich.

Rupp setzte Perchta auf einem Felsen ab. Er machte sich daran, die Kette um ihre Unterschenkel und Knöchel zu lösen, vorsichtig ein Glied nach dem anderen. Die Männer hatten Perchtas Beine umwickelt, als wollten sie sie in einem See versenken. Der Knöchel, wo das Kreuz gesteckt hatte, war geschwollen.

Perchtas Finger schwebten über der nässenden Haut, ohne sie zu berühren. Es war das erste Mal, dass er sie zittern sah.

»Es, es wird verheilen.« Sie klang alles andere als gewiss.

»Ich heile ... schnell.«

»Ist etwas gebrochen?«

»Ich glaube nicht.«

»Du wirst damit nicht laufen können.«

»Nein. Nicht heute Nacht.«

Rupp entledigte sich des Bärenfells. Er presste den Pelz gegen einen Stamm und begann, den Schädel abzusäbeln. Es war eine mühselige Arbeit, denn sein Messer war stumpf geworden, aber sowie das Haupt fiel, hackte und schlitzte Rupp weiter, bis er Halbmonde aus den Flanken geschnitten hatte. Er bedauerte es, das Fell zu zerstören, Schädel, Zähne zurücklassen zu müssen, Zeugnisse seiner Tat. Aber Rupp hätte sie eh niemanden zeigen können. Bären zu töten blieb das Vorrecht des Adels.

Mit Feuerwaffen, dachte er verächtlich. Rupp hatte niemals von einem Jäger gehört, der einen ausgewachsenen Bären mit einem einfachen Bauernmesser getötet hatte.

Als er fertig war, rubbelte er sich Blut, Dreck und Fett von Händen und Gesicht. Seine gesamte Kleidung war steif, verklebt und stank schlimmer denn die Bärenhöhle.

Rupp legte sich das Fell über den Rücken. Das untere Ende stopfte er durch seinen Gürtel, die oberen Ecken zog er über die Schultern und hielt die Enden vor seiner Brust fest. Er stellte sich vor Perchta, damit sie vom Felsen aus mit dem gesunden Fuß voran zwischen seinen Rücken und das Fell schlüpfen konnte. Perchtas Augen weiteten sich vor Staunen. Er würde sie tragen wie eine Mutter ihr Kind in einem Tuch auf dem Rücken.

»Das wird ein weiter Weg«, gab sie zu bedenken.

Müdigkeit schwappte über Rupp hinweg, ebenso die Last des nicht mehr allzu fernen Morgens. Was die Freiherrin wohl mit ihm vorhatte, jetzt wo er nicht zu ihrem Stelldichein erschienen war? Dabei war die fleischeslüstige Agnes nicht seine einzige herrschaftliche Sorge, denn wenn der Hahn die Männer zum Frondienst weckte, würde er nicht unter ihnen weilen. Sie würden merken, dass er nicht da war. Sie würden ihn bestrafen. Und wenn sie ihn nicht fanden, würden sie Nikolo büßen lassen.

Rupp ging vor Perchta in die Hocke. »Mehr als mich wirst du nicht bekommen.«

Woher er den Wein hatte, blieb Prügels Geheimnis, aber er schien als einziger gewillt, Rupps Heldentat gebührend zu feiern. Als er seinen Becher Krampus entgegenhielt, schlug der ihm den Wein aus der Hand.

»Hör auf zu saufen, du Narr! Ist dir denn nicht klar, was Perchtas Schlamassel für uns bedeutet?«

»Es bedeutet, da wird jemand seine Hexe vermissen.« Vielleicht lag es am Wein, denn Prügel fügte gehässig hinzu: »Ansonsten gibt es jetzt wohl eine neue Wilde-Jagd-Mär: der Teufel im Bärenpelz. Rupp hat es allen gezeigt. Deine Hörnchen bröckeln, Krampus.«

Im nächsten Moment lag Prügel rücklings im Schnee und Krampus' Finger krallten sich in seine Wangen.

»Pass gut auf, welch Lied du singst!«, zischte Krampus. »Ohne mich säßest du jetzt in eurer Krämerstube und würdest deine schwachsinnigen Reden vor Pfefferkörnern schwingen.«

Jeder Muskel in Rupps Körper schmerzte. Ein tiefer Kratzer auf dem Arm pochte, sein Nacken war steif, das rechte Knie stach, und obwohl er sich nackt im Schnee gewälzt hatte, stank er noch immer nach Bärenhöhle. Dennoch machte Rupp Anstalten, die Streithähne zu trennen.

»Was denn, sorgt sich der Bauernknecht um unseren Goldjungen hier? Pass auf, am Ende wird Perchta noch eifersüchtig.« Kinderfresser feixte, doch Rupp fand an der Bemerkung nichts Lustiges.

Krampus ließ Prügel los. Er spuckte aus. »Die wissen jetzt, wie Perchta ausschaut. Und wenn sie nicht so dämlich sind wie ihr beide, hören sie sich um. Die werden die Inquisition auf uns hetzen.«

»Ich hab von Anfang an gesagt, das Weib war ein Fehler.« Kinderfresser scherte sich nicht darum, ob Perchta, die ein wenig abseits saß, ihn hörte. Sie hatte ihren verletzten Unterschenkel mit zwei Ästen geschient. Sie wirkte erschöpft, doch wenn sie Schmerzen hatte, ließ sie es sich nicht anmerken.

»Die Inquisition würde uns gar nicht finden, wir gehen doch eh bald heim«, wandte Prügel ein, der sich das Kinn rieb und probehalber den Kiefer bewegte. »Dreckskerl, du hast mir fast die Nase gebrochen!«

»Dann ziehen wir heute Nacht die Wilde Jagd eben nicht mehr durch«, sagte Kinderfresser. »Ist doch egal.«

»Ich werde nicht untätig herumsitzen«, verkündete Perchta. »Nicht heute Abend.«

»Und wie stellst du dir das vor?«, regte Krampus sich auf. »Sollen wir dich in einer Sänfte umhertragen? Hast du nicht gehört, was ich gesagt habe? Die suchen dich.«

»Ich kann mich als altes Mütterchen verkleiden.« Perchta bewegte vorsichtig das verletzte Bein.

»Willst du die Leute jetzt mit nem Buckel und Krückengefuchtel erschrecken?«

»Frau Percht ist mehr als die Wilde Jagd.«

»Schön«, fauchte Krampus, »dann geh allein!«

»Würdest du mich begleiten, Rupp?« Das Fichtengrün
war in Perchtas Augen gefallen. Ihre Frage klang wie sich
an Fußsohlen schmiegendes Moos.

Rupp hätte nichts lieber getan, als sich unter Decken zu-
sammenzukringeln, zu schlafen und in seinen Träumen
mit dem Bären zu tanzen. Aber er hatte Perchta die halbe
Nacht hindurch getragen. Er spürte noch immer ihre Arme
um seinen Hals, ihr Gewicht auf seinen Hüften, das früh-
lingswindgleiche Streichen ihres Atems in seinem Nacken.
Niemals zuvor hatte er sich so eins gefühlt mit dem Wald,
der Nacht und dem Gesang von Haut auf Haut. Ein Tor
war geöffnet, und er würde den Teufel tun, nicht über diese
Schwelle zu treten.

Er antwortete, er würde mit ihr gehen.

Prügel stülpte seinen leeren Weinbecher um. »Perchta
mag's jetzt groß und pelzig«, krähte er.

Krampus stapfte in den Wald davon.

»Erzähl mir von deinen Freunden, Rupp. Nicht Nikolo. Andere. Wer bedeutet dir etwas?«

Perchta und Rupp schlenderten durch den Bannforst wie
ein Paar durch die Gärten ihres Schlosses, und für Rupp
war der Wald unter dem Sternenhimmel auch nichts anderes. Der Winter war zurückgekehrt, das milde Tauwetter
vom Vortag bereits vergessen. Der Harschdeckel, wo der
Schnee erst angeschmolzen, dann wieder gefroren war,
knirschte und brach unter ihren Sohlen. Die klare Luft be-
lebte Rupps Körper, reinigte seinen Geist. Er spürte, etwas
hatte sich in ihm verändert. Als ob er fester auf der Erde
stünde oder der Fels der Erde in ihn hineingekrochen wäre.

Mittlerweile hatten sich bestimmt auch die letzten Bewohner des Dorfes in ihre Betten verzogen. Der Wirt
schloss die Tür seiner Schenke; der einzelnen Wache auf
der Mauer des Herrensitzes klappten die Lider zu. Ein Tag
Frondienst war vergangen – ohne Rupp. Er fragte sich, wie
wohl seine Strafe aussehen würde.

Rupp begann, Perchta von den Kindern zu erzählen, die er die letzten Jahre am Nikolaustag geprüft hatte. Sie hielt keinen Abstand mehr zu ihm wie sonst, sondern stützte sich gar von Zeit zu Zeit auf seinen Arm. Sie humpelte ein wenig, obwohl sie sich längst nicht so schwer auf ihn oder den Stock, den er ihr aus einem Buchenast geschnitzt hatte, stützte, wie Rupp erwartet hätte.

»Diese Kinder sind dir wichtig«, stellte Perchta fest. »Was willst du sie lehren?«

»Gerecht zu handeln.«

»Ahh, Recht und Unrecht. Deine Kirche, Rupp, denkst du, sie ist ebenfalls gut darin?«

»Was wir tun – du, Nikolo, ich – es ist dasselbe, oder nicht?«

»Manch Heiliges ist älter als selbst ein Gott.« Sie merkte, dass die Lästerung ihn beunruhigte und klatschte in die Hände, um die Leichtigkeit in ihre Unterhaltung zurückzuholen. »Möchtest du heute Abend lieber einen Faulen bestrafen oder einen Fleißigen belohnen, Knecht Rupp?«

Er dachte nach. »Ich möchte dir Mariechen vorstellen.«

»Soll ich eifersüchtig werden?« Sie neigte den Kopf wie Wolf, wenn sie zum Spiel aufforderte.

»Ich will ihr eine Frau zeigen, die keinen Säufer zum Mann nehmen würde.«

Er hatte sie verblüfft. Ein Flackern von Frühlingsgrün. Rupp lächelte. »Deine Blicke, Perchta, sie schmecken wie Waldklee.«

Sie sprachen nicht mehr, bis sie das schlafende Dorf mit dem darüber thronenden Herrensitz erreichten.

Die fensterlose Kammer, in der Mariechen alleine schlief, lag zwischen Stube und Stall, weshalb Rupp ungesehen vom rückwärtigen Stallteil ins Haupthaus schlüpfen konnte. Mariechens Lager aus mit Stroh gefüllten Säcken und abgewetztem Bettzeug verströmte einen säuerlichen Duft. Es dauerte, bis sich das Mädchen entlang Rupps Stimme aus dem Schlaf hangelte. Dann gewann die Neugierde.

162

»Sie haben dich heute gesucht«, berichtete sie flüsternd. Sie zog sich zwei Lagen Röcke über und tastete nach einem Paar abgetragener Stiefel, die viel zu groß für sie waren. »Sie behaupten, du wärst weggelaufen. Stimmt das?«

»Nein. Ich habe nur jemanden helfen müssen, der in Schwierigkeiten war. Ich möchte dich ihr vorstellen. Kannst du ganz leise sein, damit deine Eltern uns nicht hören?«

Sie kicherte. Sie war eine Meisterin darin, unbemerkt aus dem Haus zu schlüpfen.

Rupp ließ Mariechen huckepack reiten bis zum Rand der Felder, wo Perchta auf sie wartete. Sie hatte sich in einen Heustadel zurückgezogen und eine Fackel entzündet. Heureste verteilten sich über den gestampften Boden; in den Ecken raschelten Mäuse.

Perchta trug einen Umhang aus fließendem, dunklem Stoff. Die Kapuze hatte sie sich über den Kopf gezogen, ihr Haar darunter versteckt. Als Rupp mit Mariechen durch die Tür schlüpfte, warf das Holz der Stadelwände den Fackelschein auf Perchta zurück, zeichnete ihre Züge sanfter, und Rupp dachte, so würde sie wohl als Mutter aussehen.

Mariechen blieb bei Perchtas Anblick wie angewurzelt stehen. Sie zupfte an Rupps Hand, bis er sich zu ihr hinabbeugte. Sie hauchte ihm ins Ohr:»Du hast mir nicht gesagt, dass sie schön ist.«

Perchta hörte Mariechen natürlich. Ihre Mundwinkel zuckten.»Vielleicht hat er das nicht gesagt, weil es nicht für jeden stimmt?«

Rupp zog die Schultern hoch und brummte:»Es stimmt für mich.« Aber er schaute sie lieber nicht dabei an.

Mariechen deutete auf die Fackel.»Rupp sagt, du kannst im Dunkeln sehen wie eine Katze. Wie machst du das?«

Perchtas Lächeln wuchs noch eine Spur in die Breite. »Indem ich selbst leuchte.«

»Hat Gott dein Licht gemacht? Macht er mir auch eins?«

»Hast du ihn danach gefragt?«

»Nein, er spricht doch nicht mit mir. Ich bin doch bloß ein Kind, und der Pfaffe sagt, alles andere ist Ketzerei. Was dieser Luther predigt und so.«

»In Alter Zeit gefiel es den Göttern, mit jedem zu sprechen, der ihre Aufmerksamkeit erregte. Egal ob Mann oder Frau, ob reich oder arm, alt oder jung.« Perchta seufzte. »Manche Leute würden mich als böse bezeichnen. Glaubst du das, Kind?«

Mariechen schüttelte den Kopf. »Rupp mag dich.«

Rupp hätte am liebsten die Fackel gelöscht, um die lodernde Röte in seinem Gesicht zu verhüllen. Perchtas Lachen ließ die Flammen tanzen. Sie ging vor dem Mädchen in die Hocke. Mariechen scheute nicht vor ihr zurück.

»Sprich, kleine Marie, wie geht es deinem Vater?«

»Er ist krank. Er zittert, Magenweh hat er auch. Er ist oft traurig, weil er ja ein Taugenichts ist.«

»Sagt er das, ja? Nun, dann gib ihm das hier morgen früh zu trinken. Eine Handvoll auf einen Becher heißen Wasser.« Perchta reichte ihr einen Beutel aus feinstem Atlas. Das Mädchen schnupperte daran.

»Das sind Kräuter, die ihm guttun werden. Am Abend brühst du ihm einen zweiten Becher und genauso am Tag darauf.« Perchta musterte Mariechens zerzaustes Haar, in dem Strohhalme hingen. »Rupp erzählt mir, du seist sehr fleißig.«

Mariechen strahlte. »Ich werd mal so gut spinnen wie meine Mutter.«

Perchta strich ihr über den Kopf. Rötliche Locken glätteten sich unter ihren Fingern. Ihre Stimme summte. »Wenn du das wahr machst, Marie, dann folge, wenn sich die Sommersonnenwende zum siebten Mal jährt, dem Bach bis zu seiner Quelle. Dort wirst du zwei Steine finden. In einem findet sich eine Grube in der Form eines Fußes, darin steht das ganze Jahr über Wasser. Wenn du dich auf den zweiten Stein setzt und dort zu spinnen beginnst, dann soll dein Werk unter deinen Händen zu Gold und alles in deinem Leben gefällig werden.«

Rupp fühlte die Härchen auf seinen Armen bitzeln. Am Rande seines Gesichtsfelds ruckten die Wände, als ob der Stadel gerade erst seinen Raum in der Welt einnahm. Für einen Moment fühlte er sich, als hätte er die Orientierung verloren.

Mariechen indes nickte wissend. »Die Mulde im Stein, das ist der Tritt von Frau Percht. Die Tante hat mir davon erzählt.«

»Deine Tante ist eine weise Frau. Lerne, was sie dich lehren kann.«

In diesem Augenblick flog die Tür auf. Ein Luftzug ließ die Fackel Funken sprühen. In der Öffnung stand Krampus. Er trug die Maske mit dem Rattenkopf.

Mariechen schrak vor diesen Albtraum zurück, versteckte sich hinter Rupp. Perchta richtete sich auf. Die Weichheit von eben wich schlagartig aus ihrem Gesicht.

»Was tust du hier?«

»Du und unser Knecht in einem Heustadel? Ich schütze deine Unschuld, Liebste.«

Krampus trat ins Innere des Stadels, der fast zu klein war, um sie alle vier aufzunehmen. Er war in Wams, Hemd und lange Hosen gekleidet, dunkel wie sonst Rupp. Die Maskenriemen drückten sein Haar platt an die Ohren. Die Stimme zischelte dumpf hinter dem Rattengesicht.

Durch die Augenschlitze der Holzmaske versuchte Krampus um Rupp herumzublicken. »Wen haben wir denn da? Mmh, ich schätze, so jung kannst du sie wohl noch beeindrucken.«

Er beugte sich vor. Die Rattenfratze mit den blutbemalten Zähnen ruckte auf Mariechen zu. Schreckensstarr umklammerte das Mädchen Rupps Beine.

»Lass sie in Frieden!«, fauchte Perchta.

»Sch-Sch«, machte Krampus. »Merkst du nicht, ich bin Rattenfänger. Und in Feldscheunen finden sich viele Ratten, die ausgemerzt gehören.«

Mariechen quiekte. Rupp bückte sich nach ihr und hob sie hoch, damit sie sich in seiner Umarmung verstecken konnte. »Keine Angst, Kleine. Ich bringe dich nach Hause.«

Krampus sprang ihm in den Weg. Plötzlich blitzte sein silbertauschierter Dolch in seiner Hand. »Nicht so eilig. Wir haben doch noch gar nicht geprüft, ob dieses Kind nicht gezüchtigt gehört. So machst du es doch sonst immer, oder Knecht?«

»Steck den Dolch ein, Krampus!«, befahl Perchta.

Krampus achtete nicht auf sie. »Und wenn sie nicht artig sind, was tust du dann? Prügelst du sie? Röstest du sie über glühenden Kohlen? Oder schlitzt du ihnen den Bauch auf?«

Der Dolch zuckte vor, gegen Mariechens Unterleib. Es war eine Finte, aber Perchtas Hand bewegte sich so schnell, dass ihr Schlag Krampus' Faust mit der Klinge zur Seite riss. Er stolperte, aus dem Gleichgewicht gebracht. Ungläubig drehte sich der Rattenkopf in Perchtas Richtung.

Rupp drückte Perchta das Mädchen in den Arm. »Bring sie nach Hause«, sagte er. »Jetzt gleich.«

Ihre Augen trafen sich. Im nächsten Moment packte Rupp Krampus' Handgelenk mit dem Dolch. »Er wird euch nicht nachkommen.«

Mariechen umklammerte Perchtas Nacken, verbarg ihr Gesicht in ihrer Kapuze. Perchta zögerte, aber sie stritt nicht mit Rupp. Kurz darauf verschwand sie durch die Tür, ein wenig humpelnd unter dem Gewicht. Mariechen rief Rupps Namen, Perchta beschwichtigte sie. Ihre Stimmen verklangen.

Krampus hatte sich unter Rupps eisenhartem Griff versteift. Die Dolchklinge schwebte auf Bauchhöhe zwischen ihnen. Krampus zerrte an seinem Arm, aber er war halb so stark wie Rupp und bewirkte nur, dass Rupp seinen Unterarm verbog, bis die Dolchspitze auf Krampus' Brust zeigte.

»Lass fallen!«

Krampus verfluchte ihn. Rupp verdrehte sein Handgelenk. Krampus ächzte. Kurz darauf schepperte der Dolch zu Boden. Krampus' andere Faust schoss hoch, doch er wagte nicht, sie einzusetzen.

»Nie wieder wirst du einem Kind drohen, ihm den Bauch aufzuschlitzen!«

Krampus zerrte sich die Maske vom Kopf. Er spuckte Rupp ins Gesicht. »Du taugst nicht zur Wilden Jagd, Knecht.«

Unvermittelt riss Rupp Krampus' Handgelenk nach außen. Der Hebel schleuderte Krampus herum. Seine Schläfe prallte auf den Boden, er stöhnte. Rupp drehte ihm den Arm auf den Rücken, dann zerrte er ihn wieder hoch. Er griff nach Dolch und Fackel und zwang Krampus dazu, aus dem Stadel ins Freie zu stolpern hinüber zum Waldrand. Es kümmerte ihn nicht, dass ihre Umrisse gegen den hellen Untergrund von Dorf und Herrenhof aus gut sichtbar waren. Sollte jemand auf sie aufmerksam werden, dann konnte Krampus zusehen, wie es ihm ohne Maske erging.

Rupp hielt Krampus' Arm solange umklammert, bis sich Perchtas hohe Gestalt über die Flur näherte und sie sich neben ihn unter die Bäume schob.

»Ich habe sie zu Bett gebracht. Das Mädchen wird morgen alles für einen Traum halten.«

Im selben Moment begann die Kirchglocke Mitternacht zu schlagen.

»Es ist zu Ende«, keuchte Krampus. Perchta wandte sich dem Waldesinneren zu. Nebel stieg aus dem Unterholz. Die Glockenschläge hallten zwischen den Stämmen, als schlügen die Bäume selbst die Stunde.

Krampus stolperte sich frei. »Das hier wirst du noch bereuen, Knecht!«

»Verschwinde, Krampus«, befahl Perchta. »Geh nach Hause.«

Und da verstand Rupp. Es war die zwölfte Rauhnacht. Das Ende der Toten Zeit. Die Wilde Jagd löste sich auf, so wie Perchta es ihm erklärt hatte.

Er schleuderte Krampus den Dolch vor die Füße. Krampus klaubte ihn auf. Dann, mit einem letzten Fluch, verschwand er in der Nacht.

»Er ist ein Feigling«, sagte Rupp.

»Nein, ein Feigling ist er nicht.« Perchta berührte Rupps Arm. »Ich muss gehen.«

Er spürte die Hitze ihrer Finger, als befände sich kein Stück Stoff zwischen ihrer Haut und seiner. Er bedeckte ihre Hand, bevor sie sie zurückziehen konnte. »Wieso?«, stammelte er. »Es gibt keinen Grund ... Bleib noch. Nur, nur einen Tag. Bitte.«

»Es tut mir leid.« Als sie ihren Arm zurückzog, strich ihr Daumen die Innenfläche seiner Hand entlang, wie die Berührung einer Wahrsagerin. Sie ließ eine Flut von Wärme und Sehnsucht zurück.

Perchta trat einen Schritt von Rupp fort. In den Wald hinein, wo der Dunst sich verdichtete.

»Wohin gehst du? Perchta ...«

Sie schüttelte den Kopf. Die Kapuze löste sich, und ihre Haare flossen über ihre Schultern, vermischten sich mit dem Nebel. Die Fackel erlosch. Er setzte ihr nach, aber sie wich jetzt so schnell zurück, dass er im Dunkeln gegen einen abgebrochenen Ast lief, der sich prompt in seinem Gürtel verhakte.

»Sag mir wenigstens deinen richtigen Namen! Wie kann ich dich finden?«

»In einem Jahr wieder«, versprach Perchta. »Warte dort, wo du mich zum ersten Mal gesehen hast.« Damit drehte sie sich um.

Bis Rupp sich von dem vermaledeiten Ast befreit hatte, war von Perchta nichts mehr zu sehen.

Der Kerker atmete Kälte. Rupp fror, wie er seit Jahren nicht gefroren hatte. Feuchtes Mauerwerk, schmierige Türbeschläge, lichtlose Finsternis. Im Liegen drückte der unebene Boden in seinen Rücken. Matschige Strohhalme stanken nach Kot und Urin.

Rupp hatte keine Erklärung gegeben, weshalb er vom Frondienst ferngeblieben, wohin er gegangen war. Er war nicht gut darin, Dinge zu erdichten. Der Freiherr hatte wissen wollen, ob er ein Anhänger Luthers sei, ob er Geächteten, die sich im Wald versteckten, geholfen hätte. Der Meier selbst sprang Rupp bei dieser Verdächtigung zur Seite, denn er kannte ihn als Nikolos treuen Diener und sprach ihn von jeglicher lutherischen Ketzerei frei. Es war die Grundherrin, die Rupp fragte, ob hinter seiner Abwesenheit ein Weib stecke.

Rupp zögerte. Was wollte sie hören? Die Wohlgeborene hielt die Lippen aufeinandergepresst, die Hände wie zum Gebet gefaltet. Fromm und verständnisvoll musste Agnes den anderen Männern erscheinen, aber Rupp fürchtete sie mehr als ihren Gatten.

Rupp hatte es zugegeben. Eine Frau, ja, deswegen war er dem Frondienst ferngeblieben. Dann war er erneut in Schweigen verfallen. Mehr über die Dame zu sagen, wäre nicht ritterlich, das immerhin leuchtete den Herrschaften ein. Die Dame Agnes fächelte sich Luft zu wie im Hochsommer.

Danach hatten sie ihn in den Kerker gesperrt. Es war ihm unmöglich zu schätzen, wie viel Zeit seitdem vergangen war. Wenn er die Stunden daran maß, wie viele vergehen würden, bis er Perchta wiedersah, dann lag die Unendlichkeit vor ihm.

Immerhin würde er sie wiedersehen. In einem Jahr, so hatte sie es versprochen. Es sei denn, es gelang ihm, sie vorher zu finden. Und dann würde er sie erobern. Dieser Gedanke brachte die einzige Wärme, die das Zittern in Schach zu halten vermochte.

Schließlich kamen sie ihn holen. Zwei Männer bewaffnet mit Piken und Schwertern brachten Rupp in die Halle, wo der Grundherr auf einem gepolsterten Stuhl hinter einer Tafel thronte, seine Gemahlin an der Seite. An der getäfelten Wand drückten sich der Meier und der Steinmetz herum, beide fühlten sich deutlich unwohl in ihrer Haut. Vor dem Tisch wartete Nikolo.

Schon beim Eintreten hörte Rupp seinen Meister sagen: »Die Hexe hatte meinen Diener unter Bann. Ich werde persönlich Sorge tragen, dass er von ihrem teuflischen Einfluss befreit wird.«

»Deine Beschreibung der Unholdin stimmt mit der des Junkers überein, Nikolo. Es bekümmert uns, dass eine Hexe ihr Unwesen auf unserem Land treibt und unserer Lehnsleute Seelenheil bedroht. Das Weib heißt sich Perchta, sagst du? Nach dieser Götzin?«

Rupp wollte sich neben Nikolo stellen, aber seine Bewacher hielten ihn zurück. Nikolos Nasenflügel zuckten, da er den an Rupp haftenden Kerkergestank wahrnahm. Er drehte sich jedoch nicht zu seinem Knecht um, sondern sprach weiter zu ihrem Lehnsherrn.

»Die Hexe umgarnt junge Männer, deren unerfahrene Hirne sie vernebelt, damit sie ihr auf die Wilde Jagd folgen, mein Herr. Sie gibt ihnen Teufelsnamen und gewinnt so Macht über sie. Ihre schwarze Magie bew…«

»Das ist nicht wahr!«, rief Rupp dazwischen. Er wehrte sich gegen die Griffe der beiden Männer, die seine Arme umfassten. Bevor er sich jedoch losreißen konnte, wirbelte Nikolo herum und verabreichte ihm eine schallende Ohrfeige. Der Schlag brachte Rupps Schädel zum Klingen. Größer hingegen als der Schmerz war seine Verblüffung. Nikolo hatte ihm als Jungen den Hintern versohlt, auch mal eine Haselrute über die Hände gezogen, doch er hatte ihn nie ins Gesicht geschlagen.

»Schweig, Knecht!«, bellte Nikolo. »Dir werde ich das Teufelsweib schon austreiben!«

»Ich werde meine Mannen ausschicken«, sagte der Freiherr. »Ich will, dass die Hexe gefasst und vor den Richter geschleppt wird, bevor sie noch mehr Unheil anrichten kann.«

»Ich fürchte, dafür ist es zu spät. Die Rauhnächte sind zu Ende. Das Weib wird verschwunden sein.«

»Bestimmt liegt sie jetzt gerade mit dem Teufel«, hauchte die Grundherrin. Ihr Gemahl missdeutete ihre Erregung. »Fürchtet Euch nicht, Liebste, Eurer gottgefälligen Seele kann kein Schadenszauber etwas an.«

»Vielleicht sollten wir den Knecht hierbehalten«, schlug die Freifrau vor, die Stimme zugeschnürt. »Um sicherzugehen, dass ihm der Zauberbann dieser Wettermacherin völlig ausgetrieben wird. Wer weiß, welch Abscheulichkeiten sie … ihn gelehrt hat.« Sie schloss die Augen und krallte die Finger in die Rockfalten über ihrem Schoß. Das letzte Wort hauchte sie bloß noch: »Teufelsbuhlschaft.«

Nikolos Haltung verschob sich wie die einer Katze, die soeben ihre Beute entdeckte. Genauso gut hätte sich auch eine Glocke über ihn senken können, in deren Stille er all dem Ungesagten in der Welt lauschte, einem Meer der Möglichkeiten. Da wusste Rupp, er würde an Nikolos Seite aus dem Herrenhof schreiten, bevor die nächste volle Stunde schlug, und es würde Nikolo überlassen bleiben, wie er seinen Knecht bestrafte.

»Edle Dame.« Demütig senkte Nikolo den Kopf. »Der Ruf, wie Ihr Euch um die Knechte auf Eurem Lande sorgt, eilt Euch weit voraus. Ich werde Rupp noch heute vor unseren Priester bringen. Es sei denn natürlich, Ihr bestündet darauf, er wäre in Euren Händen besser aufgehoben. In diesem Falle würde es mir eine besondere Ehre sein, die Zeugnisse Eurer Liebe zu den Euch Anvertrauten zusammenzutragen, um Euren Großmut und Eure über alle Notwendigkeit hinausgehende Fürsorge in sämtlichen Stuben, in Dörfern wie Städten, in Kirchen wie Schlössern zu preisen.«

Sophies Kichern tanzt durch die Luft wie Schmetterlinge. Sie sitzen vor der Kate in der Sonne, auf einer Kiefer jagen sich zwei Finken. Ob sie sich an den dezemberlichen Sonnenstrahlen erfreuen oder an Ruprechts Schilderung, wie Nikolo die Freifrau ausmanövrierte? Sophie jedenfalls gefällt Ruprechts unverblümte Erzählung, die nichts in Watte packt. Der Alte ist längst nicht so altmodisch, wie seine Sprache argwöhnen lässt.

Sie spürt seine Bewegung neben sich, als er die Schultern kreist, tief in die Brust atmet. Diesmal bleibt ein Hustenanfall aus. Er lauscht auf seinen Körper und sie mit ihm.

»Wie hat Nikolo Rupp bestraft?«, fragt Sophie. Sie denkt an Exorzismen, an einen Horrorfilm, den ihr Mann einmal zu Ostern ausgeliehen hat, und schaudert. Sie hat sich die halbe Zeit in Steffens Achsel vergraben. Jetzt kann sie sich nicht einmal mehr an das Gefühl seiner Arme erinnern. Will es auch nicht.

»Hat Nikolo versucht, ihm den Teufel auszutreiben?«

»Ich denke nicht, dass Nikolo ernsthaft glaubte, Rupp stünde unter einem Bann, der etwas Düsterem als den Begierden eines jungen Mannes entsprang. Nein, Nikolo war hinter etwas anderem her, und er verstand sehr wohl, dass er dazu Rupps Unterstützung benötigte. Es verlangte ihm nach den Namen hinter den Mitgliedern der Wilden Jagd.«

»Wie Rupp unbedingt Perchta wiederfinden wollte. Sie brauchten einander!«

»Nikolo und Rupp haben einander immer etwas zu geben gehabt. Bis zuletzt.«

Die Decke über Ruprechts Brust gleitet nach unten, da er erneut auf dem Stuhl herumrutscht. Er klagt nie, aber sie ahnt, seine Glieder schmerzen. Sophie drapiert die Decke neu, zieht sie hoch bis zu Ruprechts Kinn. Sie schenkt ihm Tee aus der dreißig Jahre alten orangenen Thermoskanne nach. Er freut sich ob der dampfend in den Becher plätschernden Flüssigkeit. Die splitternde Plastikumhüllung und der von Kinderzähnen angenagte Becher scheren ihn nicht. Ruprecht liebt das Prinzip von Thermoskannen.

Jede Nacht ersucht er Sophie darum, eine frisch gebrühte Thermos neben sein Bett zu stellen. Er bittet sie nie um etwas anderes als um Wasser.

»Aus Rupps Erzählungen wusste Nikolo, dass die Wilde Jagd aus Söhnen von Freien bestand«, berichtet Ruprecht weiter. »O welche Geheimnisse darauf warteten, genutzt zu werden! Über Prügel wussten sie am meisten. Er entstammte einer städtischen Kaufmannsfamilie, die mit Gewürzen handelte, hier setzten sie an. Ein junger Mann, der während der Rauhnächte regelmäßig verschwand, das musste auffallen. Rupp erfuhr nie, welche Wege Nikolo ging, welche Netze er auswarf, welche Fäden er zog. Im Herbst ging er auf Wallfahrt – so behauptete er zumindest. Gnade fand er wohl nicht, dafür zwei Namen. Martin und Hans.«

»Martin.« Sophie versucht, den Namen zu schmecken. »Prügel?«, vermutet sie.

Ruprecht nickt.

»Und Hans?«

»Kinderfresser. Der Sohn eines Freibauern. Ihre Familien wähnten sie während der Rauhnächte auf gemeinsamen Jagdausflügen.«

»Du hast gesagt, Jagen war damals ein Vorrecht des Adels. Wenn es sich bei Prügel und Kinderfresser um Stadtbürger beziehungsweise freie Bauern handelte, wie konnten sie dann auf Jagdausflüge gehen?« Dann kapiert sie. »Es sei denn Krampus war adelig.«

»Es ist komplizierter. Adelige konnten das Jagdrecht an weniger edle Leute vergeben – Ministeriale, Richter. Die Familien von Hans und Martin waren wohlhabend, einflussreich und sehr verzweigt. Sie verkehrten mit hohen Beamten, mit Grafen, Bischöfen, Vögten, Rittern, Landesständen. Nikolo gelang es nicht, herauszufinden, wo zu jagen die beiden jungen Männer vorgaben. Oder mit wem.«

»Also erfuhren sie nicht, wer hinter Krampus steckte?«

»Leider nein. Eine Zeitlang verdächtigte Nikolo einen Grafen, auf den Rupps Beschreibung passte. Wilde

Geschichten kursierten über ihn. Elf Mätressen soll er gehabt haben, wahrscheinlich war er deshalb gezwungen, tagelange Abwesenheit mit abenteuerlichen Ausreden zu begründen. Nikolo kam auf ihn, weil er mit Kinderfresser verschwägert war.«

»Kinderfresser war verheiratet?« Sophie hat sich ein Bild von jedem Mitglied der Wilden Jagd zurechtgelegt. Eine Ehefrau passt nicht in ihr Konzept dieses bulligen Schlächters.

»Eine Zweckehe, wie es damals üblich war, Sophie. Die Dame war sieben Jahre jünger.«

»O Gott, dann war sie ja noch ein Kind! Bestimmt hat sie einen Freudentanz aufgeführt, wenn er Weihnachten verschwand. Was ist mit Perchta? Hat Rupp sie gefunden, oder ist Nikolo ihm zuvorgekommen?«

»Von Perchta fanden sie keine Spur. Sie war wie die Sagengestalt aus ihrem eigenen Märchen. Ungreifbar, geheimnisvoll, flüchtig wie ein Wandervogel. Sie hätte alles sein können.«

Sophie gibt sich keine Mühe, ihr Augenrollen zu verbergen. »Das ufert jetzt aber nicht in so eine Verkappte-Prinzessinnen-Story aus, oder?«

»Gefällt dir die Geschichte nicht, Sophie?«

Doch. Sie dürstet nach ihr, jeden Morgen, wenn das Zwielicht durch die Mittelritze des Fensterladens kriecht, wenn die Krähen am Baum neben der wurmzerfressenen Schaukel erwachen. Sie steht jetzt leichter auf, schwingt ihr Bein mit etwas, was vor langer Zeit Vorfreude gewesen wäre, über die Kante. Gönnt sich Gedanken an eine andere Zeit, eine andere Welt, fremd genug, um in ihr Sicherheit zu finden.

Diese Geschichte hält mich am Leben.

»Möchtest du selbst lieber keine Prinzessin sein, Sophie?«

Sie schnaubt. Ganz sicher nicht. »Über Königin ließe sich reden.«

»Was macht den Unterschied?«

»Königinnen sind frei.«

Ruprecht zupft an seiner Decke. Sie sitzen schon zu lange draußen; die Sonne ist hinter den Bäumen verschwunden. Ruprecht blinzelt in die letzten, zwischen den Wipfeln tanzenden Strahlen und sagt:»Eine solche Freiheit gibt es nicht, Sophie. Nicht für Könige, nicht für Kaiser, nicht für Götter, nicht für Menschen.«

Sie lässt es auf sich beruhen. Die Geschichte ist für heute zu Ende. Sie muss zum Haus zurück, Abendessen vorbereiten, den Hund erlösen. Aber auf der Bank in der Sonne sitzen, dem Rumpeln von Ruprechts Stimme nachspüren, einer Geschichte lauschen, in der es Hoffnung gibt – das schenkt ihr Momente des Friedens.

Ein Frieden, der jäh im Heulen eines Motors endet.

Sophie fährt zusammen, im selben Moment, da die Krähen aufflattern, ihr Krächzen die Lichtung und ihre Bewohner warnt. Ein Auto quält sich den von Schlaglöchern übersäten Forstweg entlang, noch fern, doch eindeutig in Richtung Haus. Im Aufspringen verfängt sich Sophies im Rocksaum, sie stürzt hart auf die Steinplatten. Unter der Strumpfhose platzt die Haut über der Kniescheibe auf.

Ruprecht müht sich auf die Füße, doch Sophie hetzt bereits den Pfad entlang, diesmal nicht zurück zum Haus, sondern tiefer in den Wald. Den Schmerz im Knie blendet sie aus. Er bedeutet nichts im Vergleich zu der Angst, die sie zwischen die Bäume treibt.

Vielleicht will das Auto ja gar nicht zu ihr, vielleicht hat es sich lediglich verirrt. Vielleicht dreht es ab, bevor es die Lichtung erreicht.

Wieso nur hat sie diesen verdammten Rock angezogen? Er verfängt sich in Zweigen, gerät zwischen ihre Beine, die schlottern wie der Wackelpudding, den sie am Morgen angesetzt hat. Ihr Schal bleibt im Gezweig hängen. Ein Teil von ihr möchte sich einfach nur zu Boden werfen, heulen, totstellen, aufhören zu kämpfen. Es nutzt doch eh alles nichts.

Schluchzend hetzt sie vorbei am Klohäuschen, wo eine panische Maus zwischen den Ritzen verschwindet. Hinter dem Bretterschlag kraxelt sie auf Händen und Füßen einen Buckel empor. Dort, versteckt hinter ihren letzten Freunden, den Bäumen, erhascht Sophie einen Blick auf die Forststraße.

Lass es einen Förster sein. Einen Jäger. Bitte, Gott, du hast doch schon alles auf mich geworfen, ist es denn nie genug? Silber blinkt durch das Gehölz, darüber ein grüner Streifen, weiße Buchstaben. Vor Sophies Augen verschwimmt die Welt. Das Blau auf dem Dach. Es blinkt nicht, wozu auch? Gras und Schlaglöcher werden nicht zur Seite spritzen, um dem Polizeiwagen den Weg zu bereiten. Die Insignien der Staatsgewalt beeindrucken die Natur nicht, im Gegenteil. Sie sind hier fehl am Platze, diese Polizisten in ihrem aufgerüsteten BMW, der für Autobahnjagden gemacht ist und nicht um Frauen im Wald zu fangen.

Sophie zittert. Über ihr sinkt der Himmel ins Violette, bereit für den Sonnenuntergang. Die wenigen Wolken, schmal und harmlos, überzieht ein rosafarbener Hauch. Es ist längst zu spät, um alles zu packen und zu fliehen, wohin auch immer.

Unterhalb verschwindet der Streifenwagen um die Kurve. Sein Motor brummt jetzt regelmäßig, der holprigste Abschnitt des Forstwegs ist überwunden. Die Abblendlichter leuchten auf, denn unter den Bäumen ist es schummrig – die Furcht der Urbanen vor dem Zwielicht der Wildnis.

Sophie rutscht den Hang wieder hinab, reißt Gras, Steine und Erde dabei auf. Der Weg zurück verschwimmt in Tränen. Das Motorengeräusch verebbt. Sie haben die Lichtung erreicht. Zwei Türen schlagen.

Dann eine Frauenstimme: »Hallo? Ist hier jemand? Polizei!«

Sie hat nicht Sophies Namen gerufen, immerhin nicht das.

Still jetzt, Mädchen. Vielleicht hast du noch eine Chance.

Sophie bleibt stehen. Ihre Fähigkeit zu hoffen ist noch nicht tot. Die Leere in ihrem Inneren ergibt sich der trügerischen Versuchung, an kleine Geschenke zu glauben. Nicht Wunder, ganz sicher nicht, denn die gibt es nicht. Höchstens kleine Versehen des Schicksals, das einmal kurz zur Seite schaut und die Gelegenheit, Sophie noch ein bisschen schneller zu zerstören, ungenutzt verstreichen lässt. Das Haus liegt dunkel. Weil Sophie so lange weg war, ist das Feuer im Kamin zerfallen und schickt keinerlei Rauch zum Dach hinaus.

Sie werden glauben, es sei unbewohnt.

Sie kann sich nichts vormachen. Wenn niemand antwortet, werden die Polizisten suchen. Sie sind nicht soweit herausgefahren, um nichts zu finden.

Ohne Durchsuchungsbefehl dürfen sie das Haus nicht betreten.

Sophie blinzelt. Die Welt wird wieder scharf. Sie geht auf die Knie, löst den Reißverschluss ihres sperrigen Rocks, krabbelt aus ihm heraus und wie ein Käfer vom Pfad fort. Jetzt trägt sie nur noch eine Strumpfhose, wollen und großmütterchengrau. Die Polizisten werden sie für eine Irre halten, wenn sie Sophie entdecken, aber so bewegt sie sich leichter durch das Gebüsch, schleift keine Zweige mit, die rascheln und sie verraten könnten. Das Nadelgehölz steht hier dichter, schafft trockene Flecken auf braunem Boden, der sticht, da sie auf Händen und Knien unter den Ästen hindurchkriecht. Ein Teil des Waldes, geschaffen um Rehe und ihren Nachwuchs zu verbergen.

»Klopf mal an die Tür.« Eine Männerstimme.

Der Hund wird Laut geben, wenn sie klopfen.

Sophie krabbelt weiter. Nadeln piksen durch ihre Kleider, zerren an ihrem Haar. Sie duckt sich. Jetzt sieht sie den freien Platz vor dem Haus ein, wo der Fuhrweg endet. Das Polizeiauto steht dort, ein Vierzigjähriger in Uniform daneben, wachsam. Seine Kollegin, im gleichen Alter wie Sophie, marschiert auf das Haus zu.

»Suchen Sie mich?«

Sophie hat keine Ahnung, wie Ruprecht es geschafft hat, sich den Weg von der Kate bis zur Lichtung zu schleppen, ohne ein Geräusch zu verursachen. Aber dort steht er, keine zwanzig Schritte von ihr entfernt, auf seinen Stock gelehnt, die Decke über den Schultern, das Haar eine wüste Mähne. Selbst gebeugt noch ein Hüne und so düster wie an jenem Abend, als Sophie ihn zum ersten Mal sah. Die Polizisten erschrecken. Dabei müssten sie Ruprechts Alter sofort erfassen, seine Krankheit, die seine Brust krümmt. Doch offenbar sehen sie etwas Bedrohliches in ihm, denn die Hand der Polizistin zuckt zu ihrem Halfter, und der ältere Kollege springt vom Wagen fort, stellt sich zwischen Ruprecht und die Frau. Es hat eine Zeit gegeben, da hätte Sophie diese Geste zu schätzen gewusst. Da las sie solche Romane, wo Männer Frauen beschützen, wie in Rupps Welt. Aber jetzt weiß sie, es kommt kein Ritter auf weißem Pferd, und der einzige, der zwischen ihr und dem Ende steht, ist ein sterbender alter Sonderling, der sich für Knecht Ruprecht hält.

»Wer sind Sie?« Der Polizist geht auf Ruprecht zu, zunächst wachsam, dann mit jedem Schritt entspannter, denn jetzt nimmt er das Zittern von Ruprechts Oberkörper wahr, die Schwäche, die ihm den Schweiß auf der Stirn stehen lässt. Hört sein unterdrücktes Husten, den schweren Atem.

»Wie heißen Sie?«

»Rupp Knecht.«

Ein hysterisches Kichern schlängelt sich Sophies Kehle empor. Sie schlägt die Hände vor dem Mund, unterdrückt das Prusten. Aber der Polizist nimmt den Namen hin, ohne ihn richtig zu hören. Der sechste Dezember ist längst aus den Köpfen gestrichen, wahrscheinlich konzentriert er sich auf Weihnachten, hat noch keine Geschenke gekauft oder vielleicht überlegt er, ob es angebracht wäre, seiner Kollegin etwas zu schenken, die sich jetzt neben ihn schiebt, fort vom Haus – fort vom Haus!

»Nun, Herr Knecht, darf ich fragen, was Sie hier machen?«

Ruprecht greift nach hinten, als suche er Halt. Doch Sophie versteht, sein Tasten ist eine Geste. Er weiß, dass sie im Tann versteckt hinter ihm kniet. Seine Handfläche sagt: Bleib! Ich regle das.

Er findet einen Stamm und lehnt sich schwer gegen ihn.

»Ich habe gefragt, was Sie hier machen, Herr Knecht.«

»Sterben.«

Ob es das Wort ist oder das Grollen unter Ruprechts Atemlosigkeit, das nachhallt, weil die Dämmerung es aufsaugt, die Polizisten wechseln betretene Blicke.

Die Polizistin räuspert sich. »Aber das ist nicht Ihr Haus.«

»Herr und Frau Meyer sind alte Freunde.«

Sophie hat ihm diese Namen gegeben. Sie hat ihm erzählt, dass sie eine Schwester hat. Hatte. Dass sie hier oft zusammen gespielt haben, im Dachboden, im Wald, auf der Lichtung. Eine glückliche Kindheit im Ferienhaus der Meyers, Freunde ihrer Eltern, vor langer Zeit. Lange vor dem Autounfall, der Louisa und ihren Mann getötet hat.

Sophie hat geweint, als sie Ruprecht von ihrer Schwester erzählte. Sie weiß schon gar nicht mehr, wie lange es her ist, dass ein anderer Mensch sie in die Arme genommen hat, und als Ruprecht sie an sich zog, fühlte es sich an, als berge der Wald sie in seinem Schoß. Ruprecht hat sie nicht gefragt, was nach dem Unfall kam, und Sophie hat ihr Schweigen hinter ihren Tränen verschanzt. Sie hat ihm auch nichts von ihrem Versprechen erzählt, das sie gegeben hat, in einer Kirche, dabei sind sie nicht einmal sonderlich christlich gewesen.

»Ich wohne vorübergehend in der Kate.« Ruprecht gestikuliert hinter sich.

»Sind Sie alleine?«

»Es ist alles wie es sein soll.«

»Sie« – die Polizistin wirft einen verzweifelten Blick zu ihrem Kollegen, fast ein Flehen – »Sie, äh, dürfen nicht alleine sterben. Ich meine, äh, was wenn …«

Etwas in Ruprechts Gesicht bringt sie zum Verstummen. Der Wald zieht seine Finsternis hinter ihm zusammen –

Sophie ist vollkommen geborgen in ihr. Erwartung spannt die Luft über der Lichtung.

Dann sagt Ruprecht:»In ein paar Tagen kommt meine Pflegerin.«

Die Polizistin atmet erleichtert aus.»Was, ähm, was haben Sie denn?«

Ruprecht schlägt sich die flache Hand auf die Brust. Klopft vielsagend.

»Oh. Nun, haben Sie einen Notknopf?«

»Im Haus. Wollen Sie ihn sehen?«

»Sie sollten ihn stets bei sich tragen«, mahnt die Polizistin.

»Sie sind sehr liebevoll. Sorgen Sie sich nicht, das Gute kommt stets zu uns zurück.«

Die junge Frau starrt Ruprecht an wie in Trance. Versucht, die Worte, ihre Bedeutung, mit dem grauen Alten vor sich in Einklang zu bringen und der Realität ihres zauberbefreiten Lebens. Schließlich schüttelt sie den Kopf, als müsste sie sich selbst aus einem Traum wachrütteln. Sie murmelt etwas zu ihrem Kollegen, ruckt mit dem Kopf vielsagend in Richtung Forstweg. Keine Strecke, um sie in der hereinbrechenden Dunkelheit zu fahren, selbst wenn sie ihre Waffe hat und ihren Kollegen, der sich vor Schatten nicht fürchtet, der Narr.

»In Ordnung.« Der Polizist nimmt die Hände von seinem Gürtel.»Wir werden natürlich die Eigentümer des Grundstücks kontaktieren, um Ihre Angaben zu überprüfen, Herr Knecht.«

»Herr und Frau Meyer sind auf Feuerland. Für eine Antarktis-Reise.« Noch eine Information, die Ruprecht von Sophie hat. Sie hat ihm Feuerland auf einer Karte zeigen müssen.

Ruprechts Antwort weckt keine Verwunderung. Die Beamten wussten über die Reise Bescheid. Ein Test. Sie nicken.

»Gute Besserung.« Der Polizist tippt sich an die Mütze. Sie steigen ein. Der BMW wirft im Wenden Grasbüschel auf. Die Frau fährt. Sie schaltet das Fernlicht ein, obwohl es noch gar nicht Nacht ist.

Ruprecht verweilt an seinen Baum gelehnt, bis der Streifenwagen verschwindet. Sein Atem rasselt schwer.

»Komm heraus, Sophie. Ich habe da noch eine Frage.« Er wendet den Kopf nach ihr. Sein Gesichtsausdruck ist grimmig.

»Was ist ein Notknopf?«

Göttin. Glänzende. Anführerin der Wilden Jagd. Hüterin.
Wenn du sie brauchst, dann ruf nach Frau Percht.
Doch vergiss nie:
Der Tod kennt sie. Und sie kennt ihn.
- Marians Chronik.

Sie hatten lange erörtert, ob Rupp Nikolo dieses Jahr begleiten sollte. Ob es dem Grundherrn unverschämt erscheinen würde, wenn der Knecht, der ihm im vorigen Jahr solche Scherereien gemacht hatte, am Nikolaustag über seine Kinder richtete. Nikolo tat sogar etwas, was er selten machte: Er suchte sich Rat beim Meier, der ihm versicherte, sollten der Freiherr oder seine Gattin einen Groll gegen sie hegen, hätten sie die Einladung nicht ausgesprochen.

Eine Zeitlang hatten sich die Lehnsleute die Mäuler zerrissen, weil Rupp von der Hexe fortgelockt worden war. Wohlig schaudernd erzählten sie sich von Rupps Wanderschaft in den Wäldern, diesem Hauch von rauhnächtlichem Zauber. Doch bereits im Frühling hatte sich der Klatsch erschöpft. Rupp war nicht mehr als ein weiterer junger Mann, der für kurze Zeit den Lockungen teuflischer Weiblichkeit erlag, beizeiten von seinem Meister auf den Pfad der Tugend zurückgeführt wurde und Buße tat.

Rupp wiederum zerbrach sich den Kopf, wie er Perchta vom Vorwurf der Zauberei reinwaschen konnte, aber ihm fiel kein gangbarer Weg ein. Sie war eine Heidin, ehrte weder, soweit er das sagen konnte, Gott den Vater, Gott den Sohn noch den Heiligen Geist. Rupp vermutete, sie huldigte jenen vorchristlichen Abgöttern und Geistern, denen seine Mutter kleine Gaben geopfert hatte, und deren Geschichten an den Festtagen noch immer im Leben der Bauern, Bergleute und Handwerker mitschwangen. Sagenhafte Wesen, die an machtvollen Orten hausten – Haine, Berge, versteckte Weiher – und nach kleinen Gunstbezeugungen verlangten:

eine Haselrute oder eine Schale Milch für einen Kobold hier, eine Münze in einem Brunnen, ein gewisperter Wunsch dort.

Solch magische Plätze gab es überall, und im Laufe des Jahres suchte Rupp alle auf, wo eine Magd oder ein zahnloser Alter vor ungewissen Zeiten Frau Percht getroffen zu haben meinte. Dort stand er dann, spähte in eine Quelle, auf einen Felsen mit hufeisenförmigen Abdrücken oder in einen Spalt in der Erde und fühlte sich albern, weil er Perchta an diesen Orten zu riechen glaubte, ihren Duft nach Wald, Moos, Ried, Wasser und den Kristallen von Himmel und Erde.

So ward aus Frühjahr Sommer, dann Herbst geworden. Die Menschen vergaßen die Geschichte von der Hexe in den Wäldern, die mit Hilfe des Teufels den Jägern entkommen war. Nikolos Laune hellte sich auf, seit er Pläne spinnen konnte, wie er sein Wissen über die wahren Namen hinter Kinderfresser und Prügel am gewinnbringendsten einsetzen würde. Zu Rupps Erleichterung schien die Gelegenheit dazu noch nicht gekommen, selbst wenn er gehofft hatte, sie würden über Prügel und Kinderfresser auch Perchta finden. Womöglich ahnte Nikolo, in welche Richtung Rupps Gedanken drifteten, denn er enthielt ihm die Familiennamen von Hans und Martin vor, nannte keine Ortsnamen, keine Städte. Er ließ ihn lediglich wissen, sie wohnten viele Tagesmärsche entfernt. Das Misstrauen stand zwischen ihnen.

Rupp, unterdessen, wartete. Er betete, die Sonne könne sich schneller um die Erde drehen. Ein Jahr war viel zu lang. Die Bauern, die ihn herumstreichen sahen, rieten ihm, sich eine Frau zu suchen, das würde ihm die Flausen und Rastlosigkeit austreiben.

Schließlich neigte sich selbst diese Ewigkeit ihrem Ende.

Noch neunzehn Tage.

Ein neuer sechster Dezember begann.

Der Herrenhof pulsierte vor Leben. Kurz zuvor war ein Trupp Reisende eingetroffen und die Stallknechte hatten alle Hände voll zu tun, ein Dutzend prachtvoller Rösser in den Ställen unterzubringen. Überall blendeten verziertes Zaumzeug, Federbüsche an Stirnriemen und bunte Decken das Auge. Diener stolperten über aufgeregte Windhunde. Aus den Kaminabzügen stiegen Rauchsäulen wie Siegeszeichen. Über einem offenen Feuer briet ein Ochse. Ein Knabe fiel vor Nikolo auf die Knie, wollte seinen Ring küssen, weil er ihn in seiner Mitra und dem blauen Mantel mit rotbesetztem Saum für einen echten Bischof hielt.

Der Meier begrüßte sie sichtlich angespannt, murmelte etwas von fürstlichem Besuch und scheuchte sie sogleich in den Küchenbau, wo sie sich an süßem Backwerk und Trank laben konnten, bevor der Freiherr seine Gäste in der Halle mit der Einkehr von Sankt Nikolaus und seinem Gerechten Knecht zu unterhalten wünschte.

Nikolos Augen begannen zu glänzen, als er die Nachricht von der fürstlichen Zuschauerschaft erhielt, aber der Meier wieselte davon, bevor Nikolo ihn fragen konnte, um welch edle Gäste es sich genau handelte. In der Küche klimperte das Geschwätz dagegen über Geschirr, Töpfe und Bratspieße hinweg, und so erfuhren sie, dass der drittgeborene Sohn des Landesherrn den Freiherrn und seine Gemahlin Agnes beehrte. Der hochgeborene Gast habe angekündigt, die Fastenzeit nicht allzu streng zu nehmen, deshalb auch der geschlachtete Ochse. Der eigentliche Klatsch drehte sich jedoch um eine geheimnisvolle Dame, die zeitgleich angereist war, und deren nächtliches Gemach, so hatte der Fürstenspross verfügt, an seines zu grenzen habe. Weshalb sollte der Hochgeborene auch sonst um diese Jahreszeit dieses abgelegene Lehen aufsuchen, wenn nicht für ein Stelldichein abseits des Fürstenhofs?

Nikolo aß den Fastenregeln entsprechend nichts und zog sich bald zurück, um vor seinem großen Auftritt sein Gewand zu bürsten und noch das letzte Barthaar zu trimmen. Währenddessen nutzten die Herrschaften das Sonnenlicht des Nachmittags, um den Gerfalken des Freiherrn bei der Jagd zu bewundern.

Rupp, der, nachdem er sich den Bauch mit Krapfen und Honigkringeln vollgeschlagen hatte, nichts zu tun hatte, schlenderte in seinem feinen schwarzen Hemd nach draußen, um die Mauer, an deren Vollendung er mitgewirkt hatte, zu begutachten. Da sich sämtliche Edle bei der Falkenjagd auf dem Feld vergnügten, musste er immerhin nicht befürchten, der rasch entflammbaren Dame des Hauses über den Weg zu laufen.

Es war jedoch nicht die wohlgeborene Agnes, die vor Rupp um die Ecke des Stalls verschwand, sondern eine schlanke Gestalt in fuchspelzbesetzter, knöchellanger Schaube und mit flachsblondem, kunstvoll geflochtenem Haar.

Rupp spurtete bereits los, bevor sein Gehirn hinterherkam. Wie oft war er in den vergangenen Monaten einer hellblonden Frau nachgerannt, auf Marktplätzen, bei Botengängen für Nikolo in der Stadt, in einem Zug fahrender Spielleute, obwohl er binnen eines Herzschlags seinen Irrtum erkannte?

Haar wie die Sonne zu Mittag, doch keine Birkenstreifen. Schlank, groß, ja, aber die Haltung ohne das Echo der biegsamen Kraft junger Bäume. Die Schultern nicht königlich aufrecht, sondern leicht gerundet, die Augen blau statt grün, der Gang viel zu vorsichtig auf Schnee und Eis. Dem Geruch von Stoff und gepuderter Haut fehlte die Frische des durch Blätter und Nadeln gestrichenen Windes.

Die Fremde hob schwarz gefärbte Augenbrauen, da Rupp schlitternd vor ihr zu stehen kam. Sie hielt die Zügel eines Zelters mit Damensattel, einen Junker an der Seite, der den Arm ausstreckte, um ihr auf den Pferderücken zu helfen. Sie war hübsch, keine Frage, doch Rupps Blick glitt auf ihren Zügen ab, fand kein Gefühl, nichts, um sich in diesem Antlitz zu verlieren.

Rupp murmelte eine Entschuldigung und glitt durch die offene Tür in den Stall, um sein hämmerndes Herz zwischen Heu und Tierleibern zu beruhigen und sich einen verdammten Narren zu schelten. Stattdessen rannte er in Krampus hinein.

»Na was denn, so fein gekleidet, Knechtlein?«, ertönte die vertraute spöttische Stimme. »Noch ein bisschen Ruß ins Gesicht und du würdest als Mohr durchgehen.« Krampus stand in einem Verschlag neben seinem Rappen. Holzbretter verdeckten ihn von der Brust abwärts. Er trug eine grüne Jagdjacke, sein lehmbraunes Haar war kürzer geschnitten als früher. Ein gestutzter Bart zog sich von der Oberlippe an den Mundwinkeln vorbei bis zum Kinn, ließ ihn älter wirken und die blassblauen Augen noch eisiger.

Rupp war so verdutzt, er sagte das erste, was ihm in den Sinn kam. »Was tust du hier, Kram-«

Krampus' Faust knallte gegen die Stallwand. Sein Destrier legte die Ohren an und scheute. Eine Warnung. *Benutz nicht diesen Namen.*

Rupp fing sich. »Du bist mit dem fürstlichen Trupp gekommen?«

Er hatte vermutet, dass Krampus wohlgeboren war, ein Ritter, ein Freiherr oder vielleicht ein Grafensohn. Er hatte recht gehabt.

»Ich will, dass du hier verschwindest.« Krampus schlüpfte aus dem Verschlag. Er trug Kniehosen, am Gürtel baumelte ein Paar Handschuhe aus edlem Leder. Seine Finger senkten sich auf den Degengriff. »Du verschwindest sofort. Und du wirst kein Wort mehr an mich richten, Knecht.«

Er drängelte sich an Rupp vorbei aus dem Stall. Gelächter hallte ihm entgegen. Die edle Gesellschaft strömte zurück in den Hof. Zwischen bunten Hosenbeinen, gepolsterten Hüften und schwingenden Röcken tollten Kinder und Hunde. Auf dem Unterarm des Freiherrn flatterte der Gerfalke.

Rupp setzte Krampus nach. Er überlegte nicht, er wusste bloß, dies war die Gelegenheit, auf die er das ganze Jahr über gewartet hatte. Dabei waren es nur neunzehn Tage. Er hätte bloß noch neunzehn Tage ausharren müssen.

»Ich verschwinde, sobald du mir sagst, wie Perchtas richtiger Name lautet.« Rupp griff nach Krampus' Ellenbogen. »Sag mir, wo ich sie finden kann.«

Krampus wirbelte herum und schlug ihm ins Gesicht. Rupps Unterlippe platzte auf, er taumelte. Vom Tor her ertönten Schreie. Stiefel trampelten auf sie zu. Mit wutverzerrter Miene zog Krampus seinen Degen. Im nächsten Moment ging Rupp unter dem Aufprall dreier Landsknechte zu Boden. Eine gepanzerte Faust traf seine Schläfe. Er sah Blitze.

»Euer Hochgeboren!« Der Freiherr schnaufte herbei, dicht gefolgt vom Rest der feinen Gesellschaft. »Hat der Kerl euch angerührt?«

Die Landsknechte kugelten Rupp fast die Schulter aus, als sie Rupp die Arme auf den Rücken drehten. Dann rissen sie ihn hoch, und Rupp fand sich Aug in Aug mit dem Sohn des Landesherrn, den er als Krampus kannte.

Der Fürst öffnete den Mund. Doch was immer Krampus befehlen wollte, sein Gastgeber kam ihm zuvor.

»Peitscht ihn aus!«, befahl der Freiherr.

Sie schleppten Rupp zum Mauerstück hinter dem Haupthaus, das er ein Jahr zuvor selbst mit erbaut hatte. Aus der Küche rannte Nikolo herbei, plötzlich gar nicht mehr würdevoll, sondern albern in seiner falschen bischöflichen Aufmachung. In jenem Moment, da Nikolo verstand, dass er niemals als Sankt Nikolaus in der Halle des Herrenhofs vor den versammelten Edlen auftreten würde, da sie Rupps Hemd von seinem Leib rissen und ihn mit ausgestreckten Armen an die Wand stellten, zerrte Nikolo die Mitra von seinem Haupt und stolperte zurück in das schützende Innere des Herrenhauses.

Wahrscheinlich war es auch besser so, denn so musste Nikolo nicht mit ansehen, wie die Landsknechte Rupps Hände mit Riemen umwickelten, sie an Haken spannten, bis sich seine Schulterblätter auseinanderzogen und er sich nicht mehr drehen und winden konnte. Wie die Haut über den gewölbten Muskeln unter den Peitschenhieben aufplatzte, wie seine gespreizten Beine nach Halt suchten und Rupp unter dem Ansturm von Pein, Wut und Ohnmacht zu brüllen begann. Er hatte Krampus, dem Fürstensohn, nichts entgegenzusetzen, nichts dessen herrschaftlicher Gewalt, den Hieben und seiner Dummheit, der vor allem anderen nicht. Rupp war blind gewesen, unfähig, die Zeichen zu lesen. Er war mit Freien gezogen und hatte gedacht, er könne ein Teil ihrer Gemeinschaft werden. Lächerlich! Rupp konnte noch so viele Bären töten, er blieb ein Knecht und sie die Herren.

Irgendwann endeten die Hiebe. Blut lief Rupps Rücken hinab und über seine Unterarme, wo die Fesseln die Haut aufgerieben hatten. Sobald sie den Lederriemen um sein rechtes Handgelenk durchschnitten, knickten Rupps Knie ein, er schlug mit der Schulter gegen die Mauer. Sein Grundherr baute sich vor ihm auf. Er verkündete, der Gerechtigkeit sei Genüge getan und er hoffe, das Gesinde nehme Rupps Frevel als eindringliche Mahnung an Recht und Gesetz.

Schritte, raschelnde Röcke, Gemurmel, als sich die Zeugen zerstreuten, um sich nach der Aufregung im Herrenhaus zu erholen und kalte Gliedmaßen am Kamin und heißem Trank zu wärmen. Krampus hingegen blieb. Er hatte die ganze Zeit über an der Seite des Auspeitschers verharrt, sich an jedem Peitschenschlag gelabt. Jetzt bedeutete er seinen Gefährten, ihn allein zu lassen. Erst dann beugte er sich über Rupp.

»Das hätte ich schon viel früher tun sollen, das ist dir bewusst, oder? Oder, Knecht?« Er ohrfeigte Rupp, da dieser nicht antwortete.

»Ja«, presste Rupp zwischen blutigen Lippen hervor.

Krampus brachte seinen Mund an Rupps Scheitel. »Du wirst niemals irgendjemanden etwas über die Wilde Jagd erzählen, ist das klar? Solltest du versuchen, mich zu verleumden, meinen Namen mit Krampus in Verbindung bringen, sollte ich deine Fratze je wiedersehen, dann werde ich dich und deinen Nikolausfreund vernichten. Hast du das verstanden?«

Er rammte Rupp die Faust zwischen die Rippen. Rupp bäumte sich auf. Sein freier Arm schlackerte nutzlos gegen die Mauer.

»Du wirst dich von uns allen fernhalten. Alles vergessen, was du meinst, über mich und meine Freunde zu wissen. Und was deine Angebetete angeht …« Krampus griff zwischen Rupps Beine und drückte zu. Rupp stöhnte auf, versuchte, sich wegzudrehen, doch das war ein Fehler. Der Schmerz raubte ihm fast das Bewusstsein.

»Wenn ich zwischen Perchtas Beinen liege, dann steck ich ihr einen Gruß von dir.«

Sie waren zuhause, dabei fühlte es sich nicht länger an wie ihr Heim. Alle Sicherheit war Vergangenheit. Jetzt spürten Rupp und Nikolo die Unvollkommenheit der viel zu dünnen Wände. Sogar ein Esel hätte die Tür eintreten können. Ein Dickicht, ein Versteck unter einem toten Baum im tiefsten Hain, wo kein Edelmann jemals wandelte, sie hätten mehr Schutz geboten als dieses Häuschen in einem namenlosen Dorf. Aber wem machte Rupp etwas vor? Der Wald bot keine Lösung.

Bandagen schlangen sich um Rupps Oberkörper; das kleine Haus duftete nach Kräutersalbe. Ein Mahl erkaltete auf dem Tisch, unangetastet. Weder Rupp noch Nikolo verspürten Appetit. Rupp lag auf dem Bauch, auf dem Rücken wäre zu schmerzhaft gewesen. Nikolo brütete vor seiner Mitra. Er strich über den glänzenden Stoff, zog das Kreuz darauf nach.

»Verzeihst du mir?«, fragte Rupp. Halb erwartete er, Nikolo würde aufbrausen, aber Nikolo schob lediglich die Mitra von sich, soweit das schmale Pult dies erlaubte.

»Niemand konnte das ahnen.«

»Ich werde es wiedergutmachen.«

»Das kannst du nicht, Rupp.«

»Wir könnten …«

»Nein, Rupp! Es ist aus. Der Sohn des Landesherrn, herrgottnochmal!« Nikolo öffnete eine Schublade, stöberte nach Blättern, zog einzelne heraus. Überflog ihre Inhalte, Notizen zur Wilden Jagd, zu Hans und Martin. Kinderfresser und Prügel. *Vergiss die Namen, sprich sie nie wieder aus.* Nikolo zerknüllte die Zettel, dann warf er sie ins Feuer.

»Vielleicht hat uns das Ganze sogar vor einem noch größeren Fehler bewahrt«, murmelte er. Die Flammen fraßen das Papier auf.

»Wieso habe ich nicht gewusst, dass die Burschen mit der Fürstenfamilie bekannt sind?«, fragte Nikolo das Feuer. Er ging in die Knie, presste sein Haupt zwischen die Hände. Dann begann er plötzlich zu lachen. Ein giftiges, heiseres Bellen, ohne jede Freude. Rupp stemmte sich hoch. Bei der Bewegung rissen die Wunden auf seinem Rücken wieder auf, aber den Schmerz konnte er besser ertragen als dieses fürchterliche Gelächter.

»Dieses Geheimnis«, keuchte Nikolo, »das größte von allen. Wer ist Krampus? Zu groß für mich.«

Krampus' Drohung schob sich wie eine dritte Person in den Raum. Er hatte gedroht, wenn nötig nicht nur Rupp zu töten, sondern auch Nikolo. Rupp schämte sich. Nikolo hatte ihn aufgenommen, ihm Bildung geschenkt, ein Heim, einen Zweck. Er hatte ihn mehr wie einen Sohn behandelt denn einen Knecht. Und wie zahlte Rupp ihm seine Großzügigkeit zurück? Indem er Nikolo um das brachte, woran ihm am meisten lag: die Gunst der Mächtigen.

Zu Schuld und Niederlage gesellte sich die bittere Erkenntnis, dass Rupps Dummheit nicht nur Nikolos Pläne zerstört, ihn in Gefahr gebracht hatte, sondern dass er sich selbst für immer jegliche Rückkehr zur Wilden Jagd verbaut hatte. Zu Perchta.

Er hatte zu viel gewollt. Wer hätte gedacht, dass selbst ein Knecht noch tief stürzen konnte?

Die Tage und Nächte des Advents verstrichen. Neben Rupps Bett brannte immerfort ein Licht, während draußen Schnee fiel, ohne liegen zu bleiben. Rupps Wunden heilten. Er und Nikolo sprachen kaum. Nikolo verließ selten seinen Schreibtisch. Was er schrieb, in welchen Texten er las, blieb sein Geheimnis. Seine Schultern beugten sich, die Falten um seinen Mund gruben sich tiefer. Er besuchte niemanden, und niemand kam und erzählte ihm Neuigkeiten. In der Kirche sprach der Priester über die Sünde der Hochmut.

Das Weihnachtsfest stand vor der Tür. Zum ersten Mal seit dem sechsten Dezember ging Rupp in den Wald. Er kehrte mit einem Hasen und einem Rebhuhn zurück. Schweigend nahm Nikolo sie in Empfang, schweigend rupften und häuteten sie die Tiere.

Die Christmette besuchten sie in ihrer Dorfkirche, und Rupp glaubte, die Blicke der Gemeinde auf seinem Rücken zu spüren, wo der letzte Schorf abblätterte, die Haut über den Peitschenstriemen rosig nachwuchs. Wenn er sich umdrehte, begegnete er allerdings nur Mitleid. Diese Menschen hier, Handwerker, Gärtner, Häusler, einfache Bauern, Mägde, Knechte wie er, verdammten ihn nicht, weil er einen Fürsten angefasst hatte, im Gegenteil.

Ein Junge griff nach Rupps Hand und fragte, ob er und Nikolaus denn nächstes Jahr wieder bei ihnen anklopfen würden, wenn die Edlen sie nicht wollten. Dann trat der Zimmermann zu Nikolo und berichtete, dieses Jahr hätten sie einen fahrenden Nikolaus auf dem Markt getroffen, aber der sei bloß ein Gaukler und Schwindler gewesen. Die Kinder hätten ihm am Bart gezogen und ihn nicht ernst genommen, und er hätte gehört, im Haus des Richters habe der Gauner Silber mitgehen lassen, wer könne sich denn eine solche Dreistigkeit vorstellen? Sankt Nikolaus, ein Dieb.

In jener Nacht schlief Nikolo zum ersten Mal wieder, ohne sich herumzuwerfen, ohne bis spät bei Kerzenschein zu brüten oder noch vor dem Hahnenschrei durch die

Stube zu schlurfen, weil er nicht einschlafen konnte. Rupp hingegen lag wach.

Es war lange nach Mitternacht, der fünfundzwanzigste Dezember. Draußen fiel Schnee in dicken Flocken. Heute Nacht würde Perchta auf ihn warten. Und er würde nicht kommen.

Rupp warf sich herum und stellte sich vor, wie sie auf der Lichtung stand, wo er sie das erste Mal gesehen hatte, umflossen von silbrigem Licht.

Es war unmöglich. Er quälte sich nur. Rupp zweifelte keinen Moment an der Wahrhaftigkeit von Krampus' Drohung. Sobald er die Nähe zur Wilden Jagd, suchte, würde Krampus ihn töten. Und Nikolo dazu.

Der fünfundzwanzigste Dezember verging. Rupp besuchte mit Nikolo die Messe in ihrer Dorfkirche und blieb ansonsten zuhause. Nachmittags frischte der Wind auf. Er rüttelte an Läden und Türen, pfiff über Dächer und wuchs sich binnen einer halben Stunde zu einem Sturm aus, der Äste brach und Schnee über das Land wirbelte. Die alte Müllerin schaute vorbei und brachte ihnen Gebäck. Auf dem kurzen Weg von ihrem Haus herüber hatte der Sturm ihr das Kopftuch weggerissen und ihr Haar zerzaust.

»Da, schau dir an, wie sie wütet.« Die Frau deutete nach draußen und schlug sich das Kreuz. Sie flüsterte, damit Nikolo sie nicht hörte: »Deine Mutter Rupp, sie wusste, wie man die Percht besänftigt. Gott hab sie selig.«

Am Abend lud Nikolo Rupp ein, mit ihm zu spielen. Er würde ihm Schach beibringen, wenn er wolle. Der Sturm draußen verebbte. Sie spielten bis spät in die Nacht. Rupp spielte Weiß. Er verlor seine Dame schon nach wenigen Zügen. Auf dem Weg zum Abtritt stapfte er durch wadenhohen Schnee, und noch immer fielen die Flocken. Eine Katze sprang herbei, strich um seine Knie, unbeeindruckt von seinem Geschäft. Er kraulte sie, bis seine Finger in der Kälte taub wurden und Nikolo nach ihm rief, besorgt, weil Rupp so lange ausblieb.

Von da an spielten sie jeden Abend, jeder Zug eine Schlacht gegen die Tote Zeit. Die Rauhnächte verstrichen. Auf den Sturm am fünfundzwanzigsten folgte ein zweiter einen Tag später, wütender, bissiger noch als der erste. Ein Kesselflicker erfror am Straßenrand, ein Stadel stürzte ein. Der Wind fuhr in eine Stube, wirbelte die Glut auf und brannte das Haus des Zimmermanns in Grund und Boden. Rupp und Nikolo halfen beim Löschen. Am Brunnen lauschte Rupp dem Geschnatter zweier Großmütter, die im Tosen der Winterstürme das Kreischen herumstreifender Seelen zu hören meinten und das Klagen von Frau Percht, die zürnte, weil der Meier sein Haus nicht recht geschmückt und seine Frau die Stube nicht geräuchert habe.

Sie vernahmen weitere Gerüchte über die Wilde Jagd, aber sie stammten nicht aus der Gegend, sondern von einer Hofmark drei Tagesmärsche entfernt. Sie waren so widersprüchlich, dass Rupp nicht sicher war, ob es sich nicht um eine andere Wilde Jagd handelte, eine neue Gruppe wilder Burschen, die Höfe und Weiler heimsuchten.

Für Rupp wurde es die einsamste, hoffnungsloseste Zeit seines Lebens. Die Tage und Nächte der Zwölften vergingen.

Bis eines Abends Besuch an ihre Tür klopfte.

Das Klopfen erschütterte das ganze Haus. Es rüttelte an der Suppe in Rupps Schüssel, sandte ein Beben über die Oberfläche, wo Zwiebelstücke, Kräuter und Fettaugen trieben.

Poch. Poch. Zielstrebig wie ein Specht und darin verstörend vertraut.

Nikolo neigte den Kopf in Richtung Eingang. Stumm forderte er Rupp auf, sich darum zu kümmern. Er hasste es, beim Essen gestört zu werden, insbesondere das Mahl am Abend war ihm heilig. Rupp schob seinen Schemel zurück und ging zur Tür. Ein Luftzug blies ihm durch die Ritzen entgegen. Als er die Tür öffnete, tanzten Eiskristalle vor seinem Gesicht. Das Licht aus der Stube brach sich in ihnen, während die nach draußen entfleuchende Wärme sie zurück ins Freie trieb, wo sie sich in Perchtas winterblondem Haar verfingen.

Sie trug einen dunkelblauen Umhang, samtig wie der einer Königin. Der Mond, der mit bauschigen Wolken um die Herrschaft über die Nacht stritt, schimmerte, als wäre er im Mantel selbst gefangen. Ein Reif aus geflochtenem Silber zierte Perchtas Stirn. Mit Eisvogelfedern geschmückte Seidenbänder wanden sich an ihren Ohren vorbei nach unten.

Ein Jahr war vergangen. Rupp hatte gezweifelt, ob er sie überhaupt je wiedersehen würde, und jetzt klopfte sie an seine Tür wie alles Schöne und Freie, was er niemals erringen würde. Ihr Anblick bohrte sich wie eine Klinge in seine Brust.

»Nun, Knecht Rupp, warst du denn artig dieses Jahr?«

Hinter Rupp schabte Nikolos Stuhl über den Boden. Hastig machte Rupp einen Schritt über die Schwelle hinweg, knallte die Tür hinter sich zu. Er packte Perchtas Arm und zerrte sie hinter den Stall, wo niemand sie beobachten konnte.

»Versteckst du dich, weil du fürchtest, dein Herr Nikolaus würde mit Steinen nach mir werfen?«

»Er heißt Nikolo.« Tausend Worte hatte er sich zurechtgelegt, den ganzen langen Winter über, in schwülen Sommernächten wie an klammen Herbstabenden. Alle hinweggefegt.

»Hat Nikolo dich etwa eingesperrt, als die Rauhnacht dich rief? Hat er dich in Ketten gelegt, den starken Knecht, der Bären tötet?«

Rupps Verlangen, röhrend noch vor einem Augenblick, kroch zurück in seine Höhle. Perchta verstand es wirklich, Wunden zu schneiden.

»Krampus«, grollte er, »weißt du denn nicht, was er angedroht hat? Ich kann nicht mit euch kommen.«

»Du bist viel stärker als Krampus.«

»Er ist der Sohn des Landesherrn!«

Sein Brüllen weckte die Hühner. Gackernd flatterten sie im Stall gegen die Wände. Schnee rieselte vom Dach herab. Perchta blinzelte nicht, selbst als eine Flocke in ihren Wimpern landete.

»Hast du deshalb Angst vor ihm?«

Natürlich hatte er Angst vor Krampus. Hatte sie denn keinerlei Vorstellung, wie seine Welt beschaffen war? Die Wirklichkeit jenseits ihrer Maskeraden und rauhnächtlichen Spielchen?

»Er hat dir Unrecht getan, Rupp«, setzte sie nach. Wäre er ein unbeteiligter Beobachter gewesen oder ein weiserer Mann als der Bursche, der er war, er hätte womöglich ihr Flehen vernommen. »Wie kannst du andere strafen, solange du dir selbst Unrecht widerfahren lässt?«

Er ließ ihren Arm los. Fassungslos angesichts der Heuchelei, die sie ihm vorwarf. Wo er sie berührt hatte, strömte Kälte in die Lücke von Haut zu Haut. Aber es trennte sie mehr als nur winterreiche Luft. Einst hatte er ihr vorgehalten, sie wären gleich. Perchta hatte es besser gewusst, damals, und er war der Narr gewesen. Was ließ sie jetzt denken, er wäre frei, sich gegen Krampus zu stellen?

»Ich bin nicht allein, Perchta«, sagte er, bemüht, sie nicht zu schütteln und mit dem Kopf in den Stall zu stoßen, damit sie verstand, dass er nicht freier war als ein jedes dieser Hühner. »Nikolo ist wie ein Vater für mich. Krampus hat auch ihn bedroht. Ich habe keine Wahl!«

Starre fiel über ihr Gesicht wie eine Maske, die Augen darin so frostig wie die Eiszapfen am Dach. *Raubvogel.*

Sie konnte ihn nicht verstehen. Oder wollte es nicht.

»Du bist der Knecht eines Schwindlers und wirst immer ein Knecht bleiben!«, zischte Perchta. In einem Luftzug, der den Schnee aufstieben ließ, wirbelte sie herum und schlug sich die Kapuze über den Kopf. Nach nur wenigen Schritten verschmolz ihr Mantel mit der Nacht, und der Wind wisperte über den Schnee und bedeckte Perchtas Fußstapfen.

Rupp blieb allein zurück. Matsch nässte seine Holz-
schuhe. Das Zittern seiner Hände hatte jedoch nichts mit
dem Winter zu tun.

Auf dem Tisch in der Stube kühlte ihr Abendessen aus.
Nikolo stand dahinter, mit gestrenger Schulmeistermiene.
Doch was immer er hatte sagen wollen, seine Lippen
schnappten zu, sowie Rupp hereinstürmte.

Rupps Schultern polterten gegen den Türrahmen, die
Öllampe am Tisch flackerte, die Dielen bebten. In seinem
Wutausbruch fegte er einen Schemel quer durch die Stube.
Er prallte an die Mauer über dem Herd, wo er Spieße und
Schöpflöffel von den Haken riss. Holzsplitter und Metall
schossen umher. Rupp raffte sein fellgefüttertes Wams an
sich.

Sie ist genau wie Krampus. Alle sollen ihr immerzu dienen.
Sie braucht bloß jemanden, der ihr folgt.

Nikolo war unter Rupps Zorn bis an die Wand zurück-
gewichen. Sein Schreck bekümmerte Rupp nicht. Für einen
Augenblick schwelgte er nahezu darin, in diesem Aufflam-
men von Macht. Immerhin im Wüten konnte er andere beeindrucken.

Sie ist nicht gekommen, um dich zu sehen. Nicht, um dich
anzuhören. Nur, um dich zu verhöhnen.

Perchta mochte blind und taub gegenüber allen anderen
außer sich selbst sein, aber Rupp würde ihr schon beibringen, was Knechtschaft für Männer wie ihn bedeutete.
Selbst wenn er sie zum Zuhören zwingen musste!

Die Tür knallte hinter ihm zu. Rupp rannte in die Nacht
hinaus.

Er folgte Perchtas Spur wie ein Raubtier. Schnee und
Wind mochten ihre Verbündeten sein, die Rauhnacht ihr
Heim und Garten, aber Rupp genügte der Mond, in dessen
wankelmütigem Schein fahle Mulden die Richtung verrie-
ten, die Perchta eingeschlagen hatte. Ein Tritt schleifte dabei eine Winzigkeit mehr als der andere: Perchtas schlech-
tes Bein, das sie seit ihrer Verletzung ein wenig nachzog.
Rupp musste dieser Fährte bloß folgen, und selbst wenn

die Nacht ihn zur Blindheit verdammte, dann würde er eben der Kälte folgen, die ihr Gefährte war, dem Duft ihres Haars, das mal wild war, mal weich, mal Silber, mal Gold, das, als er sie getragen hatte, nach Zirbe gerochen hatte und nach Wasser aus den Tiefen der Berge.

Der Schmerz wühlte sich tiefer von seinem Herzen durch die Eingeweide in seine Lenden. Rupp stöhnte auf, stolperte und hasste Perchta bei jedem Schritt ein bisschen mehr.

Er querte eine Lichtung, wo gefälltes Holz frische Narben zurückgelassen hatte und die runden Buckel zweier Kohlenmeiler emporragten. Sowie er den Judenfriedhof erreichte und den schmalen Karrenweg dahinter kreuzte, kannte er Perchtas Ziel: die Köhlerhütte im Wald.

Was wollte sie dort? Er stellte sich vor, wie sie an die Tür klopfte, um den Köhler und seine Familie zu quälen. Rupp war selbst Zeuge geworden, wie Perchta Knochen brach, ihr Beil schwang. Wie unbarmherzig sie sich ihrem Zorn hingab. Strafen und belohnen – Rupp glaubte zu wissen, was sie mehr erregte. Womöglich war sie wirklich eine schwarze Zauberin, deren Gier nach Rache sich hinter heidnischer Gerechtigkeit tarnte. Die starre Rabenmaske mit ihrem scharfen Schnabel, das war Perchtas wahres Gesicht. Vielleicht hatten die Leute recht gehabt, und Perchta hatte ihn tatsächlich verhext. Nur hielt sie Rupp jetzt nicht länger für wert, ihn weiter zu verzaubern. Dieser Gedanke schmerzte am meisten.

Rupp vernahm das Wehklagen einer Frau, noch bevor er die letzte Baumreihe am Rande der Lichtung erreichte.

Die Köhlerfamilie lebte in einer Bruchbude aus rußigen, vom Holzwurm durchlöcherten Brettern und Lehm. Rupp hatte die einsame Hütte nur wenige Male besucht, wenn ihm und Nikolo die Kohlenvorräte ausgegangen waren und sie nicht warten wollten, bis der Köhler wieder ins Dorf fuhr. Nikolo wäre es nie eingefallen, selbst herzukommen oder den Köhlersleuten gar die Einkehr zu halten. Einmal in Rupps Jugend, als der Pfarrer mit ihnen Kirchenlieder und

Gebete übte, war der Köhlerjunge drei Tage lang auf der Bank hinter Rupp gesessen, schweigsam, von den anderen geächtet. Er hatte täglich die Rute zu spüren bekommen und Gebetsfetzen gestammelt, die mehr von der Hölle sprachen denn vom Himmel. Die Gebete sollte er lernen, damit er nicht ganz zum Heiden verkam und auf Erlösung hoffen durfte, aber niemand wollte das Köhlergesindel im Lesen und Rechnen unterrichten. Rupp erinnerte sich nicht mehr an den Namen des Gleichaltrigen, aber er hatte ihm damals ein altes Paar Schuhe geschenkt, ohne dass er Nikolo davon erzählte. Rupps Mutter war selbst eine Köhlerstochter gewesen, und obwohl sie nicht verwandt waren, fühlte er sich mit den Köhlersleuten und ihrem Heim im Wald verbunden, galten sie nun dem Rest der Welt als unehrenhaft oder nicht.

Das Klagen der Frau drang aus dem Inneren der Hütte. Trauer und Verzweiflung verwoben sich mit dem Gestank von ranzigem Talg, verbranntem Stoff und etwas Metallischem, das den Geschmack von Blut trug. Zwischen Rupp und dem Haus stand Perchta, den Blick auf die Köhlerhütte gerichtet. Reglos, die Kapuze tief in die Stirn gezogen. Stille zog sich um sie herum zusammen. Dann öffnete sich die Tür.

Der Köhler trug ein Bündel im Arm. Eingeschlagen in fleckiges Leinen passte es genau in seine Armbeuge. Es musste schwer wiegen, denn es zog Schultern und Haupt des Mannes hinab, verschleppte seine Schritte. Er nahm Perchta nicht wahr, bis ihr Mondschatten seine Zehen küsste. Da erst blickte der Köhler auf und erstarrte. Auf seinem Gesicht glitzerten Rinnsale. Der Köhler weinte. Falls Perchta zu dem Mann sprach, errichtete die Rauhnacht um sie herum eine Wand, die alle Töne in sich barg. Rupp vernahm keinen Laut. Es war, als hielte die ganze Welt den Atem an.

Perchta streckte die Hände aus.

Nach einem Moment des Unglaubens, des Zögerns und letztlich des Abschieds trat der Köhler nahe an Perchta heran und legte das Bündel in ihre Armbeuge. Seine Finger teilten den Stoff, streichelten ein letztes Mal ein Gesichtchen, in dem sich die Augen nie öffnen würden. Dann wandte er sich ab und schleppte sich zurück zu seiner Hütte und seiner verzweifelt schluchzenden Frau.

Perchtas Brust hob sich in einem langen Atemzug. Der Mond tauchte hinter einer Wolke hervor und badete sie in Silber. Ihr Atem strich über das Bündel in ihren Armen, tastend, probend. Sie wartete, wartete noch etwas länger, doch kein Leben antwortete auf ihr Flehen. Perchta legte den Kopf in den Nacken, ihre Kapuze fiel zurück, und der Mondschein küsste ihre Lider, ihre Tränen, in denen ein Kummer stand, der Rupp alle Bitternis vergessen ließ.

Perchta weinte um dieses totgeborene Kind einer Fremden.

Nie zuvor hatte Rupp Perchta trauern sehen, nie bekümmert, sehnend oder bittend. Nie zuvor hatte er sie lieben sehen.

Er folgte ihr, betäubt von der Traurigkeit, die in allen Zweigen raunte, im Knirschen des Schnees und der kristallenen Luft, die aus Tränen Juwelen schuf. Jenseits der Lichtung schritt Perchta einen Pfad entlang in Richtung offene Flur, und die Bäume verneigten sich vor ihrer Last und teilten sich vor ihr.

Der See erwartete sie. Die Schilfhalme stumme Zeugen wie vor einem Jahr, da Rupp in einem Weiher ganz ähnlich diesem unter Perchtas Augen gebadet hatte. Zu welch kindlicher Geste er sich damals hatte hinreißen lassen! Diesmal wachte das Ried über etwas weitaus Größeres.

Der Mond malte eine Straße auf die glatte Oberfläche, in der sich die Unendlichkeit verlor, ein Weg, nur für Perchta geschaffen. Sie zögerte nicht, als Eis den Schnee unter ihren Sohlen ersetzte. Zehn Manneslängen schritt sie hinaus auf den gefrorenen See, wo kein Ried mehr wuchs und das Wasser unter ihr so tief war, dass selbst ein Mann im Sommer nicht mehr stehen konnte. Dort kniete sie nieder und bettete das Bündel auf das Eis. Schlug mit endloser

Sorgfalt das Leinen zurück, entblößte das Gesicht des toten Neugeborenen, die dürre Brust, den Bauch mit den Resten der Nabelschnur. Sie hielt Händchen und Füßchen in ihren Fingern, küsste sie eines nach dem anderen, bevor sie sie sanft ablegte.

Perchta erhob sich und trat ein paar Schritte zurück, das Kind winzig zu ihren Füßen. Rupp machte Anstalten, sich Perchta zu zeigen, zu ihr zu gehen, damit sie den Kummer nicht alleine tragen musste. Doch in diesem Augenblick bückte sie sich, in einer fließenden, brutalen Bewegung, und ihre Faust hämmerte in das Eis. Durchbrach es.

Einen Herzschlag später schmolz der See.

Gerade war der Weiher zwischen Perchta und dem Neugeborenen noch gefroren gewesen, im nächsten Moment war das Eis verschwunden. Wasser schimmerte in einem zwei Fuß breiten Ring rund um das Totgeborene – unerschüttert, glatt, schwarz. Das Schilf begann zu singen. Ein Sirren wie Harfenstränge gezupft vom Wind. Dann streckten sich Hände aus dem Wasser empor. Nein, keine Hände, sondern Pflanzen. Stiele von Seerosen. Sie rankten sich aus der Tiefe, schlängelten sich unter den Körper des toten Kindes und seinen Kopf, wie um den schwächlichen Nacken zu schützen. Gespenstisch, doch zärtlich wie die Finger einer Mutter.

Ungewollt, ungesteuert, schlug Rupp das Kreuz vor seiner Brust.

Die Seerosenstiele zogen das Kleine in die Tiefe hinab. Sternenlicht stürzte in den Weiher; die Wasseroberfläche brodelte, als erst die Füßchen, dann der Rumpf, zuletzt die Kindesstirn untertauchten. Das Ried verstummte.

Perchta, deren eine Hand noch immer bis zum Gelenk ins Wasser getaucht war, richtete sich auf. Sobald sie ihre Faust zurückzog, heilte das Eis sich selbst. Es wuchs von den Rändern in die Mitte, löschte den Ring aus Wasser, den der See geöffnet hatte, um das tote Kind in seinen Schoß zu ziehen, vollkommen aus. Kurz darauf lag der See eingefroren wie zuvor.

Perchta drehte sich um zum Waldrand, wo Rupp ins Freie trat. Ihre Augen ruhten auf ihm, schimmerten so klar wie Moos in einem Bachlauf, unbeeindruckt von den Gesetzen von Nacht und Finsternis.

Rupp fiel vor ihr auf die Knie. Perchta. *Glänzende.* Hüterin der Seelen der zu früh Verstorbenen. Anführerin der Wilden Jagd. Kein gestohlener Name, keine Maske. *Göttin.*

Welch dummer, dummer Knecht er doch war.

Sie kam auf ihn zu. Ein Schimmern durchdrang ihr Haar. Ihr ganzer Körper atmete Sternenlicht. Ihre Silhouette ... flackerte.

Rupp würde sich später an eine Nebelwelle erinnern, die sie erfasste, wie eine Erschütterung nach einem heftigen Schlag. Im nächsten Augenblick humpelte ein altes Weib mit schlohweißem Haar und Runzeln daher, mit Perchtas geschliffenem Nasenrücken und Lidern, deren Altersschwere das Katzenhafte in den Augen nicht zu erdrücken vermochten.

Eine Wolke huschte vor dem Mond vorbei, und dann war Perchta wieder jung, und Rupp blieb es, sich zu fragen, weshalb sie sich ihm zeigte, in allem, was sie war. *Nimm es als ein Geschenk.* Mehr als sie zu sehen, würde es nie für ihn geben.

»Verstehst du es?«, fragte sie, als sie vor ihm stand. Die Schärfe der uralten Gottheit war Sanftheit gewichen, als hätte das Totgeborene in Perchta eine Saite geweckt, die sie daran erinnerte, wie vergänglich das Leben der Sterblichen war.

Mein Leben.

Rupp brachte keinen Ton heraus. Aber vielleicht sah sie in seinen Kopf hinein, denn sie sagte:»Es ist wie mit Wolf – in der Wahrheit versteckt es sich besser denn in Lügen. Du hast es einmal durchschaut, Rupp. Weil du ein Geschöpf von Wald und Erde bist. Weil Gebete dir entfliehen, wenn du darin nicht die Wahrheit fühlst.«

Sie öffnete ihre Faust und auf ihrer Handfläche wuchs ein Eiskristall. Es war das Schönste, was Rupp je erblickt hatte.

»Die Alte Zeit, die Alten Götter. Versteckspiele sind das, was uns geblieben ist, damit die Bräuche nicht gänzlich in Vergessenheit geraten. Die Christen mit ihrem Hass auf uns, sie sind zu mächtig.«

Die Schneeflocke bedeckte die Mulde ihrer Handfläche. Sechs Äste, vollkommen in ihrer Reinheit, ein Edelstein des Winters.

»Aber die Christen können nicht alles, was einst war, austilgen. Also hüllen sie Altes in neue Gewänder, setzen Täuschungen ein und Schwindler, um uns zu ersetzen. Wie deinen Herrn. Nikolaus. Nikolo. Du solltest dort hinter die Masken blicken, Rupp. In deiner Welt.«

Sie streckte ihm die Hand entgegen. Es kostete Rupp allen Mut, den er hatte, doch er berührte die Schneeflocke. Sie zerbrach und schmolz in der Wärme von Perchtas Handfläche. Er hob den Kopf und was er in ihrem Blick las, ließ seinen Atem stocken. War das Bedauern?

Perchtas Stimme in seinem Kopf sagte:

Eine Göttin kann keinen Knecht lieben.

Es ist Morgen. Die Welt hüllt sich in Stille. Ein Frieden, wie ihn nur ein einziges Naturphänomen erschafft: Schnee. Endlich Schnee.

Schon am Tag zuvor sind die Temperaturen gesunken. Über Nacht hat sich der Himmel zugezogen, ab Mitternacht fielen die ersten Flocken. Sophie ist aus dem Bett gesprungen, kaum dass sie den Wintereinbruch entdeckte. Ohne Licht anzuzünden, presste sie ihr Gesicht gegen das Wohnzimmerfenster und flüsterte: »Frau Holle schüttelt ihre Betten aus.«

Jetzt füllt der Geruch brennender Holzscheite die Luft mit rauchiger Würze. Sophie hat sich vor den Kamin zurückgezogen, das Lexikon über den Knien. Der Eintrag zu Frau Holle klingt ganz nach Perchta. Schwestern hat Ruprecht sie genannt, was auch immer er genau damit meinte. Sie liest den Artikel ein zweites Mal, dann geht sie in die Küche, brüht Tee auf und weint erneut um das totgeborene Kind in Ruprechts Geschichte.

In Gedanken bittet sie Perchta um Verzeihung. Jahrhunderte, vielleicht gar Jahrtausende, in denen die Göttin die Seelen der zu früh Verstorbenen gehütet hat – was für ein Wesen kann ein solches Leid ertragen?

Und sie weint um Rupp, den Knecht, der eine Göttin liebt. Sophie kennt die Märchen der Gebrüder Grimm, weiß, wie sie enden. Wer in ihnen gegen die Ordnung der Dinge verstößt, verliert alles.

Es hört nicht auf zu schneien. Der Mittag kommt, die Flocken werden immer größer. Das Brennholz versinkt unter ihnen, die Äste neigen sich, die Wiese verwandelt sich in einen Ozean aus Weiß. Die Vögel haben sich verkrochen. Auf dem Dach geht eine Lawine ab. Sie rumpelt über die Ziegel, dann ergießt sich die Kaskade am Wohnzimmerfenster vorbei, reißt Sophies Trauer mit sich und begräbt sie unter einem halben Meter Schnee. Stattdessen füllt Gelächter die Stube. Der Zauber von Perchtas Winter, er schwappt aus Ruprechts Geschichte über ins Heute.

Bloß noch wenige Tage bis Weihnachten.

Sophie reißt die Fenster auf. Im Inneren gefangene Feuchtigkeit beschlägt das Glas. Ein paar Schneeflocken verirren sich, tanzen über die Fensterbank, begrüßt von reiner Freude. Sophie streckt die Hände aus und fängt einen Kristall. Er ist vollkommen.

Ein wenig Magie in einer scheidenden Welt, das ist alles, worum es noch geht.

Es ist alles.

Knechtschaft – das Gegenteil von Herrschaft.
Aber ist das wahr? Was bedeutet es, Knecht Ruprecht
zu sein? Wem oder was zu dienen?
Prüfe dein Herz, Tochter, ob es Güte kennt. Prüfe deine
Taten, Sohn, ob sie gerecht sind. Denn verlass dich darauf:
Sie werden es ebenfalls tun.
- Marians Chronik.

Auf seinem Rückweg zum Dorf nahm Rupp die Abkürzung durch den Sumpf. Er achtete nicht auf seine Tritte, wozu auch, der Winter hatte dem Moor seine Heimtücke genommen. Gefrorenes Ried knisterte unter seinen Füßen. In einer Senke schreckte er ein Wildschwein auf, das an einem toten Fuchs aaste und quiekend in die Nacht davonstob.

Rupp blies Wärme in seine Hände und wackelte mit steifen Zehen. Solange er mit der Wilden Jagd gezogen war, hatte die Kälte ihm nie viel ausgemacht. Keinem von ihnen, wenn er darüber nachdachte. Ein weiterer von Perchtas Zaubern, vermutete er.

Herrin der Rauhnächte.

Er würde Nikolo nichts erzählen. Gewiss nicht die Wahrheit. *Ein Mädchen, das mich abgewiesen hat,* das sollte genügen. Bitter lachte er auf. Nikolo mochte selbstbezogen sein, doch nie war er verständnisvoller als jungen Burschen gegenüber, deren Herz ein Weib zertrümmert hatte. Nikolo würde Perchta als Hexe verdammen und nie erahnen, wie nah und fern zugleich er damit der Wahrheit kam.

Weder Prügel noch Kinderfresser, nicht einmal Krampus kannten die Wahrheit über Perchta, das begriff Rupp jetzt. Niemand kannte sie. Sie hatte sich ihnen nie gezeigt, wie sie sich Rupp gezeigt hatte, und er würde das Bild von ihr auf dem See, die Schneeflocke in ihrer Hand, das Sternenlicht in ihrem Haar tief in seinem Inneren bewahren und dort für immer einschließen. Ihre Schönheit. Ihre Macht. Ihre Aufgabe. Ihr Leid. Das Herz einer Göttin.

Nichts von dem gedachte er jemals dem Pfaffen zu beichten. Ein Stück Vertrauen. Immerhin das war sein.

Rupp erreichte das Dorf, sowie in den Häusern die Lichter gelöscht wurden. Er näherte sich über die Gemeindewiese, für alle weithin sichtbar. Sollten sie sich ruhig die Mäuler zerreißen, was der Knecht so spät noch draußen trieb. Nikolo würde jeglichen Tratsch in die Richtung lenken, die ihm am besten gefiel.

Linkerhand schlängelte sich die Straße durch den Hutewald, der das Dorf auf einer Anhöhe überragte. Zwischen den kahlen Stämmen bewegte sich der Schemen eines Reiters.

Rupp blieb stehen. Der Reiter trieb sein Pferd auf die Straße, um sicherzustellen, dass Rupp ihn ja bemerkte. Es brauchte die Teufelshörner nicht, damit Rupp die lockere Haltung erkannte, das meisterhafte reiterliche Können. Krampus ließ das Schlachtross ins Mondlicht tänzeln, dann rückwärts, sobald er sicher war, dass seine Botschaft angekommen war.

Scher dich her.

Lediglich Zaun und Graben trennten Rupp von den Häusern seines Dorfes. Ein Licht schimmerte neben der Tür zu seinem und Nikolos Heim. Nikolo musste es für ihn angezündet haben, denn als Rupp vorhin in die Nacht hinausgestürmt war, hatte kein Kienspan dort geglommen. Nikolo hasste die Nacht. Er zündete mehr Lampen an denn die Kirche Kerzen, und er lief nicht einmal zum Hühnerstall ohne Licht. Er verstand nicht, weshalb Rupp die Nacht und den Winter mochte. Für Nikolo konnte der Frühling nie früh genug kommen.

Oben am Waldrand lauerte Krampus, halb verborgen von einer Eiche. Hinter ihm bewegten sich weitere Silhouetten: Prügel und Kinderfresser. Sie hatten ihn erwartet.

Rupp hätte nach Hause gehen, Krampus' Geheiß missachten können, doch er machte sich nichts vor: Schutz gab es im Dorf für ihn keinen. Wenn er den Fürstensohn herausforderte, würde niemand es wagen, für Rupp, den Knecht, einzustehen. Vielleicht war es Rupps Sturheit oder die Betäubung in Folge der Magie, deren Zeuge er geworden war, aber Rupp fürchtete Krampus' Jähzorn nicht länger. In dieser Nacht war der Fürstenspross für ihn nichts weiter als ein Ziegenfell tragender Narr mit albernen Hörnern, außerstande, hinter die Geheimnisse der Welt zu blicken.

Rupp wandte sich von seinem Heim ab in Richtung Hutewald. Langsam stieg er den Hang hinauf zu den alten Bäumen, zwischen denen sich die drei Reiter ein Stück weit zurückzogen.

»Hatte ich dir nicht befohlen, dich von Perchta fernzuhalten?«

»Sie hat mich aufgesucht.« Rupp musterte Prügel und Kinderfresser. Prügel wirkte unbehaglich, Kinderfresser gleichgültig. Wie sie wohl reagieren würden, wenn er sie mit ihren wahren Namen ansprächhe, diese Söhne freier, einflussreicher Männer?

Hans. Martin. Wie gewöhnlich sie im Grunde waren. Sie hielten sich für etwas Besonderes, aber sie erkannten Erhabenheit selbst dann nicht, wenn sie jahrelang ihren Spuren folgten, ihr Feuer teilten, ihre Pläne umsetzten. Handlanger, dachte er, Werkzeuge in Perchtas Händen, dabei hielten sie sich für die Herren der Welt. Wie sehr es ihn juckte, ihnen die Wahrheit ins Gesicht zu spucken.

»Was wollt ihr von mir?«

»Weshalb hat Perchta dich aufgesucht?«, fragte Prügel. Wie seine beiden Gefährten hatte er sich und sein Pferd für die Wilde Jagd ausstaffiert, doch anstelle einer Maske trug er eine Gesichtshälfte weiß bemalt, die andere schwarz. »Hat sie dich eingeladen, mit uns zu jagen?«

»Ich habe abgelehnt.«

»Du lügst!«, fauchte Krampus. »Ich habe gesehen, wie du ihr nachgerannt bist. Ich sage, wir bringen den Knecht zum Schweigen!«

207

»Ach komm, Krampus«, wiegelte Prügel ab, »wir wissen doch alle, wie Perchta ist.«

»Es geht nicht um sie, du Schwachkopf! Rupp weiß, wer ich bin! Vielleicht weiß er auch, wer ihr seid!«

»Dem glaubt doch eh keiner. Selbst wenn er redet, bringt er sich damit nur in Teufelsküche. Du, ich, Wilde Jäger? Das behauptet ein Knecht? Lachhaft! Da kann er sich gleich selbst nen Scheiterhaufen basteln.« Prügel drehte sich zu Kinderfresser. »Glaubst du, dass Rupp uns verpfeifen würde?«

Kinderfresser knirschte mit den Zähnen, brummte jedoch: »Dem trau ich eher noch als dieser Teufelsbraut.«

»Schwachköpfe! Ihr lasst euch von einem Knecht vorführen! Schaut ihn euch doch an, wie er dasteht! Sieht so einer aus, der seinen Platz kennt?« Krampus riss an den Zügeln. Der Destrier wölbte den Hals. Sein Schnauben trug weit durch den Winterhain, steckte Prügels Renner und Kinderfressers Zelter an. Alle drei Pferde tänzelten um Rupp herum. Die Schellen, Knochenrasseln und Platten in ihrem Zaumzeug rasselten bedrohlich.

»Wir haben nicht mehr viel Zeit«, mahnte Prügel. »Wir können hier rumstehen oder jagen.«

Krampus beugte sich vor, bis seine Hörner einen Mondschatten über Rupp warfen. »Schau jetzt gut zu, Knecht!«, fauchte er. »Bete, dass sich deine Bauernfreunde zu benehmen wissen, sonst bist du nicht der einzige, der bezahlt.«

Er gab dem Hengst die Sporen.

»Was ist mit Perchta?«, rief Prügel ihm nach, als Krampus davonschoss, den Hang hinab zum Dorf. »Sollten wir nicht auf sie warten?«

»Die taucht schon auf, und wenn nicht, umso besser.« Kinderfresser fingerte sich seine Maske über. Kurz darauf jagte sein Pferd Krampus hinterher.

»Rühr dich nicht von der Stelle!«, warnte Prügel Rupp, der Anstalten machte, loszulaufen. »Wenn du dich einmischt, werde ich Krampus nicht länger zurückhalten können.«

Im nächsten Moment war auch er fort.

Rupp rannte bis zum Rand des Hains. Hin und hergerissen, ob er Krampus' Befehl missachten sollte oder ob er damit nicht alles verschlimmerte für die Männer, Frauen und Kinder in den Häusern, die das Wütende Heer aus dem Schlaf riss. Redliche Menschen, die er seit seiner Kindheit kannte, die jeden Tag ihr Bestes gaben, um ein gottgefälliges Leben zu leben. Diesen Schrecken hatten sie nicht verdient.

Im Norden, vom anderen Ende des Dorfes, näherte sich Perchta auf ihrem Schlitten. Die Schreie eines geschlagenen Vogels hallten über die Dächer hinweg, markerschütternd schrill. Perchtas Haare flatterten offen hinter ihr her, und in ihnen verfing sich das Silber der Rauhnacht wie in einem Eiswasserfall. Sie trug weder Maske noch Federumhang, sondern ihren gefleckten Ledermantel.

Jägerin. Schwester der Diana.

Weshalb hatte er sich nie gefragt, wieso die Dunkelheit vor ihr zurückzuweichen schien? Weshalb die Wilden Jäger selbst in mondarmen Nächten immer gut hatten sehen können? Alles der Zauber einer Göttin, damit sie ihrem Zweck dienen konnten. Die Wilde Jagd war Perchtas Erbe. Sie würde tun, was nötig war, um die Erinnerung an die Alte Zeit und ihre Götter zu bewahren.

Du hast dir das falsche Heer erkoren, Glänzende.

Perchtas Schlitten drehte vor den ersten Gebäuden ab. Sie begann, das Dorf außerhalb zu umrunden, während die Männer zwischen den Häusern hindurchjagten. Krampus spornte seinen Rappen zum Sprung über die Kirchhofmauer. Ein Holzkreuz splitterte unter den Beinschienen des Destriers. Krampus ließ das Streitross wüten. Hufe keilten aus, schändeten ein weiteres Grab, Tannenzweige wirbelten durch die Luft. Ein zweites Kreuz fiel. Auf der Hauptstraße ritt Kinderfresser eine Katze über den Haufen. Er wendete und hieb die Schwertspitze in den zuckenden Leib, spießte ihn auf und schleuderte ihn johlend gegen eine Haustür. Dann eine Bewegung zwischen Zehntscheune und

Priesterhaus: Eine Gestalt in einem Umhang huschte von der Kirchmauer in Richtung Brunnen. Der Pfaffe, wer sonst sollte um diese Zeit um das Priesterhaus herumschleichen, wacker genug, um einen Blick auf die Wilde Jagd zu riskieren?

Kinderfresser bemerkte den Mann zuerst. Sein Ruf lenkte Krampus' Aufmerksamkeit zum Brunnen. Der Priester gab seine Deckung auf, rannte los. Krampus warf den Kopf in den Nacken, reckte das Gesicht in den Nachthimmel und jaulte wie ein Wolf. Sporen blitzten, dann sprang der Destrier aus dem Stand heraus mit einem Satz über die Kirchhofmauer. Krampus donnerte dem Flüchtenden nach. Er beugte sich im Sattel zur Seite, schwang seine mit Metallringen verstärkte Lederfaust und hämmerte den Mann neben dem Brunnen zu Boden, wo er sich überschlug und liegenblieb.

Rupp schrie auf. Unten im Dorf wandte sich Krampus in seine Richtung. Rupps Gestalt zwischen den Bäumen musste gut zu erkennen sein, denn Krampus zog seinen Degen, hob ihn zum Gruß vor die Stirn. Einen Herzschlag später sprang er vom Pferd, die Klinge blitzte auf, einmal, zweimal. Krampus kappte das Brunnenseil, zog das Seil ab, um kurz darauf an den Füßen des Gefallenen zu hantieren.

Kinderfresser und Prügel umkreisten ihren Anführer, feuerten ihn an. In der Zwischenzeit hatte Perchta das Dorf zur Hälfte umrundet und jagte nun an Nikolos und Rupps Garten vorbei. Dort rührte sich nichts. Auf dem Kirchplatz sprang Krampus wieder in den Sattel. Er trieb seinen Hengst in Galopp, das Seil spannte sich. Ein Ruck, und Krampus schleifte sein Opfer durch den Ort.

Ohnmächtig musste Rupp zusehen, wie das Bündel Mensch hinter Krampus' Rappen über die Straße holperte. Anfangs schlug der Priester noch um sich, Hände griffen verzweifelt unter dem Umhang aus, um irgendetwas zu finden, sich festzuhalten, sich vor den schlimmsten Stößen zu schützen. Dann jagte Krampus seinen Destrier um den

Brunnen herum, in einer viel zu engen Kurve. Der Priester prallte gegen die Brunneneinfassung, und Rupp spürte die Erschütterung im eigenen Leib. Für einen Moment lag der Mann reglos, bevor sich das Seil erneut straffte und ihn weiterriss, ein Spielzeug der Wilden Jagd, die ihren schlimmsten Albtraum wahrwerden ließ. Und es war Rupp gewesen, der diese Geißel über sein Dorf gebracht hatte.

Prügels Horn verkündete das Ende der Jagd. Krampus nahm den Ruf auf, doch verkehrte ihn in ein Wolfsheulen. Wahnsinn schwang darin mit. Anstatt den anderen zurück zum Hutewald zu folgen, zwang Krampus seinen Hengst erneut zu einer Wende. Messerscharf nur trampelten die tödlichen Hufe an dem Priester vorbei, bevor ihn das Seil brutal herumriss.

Das Dorf füllte sich mit Schreien, da den Bewohnern dämmerte, welche Gräuel draußen geschahen. Gleichwohl wagte keiner, hinaus in die Nacht zu treten, sich den Dämonen zu stellen. Einer von ihnen hatte es getan, hatte einen Blick auf die Wilde Jagd geworfen, und jetzt strafte ihn der Geisterzug für sein Vergehen.

Perchta und Wolf näherten sich dem Hutewald quer über die Flur. Prügel und Kinderfresser hatten den Hain bereits wieder erreicht. Prügel trieb sein Pferd Rupp in den Weg, der Krampus' Drohung zum Trotz Anstalten machte, den Hang hinabzurennen.

»Tu's nicht!«, warnte Prügel. »Er wird dich niedertrampeln.«

Unten im Ort hatte Krampus nun ebenfalls gewendet. Der Destrier donnerte aus dem Dorf. Binnen weniger Augenblicke überholte er Perchtas Schlitten. Wolfs Kiefer schnappten nach dem vorbeischleifenden Bündel Mensch, erwischten jedoch bloß Luft. Mit der Beute so dicht vor ihrer Nase verdoppelte die Wölfin ihre Geschwindigkeit.

Krampus glitt vom Pferd, noch bevor der Rappe völlig zum Stehen kam. Schaum tropfte vom Maul, das Schlachtross stampfte, die Hufe rissen den Boden auf. Krampus sprang auf Kinderfresser zu, und die beiden schlugen die Brustkörbe aneinander, noch völlig berauscht von ihrer Jagd.

Rupp wollte hinübereilen, wo der Pfaffe reglos im Schnee lag und bei jeder Bewegung des Hengstes ruckte und zuckte. Einmal mehr stellte sich Prügel ihm überraschend flink in den Weg.

»Halt dich fern, Rupp! Lass Krampus das erledigen.«

Perchta sprang neben ihnen vom Schlitten. Im selben Moment durchtrennte Krampus' Degen das Seil, das den Pfaffen mit dem Sattel verband. Rupp wollte Prügels Mahnung missachten, doch Kinderfresser zückte nun ebenfalls seinen Dolch und verstellte Rupp den Weg, der sich plötzlich umkreist von seinen ehemaligen Gefährten fand.

»Was soll das?«

»Dein Freund hier hat die Regeln gebrochen.« Kinderfressers Gesicht glühte regelrecht vor Gier.

Krampus zerrte sich die Maske vom Kopf. »Das Schwein hat seine Augen nicht abgewandt, als die Wilde Jagd vorüberzog. Wir sollten sie ihm ausstechen!«

Rupp mochte nicht glauben, was er hörte. Selbst wenn Krampus ihn hasste, dies konnte er nicht tun. Es war Irrsinn.

Perchta trat an Krampus' Seite. Vielleicht war dies der schlimmste Schlag von allen. Wieso stellte sie sich neben Krampus? Das konnte sie doch nicht zulassen!

Bedauern lag auf Perchtas Zügen, aber auch Strenge. »Krampus hat recht, Rupp. Die Gesetze der Wilden Jagd sind nicht verhandelbar. Jener, der sich nicht abwendet, wenn der Geisterzug durch die Straßen zieht, muss bestraft werden.«

In Krampus' Rücken stöhnte das Bündel. Wolfs Schnauze kräuselte sich, sie kauerte zum Sprung.

»Aber er hat nichts getan! Ihr könnt nicht …«

Perchta berührte seinen Arm, schüttelte den Kopf.

Ehre meine Gesetze, Rupp.

Wie könnte er sich gegen die Königin der Wilden Jagd stellen? Perchta war Wirklichkeit, egal, welche Gestalten sie zu ihren Handlangern machte, ob sie Schläger in Masken hüllte, die zu nichts taugten als Unschuldige zu knechten. Egal, ob sie sich hinter ihrem eigenen Namen versteckte, eine dem Vergessen anbefohlene Sagengestalt, ihrem Reich und ihrer Herrschaftszeit enthoben.

Doch noch immer eine Göttin.

Aber sie tut Unrecht!

Prügel. Prügel konnte er womöglich überzeugen. Prügel mochte Krampus' Freund sein, aber er fand keinen Gefallen an herrschaftlicher Gewalt. An Schrecken, der verübt wurde, einfach weil man es konnte oder glaubte, damit eine überkommene Ordnung zu bewahren.

»Wir sind nichts als leere Masken und Geschichten, die Großväter uns erzählt haben«, rief Rupp den blonden Stadtburschen an, der sich wegdrehte, so tat, als untersuche er die Fessel seines Pferdes. »Das hier ist nicht echt, Martin. Nichts davon! Wir alle, die Wilde Jagd, wir sind bloß Schwindler!«

Unter Perchtas Berührung begann Rupps Haut zu brennen. Sie verstand, weshalb er sie verleugnete. Sie ehrte ihn, weil er ihr Geheimnis notfalls mit ins Grab nehmen würde, doch ebenso spürte er die Unbarmherzigkeit der Jahrhunderte in ihr.

»Rupp, die Magie, die Alten Götter, um sie geht es. Nicht um dich, nicht um Krampus, nicht um diesen Mann. Wir können nicht erlauben, dass die Leute die letzten Alten Bräuche brechen. Was bleibt sonst übrig? Nur Vergessen.«

»Vielleicht wollen die Menschen ja vergessen«, stieß Rupp hervor. »Vergessen, was keinen Wert für sie hat. Wem dienst du denn mit diesen Bräuchen, Perchta? Den Menschen oder nur deinem eigenen Zweck?«

Er riss sich von ihr los. Sollte Perchta ihn eben verachten. Rupp würde ihre Ungerechtigkeit nicht teilen.

»Vielleicht haben sich die Leute zu Recht von den Alten Göttern abgewandt. Was ihr hier tut, ist falsch! Die

Unschuldigen verdienen die Gnade Gottes und keine Strafe, weil sie …« – Rupp brüllte jetzt – »… weil sie ihre verdammten Gebete nicht kennen!«

Perchta wich zurück, die Augen geweitet. Da war es wieder, das Wabern an den Konturen ihrer Figur, das Haar, welches noch einen Hauch heller wurde, die Linien, die sich vertieften. Niemand außer Rupp bemerkte es. Wolf winselte und presste die Schnauze in die Hand ihrer aufgewühlten Herrin.

»Du kannst nichts verändern ohne ein paar Opfer«, mischte sich Prügel ein, um Versöhnung bemüht. »Solange die Menschen noch andere Wahrheiten außer denen ihrer feisten Kardinäle und selbstverliebten Kaiser haben, lassen sie sich nicht auf jeden Ablasshandel ein. Deshalb sind wir hier. Damit sie sich an andere Mächte erinnern. Dann finden sie auch die Kraft, sich zu widersetzen. Sich zu befreien.«

Rupp achtete kaum auf den Blödsinn, den Prügel von sich gab. Er hielt den Blick auf Perchta gerichtet. Irgendwie hatten seine Worte ihre Mauer aus Eis und Äonen durchdrungen. Er fühlte es im Windstoß, der Schneeflocken aufwirbelte, dem Zittern in der Erde unter seinen Sohlen. Wolfs Augen glühten gelb. Knarrend seufzten die Eichen im Odem einer erschütterten Göttin.

Prügel, blind und taub dem Beben des Zaubers der Rauhnacht gegenüber, tätschelte Rupps Schulter. »Krampus ist ein Hitzkopf, aber wir müssen die Gebote der Wilden Jagd durchsetzen. Sonst können wir das alles hier im nächsten Jahr vergessen. Das verstehst du doch, Rupp?«

Rupp spürte, wie Kraft sich in dem Raum zwischen seinen Lenden und dem Bauchnabel sammelte, wie sie von dort aus aufstieg, ihn ausfüllte. Zum ersten Mal in seinem Leben nahm er sich selbst in seiner ganzen Stärke und all seinen Möglichkeiten wahr. Er schüttelte Prügels Hand ab.

»Mein Name«, knurrte Rupp, »ist *Knecht*.«

Und damit schob er Prügel zur Seite und stapfte hinüber zu dem verletzten Mann aus seinem Dorf.

Krampus kreischte vor Wut. Er sprang vor, sein Degen schnitt durch die Luft, zielte auf Rupps Rücken – und fiel in den Schnee, als sich Wolfs Kiefer um sein Handgelenk schlossen. Die Wölfin hatte nicht stark gebissen, trotzdem rann Blut unter Krampus' Handschuhen hervor. Krampus brüllte und trat nach ihr. Wolf tänzelte zur Seite, duckte sich mit gefletschten Zähnen. Kinderfresser machte Anstalten, sich auf das Tier zu stürzen, da stellte sich Perchta ihm in den Weg.

»NEIN!«, befahl sie. Ein einzelnes leises Wort, doch ein Donnergrollen zitterte in seinem Echo. Prügel gaffte sie an, selbst Krampus erstarrte. Stirnrunzelnd, unsicher, was er gerade vernommen hatte. Nur Kinderfresser, blind und taub jeglicher Göttlichkeit gegenüber, schwang die Faust, um Perchta aus dem Weg zu fegen. Prügel fiel ihm in den Arm.

»Spinnst du?« Erschrocken über sich selbst ließ er Kinderfresser sofort wieder los. »Ich meine, wollen wir uns jetzt gegenseitig an die Gurgel gehen? Die werden die Inquisition auf uns hetzen! Ich sage, lasst uns Rupp vergessen und abhauen!« Prügel gestikulierte ihn Richtung Dorf, wo sich Türen öffneten, Lampen und Kienspäne gen Himmel reckten. »Seht doch, sie gehen auf die Straße. Sie rücken gleich aus!«

Kinderfresser drängte ihn aus dem Weg. »Ich werde das hier zu Ende bringen.«

»Damit sie uns auch noch wegen Mordes jagen? Unsere Spuren sind hier überall! Sieht das noch aus wie ein Geisterheer? Verdammt, Krampus hat den Kirchhof geschändet!«

Rupp war neben dem Verletzten niedergekniet. Er griff nach dem Umhang, der sich um das Gesicht des Mannes gewickelt hatte. Er kannte dieses Gespinst. Weich auf der Haut, der feine Stoff eines Edelmanns – oder eines Mannes, der die schönen Dinge liebte.

Nicht der Pfaffe. Rupp schlug den Stoff zurück.

Nikolo.

Er war bewusstlos, was eine Gnade war. Prellungen und Blut übersäten seine Haut, der linke Arm lag unnatürlich abgewinkelt. Er wimmerte, da Rupp seinen Brustkorb abtastete. Wahrscheinlich waren auch einige Rippen gebrochen.

Krampus' wechselhafte Miene hatte sich den zusammenströmenden Dörflern zugewandt. Nüchternheit machte sich breit. Nur Wolf knurrte Kinderfresser noch immer an. Krampus packte Kinderfressers Schulter. »Prügel hat recht, wir müssen abhauen, Mann! Um die zwei Ratten da kümmern wir uns ein anderes Mal.«

Rupps Hände glitten über Nikolos Körper, tasteten, suchten. Das Nasenbein, ebenfalls gebrochen. Das würde Nikolo womöglich am meisten zusetzen. Kirchenbildnisse zeigten Sankt Nikolaus mit einer ganz ähnlichen Nase, darauf war Nikolo immer stolz gewesen. Griechisch, scherzte er gerne, aber es war ihm ernst damit.

Es tut mir leid.

Prügel und Kinderfresser saßen bereits in den Sätteln. Vom Dorf aus eilten Fackelträger die Straße entlang. Sie folgten der blutfleckigen Schleifspur im Schnee. Der vorderste hob den Kopf, deutete hinauf. Im lichten Hutewald mit dem Mond dahinter konnten die Dörfler die Silhouetten der Wilden Jäger zwischen den Eichenstämmen gut erkennen. Und sie waren eindeutig menschlich.

Krampus schnappte sich seine Hörnermaske, doch zu spät. Wutgebrüll schraubte sich aus der Masse der Bauern, Tagelöhner und Handwerker in den Himmel. Einer schrie nach Waffen, ein anderer reckte eine Hacke. Sie stürmten los.

Krampus, Kinderfresser und Prügel machten sich in den Wald davon. Perchta jedoch kniete auf Nikolos anderer Seite nieder.

»Möchtest du, dass ich ihm helfe?«

»Er wird auch ohne deinen Zauber gesund.«

Rupp war froh, dass sein Herr ohnmächtig war. Perchta neben sich zu sehen, hätte bestimmt einen Anfall ausgelöst.

»Ich würde es tun. Für dich. Der Arm könnte besser verheilen.«

Er brummte nur und zerriss Nikolos Hemd, um daraus Verbände zu schaffen. Perchtas Gesicht flackerte. Erneut erahnte Rupp die Zeichen ungezählter Jahre in ihren Zügen. Als die Eichen um sie herum jung gewesen waren, da war Perchta bereits zwischen ihnen geschritten. »Eine Belohnung«, drängte sie. »Für den Knecht, der richtig und falsch zu unterscheiden vermag.« Dann, geflüstert: »Der eine Göttin beschämt, weil sein Dienen ihn stark macht.«

Rupp hob den Blick von Nikolo zu Perchta. Sternenlicht rieselte wie Schnee in ihren Augen. Dahinter flackerte das Weiß-Grün endloser Winterwälder. Eine Einladung in eine Welt hinter der seinen.

»Komm mit mir, Rupp.«

Etwas in Rupp wuchs zusammen. Und ließ, als Nikolo unter seiner Hand schauderte, los.

Die aufgebrachte Meute aus dem Dorf hatte den Hain fast erreicht. Fackelschein züngelte den Hang hinauf. Perchta warf einen Blick über die Schulter. Jemand hatte das Altarkreuz aus der Kirche geholt; auf den Schultern des Schmieds und des Priesters führte es nun die Menge an. Perchtas Hand zuckte an ihr Bein, wo unter dem Stiefel die wulstige Narbe vom vorigen Jahr gegen das Leder drückte. Als sie sich von der Drohung des näherkommenden Kreuzes losriss und wieder Rupp zuwandte, griff dieser mit beiden Händen in ihr Haar. Er zog ihren Kopf zu sich heran und küsste sie mit allem Hunger, den seine Sterblichkeit ihm schenkte. Ihre Lippen öffneten sich sofort. Er schmeckte Birke und Ahorn und endlose Süße.

Perchta zerrte an Rupps Wams und den Schnüren seines Hemds, versuchte, ihn über Nikolos Körper hinweg in sich hineinzuziehen. Rupp atmete seine Wärme in ihren Mund. Ihre Brust presste gegen ihn, und Rupp brannte seinen Herzschlag in sie hinein wie ein Siegel. Er wollte brüllen, sie unter sich spüren, um ihn herum, sich in ihr verlieren.

Er ließ sie los.

»Nikolo braucht mich«, keuchte er, dabei schrie alles in ihm danach, aufzuspringen, Perchta an sich zu reißen und zu rennen, wohin sie ihn führte.

Die Dörfler waren nah. Das Kreuz schob sich zwischen den Eichen hindurch, warf seinen Schatten voraus. Ein Mann rief und fuchtelte mit der Fackel – er hatte Rupp entdeckt.

Geh, formten Rupps Lippen.

Perchta stolperte zurück. Wolf sprang an ihre Seite. Plötzlich atmete der Schnee Feuchtigkeit aus. In dichten Schwaden stieg er empor, wo vorher Reif einen knisternden Pelz über den Boden gezogen hatte. Ein Dunst wie ein Schleier, geboren, um Perchta vor dem Kreuz Christi und seinen Trägern zu verbergen. Perchta machte rückwärts einen Schritt hinein, den Blick unverwandt auf Rupp gerichtet, eine letzte Einladung in den Augen, harrend bis zum letzten Moment, da der Nebel sie schließlich verschlang. Allein.

Aber vielleicht, dachte er, und diesen Gedanken, diese kleine menschlich-vergängliche Hoffnung würde er in alle Ewigkeit bewahren, vielleicht war es auch ihre Traurigkeit, die den Nebel gebar.

Rupp blieb bei Nikolo und pflegte ihn gesund. Ein Dominikanermönch suchte sie auf und befragte Nikolo. Er wollte sämtliche Einzelheiten wissen. Wie groß die Männer gewesen wären, wie sie gesprochen hätten, ob die Frau nackt war, ob er Zeuge von Hexerei geworden wäre, ob Krampus' Teufelshörner direkt aus dem Haar wuchsen. Den Fragen zufolge waren sie der Wilden Jagd auf den Fersen, doch Nikolo tat so, als hätte er seine Peiniger für wahrhaftige Dämonen gehalten. Was sonst hätte er sagen können? Es war ungefährlicher, von Geistern zu reden als sich nach Aussehen, gar Namen der Bande fragen zu lassen. Lieber machte Nikolo Krampus zu einem echten Teufel anstatt dem Fürstensohn einen Grund zu liefern, sie möglichst rasch zu töten. Bei Rupp hatte der Mönch noch weniger Erfolg. Rupp behauptete, er wäre Nikolo bei dem Angriff aus dem Dorf nachgerannt und hätte ihn erst erreicht, als die Dämonen bereits im Nebel verschwanden. Niemand stellte ihm mehr Fragen. Er war ja auch nur der Knecht.«

»An jenem Tag jedoch, da der Inquisitor sich verabschiedete und Rupp ihn zur Tür brachte, entdeckte Rupp eine Spur, die von ihrem Garten aus über das Feld bis zum Wald führte. Andere hätten sie für eine Hundespur gehalten, aber Rupp kannte Wolfs Spuren wie seine eigenen. Er folgte ihnen zu einer Reihe Obstbäume am Rande des Felds, das sie gepachtet hatten. Die Fährte endete an einem Apfelbaum. Dort fand er in einer Asthöhle ein Säcklein. Rupp langte hinein und in ein Füllhorn aus Nüssen und Äpfeln. Dabei hätte Rupp geschworen, das Säckchen sei leer gewesen. Die Äpfel selbst, ihr Geschmack – derartige Früchte gibt es heute nicht mehr, Sophie, ein solcher Reichtum am Gaumen. Dazu die Nüsse, deren Quell im Beutel ebenfalls nie versiegte, egal, wie oft Rupp in das Säcklein griff.«

Ein melancholisches Lächeln umspielt Ruprechts Mund, während er aus seiner Erzählung zurückfindet in die Gegenwart. »Das Säcklein war Perchtas Andenken für Rupp. Ein Abschiedsgeschenk.«

Sophie stiert in eine Ecke der dämmrigen Kate. Sie lässt sich nicht hinreißen, zu dem Beutel unter dem Bett zu blicken. Ihr Schweigen ist mit jeder Minute feindseliger geworden, seit sich Rupp gegen Perchta und für Nikolo entschieden hat. Es brodelt in ihr.

»Nun, der Sack hat noch gefehlt, nicht wahr?«, sagt sie schließlich. Bitterkeit färbt ihre Stimme. »Du bist ein Märchenerzähler, Ruprecht, und wie alle Märchenerzähler übertreibst du und merkst nicht, wann du aufhören solltest.«

»Ich kann die Geschichte nicht ändern, Sophie.« Er spricht ruhig. Ihre Reaktion überrascht ihn nicht, doch wie könnte er ahnen, was sie aufwühlt?

Rupp ist nicht mit Perchta gegangen. Er ist geblieben. Bei Nikolo, wo er gebraucht wurde.

»Für wen erzählst du die Geschichte denn dann?« Sophie schreit jetzt. Sie tritt nach dem Säckchen unter der Lagerstatt, verfehlt es und prellt sich die Zehen. »Worauf wartest du überhaupt noch?«

Glaubst du, ich hätte es ohne dich nicht einfacher? Die Anklage tobt in ihrem Kopf, aber bevor sie ihr nachgibt, würde sie lieber sterben. Deshalb hält sie den Satz zurück, bis sie zum Bersten voll ist mit ihrer Ohnmacht, dem nicht Atmen-Können, dabei ist es doch Ruprecht, dessen Lunge vor ihren Augen verwelkt.

»Wieso hasst du dich selbst, Sophie?«

Die Frage bricht alle Dämme.

Sie brüllt:»Weil ich nicht geblieben bin!«

Dann ist sie auf und davon, immer und ewig auf der Flucht. Draußen wartet der schönste Wintertag auf sie. Er gleißt im Sonnenlicht, verspricht ihr seinen Frieden – eine Lüge, vom Himmel gesegnet.

Am Abend kehrt Sophie nicht zu Ruprecht zurück. Den ganzen nächsten Tag ebenfalls nicht. Wolken verdecken den Himmel, Wind pfeift. Der dreiundzwanzigste Dezember versinkt in einem Kleid aus Schnee. Die Nacht bricht herein, in der Kate bleibt das Licht aus; im Haupthaus scheppern Töpfe. Am nächsten Morgen liegt ein halber Meter frisch gefallenes Weiß. Sonnenlicht bricht sich auf unsichtbaren Kristallen in der Luft, die glitzern und tanzen. Es ist der vierundzwanzigste Dezember.

Auf dem Weg über die Lichtung sinkt Sophie bis über die Knie ein. Sie kämpft sich voran, stützt sich auf die Axt in ihrer Hand wie auf einen Skistock. Schon vor zwei Wochen, als noch kein Schnee lag, hat sie den Wald durchstreift auf der Suche nach dem schönsten Baum. Keine Tanne, sondern eine Fichte, aber wer erkennt schon den Unterschied? Sie wird ihn schmücken mit Sternen aus Papier und ein paar Kugeln, die sie in einem Karton auf dem Dachboden gefunden hat, zusammen mit einer uralten Lichterkette, die kein TÜV mehr abnehmen würde. Eine Christbaumspitze fehlt, doch die kann sie improvisieren. In einer Küchenschublade hat sie Tortendeckchen gefunden. Sie sind ein wenig vergilbt, aber mit Goldborte und Goldstift lässt sich aus ihnen ein Engel basteln.

Sophie schüttelt den Schnee von der Fichte und bindet die untersten Zweige mit einer Schnur nach oben, um leichter an den Stamm zu kommen. Dann beginnt sie zu hacken. Es tut ihr leid, weil sie sich so ungeschickt anstellt, schlimmer noch als Nikolo in Ruprechts Geschichte. *Aber es ist für einen guten Zweck, Baum. Du wirst geliebt und bewundert werden.*

Einen Moment lang durchflutet Dankbarkeit Sophie. Dankarbeit für die Gnade dieses vierundzwanzigsten Dezembers. Der Tag, an dem Wangen glühen, das letzte Türchen sich öffnet. Die Sentimentalität, sie greift schon jetzt nach ihr, dabei ist gerade erst die Sonne aufgegangen. Wie soll es dann erst später werden? Sie kann nicht den ganzen Heiligen Abend lang heulen.

Als der Baum fällt, entdeckt Sophie die Spuren.

Stapfen, länger und tiefer als ihre eigenen. Männerfüße. Sie sind viel zu regelmäßig, um von Ruprecht zu stammen, selbst wenn der Alte die Kraft aufgebracht hätte, sich bis ans andere Ende der Lichtung zu schleppen. Die Angst schwemmt alle Gedanken an Weihnachten fort. Sophie stolpert bereits zum Haus zurück, bevor ihr aufgeht, dass Schnee begonnen hat, die Spuren zu bedecken. Sie reißt sich zusammen, kehrt um. Zwingt sich, die Fährte zu untersuchen. Ständig wirft sie Blicke über die Schulter hinein ins Tann und über die Lichtung, lauscht auf Motorengeräusch.

Die Ränder der Fußstapfen sind eingefallen. Wer auch immer sich hier herumgedrückt hat, war in der Nacht unterwegs, als das Haus dunkel und still lag, Sophies Spuren längst von frischem Schnee verdeckt. Ein leeres Haus im Wald, das ist alles, was der Herumstreicher gesehen haben kann, und die Fährte führt nicht auf die Lichtung, sondern in den Wald.

Sophie schlägt die Fäuste gegeneinander, trifft ihre Entscheidung. Heute ist kein Tag für Feigheit. Sie wird nicht ohne Weihnachtsbaum zurückkehren.

Sie stapft zurück, wo die Fichte liegt. Sie ist so hoch wie ein Mann und üppig, das hat sie nicht bedacht. Nie zuvor hat Sophie allein einen Weihnachtsbaum schleppen müssen. Sie schleift ihn hinter sich her, zieht eine Spur durch den Schnee wie eine Autobahn. Sie schwitzt unter ihrem Mantel. Lauter als ihr Keuchen tickt im Kopf jedoch die Gewissheit: Sie werden sie finden.

Aber nicht heute.

An diesen Rest Trotz und Hoffnung klammert Sophie sich. Selbst wenn sie von ihrem Versteck wüssten, denkt sie, werden sie nicht an Weihnachten kommen. Niemand arbeitet gerne an Heiligabend.

Einen Tag Aufschub noch, fleht sie. Nur diesen Abend, diese Nacht. Wundervolle Weihnachten, es ist ihr letztes Versprechen.

Als Sophie eine Stunde später an Ruprechts Tür klopft und eintritt, sagt sie nur einen Satz:

»Es wird Zeit, Ruprecht, dass du deine Geschichte zu Ende erzählst.«

Der Weihnachtsmann – ein Stück Nikolaus, ein Stück
Knecht Ruprecht und alte Perchtentradition.
Kein bisschen düster.
Was haben wir verloren?
- Marians Chronik.

Rupp bewegte sich leise, aber Nikolo hörte ihn trotzdem.
»Ich bin wach, Junge. Du brauchst nicht herumzuschlei-
chen.«

Rupp steckte den Kopf durch die Tür zu Nikolos Gemach. Dessen Schlafstatt quoll mit Federbett und Kissen
über. Ein gerahmter Spiegel zwängte sich neben Büchern
auf eichener Kommode. Im Gegensatz zu Rupps Kammer
besaß das Zimmer auch ein Fenster, durch das Sonnenstrahlen hereinfielen. Es war aus luxuriösem Glas.

Nikolo hatte sich Kissen in den Rücken gestopft und
starrte nach draußen. »Ich habe dich mit dem Tischler reden sehen. Worüber habt ihr euch die Hände geschüttelt?«

»Wir sind uns einig über den Preis für seinen Karren.«

»Wozu sollte ich einen Karren kaufen?«

»Um von hier fortzugehen.« Rupp machte Anstalten, den
Verband um Nikolos Arm zu lösen. Nikolo entzog sich ihm.

»Wo sollen wir denn bitte hingehen, wo uns dein fürst-
licher Kumpan nicht erreichen könnte?«, höhnte er.
»Glaubst du, weil du die letzten Wochen wie eine Glucke
um mich herumwatschelst, könntest du mich beschützen?
Keiner« – Nikolos Lippe zitterte – »keiner wird sich um
uns scheren, wenn's darauf ankommt. Darum, genau darum habe ich immer gekämpft. Die Reichen, die Mächtigen,
sie müssen auf deiner Seite sein ...«

»Das werden sie wieder«, unterbrach Rupp ihn. »Du
kannst es erneut schaffen. Unter dem Schutz eines anderen
Landesherrn. An einem Ort, wohin Krampus' Faust nicht
reicht.«

Diesmal ließ Nikolo es zu, dass Rupp die Wunde untersuchte. Sie hatte sich nicht entzündet und verheilte wohl, aber Nikolo würde den Arm nie wieder voll einsetzen können.

»Ein neuer Landesherr«, echote Nikolo. »Ein anderer Fürst.«

»Warum nicht? Du könntest an eine Universität gehen. Du könntest als Lehrer arbeiten, in einer Kanzlei oder als, als Buchdrucker! Wieso nicht in dein altes Fürstbistum zurückkehren? Du hast gesagt, Philipp sei dir stets gewogen gewesen.« Rupp redete sich warm. Nikolo schnaubte, aber in seine Wangen krochen feine Flecken wie früher, wenn er große Gedanken wälzte.

»Es sind viele Jahre vergangen«, murmelte er schließlich.

»Philipp, bei ihm wäre es … sicherer, das stimmt.«

»Du könntest wieder als Sankt Nikolaus unterwegs sein.«

»Türen öffnen … Hier, ich war viel zu träge. Nie forsch genug. Ich hätte in die Städte gehen sollen, nicht immer warten, sondern nach den Möglichkeiten greifen! Wieso hat es mir an Mut gemangelt?«

»Weil du dachtest, du wärst alleine, aber das bist du nicht.«

Nikolo hörte ihn kaum. Seine Stimme gewann an Kraft.

»Ja, du hast recht. Es kann – es wird anders werden. Eine aufstrebende Stadt, weit genug weg. Selbstbewusste Bürger, nicht dieses Pack hier, das jedem tumben Herrn mit Freude seine Seele verkauft. Keine Straßen voller Matsch, nicht diese finsteren Gehölze und Täler, die einem den Mut entziehen.«

Rupps Blick wanderte nach draußen. Jenseits der Häuserdächer konnte er den Rand des Hutewalds erkennen. Er hörte das Tropfen des Schnees vom Dach. Es taute. Rupp würgte die aufsteigende Bitterkeit herunter, immerhin war es seine eigene Idee, von hier wegzugehen, neu anzufangen. Der Frühling, er würde ihn hier nicht mehr erleben. Keine Spuren im Moos, keine frischen Lärchennadeln, die er bei seinen Streifzügen von den Bäumen pflückte. Dieses Land, diese Wälder – Rupp hatte nie andere gekannt. Er konnte sich keinen Winter in einer Stadt vorstellen. *Sie wird dich nicht vergessen. Und wenn sie dich finden will, findet sie dich überall.* Und dann? Dann wäre sie immer noch die Göttin und er der Knecht.

Elf Monate später hatte sich alles verändert, außer dass Rupp selbst in den prächtigen Bürgerhäusern des Stadtkerns sich immer noch den Kopf an den Türen stieß. Das und Nikolos Ehrgeiz, ins Allerheiligste der Menschen vorzudringen, um auf ihren tiefsten Geheimnissen seine Zukunft zu bauen. Nikolo war bereit, für seine Zwecke weiterzugehen denn je.

»Ich bin äußerst zufrieden mit den Lateinfortschritten meiner Söhne«, verkündete der Ratsherr, während er Nikolo und Rupp die Treppe empor in den ersten Stock führte. »Dasselbe gilt für ihre Kenntnisse über das Italienische. Ihr habt in kurzer Zeit viel erreicht, Nikolo. Genau wie euer Namenspatron.«

Das Bürgerhaus verfügte über vier Geschosse und war fast so hoch wie die Kirche in ihrem alten Dorf. Rupp zog die Schultern ein, um nicht die zahlreichen Bildnisse und Holzstiche in goldverzierten Rahmen an den Wänden zu streifen.

Der Ratsherr fuhr fort: »Ihr seid dort gewesen, darf ich annehmen? In Italien?«

»Unser Fürstbischof war einst so gnädig, mich mit ihm nach Rom zu nehmen und von dort nach Bari und in die Basilika San Nicola, wo die Reliquien unseres Heiligen ruhen.« Nikolo schlug ein Kreuz und hauchte: »Als ich dort vor ihm kniete, erklang seine Stimme in meinem Kopf. Sie gab mir einen Auftrag.«

Der Ratsherr zeigte sich beeindruckt, aber Rupp kannte die Geschichte in all ihren Ausschmückungen und interessierte sich mehr für die köstlichen Düfte, die aus der Küche drangen. Durch die Tür konnte er das Gesinde sehen, wie es sich über einen Tisch mit Geschenken beugte. Er sah Gewürzsäckchen und einen Haufen gleichartiger Tücher. Offenbar hatte die Dienerschaft die Bescherung durch ihre Herrschaften bereits gefeiert.

Am Treppenende passierten sie ein Portrait, das einen alten Mann mit hoher Stirn zeigte. Nikolo blieb kurz stehen, damit sein Gastgeber bemerkte, wie er die Ähnlichkeit bewunderte.

»Der scharfe Geist scheint in der Familie zu liegen. Eure Knaben sind sehr aufgeweckt, Herr. Es ist eine Freude, sie zu unterrichten. Euer Vorbild lebt in ihnen.«

»Die Unsterblichkeit eines Vaters, so Gott will.«

»Euer Jüngster erzählt mir, er hätte Ambitionen, Theologie zu studieren.«

»Eine noble Gesinnung, ohne Zweifel. Mein Vater – er war Goldschmied – hätte es als größtes Glück empfunden, einen Doktor der Theologie seinen Sohn nennen zu dürfen.« Der Ratsherr seufzte. »Obwohl in letzter Zeit solche Männer ja gerne Zwietracht schüren.«

»Leider werden jene zahlreicher, die sich abwenden von unserer Kirche und den Heiligen. Aber solange es Ratsherren wie Euch gibt, fürchtet Sankt Nikolaus weder verschlossene Türen noch Luthers Hetze.«

Sie betraten eine Stube mit holzvertäfelten Wänden, Eichendielen und dunklen Möbeln. Vasen und kostbare Kannen reihten sich auf einer mannshohen, mit Silberbeschlägen versehenen Kommode. Bei ihrem Eintreten erhob sich eine Dame von ihrem gepolsterten Stuhl am Fenster und legte ihre Stickerei beiseite. Sie trug ein perlenbesticktes Haarnetz und ein himmelblaues Mieder, das die bauschigen Ärmel des Untergewands aufblitzen ließ.

»Ihr kennt meine Gemahlin, Theresa.«

»Ihr Anblick ist mir jede Woche ein Lichtblick. Ich fürchte nur, die werte Dame mag mich nach den Schilderungen Eurer Knaben womöglich für zu streng halten.«

»Keineswegs«, erwiderte die Hausherrin, »mein Gatte und ich bauen auf Eure Strenge. Vielleicht habt Ihr Erfolg, wo wir in unserer elterlichen Fürsorge scheitern. Daher seid willkommen, Sankt Nikolaus. Die Kinder sind bereit. Soll ich sie rufen?«

»Euer Diener, Gnädigste.« Nikolo richtete seine Mitra. Er wechselte den Bischofsstab in seinen gesunden Arm und klopfte damit dreimal auf die Dielen. Mit seiner besten Heiligenstimme dröhnte er: »Lasset sie ein!«

Wie als Antwort läuteten die Glocken elf Uhr.

Drei Knaben und ein Mädchen im Alter von zehn bis fünfzehn Jahren schoben sich durch die Tür einer angrenzenden Stube. Sie waren herausgeputzt als besuchten sie den Gottesdienst. Das zwölfjährige Mädchen schluchzte und wehrte sich gegen ihre beiden älteren Brüder, die sie mit sich zerrten.

Der Ratsherr blinzelte verwirrt. »Was geht hier vor sich?«

»Sankt Nikolaus wird feststellen, dass es leider nicht nur Lob zu verteilen gibt in unserem Haus«, sagte seine Gemahlin mit einer Härte in der Stimme, die Rupp bei all ihren Einkehrbesuchen über die Jahre nie bei einer Mutter vernommen hatte. »Eure Tochter hat Schande über uns gebracht.«

Das Mädchen brach zusammen. Es zerrte seinen Rock hoch, verbarg sein Schluchzen im Stoff. Nackte Unterschenkel blitzten. Der älteste Bruder bückte sich nach seiner Schwester. Er schlang einen Arm um ihre Taille und riss ihr den Rock aus den Händen.

»Benimm dich wenigstens jetzt anständig, wenn du sonst schon keine Scham hast!«, blaffte er sie an.

»Wir bringen es nicht über's Herz, Magdalena angemessen zu bestrafen.« Der verächtliche Blick, mit dem Theresa ihren Gatten strich, stellte klar, wem sie diese unpassende Güte zuschrieb. »So hoffen wir auf Euch, Sankt Nikolaus. Gott hat Euch zum rechten Zeitpunkt geschickt.«

»Sorgt Euch nicht, wir werden uns des Kindes annehmen.«

»Habt Dank. Ich fürchte bloß, dies ist keine Unterhaltung für …« Theresas Kinn deutete vielsagend auf die Söhne.

»… für die von Liebenswürdigkeit geprägte Stube einer schönen Dame«, vervollständigte Nikolo. »Mein Knecht kann die Strafe in der Kinderstube vollziehen, wenn dies genehm ist.«

Die Ratsherrin klingelte nach einem Kindermädchen in weißer Haube und Schürze, die sofort an die Seite des schluchzenden Mädchens eilte. Magdalena war zu schwer, das Kindermädchen konnte sie nicht mehr hochheben. Stattdessen schleppte sie sie, einen Arm unter ihre Achsel geschoben, zur Tür hinaus.

»Was …?«, setzte der Ratsherr an.

»Sie will nicht beichten«, schnappte die Mutter. »Nicht einmal in die Kirche will sie gehen. Gott ist mein Zeuge, ich habe es versucht!«

Rupp hatte Schlangen mit mehr Nestwärme gesehen als diese Frau.

»Die Seelen von Mädchen sind schwach und fallen rasch der Verwirrung anheim«, verkündete Nikolo. »Angesichts der Reue, die Eure Tochter zu fühlen scheint, bin ich sicher, es war Torheit, die sie zur Sünde verführte, nichts Teuflisches.«

Nikolo bedeutete Rupp, der Kinderfrau mit ihrem Schützling zu folgen und ihm Perchtas Säckchen zu überlassen. Rupp kam der letzten Forderung nur zögernd nach. Selbst unter dem Jahr, wenn der Beutel zusammen mit Rupps schwarzem Hemd und Nikolos Bischofsgewand in der Truhe ruhte, nahm Rupp ihn manchmal heraus, um über den braunen Stoff zu streichen, das immer nach geräucherter Stube und frisch geschlagenem Holz roch. Nikolo wusste nichts von dem ihm angehefteten Zauber, dem niemals versiegenden Quell an Äpfeln und Nüssen, und Rupp würde dafür sorgen, dass es auch so blieb. Sollte Nikolo je die Wahrheit erfahren, würde er Perchtas Geschenk verbrennen.

In Magdalenas Kinderstube lag achtlos verstreutes Stickzeug um ein Puppenhaus. Ein zweites Bett, kürzer und schmäler als die von einem Baldachin überspannte Lagerstatt der Ratsherrentochter, gehörte wohl der Dienerin. Auf einem Tischchen mit Spiegel wartete ein aufgeschlagenes Gebetsbuch. Kaum war Magdalena in den Kissen, die ihre Kinderfrau ihr in den Rücken stopfte, zusammengesunken, stellte sich die Ältere zwischen Rupp und ihren Schützling.

»Das Kind hat nichts getan, du Barbar!«, zischte sie, die Hände abwehrbereit erhoben. »Du kannst dir deine Rute sparen!«

Rupp bewunderte ihre Tapferkeit. Nicht viele wagten es, sich ihm in den Weg zu stellen.

Sie glaubt an ihre Wahrheit.

»Ihr braucht mich nicht zu fürchten.« Sanft schob er die Kinderfrau beiseite, ging stattdessen vor Magdalena in die Hocke. Braune Haare lockten sich um ein Gesicht, das selbst von Tränen verquollen künftigen Liebreiz versprach. Unter dem Mieder zeichneten sich knospende Brüste ab.

Rupp wartete auf eine Pause in ihrem Schluchzen. Dann fragte er: »Wofür hast du zuletzt gebetet, Magdalena?«

Die Hände vor ihrem Gesicht teilten sich wie ein Vorhang. Sie hatte einen vollen, üppigen Mund. Rupp fragte sich, nach wem in der Familie sie wohl geriet. Nach ihrer schmallippigen Mutter jedenfalls nicht.

»Ich habe darum gebetet, dass der Flori weggeht.«

»Ist der Flori dein Bruder?«

Ein Nicken.

»Wieso willst du, dass dein Bruder weggeht?«

Sie begann erneut zu weinen.

»Weil ihr Bruder gesagt hat, sie müsse ihre Lippen für ihn öffnen, wenn er sie küsst!«, schnappte das Kindermädchen. »Er hat behauptet, sie wäre unanständig gewesen, aber dabei hat er sie angetatscht, als wär sie nicht seine Schwester, sondern so eine Straßendirn.«

Rupp rief sich ins Gedächtnis, wie sich der Arm des ältesten Bruders um das Mädchen geschlungen hatte, als er sich nach ihren Röcken bückte, und ihm wurde schlecht. Im selben Augenblick bewegte sich der Vorhang am Fenster. Blauer Samt pulsierte in der Erschütterung eines Luftzugs. Glas klirrte, da irgendwo im Haus eine Tür oder ein Fenster geöffnet wurde. Kälte floss von Zimmer zu Zimmer. Für einen Herzschlag glaubte Rupp, Perchta stünde am Rande seines Gesichtsfelds, wachte über das Mädchen und Rupps Entscheidung. Im frostigen Windzug rauschte ihr Zorn.

»Wartet hier.«

Auf dem Weg zurück zur Stube dämpfte Rupp das Trampeln seiner Tritte nicht. Hohl hallten sie durch die Geschosse, kündeten von der Unversöhnlichkeit der nahenden Rauhnacht. Er schmeckte den Bären in sich, spürte, wie Kraft aus seinem Inneren nach außen strömte, die Zimmer und Gänge dieses Ratsherrenhauses füllte, bis es keinen Holzbalken, keinen Teppich, keine Maus, keinen Bewohner gab, der nicht von ihr beherrscht wurde.

Eine Magd huschte bei Rupps Anblick erschrocken davon. In der Stube wandten sich ihm fünf bestürzte Augenpaare zu. Einzig der jüngste Knabe, geschützt von seiner Unschuld, kaute weiter an einem Apfel, hingerissen von seiner säuerlichen Süße.

»Der Knabe Florian«, knurrte Rupp. »Er muss bestraft werden.«

Dem ältesten Bruder entgleiste die Mimik. Keine Verwirrung, sondern Panik gemischt mit Schuld.

»Aber wofür denn?«, stotterte der Ratsherr und verstummte überrumpelt, da seine Gemahlin ganz und gar undamenhaft mit der Hand auf den Tisch knallte.

»Das ist ein Irrtum! Florian ist kein Übeltäter, er –«

»Du hast dich an deiner Schwester unsittlich vergangen!«, donnerte Rupp, und in seiner Stimme rollten Felsen, stürzten Bäume. Jegliche Tätigkeiten im Haus, von der Werkstatt bis zur Küche, kamen zum Erliegen. Einzig das Holz des Fachwerks arbeitete und knackte lauter denn je. Der Kleinste ließ den Apfel fallen und begann zu weinen.

»Komm mit mir, Bursche!«

Florian machte einen Schritt auf Rupp zu, als wäre er eine Puppe an Fäden. Theresa zerrte am Ärmel ihres Mannes. »Verhindere das!«, zischte sie.

Da schnellte Nikolo von seinem Sitz hoch. Der Bischofsstab schoss vor. »Knecht, überlass die Angelegenheit diesen feinen Leuten!«

Rupp runzelte die Stirn angesichts des Stabs, der ihm den Weg versperrte. Wieso wollte Nikolo ihn aufhalten? Der Knabe war schuldig. Sah er das denn nicht?

»Die Herrschaften werden ihrem Sohn schon geben, was er für den rechten Weg braucht.« Nikolos Tonfall hätte einen Kaiser beschwören können, und in diesem Moment dämmerte Rupp die Wahrheit: Es ging Nikolo nicht um Magdalena, nicht um ihren Bruder. Bei dieser Bestrafung gab es für Nikolo nichts zu gewinnen. Bloß zu verlieren.

Rupp drückte Nikolos Stab beiseite. Er packte Florians Handgelenke und stieß ihn auf den Tisch zu, wo zwei Bienenwachskerzen in einem bronzenen Leuchter Duft verströmten. Im nächsten Moment hielt er die Hände des Fünfzehnjährigen über die Kerzen. Die Flammen flackerten, ein Funkenfaden spratzelte und züngelte. Dann leckte die Korona an Florians Haut. Der Knabe schrie und wand sich, doch Rupps unerbittlicher Griff hielt ihn noch einen Atemzug länger über den Flammen. Dann erst ließ er ihn los. Der Junge sackte in die Knie. Wimmernd umklammerte er seinen Unterarm, wo sich violette Male abzeichneten. Rupp beugte sich zu ihm hinab, brachte seinen Mund an Florians Ohr.

»Tu das nie wieder!«

Der Ratsherr, Frau Theresa, Nikolo, die jüngeren Söhne – sie standen erstarrt, zwergenhaft in Rupps gewaltigem Schatten.

»Ich denke, ihr geht jetzt lieber«, brachte der Ratsherr schließlich heraus.

Rupp ergriff seinen Gabensack. Er lief vor Nikolo die Treppe hinab, ohne Eile. In der Küche hörte er die

Dienerschaft. Der Knecht habe dem jungen Herrn heimgeleuchtet, murmelte eine Stimme. Eine andere seufzte: endlich einer.

Draußen auf der Straße schaute Rupp die braun-weiße Fachwerkfassade mit dem Wappen des Hauses empor, bis er Magdalenas Fenster unter dem ziegelgedeckten Dach fand. Der Vorhang bewegte sich.

»Wie kannst du nur grinsen, du selbstgefälliger Ochse!« Nikolos Schlag ließ die Haare an Rupps Hinterkopf fliegen. Doch für mehr als einen Klaps war Nikolo viel zu fassungslos. Er brüllte: »Wem glaubst du, hast du da drinnen einen Gefallen getan?«

»Dem Mädchen. Magdalena.«

Eine Horde Ungläubiger hätte hinter Nikolo her sein können, so fegte er die Straße hinunter. Er schlitterte auf dem eisigen Kopfsteinpflaster in den Gassenschluchten und stieß mit den Schuhspitzen in dampfende Pferdeäpfel. Eine Gruppe feiner Stadtbürger mit Spazierstöcken, gekleidet in Brokat, Zobelfell und federverzierte Mützen, drehte sich bei Nikolos Keifen nach ihnen um. Er kämpfte sich im Zickzack durch sie hindurch. »Kapierst du denn nicht, wer diese Leute sind, du Narr?«

»Willst du Recht und Unrecht an einem Geldbeutel festmachen, Nikolo?« Rupp empfand noch immer dieses Gefühl von Weite und Anker in seiner Brust. Im Gegensatz zu Nikolo musste er den Reichen nicht ausweichen. Die Menschen teilten sich vor ihm.

»Herrgottnochmal, Rupp, spiel dich nicht auf! Du bist weder Pfaffe noch Richter. Verstehst du denn nicht? Ich versuche, hier etwas Neues aufzubauen. Etwas Großes!«

»Wenn es nicht gerecht ist, wird es keinen Bestand haben.«

»Ich habe dich vom Acker geholt, Rupp, nicht aus der Universität!«

Nikolo stürmte über den Marktplatz mit seinen Buden und Bauern, die ihre Waren anpriesen. Geflügel gackerte in Käfigen. In einem Pferch zwängten sich Ziegen. Tauben flatterten auf, als ein Kind einen Ständer mit Würsten umstieß. Das Gezeter der Händlerin übertönte selbst das endlose Glockengeläut.

Aus dem Kirchportal trat eine Gestalt in bischöflicher Mitra und wallendem Umhang – ein weiterer Darsteller des Heiligen Nikolaus, unterwegs an seinem Namenstag. Das Kind, das den Korb umgeworfen hatte, rannte auf diesen Nikolaus zu, in der Hand ein kleines Schiffchen aus Rinde. Es streckte sein Geschenk Sankt Nikolaus entgegen, doch der vermeintliche Heilige schlug die Hand beiseite und scheuchte den Kleinen fort.

Nikolo rauschte an seinem Nebenbuhler vorbei. Unter seinen Stiefeln zerbrach das Segel des Rindenschiffchens.

»Das Haus des Malers liegt in der anderen Richtung«, rief Rupp ihm nach, während er in seinen Taschen nach einer Münze für den Jungen suchte, in dessen Augen Tränen standen.

»Vergiss den Pinselwischer! Diese verdammten Städte, sie treiben den Menschen die Ehrfurcht aus.«

Ein paar Krähen zankten sich zwischen den Burgzinnen, hinter denen Rauch aufstieg. Ihr Kot befleckte das vogtliche Wappen über dem Tor. Die Anlage war klein und wirkte mit ihrem einzigen Turm eher trotzig denn trutzig.

»Wird sich der Burgvogt überhaupt an dich erinnern?«, fragte Rupp, ohne seine Zweifel über Nikolos Absichten zu verhehlen.

»Ich habe ihn ein paarmal getroffen, als ich noch auf der Landesburg lebte. Selbst wenn er sich nicht sofort erinnert, sollten dieses Gewand und Philipps Namen genügen, um uns einzulassen. Er wird froh sein, mich anzuhören. Ich meine, schau dir diesen Kasten an. Vogt Karl verwaltet ein paar kleine Weiler und Lehen im Schatten der Tore einer Stadt, die nichts lieber täte, als ihn loszuwerden und sich sein Land einzuverleiben. Wenn er Feinde hat, dann finden sie sich im Stadtrat.«

»Willst du wirklich dem Vogt erzählen, was beim Ratsherrn passiert ist?«

»Vogt Karls Schwester war früher mit dem Ratsherrn verlobt. Dann erschien die werte Dame Theresa und verbreitete üble Gerüchte über Karls Schwester. Er dürfte diese Schmach nie verwunden haben. Schon allein deshalb wird er jede Gelegenheit ergreifen, um mit Theresa und ihrem Mann abzurechnen.«

Nikolo fand sein Lachen wieder, als eine Erinnerung hochkam. »Wir Schreiber in Philipps Kanzlei nannten ihn Karl den Nachtragenden, weil er Philipp mit Briefen bombardierte, sobald eine Entscheidung nicht in seinem Sinne war. Er wird die Geschichte des unritterlichen Sprösslings bestimmt nützlich finden.«

»Du denkst, die Menschen werden dich mögen, wenn du ihnen Geheimnisse verrätst und Geschenke machst.«

»Ich denke, mein Fehler ist, dass ich darauf vertraut habe, dass du deine Pflicht erfüllst«, schnappte Nikolo.

Rupp studierte Nikolos Profil, das ihm härter schien als früher. In diesem Jahr hatte Nikolos Neigung zu Intrigen neue Höhen erklommen. Seit sie ihr altes Dorf verlassen und in Philipps Fürstbistum gezogen waren, hatte Nikolo eine Wohnung über einem Schneider in der am schnellsten wachsenden Stadt gemietet. Hier fühlte Nikolo sich endlich wieder sicher, und so war er zusammen mit dem Frühling in Philipps Herrschaftsbereich aufgeblüht.

Es hatte keine zwei Monate gedauert, dann kannte Nikolo die Namen aller bedeutenden Bürger und unterrichtete die Kinder des bekanntesten Malers und Kupferstechers des Landes. Nikolo zog es dorthin, wo die vornehmen Bürger flanierten, und bei jedem Marktbesuch, bei jedem Besuch im Haus eines Zunftmeisters knüpfte er neue Knoten im Geflecht seiner Beziehungen. Neuigkeiten, Klatsch und Tratsch hatten zu plätschern, dann zu strömen begonnen.

Rupp indes vermisste ihre Kate mit dem Fleckchen Land, das ihres zu bestellen gewesen war, ihr störrisches Maultier, die offenen Gesichter der hart schuftenden Bauern und die Ruhe, die sich mit dem Abendlicht über das Dorf legte. In der Stadt läuteten ständig irgendwelche Kirchturmglocken, nie wurde es völlig still, nie verwehte Wind den Gestank der Sickergruben und der schmutzigen Gassen und Plätze. Nie spürte er, wie die Nacht mit ihren samtpfotigen Geschöpfen auflebte jenseits der Schänken, in die es Rupp nicht zog, wäre er doch lieber durch den Wald gestreift als sich mit Musik, Trank, Spiel und Tanz den Kopf zu benebeln. Eine richtige Aufgabe gab es für ihn ebenfalls nicht, obwohl Nikolo seinen Knecht großzügig an alle möglichen wichtigen und weniger wichtigen Leute auslieh. Seitdem schwang Rupp wie ein Tagelöhner Dreschflegel, half bei der Ernte der Obstgärten und kleinen Felder der Stadt, beim Keltern, Fässer Tragen, in Vieh- und Pferdeställen sowie einmal gar der Gemahlin eines Geldwechslers in ihrem Blumengarten, wo sie Nelken, Lilien und Rosen zog. Als Rupp Nikolo verbittert fragte, ob er überhaupt noch einen Bauernknecht wie ihn bräuchte, hatte Nikolo lediglich geseufzt und ihn Kohle holen geschickt.

Sie näherten sich dem Tor. Die Krähen flatterten auf und davon. Rupp folgte ihrem Flug mit den Augen und spürte eine Woge von Sehnsucht. Nicht zum ersten Mal fragte er sich, ob er nicht falsch gewählt hatte.

Sie fanden das Burgtor verriegelt. Nikolo überließ es Rupp, an die Pforte zu klopfen. Die Sonne neigte sich den Wipfeln entgegen; jenseits der Mauer bellte ein Hund. Sie warteten.

»Du hast mich verstanden, Rupp, ja? Du wirst den Mund halten und draußen warten. Du hast für heute genug Schaden angerichtet.«

In der Pforte öffnete sich eine Luke. Ein rotbäckiges Gesicht linste hindurch. Es musterte Nikolos Mitra, sein Gewand, den Bischofsstab. Einem Atemzug später knallte die Luke zu; Schritte entfernten sich.

»Sieht nicht so aus, als wären sie heute auf Bescherung eingestellt«, bemerkte Rupp.

»Schweig still!«

Rupp trat einen Schritt von der Mauer fort. Über den Zinnen hing schlaff das vogtliche Wappen. Nikolo donnerte seinen Stab gegen die Pforte. Einmal, zweimal.

Rufe ertönten, kurz darauf schob sich ein zweiter Männerkopf in ein Zinnenfenster. Der aufgequollene Hals steckte in einem viel zu engen Kragen, darunter spannten sich bunte Knöpfe.»Verschwindet!«

»Ho, Mann«, rief Nikolo hinauf,»Sankt Nikolaus ist kein Gast für derbe Scherze. Eile deinen Herrn holen.«

»Für Papstschweine hol ich höchstens Teer und Federn. Steckt euch euer Scheinheiligtum in den Arsch und schert's euch fort!«

Zwei mit Piken bewaffnete Gefolgsleute schoben sich neben den Burgmann. Ein Stück entfernt gaffte eine Magd über die Burgwehr.

»Ein Heiliger und ein Knecht?«, kreischte sie.»Der Knecht könnt was taugen, aber dem andern, dem sollten wir das Gwand anzünden, wie er's mit unsresgleichen machen tät!«

Rupp zog an Nikolos Ärmel.»Lass uns gehen. Das sind Lutheraner.«

Nikolo war bleich geworden. Er schüttelte Rupp ab.

»Holt euren Vogt!«, donnerte er mit seiner Lehrerstimme, die so gar nicht zu seiner schmalen Statur und seinem feingliedrigen Gelehrtenantlitz passte.»Ich verlange, Vogt Karl zu sprechen!«

»Der Vogt will mit deinesgleichen nix zu tun haben. Er sagt, wir sollen schaun, wie schnell so'n heiliger Hase flitzen kann.«

Aus den Augenwinkeln nahm Rupp eine Bewegung wahr. Die Magd holte aus, dann schleuderte sie etwas Hellbraunes auf sie herab. Rupp fing das Geschoss ab, bevor es Nikolo treffen konnte. In seinen Fingern knirschten Schalen, Dotter rann sein Handgelenk hinab. Der Gestank nach faulem Ei hüllte ihn ein.

Nikolo tobte.»Behandelt ihr so Leute, die in guter Absicht an eure Pforte klopfen? Wenn der Fürstbischof davon erfährt …«

»Fürstbischof Philipp ist unserer Sache durchaus zugetan.«

Ein vierter Mann war auf der Mauer erschienen. Dieser trug einen Hut mit Krempe; eine Goldkette verschwand in seinem gebauschten Hemd. Er stand genau über ihnen. Um zu ihm aufzublicken, musste Nikolo die Mitra festhalten, damit sie ihm nicht in den Nacken rutschte.

Ein feister Finger streckte sich gen Nikolo. »Du, Götzendiener, ich kenne dich.«

»Vogt Karl.« Nikolo deutete eine Verbeugung an, soweit seine Haltung das zuließ. »Ich wa–«

»Philipps Günstling, ich erinnere mich. Der eifrige Schreiberling.«

Auf Nikolos blassen Wangen erschienen Flecken. »Ich bin sicher, unser hochwürdigster Herr billigt kei–«

»Du setzt dir gerne falsche Hüte auf. Nikolo, nicht wahr? Leute wie du, ihr kleidet Abgötter in fleischliches Bildnis und macht die Kirche erst zum Hurenhaus.«

»Nikolaus verhurt sich!«, krähte die Magd, die das Ei geschmissen hatte. Der Burgmann brachte sie mit einer Ohrfeige zum Schweigen.

Nikolo kämpfte um seine Beherrschung. »Unser Fürstbischof mag manchen, denen die Reichsacht verhängt wurde, wohlgesonnen sein, aber er würde sich nie gegen unseren Heiligen Vater stellen.«

»Andere Fürsten verschachern ihre Unterstützung für den Papst gegen die Pfründe von Klöstern und Kirchen. Ist das etwa gottgefällig?«

Unbeirrt fuhr Nikolo fort: »Genauso wenig würde er sich jemals an den Heiligen vergehen. Philipp, Seine Bischöfliche Gnaden, er hat die Heiligen und Märtyrer der Kirche immer geehrt.«

»Ob er sie ehrt oder nicht, schützen tut er ihre Abbilder nicht mehr.« Der Vogt wandte sich seinem Burgmann zu. »Vertreibt sie!«

Damit verschwand er.

Nikolo bebte. »Ich werde erst von hier weichen, wenn Ihr Euch für die Beleidigungen Eurer Mannen entschuldigt!«, schrie er.

Ein Korb schob sich über den Mauerrand. Rupp sprang auf Nikolo zu, stieß ihn gegen die Pforte, kurz bevor Dreck und Steine auf sie herabprasselten. Die Mitra fiel zu Boden, kullerte zur Seite. Im nächsten Moment verschwand sie unter stinkendem Mist, als das Gesinde Stalleimer über ihnen auskippte.

Rupp spürte, wie Nikolo im Schutze seines Körpers zusammensackte. Ein Ächzen drang aus seiner Kehle.

»Sankt Nikolaus«, stammelte Nikolo, »er, er hat die Menschen immer beschützt. Wie können sie das vergessen? Sie haben ihn verehrt!«

Rupp linste die Mauer empor. Offenbar war den Feiglingen für den Moment die Munition ausgegangen. Er hörte sie lachen. Nikolo kroch auf den Knien über den Boden, kratzte an seiner Mitra, deren Rot und Gold unter Schweinemist verschwand. Zitternde Finger berührten das gestickte Kreuz.

»Nikolaus hat sie geschützt ...«

Rupp packte Nikolo unter der Achsel, dann schleppte er ihn von der Burg fort, hinein in die sinkende Dämmerung.

Die nächste Woche verbrachte Nikolo wie in einem Fieberwahn. Er ließ Rupp die Nachricht verbreiten, er hätte die Grippe, was die Leute davon abhielt, ihn aufzusuchen. So war es auch Rupp, der die Botschaft entgegennahm, der Ratsherr hätte einen anderen Lehrer für seine Söhne gefunden. Nikolo nahm die Nachricht mit blutunterlaufenen Augen zur Kenntnis.

»Das ist dein Werk, Rupp, dein Werk! Hast du es mit Absicht getan? Willst du sie gegen mich aufhetzen?« In seinem Wahn stotterte Nikolo beinahe. Rupp wähnte sich einem Fremden gegenüber.

»Wem dienst du eigentlich, Rupp? Denen? Diesen Ketzern? Oder glaubst du, du könntest mich ersetzen – Sankt Nikolaus! Dass sie nur erst all unsere Heiligen beseitigen müssen, damit du und deine Götzen übernehmen könnt? Ist das dein Plan?«

Kurz darauf entschuldigte er sich. »Ich weiß, du kannst nichts dafür. Nicht dafür. Diese Ketzer, Luther und seinesgleichen, sie ändern alles. Ich war viel zu arglos.«

Über Nacht verwandelte sich Nikolos Abneigung gegen die Prediger eines neuen christlichen Glaubens in Hass. Mehrmals schilderte er Rupp, was dieser schon gehört hatte: wie Nikolos Reise im vorigen Jahr ihn an den Ruinen brandgeschatzter Klöster und Burgen vorbeigebracht hatte. Wie an Furten und Brücken Abbilder von Schutzheiligen wachten, denen die Papstfeinde die Gesichter weggekratzt hatten. »Dasselbe würden sie mit mir tun, Rupp. Mit mir, und es kümmert ihn nicht!«

Rupp fragte nicht, wen er meinte.

Wann immer Rupp seinen Kopf in Nikolos Zimmer steckte, brütete sein Meister über dem Schreibtisch. Er schrieb Briefe, die er zusammenknüllte und verbrannte. Tintenkleckse übersäten seine sonst so saubere, mönchische Schrift.

Erinnert Ihr Euch noch an jenen Nikolaustag, da Eure geliebt Schwester verstarb?, konnte Rupp einmal entziffern, doch der Satz war durchgestrichen, ersetzt mit: *Euer Fürstliche Gnaden, es betrübt mich …*, aber Rupp las zu langsam, und Nikolo riss das Blatt an sich, bevor er Zeit hatte, sich tiefer über den Text zu beugen. Rupp überließ ihn seinen Dämonen.

Nikolo hätte tatsächlich die Grippe haben können, so fieberglänzten seine Augen in diesen Tagen. Schatten lagen unter ihnen, sein Bart stak ungleichmäßig, das sonst wohlfrisierte Haar war zerzaust, die grauen Strähnen darin dichter als zuvor. Er fastete wie besessen, badete nicht mehr. Seine Haut fühlte sich feucht-kalt an. Spät nachts flackerte Kerzenlicht unter seiner Tür hindurch und Rupp hörte ihn in seinem Zimmer murmeln. Mehr als einmal musste Rupp ein neues Tintenfass kaufen gehen, weil Nikolo es im Wahn an die Wand schmetterte.

Am Tag vor dem dritten Advent klopfte ein Bote an die Tür mit einem Schreiben für Nikolo, ein Siegel klebte daran. Nikolo riss dem Boten die Nachricht aus den Händen. »Er hat geantwortet«, flüsterte er, »immerhin das.« Rupp hatte nicht einmal gewusst, dass Nikolo einen Brief abgeschickt hatte.

Nikolo riss das fürstbischöfliche Siegel ab. Seine Lippen bewegten sich stumm, während er den Brief las. Dann ein Schrei, der Brief flog in die Ecke.

»Er lädt mich ein, die Thesen dieser Ketzer mit ihm in Ruhe zu erörtern!«, brüllte Nikolo. »Sie dienten der Freiheit der Gläubigen, was für ein Schwachsinn!«

Rupp bückte sich nach dem Papier.

»Er schreibt, wir dürften dem Weihnachtsfest in seinem Schloss beiwohnen. In Erinnerung an gemeinsames Studieren.« Die letzten Worte spuckte Nikolo förmlich aus.

Rupp hörte zum ersten Mal, dass Nikolo und Philipp zusammen über Schriften gebrütet hatten. Der Fürstbischof war um einiges älter, und soweit er wusste, war Nikolo kein hochrangiger Amtmann, sondern nur ein einfacher Dienstmann an Philipps Hof gewesen. Bis heute hatte Nikolo Rupp nicht erzählt, weshalb er damals die Kanzlei und Philipps Land verlassen hatte. Jedenfalls schien es nicht am mangelnden Wohlwollen des Fürstbischofs gelegen zu haben.

»Kein Wort darüber, was mir widerfahren ist! Gott, Philipp war schon immer ein Schwächling! Keine Kraft, keinen Ehrgeiz, keinen Mumm! Er macht alles zunichte, anstatt die seinen zu beschützen.«

Rupp argwöhnte, dass Philipps Handeln tatsächlich einem Schutzgedanken entspringen mochte, wenn auch keinem in Nikolos Sinne. Wie wenig es brauchte – nicht mehr als einen selbstgefälligen Vogt –, damit sich Nikolos Hass gegen seinen ehemaligen Gönner richtete.

»Wie kann er mich so im Stich lassen? Unseren Glauben? Er hat sich von Gott, dem Papst und allen Heiligen abgewandt.« Nikolo wisperte bloß noch. »Ein Ketzer, jawohl.

Aber Philipp wird sich umsehen. Die anderen Fürsten, wenn sie erfahren, was er tut, was er ist …«Nikolos Augen irrlichterten. Seine sonst so klare Sprache verwischte, Speichel spritzte. Rupp begann, ernsthaft um seinen Verstand zu fürchten.

»Ich kann das aufhalten. Ich muss! Ein Handel, ja, wir halten es auf. Dann muss ich ihn auch nicht mehr fürchten. Nicht hier, nicht dort …« Nikolo sprang in sein Zimmer. Rupp lief ihm nach. Er fragte sich, ob er nicht einen Arzt holen sollte.

Nikolos Zimmer roch nach saurem Schweiß. Er fuhrwerkte durch die Papiere auf dem Schreibtisch, riss ein sauberes Blatt hoch, griff nach Feder und Tintenfass. Auf dem Pult war kein Platz mehr. Nikolo warf sich zu Boden, begann auf den Holzdielen zu kritzeln. Rupp machte Anstalten, nach ihm zu greifen.

»Lass mich!«, fauchte Nikolo und schlug nach ihm. »Raus mit dir, Knecht! Oder teilst du etwa doch Luthers Sache? Willst du dich über mich erheben?«

Rupp zog sich zurück. Nikolo, der sich sonst stets in der Gewalt hatte, erschien ihm wie ein Wahnsinniger. Er musste ihm Zeit geben, seine Wunden heilen lassen, sagte er sich. Nikolo würde wieder vernünftig werden, das tat er stets.

Rupp trat hinaus in den Flur. Die letzten Worte, die er hörte, bevor er die Tür hinter sich schloss, quetschten sich durch Nikolos verbissene Kiefer.

»Ja, ich komme, Philipp. Weihnachten, Ihr werdet sehen. Ihr mögt Euch vom Glauben abwenden, aber Ihr bleibt immer noch derselbe Mann!«

Die bischöfliche Landesburg überragte die Stadt auf einem Hügel, der zum Ort hin steil abfiel. Eine Zugbrücke überspannte eine pfahlbestückte Wolfsgrube und endete vor dem einzigen Zugang zur Burg, dem Spitaltor. Das Tor stand offen. Ein beständiger Strom an Menschen ergoss sich unter den Augen der Wächter in die Festung und wieder heraus. Bauern und Fuhrmänner luden Kohle, Fleisch, Schmalz, Eier und Mehlsäcke von Karren ab. Unter Landsknechte, Gesinde, Handwerker und Händler mischten sich die farbenfrohen Gewänder edler Gäste, die der Einladung des Landesherrn, der Weihnachtsmesse in seiner Kathedrale und den Festlichkeiten zu Christi Geburt in seiner Residenz beizuwohnen, gefolgt waren.

Ministeriale, Freiherren, Ritter, geistliche wie weltliche Vögte, Doktoren – Nikolo murmelte Namen zu Köpfen, selbst wenn sich keiner nach ihm drehte, strahlte angesichts prachtvoller Wappenschilder und grüßte in alle Richtungen. Rupp hingegen empfand die Burg mit ihren massigen Ecktürmen und Mauern erdrückend. Was auch immer Nikolo aus der Berührung der Steinquader zog, in Rupps Empfinden atmeten sie Fäule. Der Gestank von zu vielen Menschen, Tieren, Abfällen, Kot und Urin umhüllte die Anlage von der Spitze des Bergfrieds bis zu den Gräben unterhalb der Aborte.

»Wer sind all die Leute?«, fragte Rupp, flach atmend unter einer Woge von Duftwässern. Eine Gruppe Edelleute hatte sich um einen Gaukler mit einem Affen geschart. Selbst der Affe sah aus, als würde er sich gleich erbrechen.

»Jene, auf die Philipps Herrschaft baut«, erwiderte Nikolo. Er klang, als ob er sich immer noch zu diesen zählte – oder wieder. Es war schwierig geworden, einzuschätzen, wo Nikolo seinen Platz in der Welt sah.

»Ich dachte, Männer wie Philipp herrschen von Gottes Gnaden?«

»Gottesgnadentum setzt voraus, dass ein Mann sich nicht an Gott vergeht.«

Rupp hatte es aufgegeben, Nikolo danach zu fragen, was er plante. Mit Philipp über Luthers Lehren reden – was versprach er sich davon? Er konnte doch nicht annehmen, dass er irgendein Mysterium kannte, welches den Fürstbischof beeindrucken würde, oder irgendein Argument, was weisere Kirchenfürsten oder hohe Ministeriale,

Prälaten und Gelehrte nicht bereits vorgebracht hätten. Wenn Rupp Nikolo die letzten Tage hatte reden hören, hätte er glauben mögen, Nikolo plane, seinen einstigen fürstlichen Gönner mit verletzten Gefühlen zu erpressen.

Er ist größenwahnsinnig geworden.

Jetzt waren sie jedenfalls hier, und Rupp würde nichts tun können, um Nikolo vor sich selbst zu schützen. Seufzend stellte er sich darauf ein, die Suppe auslöffeln zu müssen, wenn der Fürstbischof Nikolo klarmachte, dass er nicht gedachte, den Papst, Sankt Nikolaus oder all die anderen Heiligen gegen die Anhänger des neuen Glaubens zu verteidigen.

Gesindehaus und Küche lagen linkerhand des Fürstenbaus. Ein Kammermeister beschied Nikolo, dass die Unterkünfte wegen der großen Zahl an Gästen, mitreisenden Dienern und Vasallen überfüllt seien und dass er beim Truchsess vorsprechen solle. Ein Laufbursche führte Nikolo und Rupp daraufhin durch zugige Gänge, wo ihre Fußtritte von finstren Steinwänden widerhallten. Kurz darauf betraten sie den Küchenbau.

Die Burgküche pflügte einmal quer durch Rupps Sinne und betäubte alle zur gleichen Zeit. Selbst der Markttag in der Stadt hatte ihn nicht so überwältigen können wie dieser Rausch an Gewusel, Geräuschen, Gerüchen. Ein Jäger lieferte einen Strick ab, an dem sechs Hasen von den Läufen baumelten. Mehl staubte unter den Fäusten von gleich vier Brotmeistern und Bäckern, denen der Schweiß in der Ofenhitze über die Stirn rann, und die ihrerseits über einen Heizer fluchten, der seinen Kohleneimer verschüttet hatte. Schürzen starrten vor Fett und unbestimmten Nahrungsresten. Über offenen Herden und brodelnden Kesseln bildeten sich schwärzliche Tropfen an den Rändern rußverschmierter Kamine, in denen Schinken und Fisch räucherten. Eine Kammerjungfer bellte die Essenwünsche ihrer Gräfin in das Gewusel von Köchen und Helfern hinein. In Mörsern knirschten Mandeln, Gewürze verströmten den Duft von Weihnachten und fremden Ländern. Vor

Rupps Zehen platschten die Innereien eines Huhns in einen Eimer mit Hechtköpfen für die Hunde. Der Diener, der sie hergleitet hatte, hatte sich in dem Treiben verflüchtigt. Rupp fragte sich, wie sie hier jemals jemanden finden sollten, der ihnen einen Schlafplatz zuweisen konnte. Dann spürte er Nikolos Mund nahe seinem Ohr, der über den Lärm brüllte:»Dort drüben, das ist Philipps Kastner. Er wird sich an mich erinnern.«

Nikolo bahnte sich einen Weg vorbei an Fasane rupfenden Mägden, um einen Mann anzusprechen, der alles andere als für die Küche gekleidet schien. Der Kastner beugte sich über einen leergeräumten Tisch, auf dem umrahmt von Teigresten und Mehlspuren ein Tintenfass kleckste. Auf einem vollgekritzelten Blatt Papier notierte der Mann, der über den Speicher herrschte, was der Küchenmeister ihm an Bestellungen diktierte.

Beim Klang von Nikolos Stimme richtete er sich überrascht auf. Dann lächelte er. Über den Krach konnte Rupp nicht verstehen, was der Kastner zu Nikolo sagte, außerdem verpflichtete ihn just in diesem Moment eine Küchenmagd dazu, ihr einen Kessel, der selbst halbvoll kaum zu heben war, auf einen Kettenhaken über dem Feuer zu hängen. Sowie Rupp dies erledigt hatte und seine Hände an der Schürze des Mädchens abwischen durfte, war Nikolo verschwunden.

Auch gut. Für Rupp gab es schlimmere Orte als eine Küche, um zu warten. Er fand eine Ecke, wo er niemanden im Weg stand, legte dort sein Bündel ab und nahm von der Magd zum Dank für seine Hilfe eine Schüssel kalter Quarkbratlinge entgegen.

Zwei Stunden später hatte Rupp genug Zeit gehabt, sich einzureden, dass er zufrieden sein könne dort, wo er war. Am Leben, in Sicherheit, mit ausreichend zu essen an der Seite eines gelehrten Schreibers, der immerhin das Ohr eines Fürstbischofs zu haben schien. Hieß es denn nicht, Stadtluft mache frei? Sogar ein Knecht vom Land konnte dort etwas werden, selbst wenn er wenig geschaffen schien für die Dienstbarkeiten in der Stadt oder an einem fürstlichen Hof. Und Nikolo würde ihn immer brauchen, daran zweifelte Rupp nicht. Er musste sich nur gedulden, Nikolo würde schon wieder zur Vernunft finden. Viel schwerer indes fiel es Rupp, sich davon zu überzeugen, es spiele keine Rolle, dass morgen der Heilige Abend war, auf den die Nacht folgte, die Perchta in seine Welt zurückbringen würde. Die erste Rauhnacht des endenden Jahres.

Eine Zeitlang kaute er auf der Frage, ob Nikolo ihn wohl absichtlich in ein Schloss gebracht hatte, um ihn zwischen trutzigen Mauern einzusperren, die Rauhnacht ein für alle Mal auszuschließen. Im Echo der Messen zu Christi Geburt, unter dem Wappen von Schwert und Kreuz, der geballten weltlichen und geistlichen Macht eines Fürstbischofs, wäre es für Perchta viel zu gefährlich, Rupp zu suchen, selbst wenn sie es gewollt hätte.

Rupps Hand wanderte in sein Bündel, bis er den erdigen Stoff des Säckleins berührte. Zwei Walnüsse klackten unter seinen Fingern. Perchtas Beutel war beinahe leer, aber er würde sich füllen, sobald Rupp hineingriff. Er füllte sich immer.

Ein Abschiedsgeschenk, erinnerte er sich. Ein Lebwohl. Rupp hatte seine Entscheidung getroffen, und Perchta würde sie ehren. Sie war keine Frau, die zweimal fragte.

Rupp wischte sich eine Träne aus den Augenwinkeln und verstaute den Gabensack ganz unten zwischen seinen Sachen. Mochte er noch so sehr um die verlorene Zeit in Perchtas zauberhaften Wäldern trauern, er würde Nikolo nicht im Stich lassen. Nicht jetzt, wo dieser ihn mehr denn je brauchte. Kurz darauf tauchte der Kammerjunge wieder auf und winkte Rupp ihm zu folgen.

Der Knabe führte Rupp über eine Bedienstetentreppe in das Stockwerk über der Küche. Neben der Stiege schloss sich eine fensterlose Kammer an, deren Tür offenstand. Der Raum war winzig, mit einem schmalen Bett für eine Person, Schaffellen samt Decken auf dem Boden und einem Tisch mit einer von Sprüngen durchzogenen

Waschschüssel. Nikolo zündete soeben die Kerzen eines Kandelabers an.

»Hattest du dich verlaufen?«, fragte Rupp.

In Nikolos Augen spiegelten sich die Flammen. Er hauchte: »Ich habe ihn getroffen, Rupp.«

»Den Fürstbischof?«

»Er hat mich sofort empfangen. Trotz all der wichtigen Leute hier, den Vorbereitungen für die Messen, Weihnachten – er wollte mich sehen.«

»Was hat er gesagt?«

»Er hat sich für das Benehmen des Vogts und seiner Burgmannen entschuldigt.«

Rupp ließ die Bündel auf die Bettstatt fallen und setzte sich auf die Kante. »Dann ist alles vergessen und vergeben?«

»Er hat mir angeboten, hierzubleiben. In seine Kanzlei zurückzukehren.«

»Wirst du es tun?«

Eine Pause trat ein, in der Nikolos Blick sich in der auf seine Finger zukriechenden Flamme des Anzündestabs verlor. Schließlich sagte er: »Vor vielen Jahren, lange bevor du oder ich geboren wurden, bevor Philipp das Fürstbistum übernahm, da herrschte Krieg zwischen seinem Vater und seinem Nachbarn. Ein ehrgeiziger Fürst entsandte ein Heer ... Ein solcher Krieg kann schnell wieder entfachen. Philipps Schwächen, der Zungenschlag eines kleinen Mönchleins könnten genügen. Eine einzige falsche Entscheidung, eines Mannes Begehr. Die Zeichen, sie deuten auf Sturm.«

»Heißt das, du glaubst, Krampus' Vater plant, Phillip anzugreifen?«

»Pass auf, was du sagst!« Nikolo fuhr zu Rupp herum, der versonnene Ausdruck hinweggewischt. »Nie wieder sollst du diesen falschen Namen in den Mund nehmen. Die Wände von Burgen sind viel dünner, als du denkst.«

»Ich empfinde *Krampus* als passend. Die Welt sollte ihn nicht anders kennen.«

„Du bist ein Narr, mein Knecht."

Das Feuer des Kerzenstabs war erloschen. Nikolo legte das Hölzchen sorgsam an die Tischkante. »Ein Mann muss seine Seite mit Bedacht wählen.« Er kniete sich neben Rupp, nahm seine Hand. Verblüfft überließ Rupp ihm seine Finger. Nikolos Haut war kühl.

»Du warst immer mein Fels, Rupp. Wirst du weiter zu mir stehen und nicht zweifeln an dem, was ich tue?«

Rupp zögerte. Nikolos Verhalten erschien ihm seltsam. Vorsichtig sagte er: »Solange es gerecht ist.«

»Es ist gerecht.« Nikolo drückte Rupps Hand. »Sorg dich nicht. Es ist gerecht.«

Ein mürrischer Kammerdiener geleitete Rupp durch ein Labyrinth aus fensterlosen Dienstbotengängen und -treppen an einem Saal vorbei. Rupp erhaschte einen Blick auf eine von Essensresten, benutztem Porzellan und Silber übersäte, doch ansonsten leere Tafel. Kurz darauf öffnete der Diener ihm die Tür zu einer Kaminstube im zweiten Stock des Fürstenbaus, wo zu Asche zerfallende Glut ihre letzte Wärme aushauchte.

Den Büchern, Dokumenten und Schreibutensilien nach nutzten der Fürstbischof und seine Ministerialen die Stube für Amtszwecke. Obwohl nicht mehr als ein Vorzimmer zu den eigentlichen Amtsräumen des Fürstbischofs, war Rupp niemals mehr Prunk begegnet. Selbst das Ratsherrnhaus und die Halle seines ehemaligen Grundherrn wirkten bürgerlich gegen die fürstliche Pracht. Tisch und Schränke waren mit Intarsien dekoriert. Kunstvolle Reliefs verzierten den Kamin, auf dessen Sims sich Schmuckstücke aus Gold, Edelstein und Elfenbein reihten: silberne Leuchter, Kristallbecher und eine Sammlung verschiedenster Uhren. Üppige Wandteppiche erzählten von biblischen Heldentaten und Kreuzzügen. Zwei Dutzend Kerzen tränkten den Raum in wohlige Heimeligkeit; Stuck warf seine Schatten an die Decke. Vor den hohen Fenstern herrschte hingegen Nacht; der Bergfried im Hof lag finster.

Nikolo saß in einem Polstersessel, ein gewaltiges Buch auf den Knien. Wahrscheinlich kostete die Fibel allein so viel, wie ein Notar im Jahr verdiente, aber was wusste Rupp schon? Er kannte den Preis von Eiern, Mehl oder Saatgut. Dieses Buch hier mit seinen lebendigen, im Kerzenlicht fast vom Blatt springenden Malereien schien ihm wie das Werk einer fremden Welt.

»Ah, da bist du ja endlich.« Nikolo klappte das Buch zu.

Der Kammerdiener verschwand, doch Rupp hatte seine Missbilligung über die Anwesenheit eines Bauernknechts in diesem vornehmen Zimmer gespürt. Nikolo erhob sich. Ein Gewirr unterschiedlichster Düfte und Essensgerüche hing in seinen Haaren und Kleidern. Ein uncharakteristischer Weinfleck tränkte seinen Ärmelsaum.

»Hast du etwas zu essen bekommen?« Nikolos Silben verschwammen kaum wahrnehmbar.

»Das Gesinde hat mich versorgt.«

Rupp bezwang den Drang, das Fenster der Amtsstube aufzureißen, die winterraue, schneeschwangere Nachtluft zu schmecken, ob sie ihm eine Botschaft aus den Wäldern brachte. Rupp hatte sich schlaflos herumgewälzt, als der Diener ihn holen kam. Wie eine Gruft hatte er die fensterlose Kammer empfunden. Lebendig begraben.

»Wie spät ist es?«

Nikolo beugte sich über eine Tischuhr mit römischen und arabischen Ziffern. Er kniff die Augen zusammen. »Kurz nach ein Uhr.«

Keine vierundzwanzig Stunden mehr bis zum Beginn der ersten Rauhnacht.

Sie wussten beide, woran Rupp dachte. Wonach er sich sehnte. Die Erinnerung an Perchta und die Wilde Jagd schien Nikolo zu ärgern, denn er schnalzte mit der Zunge.

»Wieso trägst du dieses grobe Hemd? Hat dir der Diener nicht ausgerichtet, du sollst dich fein wanden?«

Rupps Leinenhemd reichte bis zum Oberschenkel. Einst war es weiß gewesen, die Zeit hatte es dunkeln lassen. Am Saum riss der Stoff ein. Ein Bauernhemd. Er hatte es auf dem Weg zur Landesburg getragen und zum Schlafen gegen die Kühle der unbeheizten Kammer übergezogen. Rupp verschränkte die Arme vor der Brust. »Wieso bin ich hier?«

»Philipp möchte dich kennenlernen.«

»Seine Fürstliche Gnaden? Wozu denn?«

»Ich habe ihm von dir erzählt. Von unserer Einkehr am Nikolaustag, wie wir den Menschen Gerechtigkeit und christlichen Segen bringen. Unser Herr ist … fasziniert. Ein gerechter Knecht, Philipp scheint die Idee biblisch zu finden.«

Nikolo zupfte an Rupps Ärmel. »Zieh das Hemd aus, Junge. So kannst du unserem hochwürdigsten Herrn nicht entgegentreten, da müsste ich mich schämen. Ich hole dir Festtagskleider. Du wartest hier.«

»Hier? Allein?«

»Ich vertraue darauf, dass mein gerechter Knecht kein Gold von den Uhren in diesem Raum kratzt.« Nikolo gestikulierte ungeduldig. »Nun mach schon!«

Rupp zog sein Hemd über den Kopf, warf es Nikolo zu. Nikolos Blick verfing sich einen Moment lang auf Rupps breiter Brust.

»Ich bin sauber«, knurrte Rupp, der sich mit jeder Minute unwohler fühlte.

Nikolo wandte das Gesicht ab. Er verzog den Mund, als ob es ihn schmerzte. »Natürlich, ich weiß. Verzeih mir. Ich bin gleich wieder zurück.«

Mit dem Hemd unter der Achsel schlüpfte Nikolo durch die Tür, zog sie leise hinter sich ins Schloss. Rupp blieb halbnackt und allein in der prachtvollen Amtsstube zurück. Ohne sein Hemd spürte er, wie sehr die Wärme dem nicht länger beheizten Raum entfloh. Trotzdem trat er auf das Fenster zu, entschlossen, es aufzureißen. Tiefes Schnurren hielt ihn auf.

Die Katze saß auf einem quastenverzierten Polsterhocker unter dem Fenster, wo Vorhänge ein schummriges Eck schufen. Die Augen träge auf Rupp geheftet, zuckte ihre Schwanzspitze, die Vorderpfoten kneteten das Polster. Krallen zupften an fest gewebtem Stoff. Rupp ging vor ihr in die Hocke. Kein edles Tier, bloß ein gewöhnlicher Mäusefänger. Der Katzenkopf schmiegte sich jedoch sofort in Rupps Hand, das Schnurren vertiefte sich. Im Kerzenschein schimmerten grünliche Augen.

»Gehst du morgen jagen, Hübsche?«, murmelte Rupp, während seine Finger dreieckige Ohren langzogen. »Die Rauhnacht ist eine gute Zeit für wilde Jäger.«

»Ich hoffe, du rufst damit nicht zum Jagdfrevel in meinen Wäldern auf.«

Neben dem Kamin hatte sich eine Tür geöffnet. Rupp hatte sie gar nicht bemerkt, so sehr verschmolz sie mit der Holzvertäfelung. Ein Mann schloss sie hinter sich. Er ging an die fünfzig zu, obgleich er jünger wirkte als die ergrauten Bauern auf dem Land. Blondes Haar half, das Weiß der Jahre zu kaschieren. Er trug keinen fürstlichen Überrock, sondern lediglich ein Hemd über feiner Kniehose. Rupp brauchte allerdings weder Insignien noch Brokat, um zu wissen, wer da vor ihm stand.

Er fiel vor dem Fürstbischof auf die Knie. »Herr …«

Philipp stellte eine Lampe auf dem Amtstisch ab. Er trat auf Rupp zu, streckte ihm die Hand entgegen. Rupp küsste den Ring. Der Fürstbischof roch tatsächlich nach Myrrhe.

»Erheb dich, mein Sohn. Nikolo hat mir bereits viel von dir erzählt.«

Rupp kam zurück auf die Füße. Philipp war einen knappen Kopf kleiner als er, gut gebaut ohne den Wanst so vieler seines Standes und Alters. Ein Augenlid zuckte, da Philipps Blick über Rupps nackten Oberkörper wanderte. Rupp sah sich um, doch er fand nichts, um sich zu bedecken.

Der Hocker beim Fenster war jetzt leer, die Katze verschwunden. Dabei verfügte die Amtsstube nur über wenige

Möbel, hinter denen sich ein Tier verkriechen konnte. Rupp schien es, als hätte er gerade seinen letzten Verbündeten verloren. Hemdlos, von Nikolo alleine gelassen mit dem weltlichen und kirchlichen Oberhaupt seines Landes in einer Stube, in der Rupp sich so fehl am Platze fühlte wie ein Stier in einem Baumwipfel.

»Du hast dein Hemd ausgezogen.« Mit schnellen Schritten, fast ein wenig fahrig, trat Philipp hinter den Tisch und begann, in einem Stapel Dokumente zu wühlen.

»Nikolo, er sagte, er würde …«

»Er kann sehr überzeugend sein, nicht wahr? Nikolo.« Philipp schien gefunden zu haben, wonach er suchte. Er stierte auf ein Stück Papier, ohne es zu lesen. Der Fürstbischof wirkte angespannt, nutzte den Tisch wie ein Bollwerk. Leise fügte er hinzu: »Dein Meister ist gut darin, die Bedürfnisse seiner Mitmenschen zu kennen.«

Rupp betete, dass Nikolo bald zurückkehrte. Er sollte nicht hier sein. Es war falsch.

Philipp blickte ihn an. »Was ist mit deinen Bedürfnissen, Rupp? Knechte werden meist nicht danach gefragt. Stimmen sie mit Nikolos überein?«

»Ich, ich verstehe nicht, Euer Gnaden. Hochwürdigster Herr.«

Philipp ließ das Dokument fallen. Klopfte darauf, tief einatmend. »Nikolo hat dich mir heute Abend überantwortet.«

Rupp hätte in diesem Augenblick alles darum gegeben, Erde unter seinen Füßen zu spüren. Die Festigkeit von Krume und Gestein, anschmiegsames Laub oder Gras, das sich der Fußsohle entgegenpresste. Hier in dieser Stube fühlte er, wie der Boden unter ihm einbrach. Wie es wäre zu fallen, die ganze Höhe des Fürstenbaus nach unten in die Hölle unter den Verliesen.

Philipp hielt das Papier hoch. Nikolos schwungvoller Namenszug unterstrich ein paar eng beschriebene Zeilen. Der Fürstbischof atmete tief. »Ich frage mich, wieso er das getan hat.«

»Er, er schätzt Euch«, krächzte Rupp.

»Er kennt mich zu gut.« Philipp schüttelte den Kopf. »Meine Schwächen.«

Abermals spürte Rupp den Blick des Fürstbischofs auf seinem Körper wie eine Berührung.

Da, endlich, verstand er.

Im selben Moment näherten sich draußen Stimmen. Sie klangen aufgebracht. Ein Ruf ertönte: »Wo ist er?«

Philipps Kopf ruckte hoch. Und Rupp verstand noch etwas anderes: dass Nikolo gerade sie beide verriet. Seinen Landesherrn wie seinen Knecht.

»Ich fürchte, Ihr wurdet getäuscht, Herr.« Rupp stolperte über die Worte. Ihm war schlecht. »Ich, ich bin, ich bin nicht … Nicht, was Ihr denkt.«

»Nikolo«, flüsterte der Fürstbischof, erbleichend.

Rupp schloss die Lider, nickte. »Es ist eine Falle.«

Der Fürstbischof sprang zur Tür, drehte den Schlüssel im Schloss, einen Atemzug bevor sich die Klinke bewegte.

»Euer Fürstliche Gnaden?«, rief eine Männerstimme. Sie klang fordernd, gar nicht nach einem ergebenen Vasall. »Lasst uns ein!«

»Wer ist das?«, fragte Rupp.

»Heinrich von Niedernsee. Ein Graf. Er und ich, wir sind nicht … Ogottstehmirbei.« Der Fürstbischof hatte zu zittern begonnen. »Sie sind alle hier, all meine Günstlinge, all meine Widersacher. Es gibt bereits Gerüchte. Wenn sie dich hier finden, Rupp, ohne Kleidung – meine Feinde, andere Fürsten, sie werden behaupten …«

Die Worte überschlugen sich, fielen in die Teppiche, als ob sie sich darin zu verstecken trachteten. Rupp ahnte die Anklage, noch bevor Philipp hauchte: »Sie werden behaupten, unsere Bestrebungen, die Romanisten zu reformieren, begünstige … widernatürliche Gelüste.«

Sodomie. Ketzerei.

Nikolo will ihn vernichten. Egal um welchen Preis.

Er musste hier verschwinden. Sofort. Solange ihn niemand hier gesehen hatte, kleiderlos …

Rupp sprang auf die Geheimtür zu, doch Philipp hielt ihn auf, bemüht, seine Stimme leise zu halten. »Nicht! Diese Tür, sie führt zu meinem Schlafgemach. Wenn es ein Komplott ist, dann wird es noch schlimmer, wenn sie dich dort finden.«

Das Hämmern an die Tür wurde lauter. Der Kämmerer wurde gerufen. Der gleiche Mann wie zuvor brüllte: »Philipp, wir fürchten, Euch geht es nicht gut. Deshalb werden wir jetzt die Tür aufbrechen. Herr, wenn Ihr uns hört, öffnet die Tür!«

»Was ist mit dem Fenster?«, fragte Rupp, sich fieberhaft im Raum umsehend. Die Amtsstube gab kein Versteck her.

»Zu hoch, du würdest den Sprung nicht überstehen.«

Philipp brach auf einem Stuhl zusammen. Tränen liefen ihm über die Wangen. »Es ist zu spät. Jesus Christus, vergib mir.«

Ob er sein eigenes Schicksal damit meinte oder Rupps, blieb gleich. Rupp konnte sich vorstellen, wie die Sache für ihn ausgehen würde. Seine letzte Unterhaltung mit Nikolo schoss ihm durch den Kopf: *Ein ehrgeiziger Fürst entsandte ein Heer.* Nur diesmal bestand das Heer aus einem falschen Heiligen und seinem halbnackten Knecht.

Ein Mann fällt über das, was er begehrt.

Erneut hämmerten Fäuste gegen die Tür.

»Seine Gnaden in der Amtsstube antwortet nicht«, bellte es draußen. »Wir bangen um sein Wohl!«

Ein Schlüsselbund klimperte.

Rupp lief zum Kamin, bückte sich und blickte hinauf in den finsteren Schacht. Ein Hauch schwacher Wärme stieg aus der Asche.

»Wie komme ich vom Dach runter?«

»Du willst durch den Kamin klettern?«

»Passe ich durch?«

»Ich, ich weiß es nicht.«

»Das Dach?«

»Der Küchenbau, du könntest hinüberspringen. Die Kamine dort … « Philipp versuchte, sich zusammenzureißen.

»Es ist nach Mitternacht. Sie werden die Herdstellen nicht mehr geheizt haben. Glaube ich.«

»Ich hoffe, Gott erhört Eure Gebete mehr denn meine, Herr.«

Rupp schob sich unter den Kaminabzug. Er spreizte die Beine, damit er nicht in die Asche trat, und presste die Hände in die Seiten der Kaminmauerung.

Der Schlüssel im Türschloss ruckelte, als die Männer von außen einen zweiten einschoben.

»Lenkt Sie ab, Herr. Sie dürfen mich nicht hören.«

»Gnade sei mit dir, mein Sohn«, flüsterte der Fürstbischof.

Der Schlüssel auf der Innenseite der Stube fiel zu Boden. Klickend öffnete sich das Schloss. Rupp stemmte sich hoch. Seine Füße verschwanden im Kamin im selben Moment, da die Meute edler Herrschaften Philipps Tür aufstieß.

Zum Glück war der Kamin nicht glatt gemauert, der Stein bloß grob behauen. Rupps Finger und Zehen fanden genügend Vorsprünge, an denen er sich nach oben drücken konnte. Unter ihm rieselte Ruß die Wände hinab; Rupp unterdrückte einen Husten. In der Amtsstube hatte der Fürstbischof zu stöhnen begonnen, er habe Bauchkrämpfe, jemand müsse seinen Leibarzt rufen. Kurz darauf schepperte etwas. Niemand hörte Rupps Kratzen im Kamin.

Rupp kletterte höher, keuchend in muffiger Dunkelheit, und verdrängte den Gedanken, wie tief er fallen würde, sollte er abrutschen. Die Wände des Kamins rückten enger zusammen. Die Breite seiner Schultern wurde zum Problem, die Luft stickiger. Rupp atmete flach. Einmal glitt seine Linke ab, er schürfte sich die Knöchel am Mauerwerk auf, doch er stemmte sich weiter hinauf. Er schwor sich, sollte er das hier überleben, würde er niemals wieder eine Burg betreten.

Schließlich schmeckte er frische Luft. Rupp spähte hoch und blinzelte in ein Dreieck aus Sternen, vor das sich im nächsten Moment dicke Wolken schoben. Eine Schneeflocke rieselte auf seine Lider herab. Sie fühlte sich an wie ein Kuss.

Kurz darauf robbte er sich über die Kaminkante und verbarg sich in dessen Schatten. Die Wachen auf der Mauer und den Türmen blickten in die andere Richtung, vom Inneren der Burg ins freie Land oder hinunter zur Stadt. Niemand bewachte die Dächer des Fürstenbaus.

Seit ihrer Ankunft hatte es geschneit. Schnee bedeckte die Dachschräge, der unter Rupps Füßen ins Rutschen geriet. Scharrend klammerte er sich gerade noch am Giebel fest. Er war froh, dass er nicht sehen konnte, wie tief es vom First aus hinabging. Auf der anderen Seite war eine Dachlawine abgegangen und hatte die Schindeln freigelegt. Rupp zog sich über den Giebel auf die schneefreie Schräge, hangelte sich von dort zum Dach des Küchenbaus und hinunter zum nächsten Kamin. Als er sein Gesicht über den Abzug hielt, stieg ihm ein lauer Luftzug und Räucherduft entgegen.

Wenig später baumelten zwei Füße aus dem Rauchabzug über einer für die Nacht abgedeckten Feuerstelle. Ungesehen glitt eine rußbefleckte Gestalt aus dem Kamin in die leere Burgküche. Am nächsten Morgen würde die Dienerschaft schwarze Tappen auf dem Boden finden, viel zu groß, um von einem Kobold zu stammen, und ein Schinken, der zum Räuchern im Kamin gehangen hatte, würde verschwunden sein.

Rupps Hose, seine Schuhe, sein Rumpf, sein Gesicht – alles war von Ruß geschwärzt. Er fand einen Wasserbottich und schrubbte sich notdürftig die Haut, bevor er zu seiner und Nikolos Kammer schlich. Sie war leer, Nikolo nicht da. Rupp packte seine Sachen und lief die Treppe hinunter aus dem Küchenbau in den Schlosshof. Im ersten Stock brannten Lampen, Stimmengewirr drang nach draußen. Bestimmt hatte sich mittlerweile der halbe Hof um den vermeintlich kranken Fürstbischof geschart. In einem Fenster jedoch machte Rupp eine vertraute Gestalt aus. Schmal gebaut, schulterlanges Haar, starr wie eine Statue.

Heute Abend würde Nikolo in dieser Burg keine Freunde mehr finden. Den Mächtigsten hatte er verraten, seine Mitverschwörer enttäuscht.

Das Fenster öffnete sich. Nikolo hatte ihn entdeckt. Rupp wandte sich zum Gehen, achtete nicht auf den Ruf, der ihm nachschallte. Es gab nichts mehr, was ihn hielt. Am Tor ließen sie ihn ohne Umstände passieren. Rupp überquerte die Zugbrücke. Die Hauptstraße führte von dort in einem Bogen in die Stadt hinab, aber Rupp wandte sich in Richtung Wald.

Neuer Schneefall setzte ein. Die Flocken tanzten im Luftzug von Rupps Schritten, als wären sie beseelt und feierten ihn und seine Entscheidung. Ein Windstoß griff in seinen Rücken, schob ihn sanft nach Süden, hinein in das Herz der nahenden Rauhnacht. Zu Perchta. Falls sie ihn sie finden ließ.

Sie ist stolz. Und er war immer noch sterblich.

»Du sturer Bock, bleib endlich stehen!«

Einen brennenden Kienspan schwenkend, keuchte Nikolo in Rupps Spur einher, rannte, wo dieser schritt. Trotzdem brauchte er die Länge der Gärten und Felder bis zum Waldrand, um Rupp einzuholen. Umständlich kletterte er über den Zaun am Ende.

»Du hättest doch gar nichts tun müssen! Es hätte genügt, einfach nur da zu sein!« Nikolo taumelte in Rupp hinein, der angehalten hatte, um sich seinem ehemaligen Meister zu stellen.

Die Fackel versengte beinahe Rupps Kinn. Er entwand sie Nikolo, ohne sich darum zu kümmern, dass sein Griff dessen Daumen verdrehte. Erschrocken über die Härte in Rupps Zügen, zog Nikolo seine Hand zurück.

»Versteh doch, Rupp«, flehte er, »ich hatte keine Wahl. Wenn es einen besseren Weg gegeben hätte … Ich musste es tun. Nicht nur für mich. Wenn Philipp abdankt, dann …«

»Lass es, Nikolo.«

»Wenn du mich erklären lässt –«

»Ich habe dir genug gedient. Ich gehe.«

»Du kannst nicht einfach so verschwinden! Du bist immer noch mein Knecht.«

»Nicht länger. Du hast mich heute Nacht übereignet, schon vergessen?«

»Das machen wir rückgängig.«

»Weil Philipp noch mit dir reden wird? Du hast ihn verkauft!«

»Ich habe nichts dergleichen getan! Er ist ein Ketzer! Er bedroht uns alle! Ich würde nie Geld nehmen …«

»Aber du würdest ihn gegen die Gunst eines anderen Fürsten verkaufen. Das war doch dein Plan, oder? Was hast du mit Krampus verabredet?«

»Rupp, die Welt, sie ist anders, als du sie siehst. Wenn du überleben willst, dann musst du auch mal etwas tun, was zunächst übler erscheint. Bitte, komm mit mir zurück, dann werde ich all-«

»Ich werde nicht mit dir kommen.« Die Flamme des Kienspans schrumpfte zu einem Glimmen. Nikolos Gesicht erlosch in der Dunkelheit. »Ich bin jetzt frei.«

»Philipp hat dich freigesetzt?«

Rupp wandte sich ab. »Lebwohl, Nikolo.«

Nikolo klammerte sich an Rupps Arm. »Du kannst mich nicht verlassen! Ich, ich bin nicht sicher hier!«

Rupp wischte seine Hand beiseite und lief los.

»Du hast nichts ohne mich!« Wutentbrannt setzte Nikolo ihm nach. »Gar nichts, Knecht! Du glaubst, du könntest zu dieser Hure gehen, nicht wahr? Perchta?« Er spuckte den Namen in den Schnee. »Aber da irrst du dich. Wenn du sie erreichst, wird von ihr nicht mehr übrig sein als Asche auf einem Scheiterhaufen. Hörst du, Rupp? Die Hexe wird brennen!«

Rupp lief weiter.

»Sie wird tot sein!«, kreischte Nikolo ihm nach. »Tot! Es ist zu spät! Krampus wird sie vor dir erreichen!«

Ein Schauer jagte durch Rupps Brust. Mit einem Mal lag der Wald totenstill. Was wusste Nikolo?

Nikolo, der Rupps Zögern witterte, höhnte: »Das hast du nicht geahnt, nicht wahr? Deinem Freund ist es zu heiß geworden. Er kann es nicht wagen, dass sie ihn für einen Heiden halten. Also wird er ihnen die Zauberin liefern.«

Nikolo japste unter Rupps plötzlichem Griff um seinen Kiefer. Keine Handbreit trennte ihre Gesichter in der Finsternis.

»Woher weißt du das?«

»Glaubst du, ich hätte mich nicht umgehört? Glaubst du, wir wären sicher, wenn ich nicht ständig wachsam wäre? Ich, ja ich! Stets habe ich meine Fühler ausgestreckt …«

»Perchta. Was hat Krampus vor?« Rupp schüttelte Nikolo. »Sprich!«

Nikolo wimmerte. »Er wird ihr eine Falle stellen.«

»Sie können sie nicht töten.« Doch Rupp wusste, das stimmte nicht. Er hatte Perchta verletzt gesehen, wo sich das Kreuz Christi in ihre Haut gebrannt hatte. Er hatte ihre Furcht erlebt auf dem Hügel über seinem Dorf. Die Christen seien zu mächtig, hatte sie ihm erklärt. Wenn sie eine Göttin stürzen konnten, dann konnten sie sie auch töten.

Angst erfasste Rupp, schlimmer als die Furcht von damals, da er meinte, den Teufel zu erblicken.

»Das Kreuz«, flüsterte er. »Es hebt ihre Magie auf.«

Sie besaßen Waffen gegen Perchta, selbst wenn sie nicht einmal ahnen mochten, wen sie da mordeten.

Nikolos Augen weiteten sich.

Rupp starrte auf seine Finger um Nikolos Kinn. So groß. Bärenpranken. Wenn Perchta etwas geschah, dann würden diese Hände Krampus zerfetzen.

Rupp stieß Nikolo von sich. Dann begann er zu rennen. Nikolo schrie ihm nach, doch der Schnee, der in immer dichteren Flocken fiel, verschluckte seine Rufe, löschte Nikolos Gestalt aus und alles, was Rupps Leben bis dahin gewesen war.

Der Spiegel hält Sophie auf, weil eine Fremde ihr entgegenblickt. Oder keine Fremde, vielmehr ein begrabenes Ich aus einer Epoche mit mehr Leichtigkeit: die Lippen zu einem Lächeln geöffnet, in den Rehaugen ein Funkeln.

Als sie Steffen kennenlernte, behauptete er, mit diesem Funkeln würde Sophie es weit bringen, aber damals war es Flirterei. Jetzt ist ihre Ehe vorbei, tot wie ihre zweisamen Weihnachtsabende gewesen waren: in vornehmen Restaurants mit Geschenken, die teuer waren, aber nichts bedeuteten. Heute, an diesem Heiligen Abend, ist alles anders, die Freude wahrhaftiger. Dabei hatte Sophie nicht mehr geglaubt, dass sie diesen Tag mit Leben gefüllt sehen würde.

Jetzt fehlt nur noch das Ende von Ruprechts Geschichte. Soll sie auf ein gutes Ende hoffen? Aber was heißt das denn schon? Sogar vor einem traurigen Ende kann etwas Wundervolles stehen.

Der Hund drückt sich an ihre Schienbeine, auch er ist begeistert. Er hat den Sahnebecher ausschlabbern dürfen.

»Schlaf ein wenig, kleiner Wächter«, sagt sie zu ihm. Es ist spät, doch die Uhr zählt schon lange nichts mehr in diesem Haus und schon gar nicht an diesem Abend. Frieden hat sich über die Räume gesenkt. »Heute Nacht wird nichts mehr passieren.«

Sie wirft sich einen Poncho aus dunkelrotem Kaschmir über. Er hat ihrer Schwester gehört, deshalb ist er Sophie auch ein wenig zu lang, aber er ist edel und hüllt sie in den Duft von Familie. Einen Moment lang vergräbt sie ihr Gesicht darin.

Schaust du uns zu, Louisa? Ich habe mein Versprechen gehalten, siehst du das?

Sophie greift nach dem Bräter. Kein Weihnachtsbraten dampft darin vor sich hin, nur ein paar Bratwürste, Kartoffeln und Kraut, aber sie sieht bereits Ruprechts Miene vor sich, wenn sie ihm die Reste des Weihnachtsmahls serviert. Besser als im Palast eines Kaisers.

Sie lässt sich Zeit auf ihrem Weg hinüber zur Kate. Flocken rieseln herab, doch die Wolkendecke wird durchlässig, immer wieder blinken Sterne auf. Minus zwei Grad hat das Quecksilberthermometer an der Veranda heute Nachmittag angezeigt, seitdem zieht die Kälte rasant an. Der Bräter wärmt Sophies Hände. Eine Spur zieht sich über die Lichtung, aber sie stammt bloß von einem Fuchs. Die Sorge vom Morgen, als Sophie die Fußstapfen entdeckt hat, ist in so weite Ferne gerückt wie der Rest der Menschheit.

Ruprecht schläft bei ihrem Eintreten, doch sein Schlummer ist leicht. Sowie sie Kerzen anzündet, kämpft er sich hoch. Sophie erkennt sofort, es geht ihm schlecht. Offenbar trägt sie ihr Herz in ihrer Mimik, denn Ruprecht will sie beruhigen.

»Keine Angst, Sophie. Reden geht noch. Ich habe mir mein Leben lang Worte aufgespart, jetzt sind noch genügend übrig.«

Er quält sich aus seinem Hemd, damit sie ihn abhören kann. Das Stethoskop ist kalt, sie versucht es mit der Hand zu erwärmen. Ihre Finger streichen über seine Haut. Sie hat die Narben schon zuvor bemerkt: Striemen auf dem Rücken, Brandwunden auf Schulter und Oberarm. Woher letztere stammen hat Ruprecht ihr noch nicht erzählt.

Sie hilft ihm, das Hemd zurück über den Kopf zu ziehen. Sie kommt ihm nahe dabei, ertappt sich beim Gedanken, wie es wäre, sich in seine Arme zu schmiegen. Beim letzten Mal hat er sich angefühlt wie die Felsen an der bretonischen Küste, wo sich Sophies Eltern seit Jahren stilvoll zu Tode saufen. Weich geschliffener Stein.

Plötzlich ist sie unendlich froh, nicht alleine zu sein. Dankbarkeit schnürt ihr die Kehle zu. »Bitte erzähl weiter.«

Ruprechts Stimme findet zurück zu ihrem rumpelnden Rhythmus der letzten Wochen, ein wenig leiser, ein wenig schwächer, aber immer noch geschaffen für Legenden. Sophie macht es sich bequem, um seiner Erzählung über

Rupps letzte Jagd zu lauschen. Vor ihren Augen sieht sie den Knecht, wie er durch Wald und Winter hetzt, über Straßen und Äcker, durch Flüsse und über Pfade, die sich sonst nur Zugvögeln und Wild erschließen, die Nacht hindurch, in den Morgen hinein und den ganzen folgenden Tag, um die Göttin, die er liebt, zu retten. Sophie ahnt, selbst im Sieg wird er verlieren.

»Macht es Sinn, sein Leben für eine aussichtslose Liebe zu riskieren?«, fragt sie Ruprecht.

Der alte Wanderer lächelt müde. »Liebe macht keine Rechnung auf, Sophie. Nicht einmal mit Hoffnung.«

Weihnachten kennt nur ein Gesetz:
Lebe gerecht. Diene. Liebe.
Das hat er uns gelehrt.
- Marians Chronik.

Es hatte aufgehört zu schneien. Die Wolkendecke löste sich auf. Die wenigen Flocken, die weiterhin ihren Weg zur Erde suchten, rieselten von Bäumen herab, die sich unter der Last des Schnees neigten. Schwindendes Licht tönte das Land veilchenfarben, während unter Nadelästen und zwischen steilen Hängen die Dämmerung um sich griff. Das Tal, in dem Rupp der Wilden Jagd zum ersten Mal begegnet war, lehnte sich der hereinbrechenden Rauhnacht entgegen.

Rupp näherte sich entlang der Flanke der westlichen Hänge. Am Taleingang hatte er mehrere Stunden alte Spuren von Reitern entdeckt. Der frische Schnee hatte ihre Huftritte zum großen Teil bereits begraben, trotzdem genügte die Fährte als Warnung: Krampus war nicht alleine gekommen, und sie hatten das Tal vor Rupp erreicht. Ein Stück weiter roch Rupp gelöschte Kohlen. Die Entdeckung spülte die Erschöpfung hinweg. Seine Sinne stimmten sich auf den Wald ein, auf den Geschmack des Winds, die Spur eines Hasen, der in weiten Sprüngen aus dem Tal geflüchtet war. Er tastete über die Schneeoberfläche: weich, kein Reif. Er prüfte die Luft: mild, nicht die klirrende Klarheit, die Perchtas Nahen ankündigte. Er hatte noch Zeit.

Zeit zu jagen.

Drei Landsknechte hatten sich am Talausgang postiert, wo Biber den Bach gestaut hatten. Die Männer trugen kein Wappen, offenbar hatte sich Krampus der Dienste fremder Söldner versichert. Ein weiterer Mann, ein Mönch mit einer Statur wie ein Brotlaib auf Beinen, schien die Nähe der Landsknechte zu meiden. Er saß abseits und, im Versuch, die letzte Abwärme zu erhaschen, beinahe in der gelöschten Glut der aufgelassenen Feuerstelle. Vier Männer, doch Rupp zählte sieben angebundene Pferde zwischen den Bäumen. Krampus', Prügels und Kinderfressers Rösser waren nicht darunter.

Zahlreiche Spuren zerfurchten den Schnee um das Lager. Ein Pfad endete in von Urin gelb zerlöchertem Schnee. Eine weitere Fährte, diese breit und tief, führte in das Tal hinein, wo sich Hänge verengten und ein paar Mann mit Leichtigkeit den gesamten Talgrund abriegeln konnten. Sie stammte von mehreren Pferden und Männern zu Fuß.

Rupp näherte sich in einem Bogen um das Lager, um in der Dämmerung besser in der Spur lesen zu können. Die Fußtritte gehörten drei weiteren Landsknechten; die schmalen Löcher neben ihren Stapfen zeugten von Spießen oder Hellebarden. Die drei Reiter hingegen – Rupp ahnte, wen er da vor sich hatte und wo er sie finden würde: in einer Senke im Herzen des Tals, wo sich Perchtas von Flammen bewegtes Antlitz einst zum ihm nach oben gewandt hatte. Krampus, Prügel und Kinderfresser würden auf Perchta warten, wie sie es jedes Jahr taten. Sie in Sicherheit wiegen.

Drei Männer und ein Mönch zur Unterstützung hier, sechs weitere im Tal – viel Aufwand für eine einzelne Frau. Krampus mochte nicht ahnen, wer Perchta wirklich war, aber entweder war er klug genug, sie und Wolf nicht zu unterschätzen, oder er wollte tatsächlich eine Schau als Hexenbezwinger aufführen. So oder so, sie würden eine gewaltige Überraschung erleben.

Der erste Landsknecht machte es Rupp einfach. Der Mann hatte sich zum Erleichtern entfernt, eine Mulde in den Schnee getrampelt und sich mit heruntergelassener Unterhose darüber niedergelassen, die Hände auf den Schaft der Hellebarde gestützt. Als Rupps Schlag seinen Schädel traf, kippte der Körper lautlos zur Seite. Rupp lauschte, doch im Lager summte die Unterhaltung der verbliebenen Männer ohne Pause weiter. Er zog dem Betäubten das

Kurzschwert aus der Scheide und fesselte ihn mit seinem eigenen Gürtel. Der Söldner trug weder Kettenhemd noch Harnisch – bestimmt hatte er nicht damit gerechnet, in einen echten Kampf zu geraten, und im Schnee hätte ihn die schwere Ausrüstung bloß behindert.

Rupp nahm die Hellebarde an sich und wägte sein Langmesser gegen das Kurzschwert des Söldners ab. Er entschied sich für sein Messer. Er war ein Bauer, und wie ein solcher würde er kämpfen.

Die Dämmerung schritt fort. Rupp schlich sich näher ans Lager. Er hörte einen der Landsknechte fluchen, weil sie das Feuer hatten löschen müssen und nun die Kälte in ihre Knochen kroch. »Über dem Feuer könnten wir die Hexe wenigstens gleich braten.«

»Soll ein altes Weib sein, hab ich gehört.«

»Nee, schön soll sie sein. Männer mit ihrem Atem verzaubern. He, Mönch, was meinst du, wie ihr Hintern wohl ist?«

Rupps Anschleichen ließ die Pferde unruhig werden. Eines war ein Destrier, der die Nüstern blähte und die Ohren anlegte. Rupp kroch heran, bis er das vorderste Pferd mit der Spitze der Hellebarde erreichen konnte. Ein leichter Stich in die Flanke versetzte das Tier in Panik. Wiehernd bäumte es sich auf und steckte die anderen Pferde in seiner Aufregung an. Hufe stampften den Boden. Schlanke Stämme bogen sich unter dem Zug der Fesseln. Die beiden Landsknechte eilten herbei, um nachzusehen, was die Rösser erregt hatte. Der erste bemühte sich, den Destrier zu beruhigen und gleichzeitig den gefährlichen Hufen auszuweichen.

»Bestimmt ein Raubtier! Geh nachsehen!«, bellte er.

Sein Kumpan tauchte ins Gehölz. Er hielt die Hellebarde vor sich, obwohl die Waffe im Unterholz denkbar ungeeignet war. Über das Prusten und Stampfen der Pferde hinweg hörte er nicht, wie Rupp hinter ihn trat. Rupp schlang dem Söldner einen Arm um die Kehle, die andere Hand drückte seine Handschuhe auf Mund und Nase des

Gegners, erstickte dessen Schrei. Unbarmherzig zog er den Würgegriff um den Hals des Mannes enger. Die Hellebarde klapperte gegen einen Stamm, der Söldner ächzte, doch sein Kumpan konnte ihn jenseits der brodelnden Pferdeleiber weder sehen noch hören. Rupp wartete, bis der Landsknecht in seinen Armen erschlaffte, dann schleifte er ihn hinter einen Felsen.

»Luchs!«, rief er und hoffte, dass die Fremdheit seiner Stimme über den Lärm der aufgewühlten Pferde hinweg nicht auffiel. »Komm!«

Der verbliebene Landsknecht sprang sofort zwischen die Bäume. »Wo steckt das Vieh? Hast du es gesehen?«

Das stumpfe Hellebardenende traf sein Kinn und schleuderte ihn nach hinten. Rupp setzte sofort nach und fällte ihn mit einem Schlag des Birkenknaufs an seinem Messer.

Rupp machte sich nicht die Mühe, sich an den Mönch anzuschleichen, der aufgesprungen war und vom Lager aus in das Zwielicht stierte. Zielstrebig schritt er auf den vor Angst schlotternden Kirchenmann zu.

»Wer bist du, Unhold?« Der Mönch wich zurück, die Hände schützend vor den Körper gestreckt. »Halte ein!« In seiner Faust reckte sich ein Kreuz Rupp entgegen.

Rupp fegte den Arm beiseite. Er fesselte und knebelte den Mönch mit Stricken aus einem Beutel neben dem verloschenen Lagerfeuer. Er nahm ihm gar das Kreuz ab, schleuderte es fort in die Nacht.

Vergib mir, Vater. Das Kreuz war zu gefährlich für Perchta. Selbst wenn Rupp sich damit an Gott verging, würde er freudig jede Strafe ertragen, solange Perchta in Sicherheit war.

Eingeschlagen in ein Leinentuch fand Rupp eine Hammelkeule und Pasteten. Ausgehungert rissen seine Zähne am Fleisch, doch es blieb ihm keine Zeit, es ganz zu verschlingen. Weiter das Tal hinein würden sich Krampus und seine Kumpane bereit machen für Perchtas Empfang.

Rupp machte sich auf zum letzten Stück seines Wegs.

Die restlichen Wolken verflüchtigten sich. Die Luft kühlte ab und gewann gleichzeitig an Klarheit, die sämtliche Konturen schärfte und aus Sternen Diamanten schuf. Land und Firmament bereiteten den Boden für die Ankunft der Herrin der Rauhnacht. Der Wald ruhte still. *Heilig.*

Wenn die Alten Götter die Feinde Christi waren, wie konnte Gott es dann zulassen, dass die Wälder und Bäche, die Flüsse und Berggipfel Perchtas Zauber atmeten? Wie konnte Perchtas Magie Rupp umarmen, wieso deckte sie ihn zu und barg ihn in sich – mehr Heim als jedes Haus, in dem er je gelebt hatte? Oder war er selbst zum Teufel geworden, und was der Wind ihm zuflüsterte, war nichts als Trug und Perchta die Schlange des ewigen Winters.

Rupp schüttelte die Zweifel ab, die mit Nikolos Stimme sprachen. Stattdessen beschwor er Perchtas Gestalt als alte, als junge Frau. Ihre Finger, die Wolfs Ohren in die Länge zogen. Ihr Birkenhaar, das Kräuseln ihres Nasenrückens, wenn sie lachte. Ihre moosigen Tränen, und wie sie die Sterne vom Himmel holte, um sie den zu früh verstorbenen Kinderseelen zum Spielen zu schenken.

Bleib in deinem Reich, hüll dich in deinen Nebel, beschwor er Perchta, sandte seine Gedanken mit aller Kraft in Wald und Erde hinaus. *Sie jagen dich, Glänzende, und sie tragen ihre Kreuze wie Waffen.*

Es war das erste Mal in Rupps Leben, dass die Worte eines Gebets mit Leichtigkeit zu ihm kamen.

Im nächsten Moment zersplitterte ein Aufjaulen die Stille.

Wolf.

Rupp hatte sich der Senke, in der sich die Jagd zu sammeln pflegte, bis auf wenige hundert Schritte genähert. Wolfs Jaulen war jedoch von der anderen Talseite ertönt. Rupp duckte sich zwischen hängendem Geäst hindurch. Ein Zweig knackte unter seinen Sohlen. Er zwang sich, langsamer zu gehen, seine Schritte vorsichtiger zu setzen. Kurz zuvor war ein Mann hier entlanggelaufen; Rupp spürte fremde Trittspuren unter seinen eigenen. Er folgte den Stapfen, bis sich das Geäst lichtete, und weiter über einen Buckel, hinter dem die Spur jäh im Rücken eines Landsknechts endete. Der Söldner kniete mit einem glimmenden Kienspan in der Hand über einem Loch im Boden und spuckte hinein.

Sie hatten eine Grube gegraben. Die mit Fichtenzweigen und Schnee bedeckte Falle hatte unter Wolfs Gewicht nachgegeben. Die Grube war nicht tief, allerdings strotzte ihr Rand von den Spitzen langer, in die Erde getriebener Nägel. Wolf, die sich rasend gegen die Wände ihres Gefängnisses warf, konnte nicht hinaus. Sie war noch nicht schwarz gefärbt wie in den Jahren zuvor. Mit ihrer graubraunen Fellzeichnung sah sie wölfischer aus denn je – unmöglich, sie für einen Hund zu halten.

Rupp warf einen Blick in das Dunkel außerhalb der vom Kienspan angeleuchteten Grube. Der Landsknecht, der das wilde Tier in der Falle blumig beschimpfte, schien allein. Rupp nahm an, dass die anderen bereits zur Senke gegangen waren, um dort auf Perchta zu warten. Sie waren immer noch zu fünft; Rupp würde Wolfs Unterstützung gut gebrauchen können.

Rupp überwand die Entfernung mit zwei Sätzen. Ehe er den Landsknecht jedoch niederschlagen konnte, ertönte von der anderen Grubenseite ein Ruf: »Packt ihn!«

Zwei Gestalten fielen aus den Bäumen neben ihrem Kumpan, der herumgewirbelt war und so von Rupps Hieb lediglich an der Stirn gestreift wurde. Er taumelte, ging aber nicht zu Boden. Die anderen beiden Söldner rangen Rupp nieder. In der Grube steigerte sich Wolfs Knurren zum Grollen der Erde selbst. Sie biss in die Grubenwand, riss Brocken heraus, scharrte, sprang hoch und quietschte schmerzerfüllt, als die Nägel ihre Pfoten aufrissen.

Rupp rollte unter seinen Angreifern durch. Der Ruck riss den ersten Landsknecht, der gerade nach Rupps Messer gegriffen hatte, beinahe von den Beinen. Rupp zog die Knie an, dann stieß er sie blitzartig vor. Seine Fersen erwischten den anderen an der Hüfte, schleuderten ihn nach hinten und über den Grubenrand hinweg. Ächzend klatschte der Kerl am Boden auf. Er hatte noch Zeit für einen Schrei, ehe Wolf ihm die Kehle zerfetzte.

»Murks das verdammte Vieh ab!« Das Kreischen gehörte Krampus. Kinderfresser stolperte aus dem Unterholz, in der Hand eine Armbrust.

Rupp hatte sein Messer verloren, aber die Haare seiner beiden Gegner zu fassen bekommen. Er schlug ihre Köpfe gegeneinander, bis sie ihre Griffe lockerten. Unten in der Grube wütete Wolf. Dann ein heller Knall, als die Armbrustsehne zurückschnalzte, der Bolzen sich löste und Wolfs Brust durchbohrte.

Rupp warf sich auf einen seiner Gegner, dem unter Rupps Gewicht die Luft entwich. Eine Schwertklinge säuselte an seinem Kopf vorbei, ritzte Rupps Ohr. Seine Elle krachte auf den Kehlkopf des Mannes unter ihm. Ein Knirschen, dann Röcheln. Das Schwert kehrte in einem Bogen zurück. Rupp rollte zur Seite und blockte die Klinge mit dem Arm des Sterbenden. Die Schneide zerschnitt Haut, Sehnen und Fleisch, grub sich in den Knochen und hielt einen Wimpernschlag vor Rupps Nase.

Rupp warf sich auf den verbliebenen Söldner. Seine Hand krallte in das Gesicht des Kerls, suchte die Augen; der Mann brüllte. Rupp entriss ihm das Kurzschwert, dann schmetterte er ihm die Parierstange gegen die Schläfe. Der Söldner sackte zu Boden. Im nächsten Augenblick stach die Spitze eines Degens in die Haut unter Rupps Ohr. Rupp erstarrte.

»Sieh an, das Knechtlein ist gekommen, um seine Hexe zu retten.«

Krampus umrundete Rupp mit ausgestreckter Klinge, bis er ihm gegenüberstand. Die Degenspitze zog bei der Bewegung Blut.

Prügel stand dicht hinter Krampus und hielt eine Fackel hoch. Kinderfresser hatte die Armbrust neu gespannt und näherte sich ihnen von der anderen Grubenseite.

»Zwei mit einer Falle, heute muss mein Glückstag sein.« Krampus warf einen Blick in die Grube, wo Wolfs Pfoten im Todeskrampf zuckten. »Drei, um genau zu sein.«

Sie legten Rupp in Ketten, die lang genug waren, um drei Männer auf einmal zu binden. Kinderfresser wickelte die Fußfessel so oft um Rupps Unterschenkel, dass kein Strohhalm zwischen seine Knie gepasst hätte. Das freie Ende der Kette um Rupps Handgelenke schleifte eine Manneslänge über den Boden. Das Eisen hortete eine Kälte hundertmal giftiger als die der Rauhnacht. Krampus fegte Schnee beiseite, dann trieb er seine Dolchklinge durch das letzte Kettenglied der Handfessel in den Boden. Kinderfresser packte Rupps Füße, streckte ihn. Unterdessen zog Prügel einen Lederriemen von Rupps Fußfesseln zum nächsten Stamm. Am Ende lag Rupp gestreckt auf dem Boden, seine rechte Gesichtshälfte im Schnee.

»Die Ketten hatten wir doch für Perchta gedacht«, gab Prügel zu bedenken.

»Das war die Idee von diesem Mönch, nicht meine. Er wollte sie lebendig. Sie wollen sie immer lebendig, ihre Hexen.« Krampus kniete vor Rupps Gesicht nieder.

»Aber den Mönch sind wir jetzt wohl los, nicht wahr?« Er tätschelte Rupps Wange und schrak zurück, da Rupp versuchte, auszubrechen. Doch die Ketten hielten Rupps Wüten stand.

Krampus lachte. »Du hast nicht ernsthaft gedacht, dass wir sie gefangen nehmen würden, Knecht, oder? Deine Hure.«

»Ich finde immer noch –« begann Prügel.

Krampus fuhr hoch. »Kannst du nicht endlich mal dein Winseln einstellen, du Weichling? Wir haben es hundertmal besprochen! Perchta weiß zu viel über uns.«

»Keiner wird ihr glauben. Nicht, wenn sie sie für eine Hexe halten.«

»Einer glaubt immer.« Krampus beäugte Rupp wie ein Jäger einen Hasen, den er zu häuten gedachte.

»Wir sollten zur Mulde gehen«, mahnte Kinderfresser. »Sonst schöpft die Hexe noch Verdacht, wenn wir nicht da sind.«

»Wir wissen doch gar nicht, wo genau sie herkommt«, maulte Prügel. »Wir haben sie nie kommen sehen.« »Sie folgt dem Bachlauf, es ist der einzige Weg. Woher sonst sollte sie kommen?«

Rupp versuchte, Prügels Blick einzufangen. Der schien jedoch auf einmal ganz auf seine Fackel konzentriert.

Krampus zupfte sich die Handschuhe von den Fingern. »Gebt mir nen Spieß!«

Kinderfresser wollte ihm eine Hellebarde reichen, aber Krampus bedeutete ihm, sie zu kürzen. Kinderfresser brach den Schaft auf seinem Oberschenkel entzwei. Das hölzerne Ende warf er Krampus zu.

Rupp drehte den Nacken, bis es in seinen Halswirbeln knackte. »Die Wilde Jagd, wir alle – es hatte eine Bedeutung«, versuchte er Prügel zu beschwören. »Krampus macht sich zum Tyrannen –«

Der erste Schlag traf ihn zwischen die Rippen und ließ Rupp nach Luft schnappen. Krampus zwang seinen Kopf zurück.

»Du bist ungehorsam gewesen, Knecht.« Speichel tropfte auf Rupps Stirn. »Die Unartigen müssen bestraft werden.«

Krampus' Fausthieb brach Rupps Nase und ließ Blitze vor seinen Augen toben. Der nächste Tritt galt seinem Bauch. Krampus schrie seine Wut hinaus, da Rupps Muskeln den Stoß aushielten. Er trat erneut zu. Ein Stich mit dem stumpfen Stockende in die Kuhle unterhalb der Rippenbögen durchbrach Rupps Abwehr. Galle stieg auf. Rupp erbrach sich. Aus seiner Nase quoll zähe Flüssigkeit, er würgte, Schnee und Blut vermischten sich. Es fiel ihm schwer, Luft zu bekommen. Krampus wütete weiter. Immer schneller prasselten die Hiebe auf Rupp ein. Rupp brüllte unter einem Stockschlag, der seine Kniescheibe traf.

»Bring ihn zum Schweigen, sonst warnt er sie noch.«
Kinderfressers Mahnung verflog ungehört. Krampus gab
sich völlig seiner Raserei hin.

»Lumpenknecht! Bauerngesindel!«, grölte er. »Hältst
dich für ach so stark! Aber wer ist dein Herr? Wer ist der
Herr?«

Rupps Auge schwoll zu. Er schmeckte Blut in seinem
Mund, auf seinen Lippen. Prügel trat näher, die Stirn ge-
runzelt. Der Schein seiner Fackel fiel auf Rupps Gesicht.

»Krampus ist wie alle anderen«, keuchte Rupp, bevor
Krampus' Stiefel auf seinen Kopf niederstieß, sein Gesicht
in den Schnee quetschte.

Luft, Luft. Finsternis stürzte auf ihn ein. Rupp kämpfte
gegen die Schwärze an. Vielleicht, wenn er Krampus' Aufmerksamkeit lange genug auf sich zog, wenn sie Perchtas
Ankunft verpassten …

Sie würde gewarnt sein. Und er hätte nicht versagt.

Er konnte noch viel mehr aushalten. Er musste.

Rupp bäumte sich auf. Schrie hinaus, was seine gebrochenen Rippen hergaben. Im nächsten Moment stopfte
eine Hand Stoff in seinen Mund. Er wand sich, versuchte
zu beißen, kämpfte gegen den Knebel an. Der Atem
schmerzte in seiner verstopften Nase, seiner Kehle, seiner
Lunge.

»Du denkst, du kannst dich gegen uns erheben?«, gei-
ferte Krampus. »Du bist Dreck! Nichts! Du …«

»Wir wollten doch was ändern.« Prügels Stimme klang
dünn, die Worte verloren. Er stand zwischen der Grube
und Rupp. Die Fackelhand baumelte an seiner Seite; Funken spratzelten zu Boden.

»Du, du hast gesagt, es ginge darum, uns zu schützen,
unsere Namen. Hans hat recht, Perchta ist eine Hexe, aber
das hier,« – er flehte Krampus an – »mit Rupp, was du gerade tust, das ist nicht richtig.«

Für einen Moment war es ihm gelungen, Krampus von
Rupp abzulenken. Der Sohn des Landesherrn richtete sich
auf, ungläubig angesichts Prügels Einwände.

»Du schützt dieses Ungeziefer? Du kommst mir jetzt mit diesem Gejammer? Siehst du nicht, wozu das führt, deine Bauernliebe und dein dummes Wir-sind-alle-gleich-Gequatsche? Ich kann es nicht mehr hören!«

Krampus' Degen surrte. Einen Wimpernschlag später bohrte sich die Klinge durch Prügels Brust und hinten durch den Rücken hinaus. Aufgespießt, den Mund aufgerissen, kratzten Prügels Finger an der Klinge. Ein Tropfen Blut formte sich an der Degenspitze, gewann an Schwere ...

... und gefror, bevor er zu Boden fallen konnte. Rupp war der einzige, der es bemerkte.

Mit einem eleganten Fechterschritt zog Krampus seinen Degen aus Prügels Brust. Prügel sackte in die Knie. Kinderfresser entriss ihm die Fackel und trieb sie mit dem Schaft voraus in den Schnee. Dann trat er seinem toten Gefährten von hinten zwischen die Schulterblätter. Prügel kippte nach vorne und lag still.

Wind beseelte die Bäume, rüttelte an Zweigen, raunte im Haar. Kälte stürzte wie in einem Wasserfall auf sie herab. Unter Rupps Wange baute sich der Schnee zu den Eiskristallplättchen des Oberflächenreifs um.

»Wir sollten uns beeilen«, sagte Kinderfresser. Er drehte sich im Kreis, uncharakteristisch unruhig. Sogar er schien zu fühlen, wie der Wald sich veränderte, der Frost über das Land strich. »Ich will das Weib endlich los sein.«

Krampus schnaubte verächtlich, löste jedoch den Lederriemen der Fußfessel und zog den Dolch aus dem Boden, der Rupps Handkette festnagelte. »Nimm ihn mit, aber kneble ihn diesmal richtig!«

Kinderfresser stopfte Rupp den Stoff tiefer zwischen die Zähne. Er riss einen Streifen aus Prügels Mantel und band den Knebel damit fest. Mit dem freien Kettenende begann er, Rupp vorwärtszuzerren. Der Ruck, der dabei durch Rupps geschundenen Körper fuhr, ließ ihn aufschreien. Kinderfresser scherte sich nicht darum, ob Rupp hinter ihm gegen Stämme oder Felsen schlug. Rupps Gewicht verfluchend, schleifte er ihn hinter sich her, jeder Ruck brutaler als der vorige. Dennoch gelang es Rupp, den Kopf zu heben und zurückzublicken.

Krampus hatte Prügel auf den Rücken gedreht. Jetzt stand er über seinem ehemaligen Freund, starrte auf dessen Brust hinab, nachdenklich, wo der Degen eine viel zu schmale Wunde gestochen hatte – die Waffe eines Edelmanns. Krampus bückte sich nach Rupps Messer, setzte die Spitze auf das Degeneintrittsloch über Prügels Herzen, dann trieb er die Klinge bis zum Heft durch dessen Brust. Als nächstes löschte Krampus die Fackel in einer Wolke aus Rauch und Dampf im Schnee. Dunkelheit fegte herbei. Krampus schleuderte die Fackel in die Grube, die Wolfs Grab geworden war und folgte Kinderfresser.

So war es nur Rupp, der beobachtete, wie jenseits von Krampus' Silhouette Nebel dem Schnee entstieg, das Sternenlicht einfing, kniehoch zunächst, dann zu wachsen begann. Der Dunst schob sich die Stämme empor, leckte über Rinde und junge Fichtenkronen, schob sich über die Kante der Grube und ergoss sich in sie hinein. Das letzte, was Rupp sah, bevor die Bäume ihm die Sicht nahmen, war ein Aufblitzen von Grün.

Kurz darauf stieß Kinderfresser Rupp den Abbruch der Mulde hinab. Der Schnee dämpfte Rupps Fall, dennoch raubte der Schmerz ihm kurz das Bewusstsein. Als er wieder zu sich kam, war er so nahe ans Feuer gerollt, dass Funken Löcher in sein Hemd brannten. Oben, am Rand der Mulde, lud Krampus seine Arkebuse. In einer Holzschüssel glomm ein Kohlenest für die Lunte.

Konnte eine Kugel aus einer Feuerwaffe eine Göttin töten? Rupp war ein viel zu unwissender Knecht. Er erinnerte sich nicht, was Nikolo ihm beigebracht hatte über die Geschichten von antiken Göttern und ihren titanischen Schlachten. Was bedeutete Unsterblichkeit?

Taubheit kroch in Rupps Fleisch, trieb Spielchen mit seinem Verstand. Gehindert von Knebel und geschwollenen Nasenwänden strömte kaum noch Luft in seine Lungen. Rupps Fingerspitzen kratzten über die Knebelbinde.

Sogleich stand Kinderfresser mit gespannter Armbrust neben ihm.

»Den Bolzen hab ich von einem Priester weihen lassen«, warnte er. »Krampus mag es nicht hören, aber mir war immer klar, die Schlampe hat ihn verhext. Die ist so gar nicht wie ein richtiges Weib.« Der Bolzen zielte auf die Stelle zwischen Rupps Augenbrauen. »Ich hab noch einen zweiten. Also ob der für dich ist oder für sie, ist völlig egal.«

Rupp ließ die Hände sinken.

Kinderfressers Finger an der Armbrust krümmte sich. Rupp dachte, er würde es hier und jetzt beenden. Im nächsten Moment riss Kinderfresser die Hand an den Mund, um die Fingerspitzen anzuhauchen.

»Hölle, ist das kalt!«, fluchte er. Sein rotfleckiger Bart überfror. Er bückte sich, um mehr Holz auf das Feuer zu schaufeln. Oben am Grubenrand wärmte Krampus ebenfalls seine Finger über dem behelfsmäßigen Glutbecken.

Das Feuer knackte und loderte auf, viel höher, als Kinderfresser es geplant hatte. Scheite gaben nach. Rupp schaffte es, sich gerade noch herumzurollen, bevor ein Feuerregen niederspratzelte, wo er gelegen hatte. Eingehüllt in Rauch und Dampf zerrte er erneut an der Knebelbinde. Sie verrutschte. Rupp rang nach Luft, merkte erst jetzt, wie nahe er daran gewesen war, zu ersticken.

Die Stichflamme hatte sie alle drei geblendet. Sowie die Flammen wieder in sich zusammenfielen, stand Perchta hinter Kinderfresser am Boden der Senke.

Sie trug Wolfs schlaffen Leib vor der Brust, als wöge die Wölfin nicht mehr als ein Welpe. Ihr Haar war zu einem Zopf geflochten, das Gesicht verschwand hinter der Rabenmaske. Das Feuer brachte die kohlschwarzen Federn zum Glühen.

Oben am Rand der Mulde blies Krampus fieberhaft in die Glut für die Lunte seiner Büchse. Kinderfresser versuchte, die Armbrust auf Perchta zu richten, doch etwas stimmte nicht mit seinen Händen, die Finger zu steifgefroren, um Eisenschaft und Abzug richtig greifen zu können.

Perchta hingegen hatte nur Augen für Rupp, der darum rang, seinen zerschundenen Körper hochzudrücken. Ihr Kopf legte sich schief, so unendlich vogelhaft in der Bewegung, als wären die Männer in diesem Tal ein Rätsel und Rupp das größte von allen.

Perchta legte Wolf sanft ab. Jetzt endlich gelang es Kinderfresser, seine Armbrust auf Perchta zu richten, aber die Waffe schwankte wie betrunken. Im selben Moment erwachte über ihnen Krampus' Lunte zu zischendem Leben. Rupp spuckte den Knebel aus, um Perchta zu warnen, aber sie hatte den Kopf bereits nach oben gewandt. Sie schnippte, und von einem Zweig sackte Schnee herab auf Krampus' Kopf und Arkebuse, löschte Lunte wie Glutnest in einem Streich. Kinderfresser brüllte auf. Der Hebel schnalzte, doch der Bolzen zischte an Perchtas Schläfe vorbei in den Himmel.

Perchta wandte sich Kinderfresser zu. Dieser wich einen Schritt zurück, dann noch einen. Er fummelte nach seinem zweiten Bolzen, fluchte über seine zitternden Hände, unfähig zu verstehen, was ihm widerfuhr. Ohne Kinderfresser aus den Augen zu lassen, langte Perchta ins Feuer. Ihre Finger schlossen sich um ein Stück glühende Kohle. Hielten es hoch vor ihr Gesicht.

»Du, Hans, du hast immer nur die Angst anderer sehen wollen«, sagte Perchta. »Du bist blind für das Leben, für die Schönheit, die Magie. Es ist Zeit für dich zu lernen.«

Verständnislos beobachtete Kinderfresser, wie Perchta in das Feuer hineintrat und durch es hindurch, bis sie unmittelbar vor ihm stand. Sie beugte sich vor. Hauchte. Die Glut in ihrer Handfläche flackerte auf und zerstob, dann schoss sie in einem Funkenschwarm Perchtas Fingerspitzen entlang und hinein in Kinderfressers Augen. Heulend taumelte er zurück. Seine Fäuste hieben in die Augenhöhlen, wo sich die Glut tiefer fraß. Er warf sich in den Schnee, wälzte sich zuckend, und seine Schreie gellten von den

Hängen. Es dauerte lange, bis sein Heulen verebbte und Kinderfresser reglos zu liegen kam.

Oben am Rande der Mulde umklammerte Krampus seine nutzlose Büchse. Gelähmt von dem finsteren Zauber, dessen Zeuge er gerade geworden war.

Perchta ging neben Rupp in die Hocke. Zärtlich barg sie seinen Kopf in ihren Händen. Eis und Feuer glänzten in ihrem Haar. Die Maske war verschwunden, doch die Wut in ihren Zügen kündete von Tod und Sühne.

Dort, wo Perchta ihn berührte, strahlte Wintersonnenwärme in Rupps Schläfen, dämpfte das Pochen in der Nase, linderte die Schwellung über seinem Auge. Atem glitt seinen Rachen hinab wie Quellwasser an einem sommerheißen Tag. Der Schmerz in Rupps Brust ebbte ab. Ob es Perchtas Zauber war, Erleichterung oder einfach ihre Nähe – Rupps Innerstes heilte. Er tastete mit einer Hand ihren Arm empor und berührte ihr Kinn.

»Du glänzt.«

Sie lächelte nicht. Es war noch nicht zu Ende. Perchtas Zorn begann gerade erst zu lodern.

Ein Windstoß riss Schnee in die Höhe. Die Flocken wirbelten umeinander, verdichteten sich, formten das Abbild eines aufgerissenen Mauls mit armlangen Zähnen, die nach Krampus schnappten. Die Schneewechte unter ihm gab nach. Krampus stürzte den Abhang hinab.

Perchtas Schrei war der von Uhu, Habicht und Rabe, das Schwirren von Schwingen im Sturzflug, das Heulen eines Wolfsrudels und Luchskrallen auf rissiger Borke. Wimmernd versuchte Krampus vor der wütenden Göttin zu fliehen. In Perchtas Hand wuchs rasend schnell ein Eiszapfen wie ein Speer. Sie hob den Arm zum letzten Stoß. Dann sprühten auf einmal Tropfen in ihr Gesicht.

Die Eisklinge in Perchtas Hand zerbröselte zu tausend Scherben. Das Feuer zischte. Es roch nach verbranntem Harz. Perchta taumelte.

Nikolo rutschte den Hang hinunter und spritzte eine weitere Handvoll Weihwasser gegen sie. Einen Rosenkranz mit Kreuz um die Faust gewickelt, skandierte Nikolo den Namen Jesus Christi, gefolgt von den Namen seiner Heiligen – eine Litanei wie ein Schutzschild.

Das Weihwasser zerstörte Perchtas Magie. Rupp spürte ihre Furcht wie seine eigene. Er mühte sich ab, auf die Füße zu kommen, doch wo Krampus sein Knie erwischt hatte, wollte sein Bein sein Gewicht nicht mehr tragen.

Nikolo stand über Krampus, die Schale mit dem Weihwasser schwenkend wie einen Schild. Krampus duckte sich hinter ihm.

»Nikolo, nein!«, krächzte Rupp.

Doch Nikolo war nicht hier, um Rupp zu beschützen. Er war gekommen, um sich selbst zu retten.

»Euer Degen, Herr!«, zischte Nikolo.

Von Krampus' fechterischer Eleganz war wenig übriggeblieben. Mit gezogenem Degen schwankte er an Nikolos Seite.

Nikolos Stimme erhob sich zur Anrufung des Herrn. Im selben Moment schleuderte er den restlichen Inhalt der Weihwasserschale gegen Perchta. Er brüllte: »Jetzt!«

Krampus sprang vor. Der Degen zielte auf Perchtas Herz, die sich unter dem Weihwasser wand und um sich schlug, als hüllte ein Schwarm aufgebrachter Wespen sie ein.

Rupp stürzte sich auf Krampus, halb blind vor Pein. Der Aufprall lenkte den Degen ab, die Klinge verfehlte Perchta knapp. Rupp hieb seine Stirn gegen Krampus' Gesicht. Im Gemenge verfing sich Krampus' Degenarm unter Rupps Ellenbogen. Nikolo sprang herbei, um Rupp von Krampus fortzuzerren. Rupps Knie gab unter ihm nach, doch es gelang ihm noch, seine gefesselten Handgelenke über Nikolos Kopf zu werfen. Im Fallen riss er beide Männer mit sich.

Rupp fiel der Länge nach auf Nikolo, spürte dessen Leib nachgeben. Nikolo ächzte in sein Ohr. Für einen Herzschlag lag er still unter Rupp, sein Rücken auf Rupps Unterarmen, wie in einer Umarmung. Alle drei waren nahe dem Feuer zu Boden gegangen. Hitze brandete gegen ihre Haut. Krampus' Degen klemmte noch immer zwischen Nikolos und Rupps Rippen. Vom Schlag benommen versuchte Krampus, ihn herauszuzerren. Die Klinge ritzte Nikolos Wams, schnitt durch Rupps Hemd und zog einen brennenden Striemen über seine Brust.

Krampus war auf das freie Kettenende gefallen. Über den Schmerz seiner gebrochenen Rippen hinweg warf sich Rupp über Krampus und riss dabei Nikolo mit sich. Rupps Fingerspitzen fanden das letzte Kettenglied, griffen zu. Dann, mit einem markerschütternden Brüllen, rollte sich Rupp über Krampus und Nikolo zurück. Die Kette straffte sich, band sie alle drei zu einem Knäuel aus Leibern, Degen und Eisenfessel.

Rupp zerrte Krampus und Nikolo mit sich ins Feuer.

Scheite barsten unter ihrem Gewicht. Funken stoben. Glut brannte sich in Rupps Arme, die Nikolo weiterhin umschlangen. Krampus bäumte sich auf, die Kettenglieder rissen an Rupps Fingern, aber er hielt sie unerbittlich fest, sein Gewicht ein Fels auf den beiden anderen Männern, die heulten, während die Flammen Stoff schmolzen, in Haut bissen, Haar in Brand steckten. Rupps Hemd fing Feuer. Seine Kraft erlahmte, die Umklammerung lockerte sich. Nikolo rutschte unter seinen Armen hervor und in den Schnee, wo er sich wild zu wälzen begann. Gleichzeitig katapultierte sich Krampus in die Höhe. Rupps Ringfinger brach in den Ketten, er konnte seinen Griff nicht länger halten. Ein weiterer Stoß von Krampus schleuderte ihn schließlich aus dem Feuer.

Krampus, endlich frei, drosch wie wahnsinnig auf die Flammen auf Hose, Wams und Hemd ein. Hinter ihm, wo das Weihwasser sie in die Knie gezwungen hatte, richtete sich Perchta auf.

Der Wind kehrte zurück, nicht verstohlen wie zuvor, sondern im Sturmwind einer tobenden Göttin. Er griff in den Schnee um Rupp, zerrte ihn empor wie eine Decke und warf ihn über Rupps schwelendes Hemd. Binnen eines Atemzugs erstickte der Schnee die Brände auf seinem Körper, vereiste den Schmerz. Die Flammen, auf die Krampus einschlug, fachte der Wind hingegen an. Wie bei einem Kamin sauste die Böe von unten nach oben seinen Körper entlang. Die Flammen loderten höher, leckten an Krampus' Wangen, Oberkörper und Rücken, weiteten sich zu den Seiten hin aus, bis Arme und Schultern lichterloh brannten.

Krampus taumelte auf Perchta zu, eine lebendige Fackel. Er flehte sie an, doch die Alten Götter beugten sich keiner Barmherzigkeit. Perchta trat auf ihn zu; ihr Gesicht tauchte durch den Qualm, der Krampus umhüllte. Ein Wabern, dann fand sich Krampus Angesicht zu Angesicht mit dem Raben. Keine Maske diesmal, sondern Augen so stechend wie die der Todesboten nach einer Schlacht. Krampus wimmerte. Im nächsten Augenblick wechselte der Vogelkopf zurück zu Perchtas menschlichem Antlitz.

Sie hauchte ihn an.

Ihr Odem erweckte den Rauch zum Leben. Der Qualm schlängelte sich in Krampus' brüllenden Mund, füllte seine Kehle, schoss die Luftröhre hinab bis in seine Lungen, erstickte ihn. Krampus brach zusammen, die Hände an der Kehle, röchelnd. Die Flammen auf seinem Körper erstarben. Dann war er tot.

Perchta rief den Rauch zu sich. Er züngelte um ihre Hand, eine tödliche, brodelnde Kugel im Dienste der Herrin der Rauhnacht. Sie trat um das zerstörte Feuer herum, wo Nikolo vor ihr zurückwich, die Hände abwehrend gegen den Ball aus Rauch gerichtet, den Perchta nun vor ihre Lippen brachte. Die Gebete auf Nikolos Zunge erstarben.

»Nein«, presste Rupp heraus, »lass ihn gehen.« Er versuchte, sich auf seine Unterarme zu stützen. »Bitte, Perchta!«

Sie fuhr herum, fauchte, nicht erfreut über Rupps Gesuch, Gnade zu üben.

Nikolo wartete nicht ab, ob Perchta Rupps Bitte erhören wurde. Schluchzend wühlte er sich den Abhang hinauf.

Seine linke Gesichtshälfte war aufgeplatzt, Flüssigkeit lief hinab zum Mund. Brandblasen zogen sich über Hals und Nacken, doch die Verzweiflung gab ihm Kraft. Nikolo zog seine Knie über die Kante der Senke und stolperte in den Winterwald davon.

Perchta ließ ihn ziehen. Der Rauch um ihre Hände verflüchtigte sich; das Feuer fiel in sich zusammen. Perchta trat auf Rupp zu und legte eine Hand auf sein Herz. Nicht sanft, nicht bedauernd, sondern zwingend wie der Griff eines Raubvogels.

»Was willst du noch?«, fragte die Göttin.

Und Rupp sagte:

»Dich.«

Dann hat Perchta Rupp also mit sich genommen? In ihre –« Sophie gestikuliert nach draußen zum Wald, sucht nach dem passenden Wort – »Feenwelt?«

»Das tat sie.«

»Und wie ging es weiter?« Sophie ärgert sich, dass sie Ruprecht das Ende so aus der Nase ziehen muss. Typisch Kerl, denkt sie, den Kampf ausführlich beschreiben, aber das Wesentliche im Abspann abhandeln.

»Ich meine, das ist doch erst der Beginn, oder? Der Beginn von … Knecht Ruprecht.«

Der Beginn einer Legende. Sie kann kaum glauben, dass sie das gerade gesagt hat.

Jetzt zucken seine Mundwinkel. Das müde Schmunzeln eines breiten Mundes, dem die geringste Anstrengung zu viel wird. Ruprecht ist erschöpft, ein gräulicher Schimmer liegt über seiner Iris. Wie wenn Kohle zu Asche verglüht.

Er macht sich bereit zu sterben.

Der Gedanke ist zu entsetzlich, sie kann ihn nicht aushalten. Sophie springt auf, muss ihre Hände beschäftigen, irgendwas, was sie ablenkt. Sie findet die Keksdose. Ordnet die Plätzchen neu, schichtet sie überlappend, in endloser Spirale, nur dass die Plätzchen zu schnell zur Neige gehen. Jeden Tag ein, zwei, drei weniger.

Weihnachten dauert noch länger, denkt sie störrisch. Es ist zu früh. Es wird immer zu früh sein.

»Die Menschen«, beginnt Ruprecht und unterdrückt einen Hustenanfall. Als er weiterspricht, knirscht seine Stimme. »Die Menschen, sie brauchen jemanden, der die Gerechten belohnt und die Ungerechten bestraft. Rupp wollte es nicht aufgeben. Er wollte es auch nicht alleine weiterführen.«

»Aber Perchta hat gelernt, dass sie dienen muss«, wendet Sophie ein. »Sie konnten doch gemeinsam die Herzen der Menschen prüfen.« Sie klingt schon wie ein Priester im Kindergottesdienst.

»Ja, das konnten sie. Es ist nur …« Ruprechts Stimme zerfällt. »Es ist nur eine Frage der Zeit.«

Trauer pulsiert wie eine Welle über Sophie hinweg, zupft und zerrt. Aber diesmal ist es Ruprechts Trauer, die Trauer der anderen Seite. Das Leid dessen, der geht, nicht die Qual derer, die zurückbleiben. Sophie hat geglaubt, Ruprecht fürchte sich nicht vor dem Tod. Da hat sie wohl wieder einmal falsch gelegen. Doch der Alte scheint zu spüren, was sie braucht, was sie von ihm hören will, denn er sagt: »Ja, Sophie. Perchta und Rupp fanden ein gemeinsames Leben. Eine Aufgabe. Glück.«

In Sophies Augen brennen Tränen. Sie schaudert, Hände und Zehen sind kalt, obwohl der Ofen glüht. Außen wachsen Eisblumen vom Fensterrand zur Scheibenmitte. Fluchend hantiert sie mit ihrem Schal. »Verflixt ist das kalt!«

Ruprechts Kopf ruckt hoch. »Ist es das? Kalt? Ich, ich spüre es nicht mehr.« Er macht Anstalten sich zu erheben, plötzlich erregter als Sophie ihn je erlebt hat. »Lass mich sehen.«

»Hoho, Knecht Ruprecht, langsam!« Sie drückt ihn zurück oder versucht es zumindest, denn sein Oberkörper ist auf einmal fester Fels und mindestens so stur. Sie ist gezwungen, zurückzuweichen, während Ruprecht die Decke von seinen Beinen schiebt, auf die Füße kommt. Sein Gesicht fällt unter der Anstrengung ein, er muss sich am Tisch festhalten. Sophie reicht ihm den Stab. Ruprecht schleppt sich zur Tür, öffnet sie.

Die warme Luft im Inneren der Kate entweicht wie aus einem Ballon. Frost strömt herein, die trockene Kälte sternenklarer Nächte, wenn der Schnee seine Energie ins Universum strahlt. Es ist spät geworden. Sie hat Stunden bei Ruprecht gesessen, um das Ende seiner Geschichte zu hören.

»Zur Lichtung«, befiehlt Ruprecht heiser. Er läuft los, ehe Sophie ihren Arm um seine Hüfte schlingen kann. Der Schnee knistert wie ein frisch gestimmtes Instrument. Zum ersten Mal in ihrem Leben erfährt Sophie, wie es sich anfühlt, wenn die Nasenwände vor Kälte zusammenkleben. Nach dreißig Metern versucht sie Ruprecht zu überreden, umzukehren. Er atmet heftig, zittert und schwitzt trotz der zweistelligen Minusgrade, doch er lässt nicht zu, dass sie innehalten. So schleppen sie sich eng umschlungen weiter, bis sich die Bäume zur Lichtung mit dem Mond über dem Bauernhaus öffnen.

Hinter dem Wohnzimmerfenster, wo die Vorhänge seit gestern nicht einmal mehr zur Nacht hin zugezogen werden, brennen Christbaumlichter. Außen verziert ein glitzernder Teppich Zweige, Dach, Schaukelgerüst, Schornstein und den Holzstapel unter den Apfelbäumen. Wind wispert in den Eisnadeln des Raureifs. Jenseits der Lichtung gebärt der Schnee silbrigen Nebel.

Sophie kennt die Zeichen.

Unmöglich.

Ruprechts Geschichte wird Wirklichkeit.

Und während Sophies Welt zerbricht, sich öffnet hin zu einer anderen, die nach endlosen Wäldern und rauchigem Harz riecht, aus der Magie gehüllt in Sternenlicht hinüberschwappt, flüstert Ruprecht:

»Sie kommt.«

Sophie stürzt ins Haus. Ohne sich ihrer von Pulverschnee überzuckerten Stiefel zu entledigen, stößt sie die Schwingtür hinter dem Windfang mit solcher Gewalt auf, dass der Hund bellend zur Seite hüpft. Die Kugeln am Christbaum klimpern, ein Lamettastreifen löst sich und verfängt sich am Ohr des Mischlings. Sophie lacht auf, und der Hund zwängt sich zwischen ihre Beine, ganz aufgekratzt wegen ihrer Freude oder weil er gespürt hat, wie sich die Grenze zwischen den Welten auflöste und ein Hauch von fremden, uralten Hainen seine Nase kitzelte.

Unter den Zweigen des Weihnachtsbaums liegt ein Adventskalender – alle Türchen geöffnet, alle Schokolade vernascht –, darüber ein von zerfetztem Geschenkpapier umrahmtes Malbuch. Die Lichterkette wirft behaglichen Schummer durch den Raum mit seinem heruntergelebten

Eichenboden, den wuchtigen Sesseln, die Sophie zur Seite gerückt hat, damit das Bett unter dem Fenster Platz fand.

Dort glitzert, halb vom Vorhang verborgen, mehr Lametta: Zusammen mit dem Christbaum hat Sophie auch die Sauerstoffflaschen geschmückt. Sie hat den Anblick ihrer klinisch glatten Gleichgültigkeit nicht mehr ertragen. Nur noch eine ist übrig.

Auf der Fensterbank liegt Marians Beatmungsgerät, Ochs und Esel lehnen dagegen. Maria und Josef schlafen auf einem platt gedrückten Plastiksäckchen – ein Beatmungsbeutel, falls das Gerät versagt. Die Krippe mit dem Jesuskind ist in die Ecke verbannt. Den besten Platz auf dem Marmor nehmen die Schafe und der Hütehund ein. Die drei Weisen aus dem Morgenland stehen direkt am Fensterglas, halten Ausschau nach dem Weihnachtsstern, und Sophie ist froh, dass sie die Figuren aufgestellt hat, wie Marian es ihr diktiert hat.

Reflexartig flackert ihr Blick zu Marians Fingerspitze mit dem aufgesteckten Pulsoxymeter. Sie hat einen Smiley auf das Plastik gemalt und Marian erklärt, es sei eine Fingerpuppe, die ihm Glück bringe. Doch der Aufsatz ist viel zu groß, die kleine Hand darunter schrumpft mit jedem Tag ein bisschen mehr.

Über dem Krankenbett des Vierjährigen hängt eine Flasche mit destilliertem Wasser. Das Aquarium nennen sie es, denn es blubbert ohne Pause, wenn der Sauerstoff hindurchfließt, es sei denn, Sophie wechselt die Flaschen und dann macht sie Scherze, weil der Goldfisch, den sie zusammen erfunden haben – er ist unsichtbar am Tag, aber leuchtet im Dunkeln und heißt Caspar – die Luft anhalten muss.

Sie tritt an Marians Bett, lehnt sich über den Jungen. Er schläft, und sie sollte ihn ruhen lassen, aber sie hat ihm so viel zu erzählen und er wäre enttäuscht, wenn sie ihn das Wunder verschlafen lassen würde. Also berührt sie ihn an der Schulter. »Marian. Wach auf, mein Großer.«

Seine Lider flattern. Sein Schlaf ist zu leicht, nicht der tiefe Schlummer eines Kindes, sondern ein Schlaf, der keine Energie mehr schenkt. Ein bisschen Tod, jeden Tag mehr.

Marians Hals krampft im Schluckreflex, wo das Tracheostoma in seine Luftröhre schneidet und er durch den Schlauch Sauerstoff atmet. Sophie macht sich bereit für eine weitere Runde im Kampf gegen den zähen Schleim, das langsame Ersticken, aber diesmal war sein Zucken harmlos. Marians Lippen spitzen sich bloß. Er will Wasser.

Sophie hält ihm ein vollgesogenes Stoffstück an den Mund. Er saugt gerne daran wie früher an Wassereis. Dann kann sie nicht mehr an sich halten: »O Marian, hast du sie gesehen? Sie ist gekommen! Perchta!«

Natürlich hat er nichts gesehen, er hat geschlafen, und selbst wenn er wach gewesen wäre, sein Bett ist zu niedrig. Er kann nicht ohne Sophie aus dem Fenster schauen, nur in den Himmel, und dort wachsen jetzt Eisblumen am Glas. Dennoch quasselt sie weiter, es strömt alles aus ihr heraus, und Sophie weiß, Marian lauscht gebannt, denn er schläft nie ein, wenn sie ihm von Rupp und Perchta und der Wilden Jagd erzählt. Er ruht erst, wenn sie die Geschichte beendet hat, und dann ziehen sich seine Lippen in einem einzigen lautlos geformten Wort zur Seite: *mehr*.

Sophies Erzählung mäandert wie ein Fluss kreuz und quer, als sei sie selbst nicht älter als vier Jahre. In ihrer Geschichte verschmelzen Rupp und Ruprecht, fünfhundert Jahre, Reformation und Jetzt, und sie mag es selbst kaum glauben. Kann nicht fassen, wie der Schnee Raureif ausatmete und Nebel vor ihren Augen Gestalt annahm. Wie sich schneefarbene Haare unter einem Tuch formten, ein gebeugter Rücken, schmale Hände. Dann humpelte die alte Frau über die Lichtung auf Sophie und Ruprecht zu, mit Augen grün wie Moos und Tann und Gras. Sophie hätte ihre Farbe nicht erkennen dürfen, nicht in der Dunkelheit, aber selbst wenn sie die Lider geschlossen hätte, hätte sie ihr leuchtendes Grün wiedererkannt. Ganz tief in ihr drin glühen sie im Murmeln von zu Kindermärchen erklärten Sagen.

Ruprechts Stimme neben Sophie hatte wie ein Bär gegrollt, der sich in seinem Lager auf die andere Seite dreht. Er wolle Perchta sehen wie am ersten Tag, verlangte er. Sie müsse keine Sorge tragen wegen Sophie.

Die Alte hob eine Braue. Sie flackerte, als ob ein unsichtbarer Wirbelwind zwischen ihr und Sophie den Raum verschwimmen ließ. Dann stand eine Frau, nur einige Jahre älter als Sophie, vor ihnen, und sie sah genauso aus wie in Ruprechts Erzählungen: vogelscharfe Züge, hüftlanges Haar, getupft mit schwarzen Streifen wie Birkenrinde und an der Stirn gehalten von einem geflochtenen Diadem, das aus dem Mond selbst gegossen schien.

Glänzende.

Perchta trug ein nachtblaues, an der Taille gegürtetes Kleid mit weiten Ärmeln und keine Handschuhe, immun gegen den Winter. Auf einmal wurde Sophie bewusst, dass auch sie aufgehört hatte zu zittern.

»Du hast einem Menschen unsere Geschichte erzählt?« In Perchtas Stimme klirrte ein gefrorener Wasserfall. Sophie duckte sich unwillkürlich unter Ruprechts Arm, der sich nicht länger auf sie stützte, sondern stolz Perchtas Anblick in sich einsog, kein bisschen eingeschüchtert von ihrem Zauber und ihrem Unmut, der die Nacht beherrschte.

»Ich sterbe, Perchta«, sagte Ruprecht ruhig. »Unsere Geschichte ist mein letztes Geschenk.«

Perchtas unbeugsame Miene zerfiel. Zerbröckelte wie Sophies, jedes Mal, wenn sie Marian nach einem Erstickungsanfall in die Arme genommen und seine Tränen getrocknet hat, während ihre eigenen auf seinen Scheitel tropften. Wenn sie gemeinsam in das Schneetreiben hinausstarrten, und Marian auf eine Flocke deutete, die an der Fensterscheibe zerrann, und die Frage in ihm drängte, ob er ebenfalls zu Wasser schmelzen würde, wenn er endlich starb.

Sophie überließ die beiden Liebenden sich selbst, am Rande der Lichtung, die Göttin und den Knecht. Aber sie hat den dünnen Zug um Perchtas Lippen wahrgenommen, ihn wiedererkannt von ihrem eigenen Spiegelbild.

Sie will es nicht akzeptieren. Sie wird um ihn kämpfen.

Sophie ist froh, ebenfalls gekämpft zu haben. Zu spät, ja, viel zu spät, aber sie hat gekämpft.

Im Laufe von Sophies Erzählung hat ein rosa Hauch Marians Wangen getüncht. Seine Finger klammern sich vor Aufregung in die Decke. Sophie weiß nicht, ob die beiden zur Kate gegangen sind, oder ob Perchta Ruprecht mit sich genommen hat, aber sie hofft, dass sie sich von Ruprecht noch verabschieden kann.

Sophie schiebt Marians Medikamente und Absaugsystem beiseite und knipst die Schreibtischlampe auf dem Tischchen neben dem Bett an. Nach dem beschaulichen Christbaumlicht scheint die Lampe viel zu grell. Sie muss blinzeln, auch Marian bedeckt seine Augen mit den Händen. Da bemerkt Sophie den bläulichen Hauch auf seinen Fingerkuppen.

Sie springt auf, schlägt die Decke über Marians Beinen hoch. Die Haut dort wirkt fahl und fühlt sich kühl an. Ihr wird schwindlig.

Es hat begonnen. Die Durchblutung kommt zum Erliegen.

Was ist? Manchmal scheint es ihr, als streiche Marians verwaschene Stimme wie ein Atemhauch durch die Stube, die kein Wohnzimmer mehr ist, sondern irgendein Mischmasch aus Krankenhaus und Weihnacht, Heim und Gefängnis. Dabei sind Marians Fragen die meiste Zeit stumme Fragen. Solange das Tracheostoma den Sauerstoffaufsatz trägt, kann er nicht sprechen.

»Es ist alles gut«, lügt Sophie und denkt in Panik, vielleicht irrt sie sich ja. Es sind ihre Hände, die schweißig sind und kalt, das Licht ist trügerisch mit der Schreibtischlampe aus Halogen und der Weihnachtskette aus Glühbirnen, da kann sie ihren Augen nicht trauen. Morgen, bei Tageslicht, da werden seine Waden ihre normale Farbe haben.

Verloren steht Sophie neben Marians Bett. Der Junge hingegen wartet darauf, dass sie weitererzählt. Sie hat die Geschichte unterbrochen. Die Auflösung des Rätsels.

»Die Zeit verstreicht anders.« Sophie presst die Kiefer aufeinander, treibt das Entsetzen einmal mehr zurück in seinen Stall, wo es mit den Hufen scharrt, gierig auf den nächsten Moment.

Sie räuspert sich, versucht es erneut. »In Perchtas Reich verstreicht die Zeit anders, Marian. Wenn die Rauhnächte enden, geht Ruprecht in den Wald. Das ist ein magischer Wald, Perchta hat ihn für Ruprecht geschaffen. Er hat kein Ende, und dort liegt immer Schnee. Tiere leben in diesem Wald, sogar Wölfe, Luchse, Bären, und sie fürchten sich nicht vor Menschen. Ruprecht streift dort einige Tage umher. Wenn er wieder herauskommt, ist ein ganzes Jahr vergangen, und es ist wieder der sechste Dezember. Nikolaustag. Knecht-Ruprecht-Tag. Ruprecht lebt immer im Winter. Immer im Schnee.«

Marian lächelt. Sie versucht, das Lächeln zu erwidern, aber es scheitert. Marian ist zu jung, die Rechnung zu kompliziert. Er kann nicht verstehen, was Ruprechts Wunsch, den sechsten Dezember in der Welt der Menschen zu verbringen, für seine Liebe bedeutet hat. *Weniger Zeit.*

»Ruprecht altert die Tage, die er lebt. Nicht die Tage, die in unserer Welt verstreichen.« Sie hat gerechnet. »Er ist vor fünfhundert Jahren geboren, aber er ist bloß vierzig Jahre gealtert, seit Perchta ihn mit sich genommen hat.«

Marian sind die Zahlen egal. Sie sagen ihm wenig.

»Ruprecht kehrt vor Perchta in die Welt zurück, vor dem Beginn der Rauhnächte. Wegen uns, uns Menschen. Um die Fleißigen und Gerechten zu beschenken, die Faulen und Ungerechten zu bestrafen. Dann wartet er. Er wartet bis Weihnachten.«

Marians Lippen bewegen sich. Sie ahnt, was er sagen will. Bis Schnee kommt. So wie Marian auf Schnee gewartet hat. Auf Schnee und den Weihnachtsbaum.

»Ruprecht wartet, bis Perchta erscheint. Sie verbringen zwölf Tage miteinander, dann verschwindet Perchta, und Ruprecht kehrt zurück in seinen Wald. Bis zum nächsten sechsten Dezember.«

Sie hätten so viel mehr Zeit miteinander verbringen können, denkt Sophie. Wäre Ruprecht bloß für die Zeitspanne der Rauhnächte zurückgekommen, nicht auch noch für den sechsten Dezember. Aber er wollte seine Aufgabe erfüllen. Er brauchte eine Aufgabe. Deshalb hatte er sich den sechsten Dezember für seine Rückkehr in die Menschenwelt ausbedungen. Einen ganzen Monat, den er alterte, anstelle der zwölf Rauhnächte, Perchtas Zeit im Reich der Menschen. Sie sei deswegen böse auf ihn gewesen, hatte er erzählt und Sophie dabei so schelmisch angegrinst, dass sie den jungen Mann unter der gegerbten Haut erkannte. »Seitdem ist da ein Krater im Wald. Die Menschen denken, er stamme von einem gefallenen Stern, aber sie irren sich. Perchta verliert nicht gern.«

Perchta hat Ruprecht ermöglicht, sein Schicksal zu erfüllen. Sie hat ihnen beiden ein gemeinsames Leben geschenkt – für die Lebensspanne eines Sterblichen.

»So ist Knecht Ruprecht dieses Jahr zu uns gekommen«, beendet Sophie ihre Erzählung. »Um uns seine Gaben zu bringen und dann auf Frau Percht zu warten. Wie er es seit fünf Jahrhunderten tut.«

Doch diesmal wird es das letzte Mal sein.

Marians Gesicht ist dunkel vor Anstrengung. Seine Finger tasten nach ihr, sein Mund formt Worte: Wieso weinst du?

Sophie schüttelt den Kopf, bedeckt Marian mit Küssen, auf die Lider, die Stirn, die Nasenspitze, die Wangen, die Ohren. Sein Kichern endet in einem Röcheln, und der Hund beginnt zu bellen, noch bevor das Pulsoxymeter zu piependem Alarm erwacht. Die Digitalanzeige der Sauerstoffsättigung fällt auf vierundachtzig Prozent, aber Sophie dreht bereits den Sauerstoff auf und lobt gleichzeitig den Hund, weil der Hund die beste Krankenschwester ist, viel besser als sie selbst. Sie lässt zu, dass er aufs Bett springt, sich auf Marians absterbende Beine legt, denn wer weiß schon, vielleicht zieht die Nähe des Tiers das Blut in die Füße zurück, und der Hund ist ja auch eine Form von Magie. Die Art von Zauber und Liebe und Heim, in die geborgen Marian sterben soll.

Der Sauerstoff rauscht und blubbert durch die Flasche. Sophie hält Marian in den Armen, wartet, bis er im Schlummer erschlafft. Er wird davon träumen ein Waldläufer zu sein wie Rupp, dessen ist sie gewiss. Er wird auf von Wölfen gezogenen Schlitten durch den Himmel fahren und mit Bären ringen.

Knecht Ruprecht ist gekommen, um deine Stiefel zu füllen.

Sie weint noch, als der Hund zu knurren beginnt.

»Ich hab nicht glauben wollen, dass du dich versteckst, wo es null Hilfe gibt.« Die Schwingtür pendelt hinter Steffen zu. Sophie hat ihn nicht hereinkommen hören, vielleicht weil sie vorhin die Eingangstür nicht richtig geschlossen hat in ihrem Eifer, Marian von Ruprecht und Perchta zu erzählen. Doch es ist egal, Steffen hätte sich von keinem Schloss aufhalten lassen. Er lässt sich nie von etwas aufhalten.

Sophie bettet Marians Kopf zurück auf das Kissen. Steffens Stimme hat ihn aus dem Schlaf gerissen. Seine Lider flattern vor Erschöpfung, er ist zu schwach, den Kopf zu wenden. Sie streichelt Marians Wange. »Schlaf, Großer.«

Es ist vorbei. Wenn Marian das nächste Mal erwacht, wird all das hier, alles Schöne, nicht mehr da sein. Vielleicht wäre es sogar besser, wenn er gar nicht mehr aufwacht. Sophie kann diesen Gedanken jetzt denken. Sie betet: *Lass ihn die Erinnerung an den Schnee, die Lichter am Weihnachtsbaum, die Wärme des Hundes auf seinen Füßen mit hinübernehmen.*

Sophie steht auf. »Bitte, Steffen, tu das nicht. Marian, er ...«

»Ich habe die Polizei mitgebracht.«

Er hakt die Daumen in die Jeanstaschen, dreht eine Runde durch die Stube. Er ist nie hier gewesen, kennt das

Haus nur aus Erzählungen. Seine Schuhe hinterlassen Pfützen auf den Dielen. Quadratische Schultern streifen den Christbaum; ein Weihnachtsmann stürzt ab. War er früher auch schon so bullig? Bestimmt trainiert er viel, jetzt wo er genug Zeit hat und keine Familie, kein krankes Kind ihn mehr bindet.

Sophie beobachtet Steffen, wie sie ein Raubtier beobachten würde, das in ihr Haus eindringt. Er trägt keinen Ehering mehr, aber das wundert sie nicht. Sie selbst hat ihren verkauft. Sie brauchte das Geld dringender als die Erinnerung an eine falsche Wahl.

»Die Polizei?«, fragt sie. Er blufft bestimmt nur, immerhin ist es Weihnachten.

»Ich bin nicht hier, um mit dir zu diskutieren, Sophie.« Steffen bleibt vor Marians Lager stehen, und so wie er die Augen zusammenkneift, will er Sophie erzählen, wie schlimm Marian aussieht. Wie sehr sich sein Zustand in den letzten vier Wochen verschlechtert habe.

Marians Lider bleiben geschlossen. Sophie ist nicht sicher, ob es Schlaf ist. Sie versucht, Steffen vom Bett fortzuziehen. Er hat Marian einmal geliebt, das hat sie zumindest geglaubt. Sie flüstert: »Tu ihm das nicht an, bitte. Lass ihn hier sterben, wo er glücklich ist. Es ist nicht mehr lange …«

»Er würde vielleicht noch nicht sterben, wenn er im Krankenhaus wäre.«

»Im Krankenhaus hätte er nie bis Weihnachten durchgehalten. Es hat ihm seinen Lebenswillen geraubt.«

Steffens Aufmerksamkeit richtet sich auf den Hund an Marians Fußende, der sich nicht vom Fleck gerührt hat und immer noch leise knurrt.

»Was ist das?«

»Er ist aus Spanien.«

»Ein Straßenköter? Bestimmt hast du ihn illegal ins Land gebracht.«

Das hat sie tatsächlich, aber auf der Liste ihrer Straftaten rangiert der Hund ganz unten, weit hinter Diebstahl von Krankenhauseigentum und Kindesentführung.

»Der Hund liebt Marian.«

Steffen schnaubt abfällig. »Darin brauchst du bestimmt Unterstützung.«

Sie fährt zurück. Es schmerzt. Höllisch.

»Ich bin zurückgekommen!«

»Nachdem du vier Monate verschwunden warst!« Steffen brüllt jetzt. Bestimmt stürzen gleich die Polizisten ins Haus, um sie festzunehmen. »Eine verdammte Postkarte, und ich sitz da, mit, mit diesem Jungen ...« Er mag nicht einmal mehr Marians Namen aussprechen. Wer will schon ein todkrankes Kind? Sie hat es ja auch nicht ertragen können. Die schlaflosen Nächte, die Erstickungsanfälle. Kein Leben mehr zu haben. Keiner von ihnen hat es sich ausgesucht. Nicht den tödlichen Unfall ihrer Schwester und ihres Schwagers, nicht Marian. Ganz gewiss nicht seine Krankheit.

»Hast du mich angezeigt?«

»Das hat das Krankenhaus bereits erledigt.« Steffen massiert sich die Schläfen. »Komm jetzt, Sophie. Ich habe die Polizisten gebeten zu warten, damit wir den Jungen nicht aufregen. Sie wollten einen Krankenwagen anfordern, brauchen aber erst einen Traktor für den Weg. Dieser verdammte Schnee, wann hat's denn das letzte Mal so viel runtergehauen? Sogar hier drinnen ist es arschkalt.«

Sophie rührt sich nicht. »Ich lasse Marian nicht allein. Er braucht mich.«

Steffens Griff bohrt sich in ihren Oberarm. »Und du brauchst nen Psychiater, Sophie!«

»Vielleicht können wir ja helfen?«

Steffen und Sophie haben beide dem Eingang die Rücken zugewandt. Beim Rumpeln von Ruprechts Stimme fährt Steffen herum.

Ruprecht mit seinem Stock und keuchendem Atem, Perchta jetzt wieder als alte Frau mit Hinkefuß – sie stehen mitten im Zimmer. Steffen ist zwanzig Zentimeter kleiner als Ruprecht, doch fast genauso breit. Ruprecht hingegen ist in sich zusammengesunken in Krankheit, Erschöpfung oder im Versuch, sich harmlos zu zeichnen.

»Wir sind ganz gut darin, Seelen zu prüfen«, setzt Perchta nach. Mit ihrem Mantel, der Kapuze, dem gekrümmten Rücken steht sie da wie eine Märchengestalt.

Steffens Mund steht offen. »Wer sind Sie denn?«

»Das, sind, äh … die Mieter«, prescht Sophie vor, bevor Ruprecht oder Perchta antworten können. »Von der Kate. Im Wald ist eine Kate.«

»Mich wundert, dass die Polizei unter diesen Umständen Fremde das Haus betreten lässt.« Steffen macht Anstalten, sich über Marian hinweg zum Fenster zu lehnen, um nach seiner Verstärkung Ausschau zu halten.

Er hat sich nicht einmal getraut, alleine zu kommen. Was hat er denn erwartet? Dass Sophie mit einem Beil auf ihn losgeht?

Der Hund ist aufgesprungen. Er steht über Marians Füßen, stocksteif, die Nase zuckt, als wittere er um sein Leben. Er achtet nicht auf Steffen, dessen Brust über ihm schwebt. Seine ganze Aufmerksamkeit ist auf Perchta gerichtet. Er winselt. Es klingt nicht ängstlich, mehr wie eine Bitte. Perchtas Gesicht wendet sich ihm zu. Ein Wispern, die Zweige des Weihnachtsbaums rascheln. Der Hund dreht sich im Kreis, dann legt er sich wieder hin, direkt auf Marians Füße.

»Wo stecken diese verdammten Bullen?«, flucht Steffen und versucht dabei, durch das Fenster um die Ecke des Gebäudes zu blicken.

»Der Herr und die nette Dame von der Polizei kennen mich bereits«, behauptet Ruprecht.

»Dass sie in einer Nacht wie dieser arbeiten, zeugt von Fleiß«, flötet Perchta. »Wir haben sie dafür belohnt.«

Steffen blinzelt, dann schüttelt er sich. Zwei wunderliche Alte, scheint er zu denken. Sophie kann nicht verstehen, wie ihm das schwelende Grün von Perchtas faltenumkränzten Augen entgehen kann. Keine Greisin hat solche Augen.

Perchta verlässt Ruprechts Seite. Sie schiebt sich zwischen Sophie und Steffen und beugt sich über Marian. Streckt einen Arm aus, die Handfläche nach unten. Sie fährt die Länge seines Körpers ab, ohne ihn zu berühren. Dann heften sich ihre Augen auf Sophie. Unmöglich, in ihnen zu lesen.

»Ruprecht erzählte mir, du hättest ein Geheimnis.«

Sophie spürt Ruprechts Hand auf ihrer Schulter. »Dein Kind stirbt«, sagt er leise.

»Es ist nicht einmal ihr Kind!«, blafft Steffen, dem die Situation zu entgleiten droht. »Marian ist der Sohn ihrer Schwester. Sophie ist nur die Tante!«

Sophie kann es nicht fassen. »Marian ist unser Kind! Du selbst hast mit mir nach dem Unfall das Sorgerecht beantragt!«

»Weil du unfähig warst dafür! Völlig überfordert, das hat ja auch der Richter festgestellt.« Er wendet sich an Ruprecht. »Nicht bereit für die Verantwortung, das hat das Gericht festgestellt. Sie haben mir das Sorgerecht allein zugesprochen, weil sie Sophie für unzuverlässig hielten.«

»Ich war depressiv!«

Wahrscheinlich könnte Steffen nicht einmal selbst beantworten, wieso er den Drang hat, sich vor den Fremden zu rechtfertigen. Er steht anders vor Ruprecht, als er vor dem Richter gestanden hat. Defensiver.

»Sophie ist davongelaufen. Nach Spanien hat sie sich abgesetzt, weil sie es nicht mehr ausgehalten hat!«

»Ich bin zurückgekommen!«

»Sie hat Marian im Stich gelassen.«

»Und du hast ihn einfach auf die Pflegestation abgeschoben! Damit du deinen Frieden hast!«

Er wirkt verletzt. »Es gab einfach nichts mehr, was wir noch tun konnten. Der Kleine brauchte die bestmögliche Pflege.«

»Er brauchte uns! Du, du hättest ihn doch einfach nur liebhaben müssen!« Sophie ist es egal, wie hysterisch sie klingt, ob Marian aufwacht oder nicht. Ob die Polizisten gleich mit einer Zwangsjacke in der Tür stehen. »Wenn du nichts tun kannst, dann kannst du immer noch mit ihm auf den ersten Schnee warten. Wenn er nachts aufwacht, kannst du mit ihm Sternschnuppen zählen. Du kannst Körner auf die Fensterbank legen, damit die Krähen mit ihm zusammen Mittag machen. Du kannst mit ihm einen Schneemann in einem Topf bauen und nach den Rehen Ausschau halten, die jeden Morgen auf der Lichtung nach Gras stöbern. Du kannst ihm Geschichten erzählen und ihm versprechen …« Sophies Stimme bricht. Tränen strömen ihre Wangen hinab.

Du kannst ihm magische Weihnachten versprechen.

Über Sophies Schluchzen hinweg summt Perchta ein Lied. Ein Säuseln von schweren Lidern, auf weichem Moos ausgestreckten Gliedern, von samtiger Nacht. Marians unruhiges Zucken, mit dem er sich ins Wachsein zu kämpfen begonnen hat, beruhigt sich. Sein Schlaf entspannt.

»Es reicht jetzt, Sophie.« Steffen packt ihr Handgelenk und zerrt sie hinter sich zur Tür. »Du wartest jetzt im Polizeiauto, und wenn sie dir Handschellen anlegen wollen, dann werde ich sie bestimmt nicht davon abhalten.«

»Nicht so hastig.«

Auf einmal steht Ruprecht in Steffens Weg. Er wirkt überhaupt nicht mehr zusammengesunken, und Steffen schrumpft vor ihm. Über Sophies Schulter hinweg wechselt Ruprecht einen Blick mit Perchta.

»Gehen Sie mir aus dem Weg, alter Mann!«, zischt Steffen. »Meine Geduld neigt sich dem Ende.«

»So die meine«, erklingt Perchtas Stimme hinter ihm.

Steffen wirbelt zu ihr herum, aber wo vorher die alte Frau stand, überragt ihn nun die junge Perchta. Eine Maske verhüllt ihr Gesicht: schwarze Federn, ein scharfer Schnabel.

Steffen kreischt auf. Sophie ist vorbereitet, doch selbst sie wankt unter dem Horror von Perchtas Verwandlung. Im nächsten Augenblick legt sich Ruprechts Arm um Sophie, und sie lehnt sich in ihn hinein, spürt ihn wie einen Baum in ihrem Rücken, ewig und stark.

Perchtas Hand umklammert Steffens Kehle. Die Nägel sind lang wie Vogelklauen, die Sehnen treten gräulich hervor. Er kann sich nicht bewegen. Perchtas Kopf ruckt von einer Seite zur anderen, begutachtet ihn erst aus dem einen, dann aus dem anderen rabenhaften Auge.

»Du magst deine Freiheit«, gurrt sie. Steffens Kinn ruckt unter ihrem Griff, oder vielleicht nickt sie für ihn. »Niemanden dienen.«

Abrupt lässt sie ihn fallen. Steffen sackt auf die Knie. Der Vogelkopf beugt sich über ihn. »Solche wie dich jage ich gern.«

Perchtas gebogener Fingernagel kratzt über seinen Scheitel. Wo sie ihn berührt, färbt sich Steffens braunes Haar schlohweiß. Er schreit. Seine Lippen laufen blau an.

Vor Kälte. Sophie zittert, obwohl sie selbst nichts spürt außer Ruprechts unbeugsamer Präsenz neben sich. Was werden er und Perchta mit ihr tun, jetzt da sie wissen, was sie Marian angetan hat?

Perchta lässt Steffen los. Er ist erst dreißig Jahre alt, doch sein Haar plötzlich das eines alten Mannes, die Augen von einer Sekunde zur nächsten ergraut. Sophie kann ihn nicht anschauen. Er ist schon lange nicht mehr der Mann, den sie geheiratet hat.

»Verschwinde.« Perchta tritt einen Schritt zurück, lässt zu, dass Steffen auf Händen und Knien zur Tür krabbelt. Er zwängt sich hindurch, richtet sich erst im Vorraum auf. Sie hören sein Wimmern, kurz darauf schlägt die Tür hinter ihm zu. Steffens Stolpern dröhnt noch auf den Bohlen der Veranda, dann ist er fort.

Ruprecht zieht seine stützende Hand zurück und sackt gegen die Wand. Perchta reagiert schneller als Sophie. Sofort steht sie an Ruprechts Seite, schlingt ihm einen Arm um die Hüfte. Die Vogelmaske ist verschwunden, ihre Züge von Sorge weichgezeichnet.

»Ich bringe dich in den Wald«, sagt sie. »Ich werde es dir warm machen.«

»Nein«, keucht Ruprecht, »das Kind.«

Perchtas Winterhaut wird noch eine Spur blasser. Sie fängt an, den Kopf zu schütteln. »Das kann ich nicht«, flüstert sie, und Sophie wird Zeuge, wie eine Göttin fleht.

»Nur wenn du nicht willst.«

»Natürlich will ich nicht!« Perchtas Zorn treibt Sophie in den Christbaum, der wackelt und beinahe umstürzt. Die Lichter werfen zuckende Schatten auf die Wand, eine Kugel zerbirst auf dem Boden.

Ruprecht sagt: »Du kannst nichts tun gegen meine Sterblichkeit.«

»Ich kann es hinauszögern. Uns mehr Zeit verschaffen.«

»Ich selbst bestimme mein Ende.«

»Es ist aber nicht nur deine Zeit, es ist *unsere* Zeit!«, brüllt Perchta, und Sophie schließt die Augen, weil sie ein Flattern aufgeregter Schwingen sieht, Krallen und scharfe Schnäbel. Alles in ihr schreit danach zu rennen, sich in Sicherheit zu bringen vor Perchtas Zorn. Aber Marian liegt keine vier Meter entfernt, und sie kann ihn nicht tragen, nicht mit dem Beatmungsgerät, an dem sein Leben hängt.

Ruprecht schiebt sich an der Wand hoch. Er ist grau im Gesicht, doch die Quelle seiner Kraft ist längst nicht erschöpft, schenkt ihm stets noch einen Moment mehr, lässt ihn einen Schritt weitergehen, wo andere straucheln. Ruprecht umfasst Perchtas Gesicht mit beiden Händen, prägt sie sich ein, die alte und die junge Perchta, den Uhu und den Raben, die Ohnmacht und den Zorn. Er senkt seine Stirn gegen ihre.

Um Perchta herum kristallisiert die Kälte. Reif beginnt die Eichendielen zu überziehen. Auf Sophies Hand zieht sich die Haut zusammen. Ein eisiger Hauch vereist das Innere ihrer Nase, dann ihre Lungen. Sie kriegt kaum Luft. Eine Klaue richtet sich auf ihre Brust.

»Sie hat das Kind im Stich gelassen!«, zischt Perchta, ohne ihre Stirn jedoch von Ruprechts zu lösen.

Da ist es. Kein sterblicher Richter könnte Sophie je so verdammen, wie sie sich selbst verdammt. Es jedoch Perchta aussprechen zu hören …

»Sie ist zurückgekommen, als Marian sie am meisten brauchte. Sie hat mich aufgenommen und gepflegt.« Ruprechts Blick geht über Perchtas Scheitel hinweg. Er schenkt Sophie sein seltenes Lächeln. »Sie verdient es.«

Und mit diesem Satz aus Ruprechts Mund heilt der brodelnde Abgrund aus Schuld in Sophies Herz. Perchta dreht nun ebenfalls den Kopf nach Sophie. Der Moment, wo eine Gottheit glaubt, sie sei besser tot, trifft Sophie wie eine Bombe – und verfliegt, als Perchta die Lider senkt. Ein Nicken, kaum wahrnehmbar.

»Wird mein Atem reichen?«, drängt Ruprecht. Er verzieht den Mund. »Er ist auch nicht mehr der beste.«

Schweigen. Dann ...

»Es geht nicht um den Atem allein. Es ist die Kraft.« Perchtas Hand sinkt auf Ruprechts Brust. »Das Schmiedefeuer, das alles antreibt. Wie hoch es lodern kann. Der Junge, er ist schwach.«

»Willst du denn, dass er stirbt? Willst du seine Seele in deinem Teich hüten? Es sind schon so viele, Perchta.«

»Die Mütter, die Väter – viele von ihnen bieten es an.«

»Du und ich, wir sind keine Knechte anderer Mächte Regeln.«

»Nein, sind wir nicht.« Gewispert.

Ruprechts Lippen streifen Perchtas. »Du warst schon immer atemberaubend«, murmelt er.

Perchta schnaubt und beginnt zugleich zu weinen. Sie schmiegt sich in Ruprechts Umarmung. Ihre Tränen fallen wie Kristalle.

Dann strömt die Wärme in den Raum zurück. Der Eichenboden verliert seine Decke aus Eis. Sophie kann wieder atmen.

Es ist besser, wenn du jetzt gehst. Die Stimme erklingt in Sophies Kopf mit der unmissverständlichen Kraft einer Naturgewalt. Sophie kommt gar nicht auf die Idee, sich zu widersetzen. Sie tritt nach draußen auf die Veranda, ohne sich eine Jacke zu nehmen, fast schlafwandlerisch.

Die Lichtung liegt still vor ihr. Nichts zu sehen von Steffen oder einem Polizeiwagen, nur eine Spur, die quer über die Lichtung führt, und Kuhlen, wo Steffen auf seiner Flucht gefallen ist. Die Tritte verlieren sich auf der anderen Seite im Wald.

Sophie wagt nicht zu glauben. Sie verdient es, hat Ruprecht behauptet.

Eine Gerechte.

Ein Schatten rauscht vor ihr vorbei, landet im Geäst der Apfelbäume. Eine Krähe. Sophie wusste nicht, dass sie auch des Nachts fliegen. Dann folgt eine weitere und noch eine. Schnee fällt von den Zweigen, auf denen sie landen. Zeit verstreicht. Zehn Minuten, zwanzig, vielleicht eine Stunde. Sophie empfindet keinerlei Kälte.

Dann beginnt sich das Licht zu biegen.

Mondstrahlen tauchen jeden Winkel des Hauses in silbriges Licht. Die Milchstraße verdichtet sich über dem Dach, der Schnee glitzert gleich Milliarden Diamanten. Der Wald seufzt in einem Windhauch. Ein Schemen tritt aus dem Wald, geschmeidig, lautlos. Wolf.

Sophie wagt es nicht, sich zu bewegen. Eine halbe Minute lang steht das Raubtier dort, den Kopf unverwandt auf das Fenster gerichtet, wo das Licht vom Christbaum flackert, erlischt und nach einer Sekunde erneut zum Leben erwacht. Dann verschwindet die Wölfin genauso lautlos, wie sie erschienen ist. Die Krähen krächzen, Himmel und Erde kehren zur Normalität zurück. Das Licht verstreut sich.

Sophie springt von der Veranda und eilt hinüber zum Wohnzimmerfenster. Schon greift sie hinauf zum Fenstersims, um sich hochzuziehen. Sie hält es nicht aus. Sie muss wissen, was mit Marian ist.

»Sie nennen es das Fest der Liebe.« Auf einmal steht Perchta hinter ihr. Sie schaut Sophie nicht an, sondern die drei Weisen aus dem Morgenland, deren Umrisse hinter dem Fensterglas schimmern. »Die Christen. Ihr. Ich mag diesen Namen. Genauso wie es mir gefällt, jene zu bestrafen, die seinen Sinn lediglich heucheln.«

Perchtas Augen richten sich auf Sophie. Ihr Grün brennt heller als je zuvor, zwingt Sterbliche in die Knie.

Sie sagt: »Er hat seinen Atem für dein Kind gegeben. Er glaubte, du wärest es wert.«

Sophie erstarrt. »Ruprecht ist tot?«

»Seine Geschichte war nicht sein letztes Geschenk.«

Sophie steht da und weiß nichts zu sagen. Aber Perchta wendet sich bereits ab, hüllt sich in Nacht und Trauer. Es gibt nichts, was diese Alte Göttin nicht schon gesehen, nicht schon gefühlt hat, aber der Schmerz wird nie geringer, und sie wird ihn tragen, einmal mehr.

Dann hält Perchta nochmals inne, spricht ein letztes Mal über die Schulter zu Sophie.

»Ich werde wiederkommen und deinen Jungen besuchen, Sophie. Und ich werde fragen, ob er artig war.«

Der Kachelofen verströmt mehr Hitze denn zuvor, als Sophie durch die Tür ins Innere der Stube stürmt – mit einer Hoffnung, die, einst tief in der hintersten Ecke ihres Herzens vergraben, nach oben wächst.

Marian kniet auf dem Bett, die Hände auf das Fenstersims gepresst. Er reckt den Hals nach Sophie, sowie sie hereinkommt, und aus seinem hageren Gesicht leuchten gerötete Backen. Der Hund tanzt um das Bett, ganz toll vor Glück. Er wirft sich auf den Rücken, springt wieder auf und beginnt, vor lauter Aufregung seinen eigenen Stummelschwanz zu jagen.

Das Tracheostoma an Marians Kehle ist verschwunden und hat nicht mehr als eine rundliche Narbe zurückgelassen.

»Tante Sophie!«, ruft Marian aus, da er sie sprachlos in der Tür entdeckt, und es ist tatsächlich seine Stimme, die sie viel zu lange nicht mehr gehört hat. Die Stimme eines Vierjährigen, der in jedem Augenblick ein Wunder in der Welt zu entdecken vermag. »Ich hab von einem Bären und einem Wolf und einem Raben geträumt! Sie waren meine Freunde, und wir haben gespielt!«

300

Sophie klatscht die Hände vor dem Gesicht zusammen. Lachend und schluchzend zugleich stürzt sie durch den Raum und reißt Marian in eine Umarmung, die ihn quieken lässt. Seine Ärmchen recken sich um ihren Nacken. Er lässt ihre Küsse über sich ergehen, aber seine Aufmerksamkeit ist auf etwas jenseits des Fensters gerichtet.

»Wer ist diese Frau, Tante Sophie? Und wieso trägt sie den Mann?«

Sophie drückt ihr Gesicht neben Marian an die Scheibe. Am Ende der Lichtung schreitet eine hochgewachsene Gestalt über den Schnee. Eine Krähe sitzt auf ihrer Schulter, und in ihren Armen trägt sie ein Bündel, das viel zu schwer für sie sein müsste: Ruprecht. Perchta trägt ihn, als wöge dieser riesige Mann so viel wie ein Kind. Seine Stirn ruht an ihrer Schulter, und sie senkt ihren Kopf zu ihm herab, und ihr Raunen ist das von Wald und Winter.

Sophie drückt ihre Wange gegen Marians. »Das sind deine Schutzengel, mein Kleiner.« Ihre Tränen fließen jetzt frei. Sie presst ihre flache Hand gegen die Scheibe.

»Und wenn du ein guter Junge bist, dann bringen sie dir Geschenke.«

Näheres zu diesem Roman und
weitere Romane der Autorin
finden Sie im Internet auf
www.birgitjaeckel.com